SAINT-GERMAIN

DU MÊME AUTEUR
CHEZ LE MÊME ÉDITEUR

Jeanne de l'Estoille :

1. *La Rose et le Lys*
2. *Le Jugement des loups*
3. *La Fleur d'Amérique*

Orages sur le Nil :

1. *L'Œil de Néfertiti*
2. *Les Masques de Toutankhamon*
3. *Le Triomphe de Seth*

GERALD MESSADIÉ

SAINT-GERMAIN

L'homme qui ne voulait pas mourir

**

LES PUISSANCES DE L'INVISIBLE

ARCHIPOCHE

Si vous souhaitez recevoir notre catalogue et être tenu au courant de nos publications, envoyez vos nom et adresse, en citant ce livre, aux Éditions Archipoche,
34, rue des Bourdonnais 75001 Paris.
Et, pour le Canada, à
Édipresse Inc., 945, avenue Beaumont,
Montréal, Québec, H3N 1W3.

ISBN 978-2-35287-066-1

À la mémoire de Georges Henein
et de Georges Zézos

PREMIÈRE PARTIE

LA BALANCE ET LE SCORPION

(1761-1763)

1

Une intrusion discourtoise chez le comte Orloff

Rouge. Les yeux fermés, le monde extérieur était rouge. Il se vêtait de toutes les nuances de cette couleur, du pourpre moelleux à l'écarlate mordorée. Et dans ce décor infernal flamboyèrent souvenirs, sensations et paroles. L'image de la baronne Westerhof s'imposa, encore plus métallique et polaire qu'en réalité.

Puis elle fut remplacée par la vision d'un homme que le dormeur mal éveillé avait lui-même défenestré. Sébastien revit le visage défiguré par la haine et la peur de la mort imminente.

Cette dernière image le galvanisa. Il ouvrit les yeux. La chambre était calme. Une discrète odeur de cire froide et de cèdre évoquait une intimité douillette. Le jour filtrant entre les épais rideaux ne révélait aucune trace de violence. Le tic-tac de l'oignon sur la table de chevet picorait le silence : 8 h 06.

Et pourtant Sébastien n'avait pas rêvé. Il aperçut l'épée en travers d'un fauteuil et se rappela qu'il en avait essuyé le sang avant de la rengainer. D'ailleurs, le chiffon gisait toujours par terre.

Lui et son hôte, Grigori Orloff, étaient depuis longtemps rentrés d'un souper au palais du Kremlin et dormaient paisiblement quand un fracas et des cris avaient cassé la paix nocturne.

Sébastien avait sauté à bas du lit, saisi son épée et couru à la porte. Un domestique terrorisé courait dans le couloir, un flambeau à la main.

— Des cambrioleurs, monsieur !

Le fracas et des éclats de voix violents provenaient de l'extrémité du couloir, de part et d'autre duquel se trouvaient les chambres de Grigori et de ses frères, Alexeï, Nicolaï et Fédor. Sébastien s'élança, pieds nus, en caleçons. À gauche, Grigori se battait en duel avec un homme armé d'une longue dague.

— Moujik du diable ! grondait l'homme. Je vais t'envoyer manger les pommes de terre par en bas !

À droite, par la porte ouverte, Alexeï en repoussait un autre, armé d'un sabre, qui rugit et, après une feinte, se préparait à bondir. Sébastien lui plongea l'épée dans le flanc et le transperça de part en part. Puis il la retira d'un geste brusque. L'homme s'écroula sur le dos.

— Ici ! cria Grigori.

Il venait de fouetter l'air de son épée, mais l'homme avait paré, se protégeant de sa dague. La lumière vacillante d'un bougeoir, posé sur un coffre par un domestique épouvanté, prêtait à la scène un aspect confus autant que fantastique. Sébastien fonça et déchiffra fugitivement une rage terrifiée dans le masque de l'inconnu. Dos à la fenêtre ouverte, l'homme tenta de parer. Trop tard. Sébastien lui avait entaillé l'avant-bras. Profitant de l'instant d'inattention causée par la douleur de son agresseur, Grigori enfonça l'épée exactement à la place où les gilets molletonnés des salles d'escrime portent un cœur de drap rouge appliqué. Les yeux de l'homme s'exorbitèrent. Il ouvrit la bouche et chancela.

Sébastien saisit l'assassin par les jarrets et le fit basculer en arrière. L'homme tomba sur le toit du bâtiment voisin.

Débarrassés de leurs agresseurs, Nicolaï et Fédor, puis Alexeï débouchèrent dans la chambre. Ils virent Grigori blessé à l'épaule.

— Faites appeler le barbier ! cria Alexeï, en faisant asseoir son frère et examinant la blessure.

Il était torse presque nu, la chemise de nuit tailladée laissait voir une estafilade oblique de la clavicule droite au sein gauche, comme une décoration tracée dans la chair vive.

Les domestiques se pressaient dans le couloir. Fédor, le cadet, dix-neuf ans, tremblait, de froid ou d'émotion.

— Il y a deux cadavres par là, dit-il enfin. On les jette aussi par la fenêtre ?

— Non, nous appellerons la police, dit Grigori, grimaçant, pendant qu'Alexeï lui lavait la plaie à l'esprit-de-vin. Cet homme nous a sauvé la vie, dit-il en tournant la tête vers Sébastien.

Nicolaï et Fédor s'élancèrent vers Sébastien et l'étreignirent. Il hocha la tête. Il ne comprenait toujours rien de ce qui s'était passé.

— Par où sont-ils entrés ?

— Par la fenêtre, dit Grigori, indiquant le carreau cassé. Il suffisait de gagner le toit des écuries et de prendre appui sur le rebord.

— Faites-nous du thé, ordonna Alexeï à la domesticité.

Sébastien retourna dans son appartement enfiler sa robe de chambre et des pantoufles avant de revenir. Le thé fut servi. Le barbier venait d'arriver.

— Des cambrioleurs ? demanda Sébastien à Alexeï.

— Si on peut les appeler ainsi, répondit Alexeï avec un sourire torve. Nous n'avons pas que des amis. Allez prendre un peu de repos, comte. Tout est dans l'ordre, maintenant.

Les domestiques transportaient les cadavres dans une salle du rez-de-chaussée.

*

Avant de profiter des quelques heures de sommeil qui lui restaient, Sébastien se remémora la soirée au Kremlin, y cherchant des clés pour l'incident.

Le souper avait eu lieu dans l'un des salons du palais attenant à la salle du trône, c'est-à-dire au bout de cent verstes de couloirs glacés. Trop de dorures. Une longue table de seize couverts. Une trentaine de domestiques. Une entêtante odeur de suif et de graillon. Les Russes ne savaient donc pas plus fabriquer des chandelles que cuisiner sans odeur.

Le grand-duc Pierre Fédorovitch siégeait à une extrémité, son épouse Catherine à l'autre. À la droite du grand-duc, sa belle-mère, la princesse d'Anhalt-Zerbst, désormais une vieille connaissance de Sébastien ; à sa gauche, la comtesse de Nassau-Siegen. À la droite de Catherine, le vieux prince de Holstein-Gottorp, son beau-père, qui avait participé à la terrifiante séance de spiritisme chez le prince de Hesse-Cassel[1] ; à sa gauche, Sébastien. La baronne Westerhof se trouvait entre les deux pôles. Ayant bravé l'interdit de l'exil avec la complicité de gens influents à la cour, elle était présente sous le nom de Mme de Souverbie. Elle et la princesse d'Anhalt-Zerbst avaient été les instigatrices de ce voyage de Sébastien en Russie.

— Il faut que vous y alliez, avait déclaré la princesse sur un ton pressant, une main sur celle de Sébastien, peu de jours après l'apparition des spectres.

— Pourquoi ?

— L'avenir se rapproche, avait-elle répondu énigmatiquement. Les esprits l'ont confirmé, ne l'avez-vous pas compris ? N'êtes-vous pas des nôtres ? Un jour, avant longtemps, il faudra agir. Nous irons d'ailleurs avec vous.

L'avenir se rapproche. Formule qui sonnait étrangement en français. Comme si l'avenir avait jamais reculé ! Et *Agir*. À quoi pensait donc la princesse ? Et la baronne, qui le fixait de son œil de méduse ? *La vie est un torrent à cent bras...* C'était ainsi qu'il se retrouvait à Moscou, dans l'hôtel particulier des frères Orloff et qu'il avait été, la veille, prié de souper au Kremlin.

Et là, comme dans le prologue d'une pièce de théâtre, il avait rencontré les acteurs d'un drame dont il ignorait encore le sujet.

Trente-trois ans, un visage de faquin avantageux, torse étroit et bras maigres, bedonnant par-dessus le marché, image même d'une fin de race, le grand-duc Pierre, en

---

1. *V. tome I, Le Masque venu de nulle part*, Archipoche n° 54.

réalité un Saxon, puisque né Holstein-Gottorp, était à l'évidence l'héritier du trône. Afin que nul n'en ignorât, il se comportait d'ailleurs comme s'il y était déjà, hautain, impérieux, insolent, adoptant par moments des airs de matamore, accentués par des gestes d'énervé. Comment un Saxon se retrouvait-il donc sur les marches du trône impérial ?

— Pour que la lignée de Pierre le Grand ne s'éteigne pas, avait expliqué la baronne, l'impératrice Élisabeth a elle-même arrangé le mariage de sa sœur Anne avec le jeune Holstein-Gottorp. Le grand-duc Pierre, seul fruit de cette union, est donc le neveu de l'impératrice. Elle l'a fait venir à Moscou, il y a vingt ans. Il s'appelait alors Karl Peter Ulrich. Elle lui a imposé le nom de Piotr Fédorovitch. Il était luthérien. Elle l'a fait adopter par l'Église orthodoxe. Et elle l'a enfin élevé au titre de grand-duc. Pour le reste, vous jugerez par vous-même.

Il avait pu en juger, ô combien !

L'épouse du grand-duc, Catherine, était encore moins russe que lui : pour y remédier, l'impératrice avait également veillé à ce que Sophia Augusta Frederica d'Anhalt-Zerbst devînt Catherine Alexeïeva.

Mais la donzelle était autrement plus appétissante que son hareng saur d'époux. Rose et blonde, elle respirait la joie de vivre et l'envie de rire, et Sébastien s'était plus d'une fois surpris, pendant le dîner, à plonger un regard gourmand dans l'opulent décolleté de la jeune beauté. À seize ans, quand elle avait été mariée, un homme « valant son sel » l'eût croquée dans l'heure. Elle n'adressait à son époux que des regards mi-clos, teintés d'ironie.

— Alors, comte, comment vous accommodez-vous de notre village de moujiks, vous qui avez connu les fastes de Paris et de Vienne ? avait lancé en allemand le grand-duc à l'adresse de Sébastien.

Le futur maître du trône russe ne parlait, en effet, que l'allemand ou, du moins, feignait de ne pas connaître la langue de son peuple. Regard d'avertissement de la princesse d'Anhalt-Zerbst.

— Monseigneur, votre présence et celle de votre épouse la grande-duchesse suffisent à parer cette ville de charmes incomparables.

Grand éclat de rire du grand-duc, petits rires d'approbation, çà et là, clins d'œil complices de la grande-duchesse et de Grigori Orloff. À l'évidence, le grand-duc ne portait pas Moscou dans son cœur. Bizarre, pour un futur tsar. Sébastien avait donc esquivé le piège qui l'eût attiré dans le camp de l'Allemand. Les domestiques, qui espionnaient à coup sûr pour le compte de l'impératrice, rapporteraient l'incident.

— Le comte parle fort bien le russe d'ailleurs, avait ajouté la princesse d'Anhalt-Zerbst.

— Comment cela se fait-il ? avait demandé le grand-duc.

— Mon Dieu, monseigneur, il se trouve que je suis sensible à la musique et celle de la langue russe m'a séduit.

Et toc ! Mais là, le grand-duc avait paru moins satisfait de la réponse. S'il aimait le russe, ce Saint-Germain n'était pas de ses partisans. D'ailleurs, c'était la grande-duchesse qui l'avait convié au souper. Et il était assis à sa droite. Le grand-duc lança au comte un regard sceptique.

— Vous venez d'arriver, comte. Attendez d'avoir séjourné ici quelques jours, vous changerez d'avis !

Deux coteries, non, deux cabales, non, deux bandes farouchement hostiles s'opposaient donc à l'ombre du trône : celle du grand-duc, le futur tsar, et celle de son épouse Catherine et de la garde rapprochée de celle-ci, les frères Orloff.

Mais Sébastien n'aurait jamais imaginé que les hostilités atteindraient jamais la demeure de ses hôtes. Car l'agression de la nuit avait à coup sûr un rapport avec la guerre que se livraient les deux camps. Au fur et à mesure que l'accession du grand-duc au trône impérial se rapprochait, les haines s'aiguisaient.

Ce fut alors que, troublé et même contrarié, Sébastien trempa une serviette dans l'eau de la cuvette et essuya son épée, la remit dans le fourreau et souffla la chandelle.

Quelle nuit !

2

Un couple explosif

Il rêva de nouveau à la baronne Westerhof. Pourquoi est-on obsédé par une femme ? Parce qu'elle vous résiste ? Ou bien parce qu'elle s'est au contraire donnée à vous ? En l'occurrence, elle lui résistait. N'éprouvait-elle donc pas le besoin d'un corps ? Ou bien feu l'affreux baron Westerhof l'avait-il dégoûtée à jamais de la chaleur moite d'une peau étrangère qui vous habille, de la conjonction fulminante de deux chairs arc-boutées l'une contre l'autre, dans l'attente haletante du désastre ?

Il crut entendre de nouveau la baronne, à Paris, lui révéler d'une voix rauque :

— *J'ai tué mon mari.*

Quelle opération alchimique déclencherait la fusion de cette femme ?

Ensuite, la voix du brahmane Jadish, à Indore :

— *Ne te laisse pas tromper, la vie est un torrent à cent bras. Ils ne coulent pas tous dans le même sens. Si tu veux parvenir à ton but, ne lutte pas contre le courant. Laisse-toi porter.*

Il se laissait donc porter. Pour le moment.

— *Chto eta ? Ia hatchou kipitaouk, nietou kipishaoun naya vada*[1] ! gronda une voix derrière la porte.

Sébastien de Saint-Germain reconnut celle de Vassili, le domestique que lui avait assigné Grigori Orloff. Puis un vacarme métallique emplit le cabinet de toilette à côté. Le bac. Un seau d'eau chaude et les ustensiles de la toilette matinale. Sébastien ouvrit les yeux. Une lumière d'acier transperçait les lourds rideaux de sa chambre. Les braises somnolaient dans la cheminée. On toqua délicatement à la porte. Le nez camus et la bouche fendue au sabre de Vassili apparurent dans l'entrebâillement. Un regard vers le lit. Un sourire obséquieux.

— *Izviniti, kniaz. Dobro ie outro*[2].

La personne entière du domestique apparut, tenant à bout de bras un plateau garni d'un samovar, de tasses, de petits pains au lait et d'une grappe de raisin rose. Du raisin à Moscou ! Il devait venir de Sotchi. Les frères Orloff menaient un train fastueux. L'aîné, Grigori, capitaine d'artillerie de son état, on en devinait la solde, prétendait avec un grand sourire qu'il était chanceux au jeu. Quel jeu ?

Vassili posa le plateau d'argent sur la cheminée et aida son maître à enfiler sa robe de chambre et des pantoufles fourrées, puis étendit une nappe blanche sur la table, apporta le plateau et tira un siège.

---

1. « Qu'est-ce que c'est que ça ? J'ai demandé de l'eau bouillante, pas de l'eau bouillie ! »

2. « Pardonnez-moi, comte. Bonjour. »

— Le comte est servi.

Sébastien se rappela que, la veille, l'obséquieux Vassili et les autres domestiques s'étaient prudemment abstenus de voler au secours de leurs maîtres. Avaient-ils été soudoyés ? Cela resterait à voir. Il s'assit, déplia la serviette avant de donner congé à Vassili.

— Vous reviendrez dans un quart d'heure pour les ablutions, dit-il.

Le valet s'inclina, ramassa la serviette tachée de sang qui traînait par terre, puis sortit.

Sébastien fronça les sourcils ; il comprenait un peu mieux pourquoi la baronne et la princesse d'Anhalt-Zerbst avaient insisté pour le faire venir à Moscou. C'était une partie serrée, voire sanglante, qui s'annonçait. Les Russes n'étaient pas gens à célébrer les couronnements de façon pacifique et Sébastien gardait présents à l'esprit les récits de la baronne sur les épisodes atroces de l'histoire des Romanoff. Ainsi, quand Pierre le Grand et son frère Ivan avaient été désignés tous deux à la fois héritiers du trône, le régiment des arquebusiers, les « strelitz », s'était révolté contre un prétendu complot destiné à destituer leur protectrice, la régente Sophie. Un massacre s'était ensuivi : la foule en fureur avait arraché un de ses oncles au palais et l'avait tué à coups de hache. Idem pour son ami Artamon Matveieff, démembré à la hache sous les yeux du jeune homme. Sans doute Pierre, aussi Grand qu'on le nommât, y avait-il perdu la raison car, saisi à son tour d'une folie meurtrière, il avait de ses mains torturé et assassiné son propre fils, Alexis.

Sébastien se resservit du thé.

Cette dynastie finira mal, songea-t-il. La tache de l'infanticide ne sera jamais lavée. Tuer son fils est le crime suprême.

Pour le moment donc, les partisans de Catherine avaient besoin d'un maximum d'alliés. Et ils n'en trouveraient certes pas beaucoup en Russie. Peu de gens d'importance se risqueraient à braver la politique de l'impératrice Élisabeth. Pour celle-ci, fanatiquement attachée à la mémoire de son père Pierre le Grand et au maintien de la lignée des Romanoff sur le trône, le grand-duc Pierre, Romanoff par sa mère Anne, devait être couronné quand elle ne serait plus là. Un point c'est tout. Et à l'évidence, le prétendant ne séduisait ni la princesse d'Anhalt-Zerbst, ni sa fille, ni les Orloff.

On frappa à la porte.

— L'eau est maintenant à la température agréable, annonça Vassili. Le comte souhaite-t-il que je l'aide à sa toilette ?

Surpris dans ses réflexions, Sébastien avala le dernier grain de raisin, se versa une demi-tasse de thé supplémentaire et répondit :

— Oui. Dans cinq minutes.

Il passa dans le réduit qui servait de cabinet de toilette et où Grigori Orloff avait fait installer – sans doute à son intention – une chaise percée ; il y reprit ses méditations. Conclusion de cette soirée grand-ducale : le couple Pierre-Catherine était une bombe menaçant d'exploser dès après le couronnement.

Sébastien se leva pour ouvrir l'œil-de-bœuf et aérer le réduit, puis le referma prestement. L'air d'octobre 1761 à Moscou était bien vif. Puis il appela Vassili, qui le défit de sa robe de chambre, s'assit sur un tabouret bas dans le grand tub et se laissa arroser d'eau chaude.

— Le comte n'a pas une éraflure, constata Vassili, admiratif.

— Vous non plus, je suppose, répliqua Sébastien.

— Comte, il ne nous appartient pas d'intervenir dans les querelles de la noblesse.

Tiens donc ! Les agresseurs étaient donc des nobles ? Et comment ce faquin le savait-il ?

— Comment va notre hôte ?

— J'ai entendu sa voix tout à l'heure. Il me semblait gaillard, grâce au ciel.

— Sait-on maintenant qui étaient ces malandrins ?

— La police est venue ce matin, elle les a identifiés. C'étaient le comte Menchikov et son frère ainsi que le baron Leforski. On pense qu'ils étaient ivres.

Et voilà que les ivrognes escaladent les façades des maisons pour aller y assassiner les gens ! songea Sébastien. Mais il n'allait pas se lancer dans des discussions sur ce sujet avec Vassili.

Tandis qu'il se savonnait le devant du corps, le domestique lui étrilla le dos, le rinça et le sécha. Puis, vêtu d'un drap de bain, Sébastien revint dans sa chambre, s'installa dans un fauteuil et se prêta aux talents du barbier, qui attendait dans le couloir.

Oui, ce couple allait exploser. Et tout le monde le savait, sauf le principal intéressé. Un seul enfant et encore, au bout de dix ans de mariage ! Or la grande-duchesse ne semblait guère encline à s'ennuyer, et bien qu'il ne les eût pas entendus, le ton des propos qu'elle avait échangés avec le beau Grigori après le souper, alors que le grand-duc pérorait devant le feu, ne laissait pas de doutes sur leur intimité.

Tandis que Vassili lui essuyait le visage à l'aide d'un linge fin trempé d'eau de benjoin, Sébastien se prit à sourire : l'origine de l'aisance des frères Orloff n'était pas si mystérieuse que cela.

Enfin, il s'habilla. Il se préparait à descendre, pour aller aux nouvelles, quand on toqua de nouveau à sa porte. Il alla ouvrir. C'étaient Alexeï, Nicolaï et Fédor. Ils se jetèrent dans ses bras et l'étreignirent tour à tour, sans mot dire.

— Frère ! lui dit Alexeï avec un sourire ému. Frère !

Fédor prit la main de Sébastien, la posa sur son cœur et pressa sa propre main dessus.

— Comment va Grigori ? demanda Sébastien.

— Il est remis. Il est habillé. Il vous attend en bas.

*

— Vous plairait-il d'aller trotter un peu ? demanda le comte Grigori Orloff, dans le grand salon où un domestique bâtissait un feu.

La désinvolture de la question prit Sébastien de court. Il considéra une fois de plus le gaillard : vingt-trois ans et déjà un homme fait, bien découplé, respirant l'énergie. Le teint vif, l'œil charmeur et la bouche gourmande. Une généreuse crinière de jais nouée en queue de cheval. Fière allure dans ses culottes blanches avec des bottes noires hautes, sa veste et son gilet écarlates à brandebourgs et boutons d'or, la pelisse de petit-gris jetée sur les épaules. À son sourire, on n'eût jamais pensé qu'il avait risqué sa vie quelques heures auparavant. Nul doute que Grigori Orloff fût capable de distraire la grande-duchesse de son cornichon d'époux.

— Comment vous sentez-vous ? demanda Sébastien.

— Tout à fait bien. Le barbier m'assure que dans quinze jours la cicatrice aura presque disparu. J'ai fait porter un billet à la caserne, pour prévenir que je n'y serai pas de deux jours. Cela me donnera l'occasion de vous voir davantage. Telle est la raison pour laquelle je vous proposais une promenade.

Il fixait Sébastien d'un regard insistant :

— On n'aurait jamais pensé, à vous voir aussi élégant, que vous fussiez un homme de combat aussi alerte. Je vous dois la vie.

— Je n'ai fait qu'obéir aux lois élémentaires de l'hospitalité.

— Allons ! s'écria Grigori. Ce diable était décidé à m'envoyer au trépas. L'entaille que vous lui avez infligée à l'avant-bras m'a permis de l'achever. Et votre mouvement d'humeur ! ajouta-t-il, éclatant de rire.

— Mouvement d'humeur ?

— Quand vous l'avez jeté par la fenêtre !

L'accès de rire réveilla sans doute une douleur, car Grigori porta la main à son épaule.

— Et vous aviez déjà dépêché aux enfers celui qui s'en était pris à Alexeï. Je suis assuré que mes frères vous ont déjà remercié. Savez-vous ce que sont en Russie les liens du sang, comte ? Vous êtes désormais notre cinquième frère.

— J'en suis flatté. Qui étaient ces gens ?

— Le comte Menchikov et son frère étaient des neveux de celui qui fut le conseiller de Catherine Ire et du tsar Pierre II, qui ne lui en a pas su gré, puisqu'il l'a disgracié sans façons. Le baron Leforski était un petit-fils de François Lefort, cet aventurier suisse qui fut l'homme de confiance de Pierre le Grand.

— Pourquoi vous en voulaient-ils ?

— Ils faisaient partie de la faction légitimiste de la cour, qui est hostile à la grande-duchesse. Ils ont sans doute été envoyés par le grand-duc. Selon la police, ils étaient un peu ivres et ont tenté de s'introduire chez moi par plaisanterie… Et il semblerait, selon la police, que nous ayons réagi avec un peu trop d'énergie, parce que c'étaient des garçons de bonne famille qui voulaient nous jouer une farce ! ajouta Grigori Orloff, la bouche crispée dans un rire sardonique. La version officielle de l'affaire sera que nous n'avons pas reconnu nos amis à cause de l'obscurité.

Donc la police impériale était de mèche avec le grand-duc.

— Allons donc trotter un peu, dit Sébastien, étourdi par ces révélations.

Sur le perron, il examina les deux chevaux arabes qu'un valet venait d'amener et les trouva bien pansés. Les selles de cuir jaune n'étaient pas extravagantes, mais on devinait le bon faiseur.

La résidence Orloff, sise dans la vaste enceinte du quartier du Kremlin, se dressait sur l'emplacement d'un de ces nombreux palais de boyards construits du temps de Pierre le Grand ; ils étaient demeurés tels quels jusqu'au moment où il avait fallu soit les démolir, soit les rebâtir. C'était ce dernier choix qu'avait fait le comte Grigori, officier de la Garde, y ajoutant pour l'occasion des écuries pour six chevaux. Imprévoyance de l'architecte : le toit de ces bâtiments arrivait presque à hauteur des fenêtres des appartements.

Le regard de Sébastien alla de la façade néoclassique blanche à la cathédrale Ouspensky, à deux jets de pierre de là. Quelques minutes après être sortis de la cour, ils passèrent devant le massif et rutilant édifice. La cathédrale avait aussi été reconstruite, mais au XVe siècle, elle, sur les plans d'un architecte italien. Il examina les toits de tuiles colorées et les coupoles dorées et bulbeuses ; au climat près, il se serait cru en Inde. Il se garda de relever l'incongruité des styles.

— C'est là que les tsars sont couronnés, dit Grigori Orloff.

Était-ce la raison pour laquelle il s'était installé si près ?

— Allons voir le marché, puis nous visiterons le quartier Bronnaya, où l'on forge nos armes. Comte, qu'avez-vous pensé de la soirée d'hier ?

Sans doute Grigori Orloff ignorait-il qu'en ces quelques mots, toute l'existence de Sébastien se trouvait mise en question. Le but véritable de l'invitation à Moscou n'avait été révélé ni par la princesse d'Anhalt-Zerbst, ni par la baronne Westerhof. Mais il le devinait : il serait une fois de plus requis de se mettre au service de la Russie. Cela faisait près de vingt ans, depuis les entrevues de Constantza, avec la princesse Polybolos, et de Vienne avec le comte Banati[1], qu'il assurait ce service. À l'origine, il l'avait souscrit pour libérer la Grèce, mais ce rêve semblait reporté aux calendes du même pays. Il était néanmoins demeuré fidèle à sa parole. Et c'était pour honorer son engagement qu'il avait accepté la mission secrète que lui avait confiée Louis XV d'aller conclure la paix avec l'Angleterre à La Haye. Car l'impératrice Élisabeth souhaitait que la France mît fin à ses guerres avec l'Angleterre pour tourner ses forces contre Frédéric.

Qu'attendait-on de lui cette fois-ci ? Beaucoup, s'il en jugeait par les honneurs qu'on lui prodiguait.

Incidemment, il se demanda pourquoi Zasypkine ne s'était pas manifesté jusqu'ici. Même si la somme était modeste, Sébastien avait quand même droit au défraiement de ses dépenses de voyage.

Ils arrivaient à l'une des six portes du Kremlin, celle de la « Krasnaya Ploschad », la Belle Place[2]. Une foule déjà dense s'y pressait. Petits marchands ukrainiens en manteaux longs et grands bonnets d'astrakan, ou bien grands négociants de Kazan en paletots fourrés courts et bonnets cylindriques, tous avançant dans des caravanes de mulets surchargés, et parfois de chameaux venus d'Asie centrale.

Sébastien hésitait encore à répondre.

— Parlez, parlez en toute confiance, lui lança Orloff. Considérez-moi comme un ami d'honneur en plus d'un frère.

---

1. *V. tome I*, Archipoche n° 54.

2. C'est le vrai nom de la place Rouge.

— En toute sincérité, cela ressemblait à l'exécution d'un morceau de musique dont les interprètes n'ont pas compris l'harmonie. J'ai trouvé que tout était hors de propos, répondit enfin Sébastien.

Orloff parut amusé.

— Hors de propos ?

— Tout le monde et même moi parlait faux.

Orloff leva la tête et se mit à rire, d'un rire sonore, comme s'il chantait.

— Ah, comte, que j'aime vous entendre. Détaillez-moi donc ces impressions.

— Le grand-duc exècre la Russie et tout le monde feint de ne pas s'en rendre compte. La grande-duchesse traite son mari comme une pendule détraquée et le grand-duc son époux parle allemand comme s'il était dans la cour de ses parents, les Holstein-Gottorp. Il est laid, elle est ravissante et si elle n'avait été présente, je me serais profondément ennuyé. Voilà ce que je pense de la soirée d'hier, pardonnez ma franchise.

— Comte, je n'ai pas à la pardonner, elle confirme que vous voyez juste et renforce ma sympathie à votre égard. La princesse d'Anhalt-Zerbst m'avait d'ailleurs prévenu de vos qualités. Vous avez donc compris la gravité de la situation ?

Ils étaient parvenus au marché aux fourrures. Sébastien parcourut du regard des hectares de peaux de martres, de zibelines, de renards, d'hermines, de petits-gris et même de loups, qui dégageaient une âcre odeur de tannin et de sauvagin. Il se promit d'y revenir avec son valet.

— À vrai dire, je vois bien un orage qui se prépare, mais ne sais quel rôle vous escomptez que j'y joue.

— Vous voyez un orage ? demanda Orloff, tirant sur la bride de son cheval pour s'arrêter.

— Il sera violent et même effroyable.

Orloff parut frappé.

— Vous êtes visionnaire ?...

À ce moment-là, un tas de hardes qui sembla soudain animé d'une vie propre surgit de sous une tente et se dressa devant les cavaliers. Un index osseux au bout d'un bras livide se tendit vers eux. Une vieillarde.

— *Kof ! Kof !* Le sang ! Le sang ! s'écria-t-elle. Que Dieu nous sauve tous !

Sébastien, interdit, fouilla du regard le tas misérable qui s'agitait à ses pieds. Le cheval d'Orloff se cabra.

— Arrière, manante !

Les marchands alentour accoururent et tirèrent la femme en arrière, la houspillèrent et l'envoyèrent se perdre dans le dédale des étals et des tentes, où elle disparut comme dévorée par les fantômes des bêtes mortes. Seul l'archange Michel l'y eût retrouvée.

— Pardonnez, messeigneurs, une folle égarée ! Une voyante ! s'écria un fourreur, accompagnant ces mots de petits rires, pour conjurer la colère des princes magnifiques qui s'étaient égarés dans ces lieux. Pour éviter le fouet de la police, qui s'abattrait sans distinction sur les marchands.

— Allons-nous-en, dit Orloff.

Ils allèrent trotter sur les quais de la Moskova, puis se retrouvèrent sur les berges sauvages de la Neglinnaya, son affluent. Ils n'avaient pas échangé un mot durant plus d'une heure. Orloff ralentit son allure et, faisant tourner bride à son cheval, s'adressa à son compagnon :

— Quand l'impératrice mourra…

Il n'acheva pas sa phrase, le regard de Sébastien l'arrêta.

— … les jours du grand-duc seront comptés, acheva Sébastien.

Orloff hocha la tête.

— Ce… cet homme donnerait la Russie entière à son idole ! s'écria-t-il avec fureur. Il déteste la Russie !

— Son idole ?

— Frédéric. Il en est amoureux. Je ne sais quel lien infâme… Il faudra… Il faudra le réduire au néant !

Sa poitrine se souleva dans un soupir.

— Serez-vous des nôtres ? demanda-t-il.

— Monseigneur, mon ami, dit Sébastien, mon frère depuis cette nuit…

Il observa une pause.

— … une loi universelle veut que les corps célestes qui n'obéissent pas à l'harmonie soient détruits. Seuls les fous s'y opposeraient.

Quand ils furent de retour à l'hôtel Orloff, Alexeï venait de mettre pied à terre. Il observa son frère et leur hôte, s'efforçant de détecter dans leurs expressions le contentement ou le désaccord. Ce fut le premier qu'il déchiffra. Il s'approcha, souriant.

— Mais quel est donc, demanda Sébastien à Grigori, le charme de ce Frédéric, qu'il ait à ce point subjugué le grand-duc ?

Grigori Orloff haussa les épaules.

— Pardonnez-moi, ça ne m'intéresse pas. Que Frédéric aille au diable !

— Mais je vais aller voir par moi-même.

Alexeï parut surpris.

— Vous allez vous rendre chez Frédéric ?

— Il est conseillé de toujours reconnaître l'ennemi, répondit Sébastien.

3

« Quinze mois de vie »

Il avait décidé de partir lundi pour Berlin. Il avait aussi caressé le dessein de quitter Moscou sans prendre congé de la baronne Westerhof. L'avait-elle deviné ? Elle arriva la veille au palais Orloff sur le coup de midi, en sortant de la messe à la cathédrale. La pelisse de renard roux s'ouvrit sur une robe de satin bleu sombre à parements de dentelle. Le décolleté s'ornait du gros rubis qu'il lui avait offert.

La bouche en fleur, elle était souriante, quasi charmeuse ; il devina une requête. Il la reçut dans le salon bleu, blanc et or du palais Orloff.

— Vous êtes ici depuis à peine cinq jours et j'apprends que vous partez, dit-elle. L'auriez-vous fait sans prendre congé de moi ?

Grigori Orloff l'avait donc prévenue : ces deux-là avaient évidemment partie liée.

— Madame, je ne partais certes pas sans esprit de retour, et vous ne m'avez d'ailleurs pas donné à penser jusqu'ici que mon absence vous causerait du chagrin.

— Vous êtes taquin. Écoutez-moi, l'impératrice a appris que vous étiez présent au souper d'hier soir et demande à vous voir.

Il réfléchit un instant.

— J'en suis profondément honoré. Quand ?

— Cet après-midi à cinq heures. La princesse d'Anhalt-Zerbst et moi-même passerons vous prendre à quatre heures et demie. Les couloirs du palais sont grands.

— Fort bien. Qu'en est-il de Zasypkine ?

— Il est informé de l'audience et s'en félicite. M'offrirez-vous un verre de xérès ?

Sébastien tendit la main vers une clochette et la fit tinter. Le valet apparut, écouta les ordres et revint portant un carafon et deux verres de cristal. Sébastien servit lui-même la baronne.

— Quelle est son attitude dans tout cela ?

Elle tâta le xérès et prit son temps pour répondre. Elle respirait la dissimulation.

— Tout cela ?

— Baronne, répondit-il d'un ton sec, car il s'impatientait. Trêve de feintes ! Le grand-duc et son épouse sont faits l'un pour l'autre comme la rose pour la coiffure d'une guenon. Trois jeunes gens de la noblesse font irruption chez mon hôte le comte Orloff pour le dépêcher au trépas. Zasypkine a bien une opinion sur tout cela. Et vous aussi. Veuillez ne pas me prendre pour dupe !

Elle subit ce rappel à l'ordre comme un soufflet.

— Grâce au ciel, Zasypkine n'est pas aussi impétueux que vous, rétorqua-t-elle, sur un ton de réprimande. Je vous accordais plus de finesse.

Elle posa son verre. En tout cas, elle avait cessé de minauder. Tant mieux, car cela ne seyait guère à sa nature majestueuse et glaciale.

— La situation est périlleuse. L'impératrice est farouchement décidée à ce que la lignée des Romanoff continue de régner. Elle a désigné le grand-duc Pierre comme héritier du trône et rien ne l'en fera démordre. Zasypkine n'est pas assez fou pour s'opposer à sa volonté. De toute façon, il ne possède aucune compétence en dehors des Affaires étrangères.

— C'est donc la raison pour laquelle il ne s'est pas manifesté jusqu'ici ?

— C'est bien cela. Vous n'êtes à Moscou que de votre fait. Et à votre propre compte.

— Vous ne me l'aviez pas dit.

— Je supposais que vous le comprendriez.

— Vous m'avez donc attiré à Moscou pour une affaire personnelle, dit-il, conscient d'avoir été naïf ou présomptueux.

Elle émit un bref ricanement.

— Dans la mesure où le destin de la Russie est une affaire personnelle, oui.

— Vous préparez donc l'accession de la grande-duchesse au trône, c'est cela ?

— Nous sommes quelques-uns à y songer. Sans quoi la Russie est livrée au Prussien.

Au bout d'un temps, elle reprit :

— Puis-je demander où vous vous rendez ?

— À Berlin.

Elle parut éberluée :

— À Berlin ? Pour quoi y faire ?

— Pour reconnaître notre ennemi, Frédéric, baronne. Vous vous battez contre un fantôme que personne d'entre vous n'a jamais vu. Ma présence à Moscou est pour le moment inutile. Je n'ai cure d'autres soupers au palais du Kremlin en compagnie d'un grand-duc qui se croit déjà tsar et de conversations fausses.

— Quand reviendrez-vous ?

— Je vous le dirai ce soir à six heures.

— Pourquoi à six heures ?

— J'aurai alors vu l'impératrice et je saurai le temps qui lui reste à vivre.

— Même un médecin ne pourrait prévoir la date de sa mort, répondit-elle, interloquée.

Il haussa les épaules.

— Je ne suis pas un médicastre, baronne. Il est d'autres moyens de prévoir ces choses-là. Depuis tant de siècles que j'existe, j'ai eu le loisir de les apprendre.

Cette réponse la jeta dans l'effarement. C'était l'effet qu'il avait cherché.

— Vous soutenez votre légende parisienne ? demanda-t-elle.

— Quand j'observe le comportement de mes contemporains, j'ai en effet la certitude de posséder l'expérience de plusieurs siècles.

— Vous me tenez pour une enfant ?

— Baronne, permettez-moi de vous dire que je vous connais assez pour savoir que vous ne connaissez que votre monde, alors qu'il en est une infinité d'autres que vous ne soupçonnez même pas. L'échiquier sur lequel vous jouez n'est qu'une des cases d'un immense échiquier que vous ne voyez pas.

Elle demeura sans voix pendant un moment, mais rien qu'un.

— Et vous, comment se fait-il que vous ayez tant de hauteur ?

Il haussa les épaules et sourit :

— Sans doute parce que j'ai vécu bien plus longtemps que vous.

Elle se leva.

— Je suis heureuse de vous avoir vu, murmura-t-elle, songeuse.

— Moi aussi, répondit-il en se penchant pour baiser la main tendue.

— À tout à l'heure.

Il la raccompagna à la porte. Et quand elle fut partie, il rit dans sa barbe.

*

— Vous ferez la révérence, genou en terre, vous vous relèverez et, si elle vous tend la main, vous la baiserez, puis vous reculerez de trois pas et vous resterez debout, à moins qu'elle vous invite à vous asseoir, ce qui est peu probable, prévint le grand chambellan.

Sébastien acquiesça avec hauteur. Le grand chambellan pensait-il avoir affaire à un rustre ? La princesse d'Anhalt-Zerbst et la fausse Mme de Souverbie, la baronne Westerhof donc, rajustèrent des riens dans leurs mises.

L'impératrice recevait en audience privée, dans l'un des salons attenants à la salle du trône. Les portes en furent ouvertes à deux battants et le grand chambellan annonça en russe : « La princesse d'Anhalt-Zerbst », ce qui ressemblait à peu près à « Anialttcherbz », puis : « Le comte de Saint-Germain », puis : « Mme de Souverbie, dame de compagnie de la princesse ».

L'impératrice siégeait dans un fauteuil doré extravagant, tendu de velours rouge. On eût été tenté de dire qu'elle aussi était tendue d'une demi-verste de soie brochée, de couleur incertaine, un isabelle verdâtre. Un visage rond, jadis poupin, orné d'une bouche carminée de petite fille, au-dessus d'un décolleté prodigieux dont deux mamelles neigeuses menaçaient de jaillir. Au travers du fard, on percevait cependant une lividité. Le cheveu rare et blanc était arrangé en bouclettes cylindriques de part et d'autre de l'occiput. Les pieds gonflés, sertis dans des chaussures du même tissu, reposaient sur un tabouret bas.

Trente-cinq ans, d'un poids excessif. Hydropique, à en juger par ses pieds. Le cœur et les reins surchargés. Un orgueil monumental.

Personne ne fut invité à s'asseoir. Même le grand favori Ivan Chouvalov se tenait debout derrière le fauteuil, un sourire de *matriochka* peint sur le visage. Après avoir baisé la droite impériale, Sébastien recula donc de trois pas.

— Voilà donc le célèbre comte de Saint-Germain, s'écria l'impératrice en russe, d'une voix musicale, imperceptiblement ironique. Est-il vrai, comte, que vous changiez le plomb en or ?

Il fut frappé par le souffle court de l'interlocutrice. Toujours le cœur.

— Majesté, c'est l'immense honneur de votre accueil qui me transmute en mortel comblé, répondit Saint-Germain.

Il s'avisa qu'un personnage était apparu dans le fond de la salle, mais se garda de détacher son regard de celui de l'impératrice, qui accueillit le compliment par un petit rire.

— Ah, voilà l'esprit de Paris, dit-elle, sur le même ton pimenté d'ironie.

L'esprit de Paris, oui. Il revit dans un éclair sa fuite de Mexico, sa fuite chez les Indiens et le meurtre de l'immonde aubergiste de Mayaimi, qui voulait le livrer aux autorités. Puis il s'avisa du regard égrillard de l'impératrice. À l'évidence, elle rêvassait à ce qu'il vaudrait au lit. Il se demanda, en une fraction d'instant, comment le favori Chouvalov parvenait à faire basculer ce Léviathan impérial pour lui infliger les premiers outrages.

— Expliquez-moi maintenant, comte, reprit-elle, comment il s'est fait que, fort de la confiance du roi de France, vous n'ayez pas réussi à convaincre les Anglais de faire la paix avec lui[1] ?

— En France, Majesté, les ennemis de la paix étaient plus forts que le roi.

— Qui étaient-ils ?

— Son ministre Choiseul et ses patrons, les frères Pâris, qui sont plus riches que le roi lui-même.

---

1. *V. tome I*, Archipoche n° 54, sur les négociations secrètes de Saint-Germain à La Haye.

— Mais comment le roi ne leur impose-t-il pas sa volonté ?

— Il n'en a pas l'autorité ou la volonté, Majesté.

Elle se tourna vers Chouvalov et lui adressa un regard entendu.

— Avec un roi sans pouvoir, la France est donc fichue, comte, si je vous comprends bien ?

— Je le crains, Majesté.

— Et les Anglais, pourquoi n'ont-ils pas voulu signer le traité de paix ?

— Ils ont répugné à un accord auquel ne souscrivait pas le ministre du roi et qui pouvait donc être abrogé, pour le motif qu'il n'avait pas été conclu officiellement.

Elle hocha la tête. C'était probablement la seule partie de son corps qui fonctionnait encore correctement.

— La France ne peut donc pas faire la paix avec l'Angleterre ?

— Non, Majesté.

— Et que croyez-vous qu'il s'ensuivra ?

— L'Angleterre renforcera sa marine et conquerra les mers, Majesté. Elle disputera partout ses colonies à la France. Elle lui en enlèvera beaucoup.

La mine enjouée de l'impératrice s'était évanouie.

— Nous voilà donc seuls face à l'ogre, dit-elle.

« L'ogre », tout le monde le comprit, était Frédéric. Sébastien se dit que même la tête de cette éléphante ne fonctionnait plus aussi bien qu'il l'avait cru, car elle semblait ignorer que son cher neveu Pierre ne rêvait que d'offrir à Frédéric II la Russie tout entière, avec ses églises, ses popes et ses richesses.

— L'avez-vous vu ? demanda-t-elle.

— Non, Majesté.

Elle réfléchit un moment.

— Je serais curieuse d'avoir votre sentiment sur lui si vous le rencontrez, dit-elle. Et je veux que vous retourniez à Paris expliquer au roi que Frédéric est le plus grand danger qu'affronte le monde chrétien.

— Vos désirs sont des ordres, Majesté.

Nouveau petit rire impérial, presque un gloussement. Elle tendit la main, il la baisa. C'était le congé. Il recula de trois pas, s'inclina et gagna la sortie. Il lanterna dans l'antichambre. Sans doute l'impératrice échangeait-elle des impressions avec la princesse d'Anhalt-Zerbst et la baronne Westerhof.

Le personnage que Sébastien avait cru reconnaître dans le fond de la salle le rejoignit avant les deux femmes et lui tendit la main. C'était le comte Zasypkine. Ils ne s'étaient pas revus depuis Vienne.

— Je vous ai écouté, dit Zasypkine. Vous êtes clair et exact. Vous avez entendu l'impératrice. Elle vous a quasiment confié une mission à Berlin. Je vous la confirme. Vous recevrez une cassette pour vos frais.

Sébastien hocha la tête.

— L'impératrice a également mentionné une mission à Paris. Qu'en pensez-vous ?

Sébastien fit la moue, puis secoua la tête.

— Le roi Louis ne se sent pas menacé par Frédéric. Ce sont les Anglais qui l'inquiètent, parce qu'ils empiètent sur ses domaines. Il ne voit pas de raison de courir à l'aide de la Russie. Vos seuls véritables alliés sont les Autrichiens.

— Ils sont déjà acquis.

Sébastien haussa les sourcils ; il l'ignorait. Sans doute un accord secret. La princesse et la baronne arrivèrent sur ces entrefaites.

— Vous avez vu Zasypkine, dit la baronne. Qu'avez-vous pensé de votre audience ?

— Je vous le dirai dans la voiture.

*

— Le cœur me semble bien fatigué. Deux ans.

— Quoi ? s'écrièrent en même temps les deux femmes, sursautant sur les coussins de la calèche.

— Même pas. Quinze mois de vie.

— Mais c'est effrayant !

— Mon but n'était pas de vous effrayer. C'est une forte femme. Mais le pouvoir l'a usée. Les plaisirs aussi sans doute. Elle n'a plus sa tête.

Les deux femmes béaient de stupeur. Parler de l'impératrice en ces termes ! Mais il n'allait pas détailler son long apprentissage de l'animal humain, qui avait été son pire ennemi depuis qu'il avait fui le palais du vice-roi, à Mexico. Il savait déchiffrer le chancre du mal de Naples plâtré sous un excès de fard, les lueurs verdâtres sur la peau et la sclérotique safranée des bilieux, le souffle haletant des pulmonaires et des cardiaques, la claudication des podagres et des rhumatisants. Il savait aussi détecter le point faible, pour l'immédiat et l'avenir.

— Comment, elle n'a plus sa tête ? demanda enfin la princesse d'Anhalt-Zerbst.

— Si elle avait deux sous de bon sens, elle saurait déjà que son cher neveu est cul et chemise avec celui qu'elle tient pour son pire ennemi.

Le reste du trajet, qui était d'ailleurs court, fut accompli en silence. Parvenu au palais Orloff, Sébastien fit ses adieux aux deux femmes en attendant son retour à Moscou. Elles semblaient encore sous le coup de sa prédiction.

4

Conséquences psychologiques de la sublimation alchimique

Sébastien avait laissé ses amis à Moscou avec l'illusion qu'il se rendrait immédiatement en Prusse. Or il n'en était pas question. Y avaient-ils seulement songé ? La guerre faisait rage en Europe et il n'allait quand même pas poursuivre Frédéric sur les champs de bataille. Son projet était tout autre : il aspirait à des climats du cœur et de l'esprit plus tempérés que ceux qu'il avait trouvés dans la capitale russe. Pierre le Grand avait bien tenté d'occidentaliser ses sujets, en vain. Ce pays était trop vaste et l'être humain n'y était qu'un vermisseau. La richesse et la misère y étaient également écrasantes. Nulle surprise qu'il fût voué aux tyrans et que le peuple en fût fataliste et mystique.

Surtout, il quittait le tourment que lui causait l'image de la baronne Westerhof. L'aimait-il au sens ordinaire de ce mot ? Un homme tel que lui, au passé chargé de tant de secrets, pouvait-il nourrir un sentiment aussi innocent que l'amour ? Il n'en était plus sûr et le souvenir de la baronne le tourmentait donc doublement : à l'humiliation d'être tenu à distance par une femme qu'on a distinguée entre toutes se joignait le doute sur son propre désir. L'amour ? Le mot n'a pas le même sens à quarante ans qu'à vingt. À supposer qu'elle lui cédât un jour, qu'adviendrait-il si elle lui demandait de l'épouser ? Que seraient alors leurs rapports ? À quarante-deux ans, il n'avait jamais vécu avec une femme plus de quelques heures et se demandait s'il en serait jamais capable, appréhendant les compromissions, c'est-à-dire les désagréments de l'intimité.

De surcroît, il n'était pas dupe de l'usage qu'elle faisait de lui. Elle l'avait attiré à Moscou dans un dessein politique : le préparer à l'élimination du tsar, quand celui-ci serait couronné. Comment ? C'était une autre affaire, et guère imminente, d'ailleurs.

Bref, il s'était agacé de tant penser à elle alors qu'un sujet de réflexion bien plus important s'imposait à lui. Ce sujet se trouvait enfermé dans le coffret de bois doublé de plomb dont il ne se séparait plus. Le contenu en était la terre de Joachimsthal ; depuis la fois précédente où il l'avait examinée, à La Haye, une transformation s'y était produite.

Il gagna Saint-Pétersbourg et, là, attendit un navire danois qui rallierait le continent. La guerre entre la France et l'Angleterre avait en effet bénéficié aux Danois : étant neutres, ils pouvaient pratiquer le commerce des épices désormais interdit aux autres, et comme ils avaient leurs propres possessions dans les Antilles, ils ne s'en privaient pas. Leurs navires sillonnaient la Baltique et la mer du Nord, transportant du poivre, de la girofle, de la muscade et autres condiments, pour relever les aliments des riverains, fades comme l'ennui.

Où irait-il ? Il l'ignorait. À Paris, des chiens de garde enragés, le ministre Choiseul et les frères Pâris veillaient à lui interdire l'accès de Versailles. À Londres, l'échec de La Haye le condamnait à l'anonymat d'un domestique. Ne lui restaient que les territoires du Nord, les États allemands et le Danemark. Il se rappela que l'un des membres de la Société des Amis à Vienne, Johann-Franz von Kufstein, lui avait confié que le roi de Danemark, Frédéric V, aspirait à se joindre à leur loge.

L'attente à Saint-Pétersbourg fut un purgatoire. Des vents glacés semblant souffler de l'au-delà déferlaient sur les esplanades démesurées et les palais italiens que Pierre le Grand avait paradoxalement érigés sur les anciens marécages du Nord. La rigueur précoce de l'hiver exacerba son désir de s'éloigner de la Russie. Dès le second jour, Sébastien ne quitta plus l'auberge de voyageurs où il était descendu que pour aller s'enquérir de l'arrivée du navire espéré. Le reste du temps, il se cloîtrait dans sa chambre, buvant du thé en lisant.

Six jours plus tard, enfin, il embarqua sur un navire qui s'en retournait vide de piments. Il glissa sur une mer de plomb, sous un ciel de fer ; c'était la Baltique. Les escales annoncées seraient Helsinki, Stockholm, Copenhague. Il eut enfin le temps de réfléchir, sous les vols de mouettes qui planaient comme gelées au-dessus du bateau.

S'il y avait un secret suprême dans l'univers, conférerait-il le moyen d'éviter les mers baltiques de l'existence ou bien de les supporter avec sérénité ? Et un mortel pouvait-il jamais accéder à ce secret ? Était-ce lui ? Il avait fatigué tous les manuels d'alchimie : aucun ne faisait mention de la terre de Joachimsthal. Il était donc, lui, le premier au monde à l'avoir découvert. Restait à le percer.

Il se référait souvent aux principes de l'alchimie. Il entamait, en effet, la deuxième moitié de sa vie et se trouvait donc sous le signe de la Balance, celle où l'être aborde le raffinement de ses essences grossières et apprend à épanouir ses rythmes intérieurs.

Peut-être était-ce, incidemment, la raison de son ambiguïté à l'égard de la baronne Westerhof. L'attirance qu'il éprouvait pour elle occupait autant le haut que le bas de son corps. Bref, si elle lui cédait, il ne la prendrait certes pas avec l'emportement sauvage qu'il avait montré un certain soir de sa jeunesse dans les jardins de Constantza avec Danaé, la mère de son fils.

Le voyage dura douze jours et douze nuits ; ils servirent à ce que Sébastien appelait des repérages. S'étant enquis de diverses dates de naissance, dont celles de l'impératrice et du grand-duc Pierre, il établit des horoscopes et les trouva fâcheux pour ces deux-là : ils vivaient leurs derniers mois. Cela signifiait qu'il vivait, lui, ses derniers jours de tranquillité.

Il n'avait pas encore établi les raisons pour lesquelles il devrait se prêter à un coup de main contre le détestable grand-duc. Mais ses pensées aboutissaient toujours à la même conclusion : il n'avait pas le choix. C'était un quitte ou double. S'il s'abstenait de participer au complot en gestation, il perdrait son prestige en Russie. Or, moyennant un peu de courage et de chance, le complot présentait toutes les chances de réussir et la Russie était le seul pays qui le soutînt réellement.

Et quel homme a jamais hésité à courir au secours de la victoire ?

Il se croyait content d'avoir trouvé une réponse à ses dilemmes quand, la terre étant apparue dans les brumes de la fin d'octobre, il fut transpercé par l'idée qu'il était viscéralement attaché à la Russie. Pourquoi ? s'écria-t-il à haute voix. Parce qu'elle était le seul pays qui incarnât la condition humaine. La sienne. La misère la plus ténébreuse et la gloire resplendissante, escortée par les archanges. La cruauté la plus sauvage et le souvenir constant de la réalité humaine.

Il en fut troublé. Au-delà des misérables ambitions humaines, il existait, pendant son parcours terrestre, une exigence plus impérieuse que toutes, faim, soif, désir : l'humanité.

Ce fut dans cet état d'esprit turbulent qu'il débarqua à Copenhague. La ville respirait tout à la fois la prospérité et l'austérité, comme tant de villes protestantes, Londres et La Haye entre autres. Il osa un calembour : la « praustérité ». Pourquoi, se demanda Sébastien, le protestantisme avait-il prospéré au Nord ? Était-ce parce que le climat y contraint les gens plus longtemps à la solitude et que celle-ci incline à s'entretenir avec Dieu sans intermédiaires ni intercesseurs ? Mais à quel dieu parlent donc les protestants, puisqu'ils ne l'ont jamais vu ? Comme les catholiques, ils ne peuvent s'adresser qu'à un Dieu de leur invention. Celui qui, quelques décennies auparavant, avait été Ismaël Meianotte évoqua alors fugitivement, douloureusement, son père, suffoquant dans les flammes du bûcher de l'Inquisition avant de s'embraser… Les Juifs aussi parlaient à un dieu inventé. Comme les mahométans. Et pour tous, c'était un vieux barbu.

Dans ces dispositions pour le moins mélancoliques, il prit quartier dans une auberge, tenue par une vieille femme souriante, mais apparemment dérangée, car elle lui annonça que sa femme ne tarderait pas à le rejoindre. Sur quoi il demanda du papier, une plume et de l'encre, et ce fut toute une affaire, car le libraire qui en vendait se trouvait à quelque distance. Enfin, Sébastien put s'asseoir et rédiger la missive suivante :

> *Sire,*
>
> *J'ai appris à Vienne, par Mr Johann-Franz von Kufstein, que vous aviez la bonté de témoigner de l'intérêt à la Société des Amis que j'y ai fondée. S'il plaisait à Votre Majesté d'obtenir des informations sur ce cercle inspiré par le désir de la paix et du bien, je serai, pendant mon séjour dans votre capitale, à l'auberge du Poisson Joyeux, votre très dévoué serviteur.*
>
> *Comte de Saint-Germain*[1].

Il ne parlait évidemment pas le danois et les Danois parlaient peu l'allemand. Ce fut à grand-peine qu'il parvint à se faire indiquer l'adresse du palais royal de Christianborg et y fut à pied. Sa mise incita les gardes à le laisser passer et le majordome à prévenir le maître de la

1. *La Gazette des Pays-Bas* du 12 janvier 1761 rapporte comme « pratiquement certain » que le comte de Saint-Germain, de passage en Frise en 1760, avait conclu un accord secret avec le roi du Danemark.

maison royale, un gentilhomme à la perruque blanche qui accourut, trottinant sur des jambes grêles gainées de soie. Ayant appris l'identité du visiteur, il le pria de bien vouloir patienter dans un salon voisin et lui fit servir du café, pendant qu'il allait porter le billet à son maître.

À la surprise de Sébastien, quelques moments plus tard, un personnage impérieux entra dans le salon, suivi par le gentilhomme à perruque blanche : c'était le roi Frédéric V en personne.

— Le comte de Saint-Germain ! s'écria-t-il dans un français fort correct, tendant la main au visiteur, qui s'inclinait cérémonieusement. Mais quel heureux événement !

— Votre Majesté est trop bonne avec son serviteur. L'honneur qu'elle me fait me confond.

— Allons donc ! Assoyons-nous. Carl Peter, faites-moi aussi servir du café. Puis vous ferez chercher les bagages du comte à l'auberge du Poisson Joyeux. Vous n'avez rien contre le bleu, comte ?

— Point du tout, Sire.

— Très bien, vous installerez donc le comte dans l'appartement bleu. Dites-moi, comte, d'où venez-vous ?

— De Moscou, Sire.

L'expression du monarque s'assombrit d'un coup.

— De Moscou ? Vous étiez chez les Holstein-Gottorp ?

Sébastien saisit la situation : les Holstein-Gottorp étaient à couteaux tirés avec le Danemark, qui venait de leur enlever le Schleswig ; or, ils revendiquaient sur cette région un droit divin.

— Point, Sire. J'étais l'hôte de gentilshommes qui ne le tenaient guère en grande estime, il me semble.

Frédéric V se rasséréna.

— Ah, vous m'avez fait peur. Ce misérable n'est pas de mes amis, comme vous savez. Quand je pense qu'il deviendra tsar de Russie !

— Il ne le restera pas longtemps, Sire.

Le roi fixa son visiteur d'un regard ébahi :

— Que dites-vous ?

— Qu'il ne restera pas longtemps sur le trône. Son horoscope confirme les lois de la chimie et de la physique.

Frédéric V tendit le cou. Il congédia laquais et majordome et demanda qu'on le laissât seul avec le comte.

— Êtes-vous sûr ?

— Je ne me permettrais pas de proférer devant Sa Majesté des propos dont je ne sois pas convaincu.

— Que disent les lois de la chimie ?

— Qu'un corps étranger de nature antagoniste est détruit par un corps de plus grand volume. Si vous jetez un morceau de charbon de bois dans de l'acide sulfurique, il est immédiatement dissous. Le grand-duc Pierre est étranger à la Russie et la rejette. Il tient sur son pays des propos méprisants. C'est peu sage, car ce pays le rejettera à son tour. De plus, il ne rêve que d'une alliance avec le roi de Prusse, lequel, me semble-t-il, ne rêve que d'agrandir son pays aux dépens de la Russie.

— Le Gottorp est donc un imbécile doublé d'un gredin. Et que dit l'horoscope ?

— Que Mars sera en opposition à Jupiter au moment même où il accédera au plus grand honneur de sa vie.

Le roi se cala et but pensivement son café.

— Que signifie cela ?

— Que les armes s'opposeront à la gloire.

— Comte, c'est la meilleure nouvelle que j'aie entendue de longtemps. Dieu vous bénisse.

— Qu'il vous bénisse, Sire.

— Mais entre-temps, protégé comme il l'est par la *tsaritsa*, il peut faire beaucoup de mal. Il peut lancer une nouvelle offensive contre ce pays…

— Le temps joue contre lui, Sire.

— Qu'est-ce à dire ?

— Des événements sont proches, Sire. Mais je ne suis pas devin.

Le roi réfléchit un moment.

— Mon Dieu, comte, il me tarde d'appartenir à votre société, si elle enseigne autant de savoir à ses disciples. Je vais vous laisser vous reposer et vous rafraîchir. Nous nous verrons au souper. Vous êtes venu sans valet de chambre, je vous confie au soin d'Olav, le plus expérimenté de la maison. À tout à l'heure.

Sur quoi il se leva et quitta la pièce.

Quelques instants plus tard, le valet Olav vint prier le comte de bien vouloir le suivre et le conduisit à ses appartements, qui étaient douillets. Les bagages étaient là, au complet, jusqu'au petit coffre de terre de Joachimsthal. Sur quoi Olav demanda au voyageur s'il souhaitait prendre un bain de vapeur.

Ne s'étant qu'à peine débarbouillé depuis son départ de Saint-Pétersbourg, Sébastien acquiesça, et pendant qu'il suait dans une cabine de bois, dans les caves du château, il se reprit à songer qu'en se débarrassant de l'excès d'humeurs, il se conformait à la sublimation qui caractérise la Balance dans la philosophie alchimique.

Olav emporta les effets défraîchis pour les confier au blanchissage et, s'étant offert aux soins du barbier puis au contact du linge frais, le comte de Saint-Germain se trouva agréablement dispos et prêt à un souper royal.

La sublimation se révélait psychologiquement bénéfique.

5

« Du sable ramassé en enfer ! »

Le souper au palais de Christianborg ne s'annonça pas comme une fête. Il y aurait là seulement trois hommes en plus de Sébastien, le roi, son lecteur, et un pasteur, qui était donc l'aumônier du palais. Sébastien regretta sur-le-champ de s'être habillé comme il le faisait pour les petits soupers de Versailles. Si le lecteur et le secrétaire, tout vêtus de noir, comme des pénitents, se contentèrent de couler des regards de surprise sur les diamants de l'habit bleu pâle et les bagues de l'étranger, les coups d'œil sévères que le pasteur porta sur ses diamants exprimèrent d'emblée une désapprobation sans réserves. Le roi lui-même était en gris, sans faste.

Ils s'installèrent autour d'une table carrée, Sébastien en face du monarque, l'aumônier à droite, le lecteur à gauche.

— Parlez-vous allemand ? demanda le roi.

Sébastien ayant répondu par l'affirmative, il annonça :

— Nous parlerons allemand, car si M. Svendgard en est familier, le pasteur Norrgade ne connaît pas le français.

Le pasteur prononça un *benedicite*, et l'on servit des filets de hareng avec une salade de pommes de terre. Les verres furent remplis d'une eau-de-vie agréablement parfumée au genièvre.

— Le comte m'a annoncé de fort heureuses nouvelles, dit le roi en guise d'ouverture. Il vient de Moscou et pense que le grand-duc Pierre ne fera pas long feu sur le trône, quand il y accédera.

— Ce ne sera pas une grande perte, observa le pasteur Norrgade. J'ai appris qu'il entend marcher sur les pas de ce chenapan de Frédéric de Hohenzollern, qui ne croit ni à Dieu ni au Diable.

Cela donnait le ton. Le pasteur se tourna vers Sébastien :

— Et sur quoi fondez-vous vos prédictions ?

— Je ne fais pas de prédictions, monsieur le pasteur. Ce que j'ai dit au roi est qu'un monarque qui méprise son pays ne se prépare guère un long règne.

Le pasteur hocha doctement la tête.

— Votre analyse était plus savante, comte, reprit le roi. Vous avez évoqué la chimie et les horoscopes.

Le pasteur redressa la tête, comme s'il avait entendu citer le diable.

— La chimie explique en effet, poursuivit Sébastien, qu'un corps antagoniste est détruit quand il est immergé dans un corps plus volumineux. Et l'horoscope du grand-duc Pierre n'est guère plus avantageux que le destin que la chimie lui promet.

— Horoscope ? Vous êtes marchand d'horoscopes ? demanda Norrgade d'un ton agressif, considérant les diamants de Sébastien.

— Non, monsieur le pasteur, je n'en fais pas commerce. Je les étudie pour mon instruction.

— C'est une superstition contraire à la foi, affirma Norrgade, d'un ton qu'il voulait sans réplique. L'astrologie est une pratique païenne qui s'assimile à la divination. Or, tout chrétien doit savoir que les desseins du Seigneur sont impénétrables.

Frédéric V semblait s'amuser de la prise de bec autant que son lecteur Svendgard. Peut-être même l'avait-il préméditée, et ce soupçon contraria Sébastien. Faute d'un combat de gladiateurs, le monarque s'offrait donc le luxe d'un duel entre un pasteur et un libertin, du moins tel que se le représentait un pasteur. Sur quoi le maître d'hôtel fit servir un lièvre rôti et verser du vin dans les verres.

— Le Seigneur n'a-t-il pas créé l'harmonie universelle ? reprit alors Sébastien, sans se départir de son sourire et sachant que celui-ci portait désormais sur les nerfs du pasteur. Et n'est-il pas vrai qu'il ne peut y avoir d'harmonie sans lois ?

Le roi et le lecteur opinèrent fortement. Ce qui suscita l'ire du pasteur.

— Et croyez-vous, monsieur, avoir deviné les lois du Seigneur ?

— Dans sa bonté, ne nous en a-t-il pas révélé lui-même quelques-unes ? répliqua Sébastien. Il nous a ainsi enseigné qu'il existe quatre saisons, que le mois lunaire dure vingt-neuf jours, qu'il faut semer au printemps pour récolter en automne et qu'en toutes choses prévaut l'équilibre entre les antagonismes. Pourquoi aurait-il interdit de percevoir d'autres lois, comme le fait que le feu purifie le minerai pour permettre d'en tirer le métal pur ?

Le roi claqua de la langue en dégustant un vin somme toute médiocre. Norrgade fulminait en silence.

— Cette folie de tout savoir, grommela-t-il en chiffonnant son quartier de lièvre, a été sanctionnée par le Seigneur, quand il a chassé du paradis les deux créatures qui avaient mangé le fruit de l'arbre du savoir.

— Mais pourquoi donc avait-il planté cet arbre au paradis ? s'étonna Sébastien.

Le roi gloussa et le lecteur ne se tint plus.

— Monsieur, contester les desseins du Seigneur équivaut à un blasphème !

— Pasteur, si le Seigneur avait voulu nous interdire de nous interroger sur ses desseins, il ne nous aurait pas élevés au stade d'êtres humains et dotés de raison. Il me semble que ce serait plutôt vous, pasteur, qui contestez sa sagesse.

Norrgade blêmit.

— Je vois, monsieur, que vous êtes animé de cette manie de discutaillerie qui a engendré le libertinage et l'impiété de mise à Paris !

— Allons, pasteur, intervint le roi, il est permis de parler des problèmes de la philosophie entre gens de bonne compagnie.

Le royal rappel à la bienséance calma Norrgade ; il reprit d'un ton qu'il voulait pointu :

— Je serais curieux de savoir quels grands secrets aurait découverts le comte de Saint-Germain.

— Veuillez patienter jusqu'à la fin de ce repas, répondit Sébastien, et vous serez satisfait.

Cependant que Frédéric V et Saint-Germain bavardaient de sujets moins brûlants, la salade et le dessert, une sorte de crème à la noix de coco, furent promptement avalés. On servit le café. Norrgade lançait de temps à autre à Saint-Germain des regards dédaigneux.

— Je vais aller chercher quelque chose dans ma chambre, dit Sébastien, puis je demanderai qu'on sorte les chandeliers et qu'on fasse l'obscurité.

Quand il revint, portant le coffret de terre de Joachimsthal, la pièce n'était plus éclairée que par un chandelier. Il posa le coffre sur la table du repas, le déverrouilla et en rejeta le couvercle en arrière. Une lueur bleuâtre s'en éleva. Au fond, la terre de Joachimsthal scintillait comme jamais. Il semblait qu'avec le temps, et dans un espace restreint et clos, la substance mystérieuse eût consumé ses scories et se fût sublimée.

— Qu'est cela ? s'écria le roi.

— Sire, tenez-vous à distance, dit Sébastien.

— Mais quelle est cette matière ? demanda Svendgard.

— Un élément inconnu, qui consume tout ce avec quoi elle est en contact.

Le pasteur s'était emparé d'un verre d'eau à demi plein.

— Attention, non…, cria Sébastien.

Mais Norrgade avait déjà jeté l'eau à l'intérieur du coffret. Bientôt une vapeur bleutée et phosphorescente s'éleva du coffret. À l'intérieur, la terre de Joachimsthal était demeurée intacte. Norrgade recula, épouvanté, et se signa.

— Vous avez été imprudent, lui dit Sébastien. Maintenant, regardez ceci.

Il sortit du petit sac qu'il avait amené avec lui une plaque de cristal, qu'il plaça sur le coffre. Il posa alors sa main dessus. Les trois convives se penchèrent pour la regarder. Les chairs étaient devenues transparentes ; seules les os des phalanges pouvaient être distingués. Le roi et Svendgard poussèrent un cri de stupeur. Sébastien retira promptement la plaque de cristal et referma le coffret.

— Même les émanations qui s'en dégagent sont trop puissantes pour la nature humaine, expliqua-t-il.

Il reverrouilla le couvercle et posa le coffret par terre, à distance. Les valets avaient assisté à la scène, médusés. Le roi donna l'ordre de ramener les flambeaux et demanda un godet d'eau-de-vie.

— Voilà, pasteur, une de mes découvertes, dit Sébastien à Norrgade, qui faisait une mine furieuse.

— Expliquez-moi ce que c'est, demanda le roi.

— Cette substance naturelle, Sire, semble être un concentré de l'énergie de l'univers. Elle consume tout ce qui est vivant et communique sa force aux éléments avec lesquels elle est mise en contact. Son rayonnement traverse la matière. Je n'en connais pas le nom. Je l'appelle *Phoenix redivivus.*

— Personne d'autre n'en connaît l'existence ?

— Non, Sire, à part ceux, fort rares, à qui je l'ai montrée.

— Le vrai nom de cette substance doit être Lucifer ! s'écria Norrgade, à bout de nerfs. Vous n'avez pas dit où vous l'avez trouvée, mais je ne le devine que trop bien, comte ! C'est du sable ramassé en enfer ! Pardonnez-moi, Sire, mais j'en ai assez vu. Bonne nuit.

Sur quoi il se leva et quitta la pièce à grands pas.

Le roi, Sébastien et Svendgard se regardèrent, ébahis. Puis le roi éclata de rire.

6

« J'espère que les crocodiles vous mangeront ! »

Le lendemain, au cours d'un tête-à-tête, le roi demanda à être informé des buts et des statuts de la Société universelle des Amis. À l'évidence, Frédéric V était désireux de s'y joindre, mais voulait auparavant savoir à quoi il s'engageait ; or une recrue telle qu'un monarque ne pouvait qu'être utile à la fraternité qui se constituait à travers l'Europe. Sébastien lui exposa donc les buts. Il soumit à son interlocuteur les huit préceptes tels qu'ils avaient été rédigés à Vienne[1], lui demanda s'ils lui agréaient.

> *L'Intelligence qui gouverne le monde est incomparablement plus profonde que celle du sage le plus réfléchi. Ses lois sont l'ordre et l'harmonie obtenue par la résolution des contraires. Il est du devoir des esprits supérieurs d'en garder toujours conscience.*
>
> *Les esprits élevés s'efforcent d'agir selon l'inspiration de l'esprit indicible, c'est-à-dire selon ceux de ses desseins qui transparaissent dans ce monde*

---

1. *V. tome I*, Archipoche n° 54.

et non selon leurs passions, car celles-ci sont fugaces et contraires à l'harmonie.

Un esprit éclairé sait que la seule force durable est fondée sur l'harmonie et qu'une force sans amour n'est que violence vulnérable et, en fin de compte, faiblesse.

Toute chose de ce monde appartient à l'un des quatre Règnes, l'eau, le feu, l'air et la terre. Seul l'être humain combine les quatre et, s'il n'est pas régi par l'esprit d'harmonie, il est voué au désordre, par lequel il succombera.

Nulle chose vivante ne peut s'abstraire des lois de la Grande Intelligence, ni des grands cycles de la nature, et sa méconnaissance de ces rythmes suprêmes ou sa rébellion contre eux ne peuvent que le vouer également au désordre.

Le propre d'un esprit inférieur est de flatter les passions, celui d'un esprit supérieur de les transmuter en énergie divine.

La fraternité des esprits supérieurs est semblable à l'harmonie des planètes. Quand elle est bien accordée, elle régit le monde.

Les secrets de la nature ne doivent pas être divulgués, car s'ils tombaient au pouvoir d'esprits inférieurs, ils serviraient alors des buts infâmes.

— Cela est noble, dit le roi. Qui donc a rédigé ces préceptes ?

— Plusieurs esprits animés d'abnégation et de hauteur, Sire.

— En étiez-vous ?

— Oui, Sire.

— Combien d'adeptes comptez-vous en Europe ?

— L'inventaire n'en est pas établi avec précision, mais les diverses branches de notre société comptent bien une cinquantaine de milliers de membres.

— Croyez-vous qu'ils soient tous d'un esprit aussi élevé que vous le souhaitez ?

— Non, Sire, mais nous espérons que les plus distingués répandent leur intelligence sur les autres.

Le roi réfléchit un moment.

— Vous pensez donc que si je me joignais à vous, je contribuerais à éclairer mon peuple ?

— Cela ne fait aucun doute. Cela permettrait de tenir en échec des esprits médiocres tels que le pasteur Norrgade.

— Pourquoi est-il médiocre ?

— Parce qu'il s'en tient à la lettre de l'enseignement chrétien et n'en saisit pas l'esprit. Il est pareil au fou qui regarde le doigt lui indiquant la lune et non la lune elle-même.

Le roi émit un petit rire.

— Soit, il me plairait d'appartenir à cette fraternité.

Cela posait trois problèmes : le premier et le plus important était l'absence de loge à Copenhague. La plus proche était Lübeck, et il était douteux que Frédéric V consentît à s'éloigner de sa ville, fût-ce incognito. La deuxième était associée : l'admission d'un récipiendaire se faisait selon un cérémonial fixe, comportant sept frères ; cela était hors de question. La troisième n'était pas redoutable : à supposer que Frédéric V acceptât, les statuts de la loge que venait de fonder Sébastien, le chapitre du saint Temple de Jérusalem, exigeaient que tout récipiendaire passât par les trois stades de novice, compagnon et maître ; or le noviciat imposait le silence à l'impétrant et il était douteux que le roi s'y pliât. Sébastien décida donc de passer outre. De sa propre autorité, il admettrait le roi au stade suprême.

Il pria le roi de bien vouloir se prêter à un examen préliminaire ; le monarque obtempéra avec une parfaite bonne grâce. Sébastien écouta ses réponses et les approfondit à l'occasion. Cela fait, il se déclara parfaitement satisfait de ce qu'il avait entendu et jugea l'impétrant hautement digne de se joindre au chapitre du saint Temple de Jérusalem car, expliqua-t-il, la Société se diversifiait selon les régions du monde où elle étendait ses lumières.

— Je ne connais personne au Danemark qui appartienne à notre Société, déclara-t-il, et je me réjouis que Votre Majesté soit le premier de nos adeptes. Ce soir, après le souper, je prierai Votre Majesté de bien vouloir nous réserver la soirée dans le secret le plus absolu. En tant que fondateur de la Société et grand maître du chapitre du saint Temple de Jérusalem, je me ferai un honneur de vous en sacrer premier chevalier et commandeur. Aucun autre grade ne peut convenir à un monarque. Mais, Sire, à ce titre, il vous faudra rapidement rallier assez de membres pour constituer une loge, sans quoi votre autorité serait inutile.

— Je m'en fais fort, répondit Frédéric.

À l'heure dite, les deux hommes se retrouvèrent dans un salon fermé à clé. Sébastien avait revêtu pour la circonstance la cape rouge à col et parements blancs, il portait la croix blanche dans le dos, et le collier de l'ordre qu'il transportait en permanence dans ses malles. Debout entre deux candélabres, il lut la longue sommation faite à l'impétrant de respecter en tous lieux et toutes circonstances les huit préceptes auxquels il faisait foi d'adhérer de toute son âme.

Le roi paraissait ému. Quand il eut repris les termes des huit préceptes et prêté serment d'y adhérer jusqu'à sa mort, Sébastien dégaina son épée et, en touchant l'épaule du monarque, le sacra grand commandeur. Il s'inclina alors devant le roi et, à son tour, le premier chevalier s'inclina devant lui. Sébastien versa du vin dans une coupe désignée pour la circonstance, y trempa les lèvres et la tendit au roi :

— Tous les chevaliers sont frères, Sire, et spirituellement, ils boivent tous dans la même coupe. Or, vous êtes notre frère à tous.

Le roi but consciencieusement une gorgée du vin et reposa la coupe. Sébastien prit alors une cape identique à la sienne qu'il avait apportée, en revêtit les épaules du roi et attacha le cordon sur la poitrine. Enfin, il ceignit le chevalier du « ruban de l'ordre », auquel pendait une croix dorée, ornée au centre d'un diamant. Et là, les deux hommes se donnèrent l'accolade.

Les douze coups tintèrent à la tour du palais et au carillon de la pendule du salon.

— Voici que commence le premier jour de votre vie, Sire. Que le soleil prochain baigne toute votre existence, à travers les nuages de l'ignorance et de l'adversité.

*

Le surcroît d'égards que Frédéric V témoigna à son hôte dès le lendemain fut évident pour tous, même si personne n'en connaissait les raisons. Ayant aperçu le pasteur Norrgade au rez-de-chaussée du palais, alors qu'il s'apprêtait à aller faire une promenade dans la ville, Sébastien se prépara à un nouvel assaut d'aigreur. Point. Lorsqu'il parvint dans le vestibule, le pasteur avait disparu comme par enchantement. Grand bien lui en fît. Sébastien descendit donc le perron et s'en fut vers le port, bien qu'il commençât à neiger, pour voir les marchandises qui désormais faisaient la prospérité du Danemark.

Son regard se faisait circulaire pour ne pas perdre une miette de l'activité, intense en cette mi-novembre où les gens étaient encore plus avides d'épices et de condiments exotiques, pour le surcroît de chaleur qu'ils procuraient. Il s'avisa alors qu'il était suivi depuis un moment par trois hommes qui ne semblaient guère avoir d'autre but que de lui emboîter le pas, bien que son parcours eût été capricieux.

Il arrivait alors devant l'auberge du Poisson Joyeux, où il avait pensé s'installer à son arrivée. Feignant la nonchalance, il en poussa la porte et demanda à la tenancière si elle confectionnait du chocolat chaud.

— Certainement, ami, vous partagez donc les goûts de votre épouse, répondit-elle.

Elle n'avait donc pas retrouvé la raison. Il s'attabla devant une fenêtre, dans la taverne qui faisait partie de l'auberge, et surveilla l'extérieur. Les trois suiveurs s'étaient arrêtés devant, visiblement perplexes ; ils parlaient entre eux, sans détacher leurs yeux de la porte. Ils ne pouvaient le voir, car les carreaux de la fenêtre étaient embués. Il pouvait donc craindre qu'ils finissent par le rejoindre à l'intérieur où, leur attitude suspecte donnait toutes les raisons de le soupçonner, ils lui réserveraient un mauvais coup.

Il demanda alors à l'aubergiste, en prenant soin de parler aussi distinctement que possible, s'il y avait une autre porte à l'auberge que celle par laquelle il était entré.

— Oui, répondit-elle, mais elle donne dans la rue des Corroyeurs. Cela sent très mauvais.

Qu'à cela ne tînt ; il lui demanda de lui indiquer cette porte, qui était celle des cuisines, paya le chocolat qu'il n'avait pas bu avant de sortir, gagnant une venelle qui, de fait, sentait le diable. De là, il se repéra rapidement et, un quart d'heure plus tard, franchissait à nouveau l'enceinte du palais et escaladait le perron. Il demanda, quelque peu haletant, à parler au maître de la maison royale. Accourut le même gentilhomme qui l'avait accueilli.

— Monsieur, dit-il, c'est une affaire urgente. J'ai besoin de trois gaillards pour m'accompagner sur le port.

L'autre écarquilla les yeux.

— On me prépare un mauvais coup et je veux savoir qui sont mes ennemis. À trois contre un, je n'ai aucune chance de m'en sortir. Mais à quatre, c'est possible, car je veux ramener ces gens ici et les interroger.

— Comte, je vous donne trois soldats de la Garde, tout de suite, répondit l'autre, de plus en plus effaré.

Quelques moments plus tard, Sébastien sortit à nouveau du palais, menant trois soldats de belle carrure, tous quatre reprenant d'un pas vif le chemin détourné qu'il avait suivi. Ils s'engagèrent dans la rue des Corroyeurs, traversèrent les cuisines et s'installèrent dans la taverne, sous les yeux de l'aubergiste ébahie. Ils étaient à peine assis que la porte de la taverne s'ouvrit et que les trois inconnus firent irruption.

— Le voici ! s'écria l'un d'eux, se dirigeant vers Sébastien et, ce faisant, il tira de sa ceinture une vilaine dague longue d'une main.

— C'est eux ! cria Sébastien aux gardes.

Voyant les trois gardes sabre au clair, les hommes surpris s'arrêtèrent à trois pas et tentèrent de reprendre la porte.

— Pas si vite, cria Sébastien, qui s'était élancé vers la porte et qui avait dégainé son épée.

Un des trois hommes se jeta sur lui, la dague tendue ; il avait sous-estimé son adversaire. Sébastien lui transperça le bras de son épée. L'homme cria, la dague tomba. Les deux autres étaient encadrés par les gardes. Ils tentèrent de se débattre ; les sabres les en dissuadèrent. Ils crièrent des mots que Sébastien ne put comprendre et reçurent en réponse des coups de crosse.

— Maintenant, madame, dit Sébastien à l'aubergiste, stupéfaite, veuillez nous apporter de la corde.

— Maudit mécréant ! cria celui qui semblait être le meneur, un homme à la barbe grise et carrée, et il cracha au visage de Sébastien.

— Comment as-tu dit ? demanda Sébastien.

— Créature du diable !

— C'est bien ce que je pensais, dit Sébastien.

Il sortit son mouchoir de sa poche, essuya le crachat et rengaina son épée.

— Ligotez-les, ordonna Sébastien, et attachez-les tous trois ensemble.

Cela fait, ils reprirent le chemin du palais, l'un des gardes tenant la corde qui unissait le lamentable cortège. La garde stupéfaite regarda ses collègues, le comte et les trois prisonniers.

— On ne peut pas les introduire au palais, observa Sébastien.

— Nous allons les mener à notre pavillon, décida le commandant, venu s'enquérir de l'incident.

— Fort bien, dit Sébastien. Je vais prévenir le maître de la maison royale.

*

— Que projetiez-vous ? demanda le commandant, cependant que le roi, son secrétaire, Svendgard et Sébastien écoutaient dans le réfectoire du pavillon des gardes. Le secrétaire faisait office de traducteur.

Le mutisme haineux et terrifié des prévenus l'exaspéra. Il secoua le barbu par les épaules.

— En finir avec lui, n'est-ce pas clair ? lâcha l'homme à la fin. Quelques coups de poignard et on l'aurait fichu à la flotte.

— Pourquoi ?

— C'est le diable, n'avez-vous pas d'yeux pour le voir ? Il a même deviné nos intentions alors que nous étions à cinquante pas de lui. Il nous a piégés, traîtreusement. Et vous êtes complices !

Le commandant souffleta l'homme.

— Respecte ton roi !

— Nous voulons le protéger.

— Pour le compte de qui agissiez-vous ?

— Pour le compte de notre Dieu.

— Pour le compte de quel homme ?

— Je te le répète, pour le compte de notre Dieu et de notre roi. Pour défendre notre roi contre le diable !

Le roi échangea un regard avec Sébastien. Les autres écoutaient l'interrogatoire d'un air épouvanté.

— Qui vous a fait croire que cet homme est le diable ? demanda le roi.

— Votre serviteur, répondit l'homme d'une voix basse.

— Quel serviteur ?

— Votre aumônier.

Le roi souffla de fureur.

— Norrgade ?

L'homme hocha la tête.

— Qu'on aille me chercher Norrgade ! Et que ces hommes soient jetés en prison jusqu'à ce que j'avise. Ils sont coupables du crime de lèse-majesté pour avoir attenté à la vie d'un de mes hôtes.

Il sortit comme une bourrasque dans la neige qui s'épaississait et regagna le palais.

— Je vous prie d'accepter mes très sincères et violents regrets, dit-il à Sébastien quand ils eurent gagné le vestibule.

— C'est à moi, Sire, de vous présenter mes regrets d'avoir causé cet incident.

— Si vous n'aviez pas eu la présence d'esprit de sortir par une porte dérobée et de venir chercher du secours, j'aurais votre meurtre sur la conscience, comte.

Le roi, Sébastien et Svendgard gagnèrent un des salons au premier étage et le roi commanda un en-cas.

— Allez voir, je vous prie, ordonna-t-il à son secrétaire, pourquoi l'on tarde à trouver cette vipère de Norrgade.

Mais il fallut se résoudre à entamer l'en-cas sans qu'on eût retrouvé le pasteur. Le roi se retira après avoir annoncé à Sébastien qu'ils souperaient avec la reine et le pria de les trouver à six heures dans le même salon que la veille et le soir précédent, celui où l'on dressait des tréteaux pour le souper.

Sébastien alla prendre du repos. Quand il quitta ses appartements, peu avant l'heure dite, il entendit des éclats de voix dans le salon et reconnut celle du monarque et le danois. Deux soldats montaient la garde à la porte. Inquiet, il se fit annoncer par l'appariteur et pénétra dans le salon. Le roi allait et venait tandis que la reine était assise et blême. Norrgade se tenait debout devant eux.

— Ah, vous voilà, comte, heureux de vous voir, dit le monarque, passant à l'allemand. Nous avons enfin retrouvé le gredin qui se dit homme de Dieu et qui, dans sa cervelle boucanée, a conçu le projet du crime le plus infâme ! Attenter à la vie d'un de mes hôtes !

— Mon devoir est de vous défendre contre le mal, Sire, répondit Norrgade.

Il tourna la tête vers Sébastien et une grimace exprimant le dégoût le plus profond déforma son visage.

— Ce Français porte en lui les miasmes du libertinage et de l'impiété. À l'impiété succédera la chute inéluctable de votre maison.

Un homme de haute taille et d'allure imposante entra après avoir été annoncé. Sébastien reconnut le ministre du roi.

— Norrgade, vous parlez comme si j'étais un enfant privé de discernement et que vous déteniez toute la sagesse du monde. Mais vous interprétez la loi divine à votre guise, ce qui est le signe des assassins les plus dangereux. Je pourrais vous condamner à mort. Mais je vous exile à vie comme aumônier sur les navires de notre flotte, avec interdiction formelle de remettre pied dans mon royaume. J'espère que les crocodiles vous mangeront. Gardes, que le pasteur Norrgade soit mis aux arrêts jusqu'à ce qu'il embarque sur le premier navire en partance pour les pays des cannibales.

On emmena le pasteur hors de la pièce. Le roi, le sourire aux lèvres, se tourna alors vers le ministre et Sébastien. Mais l'impression laissée par la scène mit un certain temps à s'estomper.

*

Comme Sébastien l'avait craint, la désinvolture royale avait été présomptueuse.

Le lendemain, Svendgard informa discrètement Sébastien que l'évêque de Copenhague en personne était venu demander la grâce du pasteur, excipant de l'injustice qu'il y avait à sévir avec autant de rigueur contre un serviteur fidèle du roi et de Dieu, en faveur d'un étranger suspect de libertinage. Feignant de s'être adouci, Frédéric V avait alors mué sa sentence en exil à Saint-Thomas, dans les îles Vierges.

Des rumeurs circulaient déjà à la cour et en ville, poursuivit le lecteur du roi, selon lesquelles un mirifique étranger était venu répandre au palais un esprit d'insidieuse sédition. On le tenait pour un agent de l'ennemi. Quel ennemi ? Nul n'eût su dire. Tout le monde a conscience d'un « ennemi inconnu ». Chacun est persuadé qu'un vaste complot vise à détruire sa patrie, sa religion et sa famille. L'information laissa Sébastien songeur, car il savait ses ennemis aussi actifs que ses amis.

L'après-midi, alors qu'il était parti explorer la capitale, Sébastien esquiva de peu une betterave cuite lancée par un gamin qui prit la fuite. Un peu plus loin, alors qu'il s'était arrêté pour examiner la statue de l'évêque Absalon, fondateur présumé de Copenhague, un homme vint agiter le poing sous son nez. Son signalement circulait en ville.

Quatre jours après l'orageux souper, Sébastien prit congé du roi avec effusion. Il avait assez tâté de l'intolérance. Le masque de pierre froide du nouvel aumônier royal ne lui inspirait pas plus de confiance que celui du précédent, même si sa courtoisie mielleuse révélait qu'il était instruit par l'exemple. Les catholiques avaient mis son père sur le bûcher, les protestants voulaient l'assassiner. Décidément, Dieu était un beau prétexte.

Au moins les Russes, se dit-il, avaient-ils la franchise de leurs crimes.

7

« Le sort du monde dépend-il donc de moi ? »

Où aller ?

Il avait annoncé à Moscou qu'il se rendrait chez Frédéric. Mais aucune urgence ne l'y poussait et le Prussien était encore en guerre contre les Russes, les Autrichiens et les Français ; il serait hautement téméraire de s'aventurer dans des territoires où la malle-poste pourrait se trouver sur la trajectoire d'un boulet. Il décida de se replier sur son manoir, près de Höchst. Encore faudrait-il trouver une malle-poste car on ne voyageait guère en cette saison. Il dénicha bien un cocher qui consentit à le mener où il voulait, mais à condition qu'il payât la totalité des frais ; Sébastien en convint.

Sur le départ cependant, il assura bruyamment à tout le monde qu'il retournait à Moscou, c'est-à-dire qu'il partirait vers l'est ; ce mensonge était destiné à tromper ceux qui se mettraient dans l'idée de le poursuivre en rase campagne et de lui régler son compte sur un talus.

La neige et la pluie rendaient les routes difficiles, sinon impraticables, et l'équipage n'abattait guère plus de six ou sept lieues par jour, d'autant plus que les journées étaient courtes. De surcroît, et au grand contentement du cocher,

Sébastien fit de longues haltes sur le chemin, notamment à Hambourg, à Hanovre, à Cassel, où il connaissait des membres de l'une ou l'autre branches de la Société des Amis.

Néanmoins, ce long voyage d'hiver, à travers des plaines enneigées et des bois poudrés à frimas, évoqua pour le passager solitaire une parabole de l'existence : la traversée d'un désert.

Des loups poursuivirent deux ou trois fois l'équipage. Sébastien, qui en était prévenu, avait emporté deux pistolets et, quand une meute s'approcha de trop près, il ordonna au cocher de ralentir, ouvrit la portière et tua quelques imprudents. Il ne sut si c'était le vacarme des détonations ou la mort de leurs congénères qui découragea le reste. À cet égard, les loups ressemblaient aux hommes. L'excès de difficulté les décourageait.

Un après-midi, peu avant Giessen, le cocher ralentit jusqu'à presque s'arrêter. Sébastien s'apprêtait à lui en demander la raison quand, se penchant à la portière, il comprit. Une fillette se tenait sur le bord de la route avec un compagnon inattendu. Emmitouflée dans un habit bleu, visiblement militaire, elle semblait sur le point de succomber au froid et le singe n'en menait guère plus large.

— Monsieur, cria le cocher, les laisserons-nous aux loups ?

Sébastien ouvrit la portière et fit monter la gamine ; il dut presque la hisser, car elle n'avait plus de forces. Le singe, lui, fut d'un bond dans la voiture ; il avait deviné où se trouvait le salut. Il était protégé du froid par une sorte de casaque de laine jadis rouge et d'un bonnet à clochetons. Bien que la voiture ne fût pas chauffée, la température y était plus clémente qu'à l'extérieur et l'animal poussa des cris, de joie sans doute.

Du diable s'il s'était attendu à emmener un singe à Francfort !

Il fit asseoir la fillette en face de lui et s'avisa que la tunique militaire était percée d'un trou auréolé d'une sinistre tache noire. Il ouvrit le panier à provisions pour en tirer un morceau de pain et une saucisse. Quatre bras avides s'en emparèrent en un clin d'œil, puis la fillette disputa le pain à son compagnon. La scène était pathétique. Il examina ses passagers ; la fillette devait avoir douze ou treize ans. La mise de l'animal indiquait son métier : artiste de foire. Il interrogea sa passagère en allemand ; elle le baragouinait à peine. Au bout d'un dialogue haché, il parvint à comprendre qu'elle était gitane, que ses parents avaient été tués quelques jours plus tôt dans des combats devant Fulda et qu'elle n'avait dû son salut qu'à la fuite dans les forêts. La tunique qu'elle portait avait été arrachée au cadavre d'un soldat français.

Fulda ? La guerre se poursuivait donc, et jusque dans les parages.

Il frissonna, bien qu'il n'eût pas froid.

*

Parti de Copenhague le 17 octobre, il arriva de ce train à Francfort le 7 novembre. La malle-poste franchit enfin l'unique pont du Main et Sébastien reconnut avec soulagement la porte Eschenheimer et la Katharinenkirche. Il fit arrêter la malle-poste pour déposer la fillette et son animal, après lui avoir donné une pièce et le reste de ses provisions ; elle trouverait bien moyen de gagner sa vie. Il s'arrêterait trois jours dans cette ville, le temps d'adresser un billet au prince de Hesse-Cassel pour le prévenir de son retour, et d'acheter des vivres pour le manoir, déserté depuis des mois. Il descendit dans une auberge bien chauffée, celle de la Bulle d'Or[1], et paya également le gîte de son cocher et l'écurie pour les deux chevaux.

Puis il se mit en quête d'un domestique.

L'aubergiste, émerveillé par les grands airs de son client, le comte de Saint-Germain, lui en présenta trois dans l'heure. Sébastien les jugea rustres, contrefaits, malodorants et le visage malhonnête ; ils parlaient un patois inintelligible et paraissaient du genre à s'éclipser avec les bagages de leur maître. Il n'en retint donc aucun. Le lendemain matin enfin, un gaillard de six pieds de haut toqua à la porte. La mine aimable, un rien moqueuse et résignée tout à la fois, il s'appelait Franz, il avait vingt ans et était vêtu de haillons détestables.

— Chez qui avez-vous servi ? demanda Sébastien.

— Chez personne, monsieur. Je suis portefaix sur les quais du Main.

— L'armée ?

— La solde ne valait pas ma vie, monsieur.

---

1. Bulle par laquelle l'empereur Charles IV avait décidé en 1326 que Francfort serait désormais la ville où les empereurs d'Allemagne seraient élus.

Cela était dit sur un ton placide, sans révolte ni sarcasme. La réponse frappa Sébastien : quelle solde valait donc une vie ?

— Fort bien, répondit Sébastien après l'avoir dévisagé, allez prier l'aubergiste de monter.

Quelques instants plus tard, les deux hommes se présentèrent.

— Aubergiste, dit Sébastien, je veux que vous convoquiez sur-le-champ un tailleur pour confectionner un habit convenable à ce garçon. Entre-temps, je veux qu'il se rende aux bains et se débarbouille de façon civilisée. Je vous donne une heure pour les deux tâches.

Il sortit se promener, et surtout se mettre en quête de libraires. De retour à l'auberge, il trouva le tailleur, l'aubergiste et Franz qui le considérèrent avec un respect évident.

— Tailleur, veuillez m'habiller ce gaillard convenablement, ordonna Sébastien.

— Messire, si vous en êtes pressé, je crois plus sage de l'emmener chez le fripier. Nous trouverons certainement des habits des officiers de la Garde de Son Altesse.

L'altesse en question était le prince de Hesse-Cassel. La proposition n'était pas sotte. Sébastien sortit de sa poche une pièce d'or et la tendit au tailleur, galvanisé.

— Allez et revenez. J'attends.

Il se fit servir un carafon de vin et des biscuits. Quand ils revinrent, avec Franz habillé pour l'occasion, il fit la grimace.

— Je n'ai pas besoin d'un officier de la Garde, mais d'un valet. Les chausses vont à la rigueur, mais la redingote est hideuse. Changez-moi les revers. D'ailleurs ils sont sales à faire peur. Et trouvez à ce jeune homme un gilet de bon goût, assorti à une chemise convenable et une cape.

Franz riait dans sa barbe, exprimant l'amusement de Sébastien.

— Oui, Excellence.

— Demain matin à neuf heures.

— Oui, Excellence.

Le tailleur décampa avec la redingote. L'aubergiste était éberlué. Sébastien invita Franz à souper. Une friture de petits poissons, une salade de pommes de terre, mais un vin du Rhin fort passable. Le nouveau domestique but d'ailleurs le flacon à lui seul.

— Qu'est-ce que la vie pour vous, Franz ?

— Des caisses et des cageots à décharger. Le prochain repas. Tenir l'âme chevillée au corps, monsieur le comte.

Sébastien sourit.

— On ne vous a pas appris à mentir, Franz ?

— Je n'en ai jamais trouvé d'occasion valable, monsieur le comte.

Là, Sébastien éclata de rire.

— Pourquoi croyez-vous que l'on mente ?

— Par ruse ou par faiblesse. Je ne me crois ni rusé ni faible.

— Que pensez-vous de votre nouvelle condition ?

— Qu'elle vous convient, monsieur le comte.

Diable, ce paysan avait l'esprit de repartie. Il rappelait le chevalier de Barberet, par ce mélange de réalisme, de candeur et de sang-froid que Sébastien appréciait particulièrement chez un homme.

— Dans ce monde, reprit Franz, ou bien l'on possède, ou bien l'on est possédé. Si l'on ne veut pas être possédé, on fait la guerre. Je ne vous ferai donc pas la guerre, monsieur le comte.

Ce nouvel aperçu du bon sens populaire mit Sébastien d'excellente humeur. Il dormit mieux qu'il l'avait espéré sur la paillasse de l'auberge. Franz dormit par terre dans la pièce voisine, sur une literie de fortune. Sébastien lui trouva une qualité de plus : il ne ronflait pas !

Le lendemain matin, le tailleur rapporta les vêtements rafraîchis et, réglé d'avance, prit congé avec force courbettes. L'aubergiste, lui, tremblant de respect, apporta un billet du prince, qu'un messager venait de livrer.

Comte,

Votre retour en Hesse est un rayon de soleil dans cet hiver de purgatoire. Faites-moi le plaisir de souper avec moi ce soir. J'enverrai une calèche à cinq heures et souhaite que vous preniez vos quartiers au château. J'ose espérer qu'ils ne seront pas moins confortables que ceux de l'auberge de la Bulle d'Or.

Wilhelm de Hesse-Cassel.

*

Miséricordieusement, le château était convenablement chauffé, en dépit des courants d'air sournois et sifflants qui déboulaient soudain par des portes ou des escaliers, comme de mauvais esprits portant les menaces de la fluxion ou de la phtisie. L'accueil du prince les compensa.

— Dites-moi, comte, demanda-t-il, quels sont les progrès que vos lumières permettent d'espérer ? Où avez-vous été depuis nos derniers entretiens ? Savez-vous les derniers événements ? demanda le prince, debout devant une cheminée à brûler un chêne entier, un verre de xérès en main.

— Je n'ai pas lu une gazette depuis trois semaines, répondit Sébastien. Y a-t-il donc eu de grands événements ?

— Comte, s'écria le prince, avec une animation inusitée, vous n'êtes pas informé de la bataille de Torgau ? La victoire de Frédéric de Prusse ?

Et, comme Sébastien secouait la tête, le prince poursuivit :

— Frédéric a eu raison des Russes, des Autrichiens et des Français ! Mais à quel prix !

Il lui résuma alors la bataille : le 3 novembre, c'est-à-dire cinq jours auparavant, et alors que ses grenadiers et sa propre artillerie avaient été décimés par l'artillerie autrichienne à Torgau, Frédéric, dans la nuit même, avait attaqué avec ses derniers renforts et chassé l'ennemi de Torgau. Le prince Ferdinand, lui, avait repoussé victorieusement les Français jusqu'à Fulda. Mais les cosaques occupaient Berlin.

Sombres nouvelles. Sébastien se dit qu'il avait eu raison de ne pas aller à Berlin, car Frédéric ne s'y trouvait évidemment pas.

— Et où en est-on, maintenant ? demanda-t-il.

— Les quatre belligérants sont à bout de ressources. Frédéric a perdu, m'assure-t-on, quinze mille hommes et il n'a plus le sou. Les Anglais sont en désarroi depuis la mort de leur roi George II, mais ils ne tarderont pas à se ressaisir. Ils n'accepteront évidemment pas que les Russes ni les Français emportent la partie. Quant aux Russes, ils peuvent encore trouver des troupes. Et tout recommencera, comme depuis sept ans ! se lamenta le prince.

Le silence régna quelques instants.

— Où étiez-vous ? demanda le prince.

— J'étais à Moscou, Votre Altesse, et je ne sais si mon lumignon y a dégelé beaucoup de cervelles. Les gens y sont pressés par d'autres événements qui me semblent imminents et non moins importants. La vie de l'impératrice Élisabeth me paraît toucher à sa fin et son successeur n'est certes pas un phare…

— Pierre ? coupa le prince. Le Holstein-Gottorp ? Vous l'avez vu ? Qu'en pensez-vous ?

Sébastien tenta de se rappeler si le prince était allié aux Holstein-Gottorp et ne trouva guère de mariage qui l'indiquât.

— Il ne rêve que de l'amitié de Frédéric de Prusse et tient la Russie pour une vaste tourbière habitée par des âmes mortes, répondit-il.

Le prince poussa un long soupir.

— Comte, écoutez-moi. Écoutez-moi bien, je vous prie. Nous, c'est-à-dire les États d'Europe qui ne sont ni la Prusse, ni la Russie, sommes partagés entre Charybde et Scylla. Si la politique de l'impératrice réussissait, les États allemands seraient vassaux de la Russie avant la fin du siècle. Elle a forgé une alliance avec la France et l'Autriche pour écraser la Prusse. Mais elle ne s'arrêtera pas en si bon chemin ! cria le prince. Elle étendra son empire jusqu'au Rhin. Voyez-vous l'horreur ? Voilà pour Charybde. Mais si Frédéric l'emportait, nous serions dévorés par ce loup. Et voilà pour Scylla. C'est un siècle d'esclavage qui nous menace, donc de révoltes et de guerres. Il vous faut intervenir.

— Monseigneur, je n'ai pas d'armée, répondit Sébastien en souriant.

— Trouvez quelque solution. Vous avez vos entrées dans toutes les cours. Il est impératif que vous évitiez l'un ou l'autre désastre.

Sébastien demeura un moment sans répondre. Oui, il fallait éviter que le grand-duc Pierre confortât Frédéric, assez pour que celui-ci, assuré de ses arrières, se lançât dans la conquête des États allemands et de l'Europe. Et il fallait également éviter que la Russie triomphât trop aisément de Frédéric.

C'était une opération d'alchimie, consistant à maintenir l'équilibre entre deux corps dévorants.

— Je n'ai guère de pouvoir, monseigneur, répondit-il, pour s'entendre assurer qu'il en avait.

Mais auprès de qui ? Il ne pouvait parler au prince du complot qui se tramait à Moscou et sur lequel il avait ses propres doutes. Ce n'étaient certes pas les quatre frères Orloff, ni la lunaire baronne Westerhof qui interrompraient à eux seuls le règne du grand-duc Pierre quand celui-ci serait monté sur le trône.

Et qui était-il, lui, Sébastien de Saint-Germain, pour se mêler de tout cela ? Il avait échoué dans la mission que lui avait confiée Louis le Quinzième, qui était pourtant bien moins difficile. Comment réussirait-il dans celle que suggérait le prince ? Qu'attendaient donc de lui la princesse d'Anhalt-Zerbst, la baronne Westerhof et les frères Orloff ?

« Le sort du monde dépend-il de moi ? » se demanda-t-il.

Un découragement le prit. Il but une gorgée de xérès. Mais il lui eût fallu une potion de la fée Viviane pour lui rendre quelque confiance en lui-même.

— Comte, dit le prince, le sort vous a privilégié de façon exceptionnelle. Montrez-vous à la hauteur des faveurs qu'il vous a conférées. Il existe un moyen de nous sortir de ce dilemme. Je ne le connais pas et ne serai donc pas suspect de vous le dicter. Mais vous le trouverez. J'en suis sûr.

Quelle confiance inspirait-il donc ?

Les premiers convives arrivèrent pour le souper. Sébastien parvint à faire bonne figure. Mais quand vint l'heure de se retirer, il se sentait rompu et dut s'appuyer sur le bras de Franz pour gagner son lit. Il se laissa déshabiller et sombra dans un sommeil pareil à l'un de ces marécages qui engloutissent des Léviathan dans un silence fangeux.

8

Arsinoé, chienne bichon et reine de Prusse

Sébastien demeura trois jours chez le prince de Hesse-Cassel, le temps de faire effectuer par Franz et les domestiques du château des provisions pour Höchst et de clarifier dans son esprit la situation générale.

Il devait intervenir, oui. Il se trouvait dans la position d'un troisième joueur dans une partie d'échecs dont on attendait qu'il usât de ses pouvoirs suprêmes pour changer le cours de la rencontre.

Sinon, à quoi donc servaient l'alchimie et la Société des Amis ?

Trois jours furent nécessaires pour chauffer le manoir et le rendre supportable. Sébastien parvenait à peine à penser tant il était transi et ne quittait pas son bonnet de fourrure, même quand il dormait sous une couverture de peaux de loups. Il avait prêté sa pelisse à Franz, qui s'y enveloppait la nuit pour trouver un minimum de confort.

L'hygiène fut oubliée pendant quelques jours. Ni le maître ni son serviteur ne se rasèrent. Ils finirent par ressembler à des brigands. Ils se nourrissaient de pain, de jambon séché, de soupes de carottes et de choux, de lait et de miel. Vers cinq heures de l'après-midi, dans l'intimité de deux naufragés, ils prenaient une tasse de café ou de chocolat avec un morceau de pain. Ce ne fut qu'une semaine après leur arrivée qu'ils se firent la barbe et regagnèrent une apparence un peu plus civile.

En faisant chauffer de la neige, qui s'accumulait en abondance dans les parages immédiats, on se passait d'aller puiser de l'eau au puits. Sébastien refit donc sa première toilette depuis son séjour chez le prince de Hesse-Cassel.

La provision de bois s'amenuisant, Franz alla abattre des arbres dans les environs. Le serviteur avait étrangement lié son destin à celui de son maître.

Cette existence d'ermites sans prières, songea Sébastien, était le prix de la liberté. Novembre s'écoula de la sorte. De temps en temps, Franz enfourchait le cheval et se rendait à Francfort acheter des vivres, qu'il payait fort cher car la garnison française à Fulda avait enchéri sur les prix. Six œufs valaient presque le prix d'une volaille, et celle-ci le prix de deux.

Début décembre, Sébastien reçut une lettre de son fils Alexandre :

Cher père,

Je ne sais quand vous lirez cette lettre, car j'ignore tout de vos voyages. Londres est à peine sortie du deuil de notre roi qu'elle se prépare à plonger dans les célébrations du couronnement de son successeur. Nos affaires vont bien. J'entends beaucoup de commentaires jaloux sur les privilèges que la neutralité accorde au commerce maritime du Danemark, et je crains que le premier Lord de l'Amirauté ne prenne des mesures pour y mettre un terme. Aussi, contrairement à votre avis, je n'ai pas acheté d'actions dans les compagnies maritimes danoises. J'espère que votre santé est parfaite et vous confesse que vous me manquez. J'aspire à quelques-unes de ces soirées où votre esprit pimente les commentaires sur l'état du monde.

Votre fils aimant,
Alexandre.

P. S. Ne vous souciez pas de mes excès de galanterie : ni l'Éros céleste ni l'Éros vénal ne frappent à ma porte. Je me demande, d'ailleurs, s'ils sont tellement distincts.

Le post-scriptum arracha un éclat de rire à Sébastien. Alexandre était bien le digne fils de son père.

À la mi-décembre, un messager apporta une invitation du prince Wilhelm de Hesse-Cassel à séjourner au château du 24 au 31 décembre pour célébrer la naissance du Sauveur et l'an neuf 1762. Il repartit avec l'acceptation de Sébastien. Le refus eût désobligé un homme qui était son seul ami désintéressé et, d'une certaine manière, son protecteur.

Mais quelle en était la véritable raison ?

Il l'apprit cette fois-là.

Le jeune frère du prince, Karl, était présent et la chaleur renouvelée de son accueil fournit la clé de l'invitation. Il prit le visiteur à part pour un tête-à-tête. Familier de la cour du Danemark, il y avait entendu de la bouche du roi la mésaventure dont Sébastien avait été victime et, plus secrètement, l'adhésion de Frédéric V à la Société des Amis.

— Je sais, dit-il, que votre société exhorte à la sagesse. Mais j'entends également dire que sa discipline présente deux aspects, l'un qui intéresse l'exercice du pouvoir et l'autre, une pratique plus austère. Est-ce bien cela ?

— Il s'agit au fond de la même chose, monseigneur, répondit Sébastien. La sagesse consiste à faire de son pouvoir l'usage le plus éclairé qui puisse être, mais aussi à l'exercer sur soi-même pour se vaincre, ce qui est, je crois, beaucoup plus ardu.

Le prince le considéra un moment d'un œil pensif.

— Avez-vous le sentiment de vous être vaincu ?

— Je m'y efforce, monseigneur. La bête est têtue.

Karl de Hesse éclata de rire.

— Dites-moi, reprit-il, cela a-t-il quelque chose à voir avec l'alchimie et la transmutation de l'or, dont on m'assure que vous êtes féru ?

— Oui et non. Le but de l'alchimie est d'ennoblir les matériaux vils. La transmutation des métaux en or ou en chrysopée n'est qu'une allégorie. Aucun homme n'y est parvenu et ceux qui présentent des morceaux de métal jaune en prétendant avoir transmuté du fer ou du plomb en or sont rien moins que des charlatans. Je connais leurs procédés, ils sont trompeurs. Mais c'est pourtant bien une alchimie que les adeptes de la Société des Amis sont invités à pratiquer. Elle consiste à se défaire des scories de l'âme, qui empêchent le corps d'être en harmonie avec la grande nature.

— Qu'appelez-vous la grande nature ?

— Le monde qui nous entoure, du brin d'herbe aux corps célestes. Il obéit aux lois de l'harmonie que nous contrarions par immaturité. Il suit des règles mathématiques, alors que nos passions nous dérèglent.

— Et cet élixir de la jeunesse éternelle dont j'entends parler ?…

— La jeunesse éternelle serait une infraction aux lois de l'harmonie, monseigneur, et seuls les esprits communs sont assez naïfs pour croire que cet élixir existe. Il n'est lui aussi qu'une allégorie pour le secret de la libération de l'âme, qui redevient jeune et accède alors à l'immortalité. Car elle ne traîne plus ses faux espoirs et ses tristesses.

— Est-ce cela que vous enseignez dans votre loge ?

— Je n'enseigne rien, monseigneur, comme nos autres membres, je transmets la sagesse des anciens.

— Mais vous n'êtes pas contre la religion ?

— Il s'en faut, monseigneur.

— Je ne comprends pas, s'écria le prince, que ce stupide pasteur Norrgade ait voulu vous nuire !

— Même dans la religion, monseigneur, il est des esprits bornés. Norrgade me reprochait de chercher à connaître les lois de la nature. Mais le Seigneur n'a jamais interdit de calculer la durée de l'année, ni la loi de l'attraction universelle.

— Il est vrai, convint le prince. Dites-moi, le roi semble faire grand cas d'un sable magique que vous lui avez montré et qui, justement, avait mis le pasteur en fureur.

— C'est un minerai mystérieux qui semble imprégné d'une énergie extraordinaire.

— Est-il vrai qu'il rayonne dans l'obscurité et rend les chairs transparentes ?

— Cela est vrai.

Le prince parut émerveillé.

— Comment en expliquez-vous le pouvoir ?

— Je ne le peux, monseigneur. Pour moi, il semble être le résultat d'une alchimie naturelle, qui a réduit la matière à sa pure essence énergétique.

— Vous me le montrerez ?

— Certes, monseigneur. Mais à titre secret.

Le prince hocha la tête.

— Il me tarde d'être de vos adeptes.

— Je devine que vous en serez l'un des plus éclairés.

Là-dessus, le prince Wilhelm, escorté de son grand veneur et de son officier des chasses, vint annoncer qu'il y aurait une partie de chasse à courre le lendemain de Noël et y invita Sébastien. À la surprise du prince, celui-ci déclina l'offre. Chasse à courre ou en battue, il avait entendu trop de descriptions des carnages de cerfs, de sangliers et d'animaux de toute sorte, qui servaient à l'amusement des princes, mais aussi à leur enrichissement, puisqu'ils vendaient ensuite leur gibier. Le margrave d'Anspach-Bayreuth ne s'était-il pas vanté d'en tirer quarante mille florins par an ?

Il appréhendait assez la beuverie que serait le repas de la veille et du lendemain de Noël.

*

Mais en politique, le séjour au château de Hanau n'apprit rien de neuf à Sébastien : l'hiver avait gelé les combats. Les cosaques campaient toujours à Berlin et aucune bataille majeure ne semblait prévisible dans l'immédiat.

Les célébrations de Noël et du Nouvel An réunirent les parents et clients du prince, et ils étaient nombreux. Aucun pasteur ne prit Sébastien à partie ; peut-être le clergé de Hesse ne suivait-il pas les consignes de ses collègues danois, ou bien n'en était-il pas convaincu. Mais l'épisode du pasteur Norrgade et la haine aveugle exprimée par celui-ci lors de l'interrogatoire avaient laissé une impression tenace. Craignant d'être empoisonné, Sébastien ne se servit que des plats dont le roi avait tâté, et quand on lui apportait un verre déjà plein, il n'y touchait pas.

Ce qui lui fit une réputation d'ascète, en plus de celle de mage.

À la vérité, il touchait déjà fort peu aux tables de ses hôtes, fussent-elles princières, et se méfiait à l'extrême de l'hygiène des cuisines. De surcroît, il craignait de contracter le mal de Naples[1] en posant ses lèvres sur un verre ébréché. Il avait relevé çà et là, au cours de ses voyages, des convives de tables illustres dont les fards masquaient mal des chancres et des roséoles inquiétantes.

L'après-midi de Noël, l'intendant du prince avait organisé un spectacle pour la douzaine d'enfants présents. Plusieurs adultes y assistèrent, dont Sébastien, ainsi que le

---

1. La syphilis.

nain que le prince venait d'engager. En effet, il n'était plus de cour européenne qui n'eût son nain, et l'on se demandait, vu les égards témoignés à ces disgraciés et l'autorité qu'ils exerçaient, quel était le véritable maître du domaine, du prince ou de son nain.

Vêtu d'un habit de soie rouge, celui du prince Wilhelm portait le nom glorieux de Baldur et son œil globuleux se fixa rapidement sur le visiteur de marque qu'était le comte de Saint-Germain. Il avait sans doute repéré quelqu'un à qui ses grimaces et ses impertinences n'en imposeraient pas, voire qu'il serait risqué d'offenser. Après un long examen de Sébastien, les diamants et les rubis de l'habit achevèrent de le réduire à un respect cauteleux. Il vint faire à Sébastien une grande révérence, sans doute teintée de moquerie, mais néanmoins circonspecte. Sébastien s'inclina et lui tendit la main.

« Un nain, songea Sébastien, est le parangon du courtisan idéal. Bien qu'inférieur au seigneur qu'il flatte, son influence est inversement proportionnelle. Comme on le suppose modeste, on le croit sage, et comme il est plus proche du sol, on lui prête du bon sens. On écoute donc ses avis plus volontiers que ceux de gens moins défavorisés par dame Nature. Il s'ensuit que c'est le plus souvent un intrigant dangereux, car insoupçonné. »

Baldur, en tout cas, divertissait énormément les enfants par son seul physique et leurs échanges offraient un échantillon édifiant de la cruauté naturelle des bipèdes. À dix ans, les jeunes aristocrates témoignaient déjà du peu d'humanité que leur avaient inculqué leurs précepteurs. Ils se gaussaient lourdement du nain, et lui, en retour, leur décochait des insolences qui les laissaient pantois et répondait par des pieds de nez et des bruits obscènes.

Surprise : l'une des artistes était la fillette gitane qu'il avait recueillie sur la route ; habillée de neuf, par les soins de l'intendant et convenablement débarbouillée, elle était méconnaissable et mignonne ; elle lui fit une grande révérence. Son singe l'accompagnait évidemment ; comme sa maîtresse, il reconnut son bienfaiteur et, dans un intermède imprévu, avant d'exécuter ses cabrioles, il vint lui faire des grâces et saluer en ôtant son chapeau, ce qui émerveilla l'assistance.

— Voici que les animaux même vous rendent hommage ! s'écria le prince en éclatant de rire.

Le singe avait volé la vedette à Baldur, qui en demeura songeur.

— Vous êtes magicien, m'assure-t-on ? vint-il dire à Sébastien.

— Ce sont les enfants qui vous l'auront dit, répondit son interlocuteur en souriant.

— Mais vous exercez ici un empire que même des princes vous envieraient. Quel est votre secret ?

— Se rappeler toujours qu'il y en a un et qu'on n'est jamais que le nain des puissances invisibles !

Le lendemain du premier de l'an, Sébastien retourna chez lui. La vie de cour ne laissait guère de loisir pour la réflexion.

*

Une semaine plus tard, le 7 janvier, un messager du prince arriva à bride abattue au manoir, portant un billet :

Cher comte,

Vous êtes donc prophète. Vous m'aviez annoncé que la vie de l'impératrice Catherine touchait à sa fin. Elle est morte le 5 janvier. N'est-il pas temps d'agir ?

Wilhelm de Hesse-Cassel.

Sébastien rédigea sur-le-champ une réponse :

Altesse,

Donnons-nous le temps de voir la tournure des événements. Il faut d'abord, pour frapper à point, que les masques tombent,
Votre dévoué serviteur

Comte de Saint-Germain.

Il tenait à vérifier que le tsar ferait la politique prônée par le grand-duc. En effet, l'appareil d'État qui l'entourait ne lui laisserait sans doute pas les coudées aussi franches qu'il l'aurait espéré. Trois mois plus tard, Sébastien reçut une lettre de la baronne Westerhof, qui avait étrangement transité par Hambourg, sans doute confiée aux soins d'un messager et non de la poste ordinaire. Tout, annonçait-elle, allait pour le pire. Avant même son couronnement, le 15 mars, sous le nom de Pierre III, le nouveau tsar avait entamé une politique à l'exact opposé de celle de l'impératrice Élisabeth. Il avait démis l'ancien chancelier et nommé un féal. Il avait conclu un traité de paix avec la Prusse, et non seulement faisait-il évacuer les cosaques de Berlin, mais encore, il mettait dix-huit mille hommes à la disposition de Frédéric et rendait à celui qu'il appelait « le roi mon maître » tous les territoires conquis à la Prusse pendant les sept années précédentes. Pis : il avait adressé à la cour de Vienne une lettre menaçante, dans laquelle il sommait quasiment l'impératrice Marie-Thérèse d'en faire immédiatement de même, sous peine de représailles militaires.

> *L'impératrice et sa mère, la princesse d'Anhalt-Zerbst, s'inquiètent de votre absence,* concluait-elle. *La stupeur et le mécontentement croissent dans tout le pays. Nous ne savons que faire. Il est temps que vous reveniez ici, nous avons besoin de vos conseils. Répondez-moi à l'adresse de Mme de Souverbie, aux bons soins de la comtesse Wennergren, dame d'honneur de la reine, à Copenhague.*

Les appréhensions du prince Wilhelm étaient donc justifiées : si la Prusse et la Russie s'alliaient, elles dépèceraient le reste de l'Europe sans trop de peine. Même l'Angleterre aurait de la peine à leur résister.

Sébastien ne pouvait différer plus longtemps sa réaction. Mais loin de Moscou, il ne pouvait mûrir aucun plan. De surcroît, il voulait d'abord voir le maître et l'allié du nouveau tsar. Il écrivit à la baronne qu'il serait à Moscou dans les derniers jours de mai.

Sur quoi il fit ses grands bagages et prépara son départ pour Berlin, suivi de Franz.

*

Sébastien ne connaissait à Berlin personne chez qui il pût être reçu et il avait été prévenu qu'il n'y existait qu'une seule auberge digne de gens de qualité, celle de l'Ours d'Or ; sans doute avait-elle été ainsi nommée en hommage au fondateur de la ville, le prince Albert l'Ours.

Le bâtiment en était vaste, non loin du palais de Charlottenburg. Arrivé en début d'après-midi, Sébastien y loua l'un des quartiers les plus chers, quoiqu'il ne fût composé que de deux chambres. Puis il demanda pour le lendemain deux chevaux de louage, avec de bonnes selles.

Il était certain que ces exigences attireraient l'attention dans le landernau.

Il sortit pour explorer à pied la capitale du royaume de Prusse. Landernau, en effet. À part quelques édifices solennels, néoclassiques, sur des artères toutes neuves, les avenues ne comptaient que de rares maisons de fonctionnaires et quelques boutiques. On devinait qu'il n'y avait pas grand peuple. Si Pierre III prenait Berlin pour le centre des élégances, cela en disait aussi long sur lui que sur Berlin. Toutefois, contrairement à ce qu'on eût pu craindre, les cosaques n'avaient pas dévasté la ville ; ils n'avaient même pendu personne.

Le loueur amena les chevaux, deux alezans convenablement entretenus et de caractère paisible. Sébastien soigna sa mise et, suivi de Franz, s'en alla faire un tour de la ville, au pas. On admira l'allure altière d'un gentilhomme, non, d'un chevalier, car il portait l'épée au flanc, et les diamants scintillaient sous le soleil du matin. Les passagers de quelques rares calèches tournèrent la tête pour le dévisager.

Le lendemain, un mercredi, l'aubergiste, se rengorgeant, apporta à Sébastien *La Gazette de Berlin* ; celle-ci annonçait que le célèbre comte de Saint-Germain était en ville et qu'il était descendu à l'auberge de l'Ours d'Or. Chacun se demandait pourquoi il était célèbre et ce qu'il venait faire en Prusse. Sébastien n'en attendit pas longtemps l'effet : le jeudi, un billet cacheté aux armes royales était déposé à l'auberge. Il était écrit en français :

> *Sa Majesté le roi Frédéric II de Prusse apprend que le comte de Saint-Germain est de passage dans Sa ville. Il lui plaît de le prier à souper au château de Sans-Souci, à Potsdam, à six heures.*
>
> *P. S. Vous viendrez par l'entrée d'honneur.*

Le ton était impérieux. Qu'à cela ne tînt ! Le stratagème avait été efficace. Sébastien loua une calèche et, accompagné de Franz, partit pour Sans-Souci, le château à la française que « l'ogre » s'était fait bâtir dans le parc de Potsdam. Au bout d'une heure de trajet au trot, la voiture s'arrêta au pied d'un talus abrupt, dominé par une monumentale colonnade circulaire ouverte, dont le centre était cependant clos par des grilles dorées. Les gardes ouvrirent le portail, Sébastien montra le billet et la calèche traversa des parterres à la française avant de s'arrêter devant un palais rose et blanc à trois étages. Franz descendit prestement par la gauche, deux laquais accoururent, rabattirent le marchepied et ouvrirent la portière à droite. Certain d'être observé par une fenêtre, Sébastien mit pied à terre avec importance puis gravit le perron, escorté par Franz et les deux laquais.

Il étincelait de tous ses diamants. Il fut accueilli par un chien, un bichon blanc qui le dévisagea, intrigué. L'animal le jaugeait, à l'évidence.

Était-ce le maître de céans ?

Les laquais débarrassèrent le visiteur de sa pelisse. Il se trouvait dans un vestibule dallé de marbre, aux colonnes corinthiennes jumelées et dont les bases et les chapiteaux rutilaient d'or. Un homme de taille moyenne, maigre, un peu voûté, franchit une porte sous un fronton monumental de bronze doré et s'avança vers lui. La démarche était frappante : à la fois négligée et fière. Vêtu de noir, comme un précepteur huguenot, il portait des bottes de campagne et un chapeau à la plume bizarre, sans grand panache.

On eût dit une mouche dans un bol de miel.

Ce fut le majordome qui aboya :

— Le comte de Saint-Germain.

L'inconnu s'approcha à pas lents, l'air intrigué comme son chien, et aux limites de la courtoisie. Un masque gris et flétri par une mystérieuse adversité, aux rides profondes du désenchantement. Un roi ? Un ogre ? Plutôt un homme triste et fatigué, revenu de tout, dévisageant un visiteur inattendu. Quarante-huit ans ? Il en paraissait vingt de plus. Tel était donc l'effet de vingt ans de règne : le pouvoir avait physiquement enflé et pourri Élisabeth, il avait desséché Frédéric. L'occupation de Berlin par les cosaques et la victoire de Torgau, arrachée d'un cheveu, au prix de lourdes pertes, n'étaient certes pas étrangères à la lassitude du maintien : il revenait de loin.

— Soyez le bienvenu, comte, dit le roi, s'exprimant en français.

La voix était aimable, guère accordée au personnage. Et, par un effort de l'orgueil, l'homme se redressa, redevenant empereur de Prusse, Brandebourg, Poméranie, Souabe et Silésie.

De près, on voyait que son habit était usé jusqu'à la corde, et même rapiécé. Était-ce une crotte qui lui pendait du nez ? Sébastien s'étonna d'une telle malpropreté, puis constata que c'était un brin de tabac.

— Sire, votre hospitalité me comble, dit-il, enlevant son chapeau et s'inclinant fort bas, comme l'exigeait une personne royale, fût-elle aussi décevante d'aspect.

Frédéric fit un geste de la main, invitant son visiteur à le suivre. Le chien trottina vivement aux côtés de son maître, avec l'assurance d'une épouse qui fait visiter les lieux. Les laquais emmenèrent Franz dans leurs quartiers.

Cette bestiole blanche auprès de cet homme en noir donna à Sébastien l'idée qu'elle était peut-être l'âme du roi.

Le plus étonnant était l'absence intégrale de cour. Pas un dignitaire, pas une femme, rien que des laquais. Quel était le chambellan qui avait rédigé le billet ? Le maître de céans et son visiteur passèrent dans un salon circulaire parqueté, aux murs rose ardent, au plafond vert d'eau et rose pâle, garni d'une profusion de dorures, de peintures murales, de meubles chantournés que les flambeaux et les lustres faisaient chatoyer. Des bibliothèques basses flanquaient les murs. C'était sans doute le décor que des étrangers pouvaient croire français.

— Asseyez-vous, dit Frédéric, prenant lui-même place dans un fauteuil en face du feu et le chapeau vissé sur le crâne.

Il dévorait Sébastien des yeux.

— Quel souci vous amène à Berlin ?

Il parlait un français savant, avec un fort accent, et chantant. L'oreille sans doute habitue à la musique, puisqu'il jouait régulièrement de la flûte.

— Le désir de visiter la capitale sur laquelle sont fixés tous les regards du monde, Sire.

Bref ricanement de Frédéric.

— De quelle ville venez-vous donc, comte ?

— De Moscou, Sire.

— Moscou ! Je veux espérer que Pierre III y réparera les dommages de sa folle dévergondée de tante !

— En tout cas, Sire, il est votre loyal allié, car il proclame partout son admiration pour vous.

Regard soupçonneux.

— Qui vous l'a dit ?

— Lui-même, Sire.

Une étincelle de curiosité s'alluma dans l'œil chassieux du roi.

— Vous l'avez donc vu, dit-il. Le garçon s'est rendu à l'évidence. Quiconque règne sur son pays ne peut qu'être tenté de l'arracher à sa tourbe de popes graisseux, de faux aristocrates prévaricateurs, de femmes superstitieuses et de moujiks drapés dans les ténèbres de leur passé de brutes ! L'exemple le plus proche est évidemment Berlin.

Même si le roi, de notoriété publique, était brouillé avec Voltaire, la fréquentation de l'écrivain avait laissé des traces sur l'éloquence du monarque ; celui-ci maniait le sarcasme comme un sabre.

Le bichon émit un gémissement.

— Tu veux un biscuit, ma poulette ? s'écria Frédéric, saisissant l'une des gaufres posées sur un plat et la brisant en deux pour la tendre au chien. Arsinoé veut du biscuit ?

Le bichon se leva sur les pattes arrière et croqua sagement la gaufrette. Arsinoé ! Le nom de deux princesses égyptiennes, toutes deux incestueuses puisqu'elles avaient épousé leur frère, Ptolémée II Philadelphe et Ptolémée IV Philopator ! La bichonne était-elle donc reine de Prusse ? Sébastien se retint de rire. Et où était l'autre reine, Élisabeth de Bevern ?

— Nous parlions de Pierre, reprit Frédéric. Qu'en avez-vous pensé ?

Il disait « Pierre » comme s'ils avaient été camarades de garnison.

— Il me semble doué de toute l'énergie nécessaire pour diriger son grand pays.

— Oui. Enfin un homme qui se défendra de la coupe des femmes. Cette baleine lubrique d'Élisabeth et l'autre, l'Autrichienne, la Marie-Thérèse, ne savaient que faire pour empêcher la Prusse de devenir le grand pays que son destin lui indique. En voilà assez ! L'Europe ne saurait être dirigée par des femmes obèses et vicieuses ! Voyez à quel état les femmes ont réduit le roi de France.

Sébastien ignorait si Marie-Thérèse était vicieuse, mais il comprit que le roi n'était pas porté à considérer les femmes comme un ornement de ce monde.

— Pierre fait honneur à son sang allemand, reprit Frédéric. Il a mis fin à des querelles de poissardes. L'Autriche n'a qu'à bien se tenir.

Sébastien écouta la tirade sans témoigner d'émotion. Il s'interrogea brièvement sur l'amitié qui liait les deux monarques, puis se dit qu'elle ne devait probablement pas grand-chose à la sensualité, comme certains ragots courant Copenhague le donnaient à entendre. Frédéric semblait aussi voluptueux qu'un épouvantail. La complicité s'expliquait plutôt par l'aversion de vieux jeunes gens pour des femmes qui leur damaient le pion.

Arsinoé en avait sans doute assez entendu ; elle sauta sur les genoux de son maître.

— L'abrogation de la loi salique a été la plus funeste erreur de l'Occident, interrompit Frédéric. Croyez-vous que la Grèce et Rome eussent été les grands empires que nous connaissons si elles avaient été gouvernées par les femmes ? Pouvez-vous me citer une femme qui ait été l'égale d'Alexandre ou de Jules César ?

Sébastien acquiesça. Le maître d'hôtel vint annoncer que Sa Majesté était servie.

La table était mise pour deux dans un grand salon. Le tête-à-tête royal surprit Sébastien jusqu'à l'alarmer ; c'était certes un grand honneur qu'une soirée privée avec l'homme qui faisait trembler l'Europe, mais il laissait présager des questions brûlantes.

Un consommé de volaille, fort clair, ouvrit le repas. Apparemment, le monarque ne donnait pas dans les orgies culinaires. Ou peut-être voulait-il expier ce soir-là les excès de table pour lesquels il était connu.

— On vous prête le pouvoir de changer le plomb en or, dit Frédéric. Est-ce de vos services qu'on a besoin à Moscou ?

Sébastien sourit :

— Sire, je ne fais pas profession de changer le plomb en or. Celui qui le prétendrait se trahirait de ce fait même, car il serait déjà l'homme le plus riche du monde et n'aurait donc pas besoin de vendre ses produits. Non, l'objet de ma première visite était l'intérêt de l'impératrice pour un nouveau procédé de teinture des tissus, qui leur prête un éclat exceptionnel.

Le roi parut surpris, sinon incrédule.

— Voulait-elle donc se changer en teinturière ?

— Elle y a plutôt vu la promesse d'une industrie. C'était aussi le sentiment du roi de France.

— Vous semblez vous-même fort riche, si j'en juge par vos diamants, dit Frédéric, d'un ton acidulé. Quel besoin de vous occuper de teintures ?

— Il me semble, Sire, qu'il est bon de faire partager à ses semblables les découvertes de la chimie.

Le plat suivant fut un chaud-froid de poisson, insipide. Ce n'était décidément pas à Berlin qu'il faudrait apprendre l'art de la bouche.

— Vous êtes chimiste ? demanda Frédéric.

— La chimie est une façon de s'initier aux grandes lois de la nature, Sire.

— Et qu'y avez-vous appris ?

— J'y ai entrevu quelques-unes des lois qui régissent aussi le comportement des humains.

— Par exemple ?

— Que les contraires s'attirent et que les semblables se repoussent. Que lorsque deux corps différents sont en présence l'un de l'autre, c'est celui qui possède la plus grande force qui conquiert l'autre et parfois le détruit.

Ces derniers mots rendirent Frédéric pensif.

— Mais cela signifierait alors que l'on est dégoûté par ce qui vous ressemble ? demanda-t-il.

— Non, Sire, nous sommes des corps chimiques complexes et de surcroît dotés d'esprit. Même chez quelqu'un qui nous ressemble, nous sommes attirés par les qualités que nous voudrions avoir et rebutés par ses tares.

Frédéric redevint songeur et l'on servit une fricassée de poulet aux choux. À la différence des plats précédents, elle était furieusement épicée et, à la façon dont le monarque se tortilla sur son siège, Sébastien soupçonna qu'il souffrait d'hémorroïdes. S'il mangeait tous les soirs aussi pimenté, ce n'était guère étonnant. Et il s'était repris à bâfrer.

— C'est donc pour écouter votre savoir que l'on vous invite dans les cours royales et princières ?

— Il advient en effet, Sire, que des princes absorbés par leurs affaires s'intéressent aux fruits de mes études.

Le roi mâcha consciencieusement une grande bouchée de poulet aux choux et considéra son hôte d'un air finaud :

— Était-ce pour entendre votre sagesse que les ministres du Danemark, de Saxe et de Russie vous attendaient à la conférence de Ryswick, en avril d'il y a deux ans ?

Les espions, songea un Sébastien soudain alarmé, faisaient bien leur métier. Cette invitation à souper était-elle un piège ?

— Mais vous n'y êtes pas allé, reprit le roi, parce que le ministre de France à La Haye s'y est violemment opposé. N'est-ce pas vrai ?

— Il est vrai, Sire, répondit Sébastien en se contraignant à sourire. Mais c'est un autre effet de mes études que d'avoir abouti à la certitude suivante : les esprits éclairés de ce monde sont destinés à s'entendre et non à se combattre. Sa Majesté le roi Louis m'avait envoyé à La Haye afin de persuader les représentants de l'Angleterre dans cette ville que l'intérêt de ces deux grands pays réside dans la paix et non dans la guerre. Des combats tels que l'Europe en a vécu depuis sept ans vident un pays de ses forces vives et de sa fortune. C'est un fléau pareil aux épidémies.

— J'en conviendrais, répondit Frédéric, si je n'avais une autre certitude. La guerre est préférable à l'humiliation. Les Anglais ont été humiliés à La Haye par la proposition d'un traité qui, somme toute, aurait été clandestin. Ils n'ont eu d'autre recours que de poursuivre la guerre.

Voilà un homme qui comptait la vie d'un soldat pour rien. Un roi, se dit Sébastien avec un emportement soudain, était inhumain par définition.

— La cessation des hostilités aurait fini par être officielle, suggéra Sébastien. Et personne, Sire, n'y aurait perdu la face, pour ne pas parler des vies et des fortunes.

— C'est le point de vue des diplomates, rétorqua le roi d'un ton supérieur, imperceptiblement teinté de commisération. Mais voyez-vous, comte, vous avez à la fois raison et tort. Raison car la communauté des esprits éclairés existe bien, puisque le tsar et moi sommes convenus de la nécessité de faire la paix. Tort car si je n'avais montré ma détermination à me défendre, le tsar se serait considéré comme supérieur. Le sort des armes prime sur tout. La mère des lois, c'est la guerre.

Voilà un homme qui n'entendait donc que la force. « Attends un peu, mon bonhomme, songea Sébastien, que le vent tourne. Et s'il ne tient qu'à moi, il tournera bientôt. »

Après quelques autres propos à bâtons rompus sur la fidélité et l'intelligence des animaux, les difficultés de voyager en hiver et sur la musique, que Frédéric avait dû délaisser ces derniers temps pour des raisons évidentes, le roi témoigna son désir de se retirer. Sébastien s'inclina et Frédéric II s'en fut, suivi d'Arsinoé.

Sinistre soirée. En remontant dans sa calèche, Sébastien crut entendre des tambours.

Bien plus tard, il apprendrait que, faisant à Voltaire le récit de cette rencontre, Frédéric avait qualifié le comte de Saint-Germain de « comte de fées ».

Le roi ignorait que le comte de fées allait jouer dans sa vie un rôle bien plus important qu'il l'eût jamais imaginé.

Ayant longuement ruminé son plan, il écrivit deux lettres, l'une à Alexandre, l'autre au chevalier de Barberet. Il était certain que la première arriverait à destination sans encombre, mais la seconde était une bouteille à la mer. Dieu sait ce qu'il advient aux jeunes gens laissés à eux-mêmes. Barberet était peut-être mort, mercenaire, ou vendu à une cause inconnue.

Il leur donnait à tous deux rendez-vous au plus vite chez le comte Grigori Orloff, palais Orloff, dans l'enceinte du Kremlin, à Moscou.

9

Trêve de rigodons

Qu'en était-il en Autriche ?

La Russie y avait un ministre, chargé d'informer la cour, mais depuis sa fâcheuse expérience avec l'ambassadeur d'Affry[1], Sébastien savait que les envoyés ne rapportaient que ce qui leur convenait ou ce que leurs maîtres désiraient entendre ; dans un cas comme dans l'autre, le plus souvent ils ne disaient pas la vérité.

Ses bagages faits, Sébastien s'installa devant une table de la taverne, déserte à cette heure-ci, et rédigea le message suivant à l'intention de la baronne Westerhof :

> *J'ai vu Frédéric. Il ne connaît que la guerre et je ne serais pas surpris qu'il envisage, soit seul soit de concert avec le tsar, une attaque contre l'Autriche, sitôt qu'il aura reconstitué ses troupes et ses finances. Son humeur m'a paru querelleuse. Mais personnellement, je ne prévois pas d'action militaire avant l'automne au plus tôt, plus vraisemblablement au printemps de l'an prochain.*

---

1. *V. tome I*, Archipoche n° 54.

Avant de gagner Moscou, j'irai à Vienne, comme convenu avec Z.

Votre très fidèle
Comte de Saint-Germain.

Pas un mot sur le plan qu'il concoctait. Il se méfiait de la langue des femmes.

Berlin, Prague, Vienne : il fallait compter trois semaines avec les routes détrempées par les pluies de printemps et les haltes d'un jour ou deux pour se débarbouiller et se raser. Il ne serait pas arrivé avant les premiers jours de mai de cet an de grâce 1762. Il loua deux places dans la malle-poste ordinaire, l'autre étant pour Franz. Le véhicule comptait six places, mais les deux hommes étaient apparemment les seuls qui eussent l'intention de se rendre à Vienne.

Le valet semblait avoir quelque chose de drôle sur la langue.

— Eh bien ? demanda Sébastien.

— Hier soir, les domestiques du roi m'ont proposé de m'enrôler dans l'armée. Ils sont à court d'hommes et m'ont assuré qu'avec ma taille j'aurai d'emblée le grade de sergent.

— Et qu'avez-vous répondu ?

— Monsieur le comte le voit bien. Je le répète : aucune solde ne vaut ma vie. Et de plus on mange fort mal à leur office.

Sébastien sourit.

— Les Prussiens ont perdu trente mille hommes ces deux dernières années, reprit Franz. Cela met du temps à pousser, un homme. Il faudra qu'ils engagent bientôt des femmes.

Oui, songea Sébastien, Frédéric n'aurait pas regarni ses troupes avant plusieurs mois.

On le vit d'ailleurs sur la route : il était rare de rencontrer un homme jeune, et Franz tirait les regards. Trente mille Prussiens engraissaient les terres d'Europe. Sans parler des Autrichiens et des Français.

Il se prit d'une aversion soudaine et irraisonnée à l'égard de Frédéric et, pour faire bonne mesure, de Pierre III aussi bien.

Ils étaient tous deux pétris d'une matière basse, infâme. Deux carnassiers monstrueux, dévorés de l'intérieur par leurs ego et contraints de dévorer le monde pour assouvir leur rapacité.

Ils devaient être détruits.

*

L'émotion saisit Sébastien quand il revit au loin les formes familières du monastère de Melk, puis les rives du Danube. Vienne : c'était dans cette ville où, seize ans plus tôt, il avait découvert le garçon qui était son fils. Son sang était vif, il goûtait les premiers triomphes de sa vie, le monde lui paraissait plein de promesses.

Il croyait alors à la pierre philosophale. Puis il avait découvert que c'était un fard sur du cuivre. À l'élixir de la jeunesse éternelle. Un rêve puéril. Et le seul mystère dont il eût la preuve, la terre de Joachimsthal, il en ignorait le secret et n'en avait qu'effleuré les pouvoirs.

Aimer ? On lui avait jadis arraché ce mot de l'esprit avec des tenailles rougies au feu. C'était un habit rose dont on avait vêtu l'instinct génésique. L'autre amour – il soupira –, celui de la sympathie universelle qui eût dû régner entre les humains, il ne l'avait connu que chez les Indiens et Solomon Bridgeman.

L'image de la baronne Westerhof s'imposa derechef. Il la chassa. Il ne savait qu'en penser. Était-elle l'étoile polaire ? Ou bien une louve froide ? En tout cas, elle n'incarnait pas l'un de ses succès.

Là, ballotté dans cette malle-poste, il se dit qu'il avait appris la fragilité des succès. Il avait compris que la seule satisfaction à laquelle aspire un esprit supérieur est sans doute celle d'avoir conformé son existence à un modèle philosophique.

Serait-ce Alexandre qui la lui offrirait ?

Jamais, quand il s'était jadis enfui chez les Indiens, le jeune John Tallis n'avait imaginé qu'un jour il engendrerait une vie ; il sacrifiait plutôt celle des autres à la sienne. Et voilà qu'il en avait créé une. Mais aussi enchanté qu'il fût de l'existence et du caractère d'Alexandre, sa paternité lui imposait l'idée de la mort.

Il avait cinquante ans. Alexandre trente-trois. Un jour, son fils se pencherait sur sa tombe.

Il sursauta. Un vertige. Il ne voulait pas mourir. Il fut mécontent de lui-même : quel enfantillage ! Sans doute le voyage l'avait-il fatigué plus qu'il ne croyait. Mais le soupçon même le ramena à ses idées précédentes : avec l'âge, on devient moins endurant. Il s'impatienta. Pourquoi cette malle-poste traînait-elle tant !

Il s'efforça de penser à son installation. Dans quel état trouverait-il l'hôtel de la Herrengasse ?

Quand, à onze heures du matin, la voiture s'arrêta enfin devant son ancienne habitation et qu'il eut payé le solde du voyage au cocher, l'agitation le prit. Les clés ? Il les avait confiées au comte Banati. Il craignit tout à coup que celui-ci fût mort et que son successeur les eût perdues. Ou qu'il eût dévalisé l'hôtel. Mais il n'en était rien. Arrivé chez Banati, le majordome du Sarde l'informa que son maître était en voyage et remit les clés à Sébastien, l'assurant que lui et son maître avaient régulièrement visité l'hôtel de la Herrengasse. Rien n'y manquait mais le toit appelait des réparations et des infiltrations des pluies récentes avaient abîmé une pièce des combles. Sébastien le remercia et lui donna la pièce avant d'aller retrouver Franz, de garde devant les malles.

Les serrures cliquetèrent, le vantail grinça, Franz transporta les bagages. Les deux hommes ouvrirent les volets et les fenêtres pour chasser l'odeur de renfermé, puis ils ouvrirent les deux robinets de la cuisine et de la salle d'eau, afin de vidanger l'eau croupie. Sébastien indiqua à Franz les quartiers qu'il lui destinait, dans les combles. Ils furent ainsi deux jours à des tâches ménagères, Sébastien étant jaloux de l'ordre de la maisonnée. La vie même est une alchimie et les familiers de l'art noir savent qu'on ne dispose pas une cornue n'importe comment, ni qu'on y verse n'importe quoi. Il prenait un soin méticuleux de ce qu'il mangeait, et, gourmet mais peu gourmand, surveillait avec vigilance la cuisine où Franz œuvrait pour préparer leurs repas.

Comme ce dernier avait acheté une oie grasse le lendemain de leur arrivée, Sébastien l'instruisit avec fermeté :

— Qu'aurons-nous besoin de tant de graisse ? Nous ne sommes pas des poulies que je sache, ni des oies nous-mêmes. Dégagez la chair et jetez le gras. Cuisez-la ensuite au bouillon dans de l'eau salée, avec du vin de Tokay, puis écumez le gras superflu et jetez-le également. Faites alors rôtir ce qui reste avec du thym et du laurier, en arrosant régulièrement de xérès, jusqu'à ce que la peau croustille. Vous aurez la viande et la saveur, sans tout ce gras qui fait roter et tapisse les bedaines des gens prématurément vieux.

Franz écouta avec stupeur, lui qui avait toujours considéré le gras comme l'or des cuisines. Maître et serviteur partageant leur premier repas dans l'hôtel de la Herrengasse, Franz goûta pour la première fois de sa vie de la chair d'oie maigre, assortie de navets au jus de tokay, de xérès, de thym et de laurier, et déclara :

— Maître, en un jour j'apprends plus avec vous que durant ma vie entière.

— Votre vie est jeune.

— Mais ces quartiers d'oie rôtis sans gras valent un cours de philosophie.

Sébastien se demanda ce que le jeune homme connaissait de la philosophie, puis il se rappela ce qu'il avait lui-même tant de fois clamé : que c'était d'abord l'art de vivre et que, des bavards s'en étant emparés, elle était devenue « le territoire des grands fumeux ».

— Franz, dit-il, nous échangeons des leçons.

Le valet s'étonna.

— Si, poursuivit le maître, vous m'enseignez la simplicité, que le commerce des puissants pourrait me faire oublier. Savez-vous, par hasard, la date de votre naissance ?

— Le 5 mai 1740, monsieur.

— C'est bien, vous êtes né le cinquième jour du cinquième mois de l'année. Cela signifie qu'en dépit de votre condition, vous resterez un homme libre.

— Comment cela, monsieur ?

— Le cinq est le chiffre qui symbolise la liberté.

Nouvel émerveillement de l'autre. Quelle belle chose était la science qui permettait d'en savoir sur les autres plus long qu'eux-mêmes !

*

Ce furent les couvreurs mandés pour réparer les toits qui alertèrent la société viennoise du retour du comte de Saint-Germain. Le prince maréchal von Lobkowitz envoya un domestique s'assurer que le comte était bien revenu dans la capitale. La rumeur étant confirmée, le même domestique s'en revint une heure plus tard porter un billet de son maître :

Cher comte, mon ami,

Je ne peux assez me réjouir de vous savoir de nouveau parmi nous. Je ne veux pas être égoïste : me ferez-vous l'honneur de venir souper demain soir avec quelques amis qui se féliciteront aussi de rencontrer l'homme dont ils ne connaissent que la légende ? Une simple réponse verbale à mon messager suffira.

Votre fidèle
Prince Ferdinand von Lobkowitz.

Sébastien accepta avec empressement.

Le prince avait organisé une grande soirée. Son hôtel flambait de tous ses luminaires et cristaux ; la rue en était éclairée. Les années avaient changé les deux hommes, mais cristallisé leur amitié. Les accolades n'en finissaient pas.

Sébastien ne connaissait aucun des convives mais, comme l'avait annoncé le prince, ils aspiraient tous à voir et à entendre ce personnage auquel on prêtait tant de savoir et de sagesse, en sus de pouvoirs réputés mystérieux. Il y avait là des gens de la cour, et peut-être même n'y avait-il que ceux-là. Ce qui prêta aux propos du prince un relief particulier.

Après avoir présenté Sébastien en particulier aux membres les plus éminents de la soirée, Lobkowitz déclara à ses invités, réunis avant le souper :

— Voici quinze ans, le comte de Saint-Germain est venu séjourner parmi nous, pour nous offrir un exemple des lumières et des élégances françaises. Je me souviens qu'un soir, alors que nous fondions nos espoirs sur l'alliance avec la Russie pour affronter les dangers qu'annonçait déjà le roi de Prusse, le comte m'a fait observer que Paris et Vienne étaient des villes sœurs par le goût et l'esprit, et que la nature nous le ferait reconnaître un jour. Le comte est-il prophète ? Je l'ignore, bien que je le sache fort perspicace. L'évidence nous montre aujourd'hui sa prescience. Les renversements de la politique nous font voir où sont nos vrais amis. Voilà pourquoi j'ai voulu rendre publiquement hommage à la sagesse de notre invité.

Les applaudissements éclatèrent.

Un homme se leva ; c'était le ministre du Danemark. Il demanda la parole.

— Prince, vos propos sont d'or, dit-il en allemand. Permettez-moi d'y ajouter les observations suivantes. Il y a trois semaines, j'ai été convoqué par mon maître Frédéric V à Copenhague, pour discuter du renversement de situation que nous savons. Or il m'a rapporté qu'il avait rencontré le comte au palais peu de jours auparavant et que celui-ci lui avait fait la prédiction la plus étonnante et la plus heureuse qu'il eût entendue de longtemps : c'est que, selon les astres, le nouveau tsar ne siégerait pas longtemps sur son trône !

De nouveaux applaudissements saluèrent ces informations. Sébastien conserva sa placidité. Ces hommages étaient plus qu'il n'en aurait demandé.

L'on se mit à table. Les questions à l'adresse de Sébastien fusèrent. Était-il astrologue ? Transmutait-il le plomb en or ? Pouvait-on deviner l'avenir ? Où avait-il acquis sa science ? Était-il vrai qu'il avait étudié les secrets des Anciens en Orient ? Et ainsi de suite. Jadis, même en sachant la nature, ce triomphe de pacotille l'aurait passagèrement grisé ; maintenant, il l'inquiétait.

Il était venu à Vienne prendre la température de la cour. À maints détails, il jugea la capitale en proie à l'égarement. Sept ans de guerre avaient saigné les finances de l'Empire et l'alliance entre la Prusse et la Russie effrayait tout le monde. À l'évidence, et surtout après les lettres comminatoires du tsar à l'impératrice Marie-Thérèse, les Autrichiens s'attendaient à être mangés crus par le couple d'ogres qu'étaient Frédéric II et Pierre III. Et il n'était même plus question d'une alliance avec la France, également épuisée par les guerres sur le continent et celles qu'elle menait outre-mer contre les Anglais.

Il devait agir vite, pour éviter la catastrophe. Non, mieux que vite : avec la soudaineté de la foudre. Trêve de menuets et de rigodons.

*

Trois jours de Vienne avaient suffi à en mesurer le désarroi. L'hôtel de la Herrengasse avait à peine été chauffé que Sébastien donna à Franz l'ordre de l'aider à refaire les bagages et à fermer les lieux. Il s'apprêtait à faire porter les clés au majordome du comte Banati quand un valet de celui-ci arriva ; il portait un billet de son maître, qui venait de rentrer une heure auparavant et qui, ayant appris la présence du comte à Vienne, souhaitait le voir.

Sébastien se rendit donc chez le Sarde. Il venait à peine de franchir le seuil de sa maison que Banati en personne apparut.

— Comte, quelle heureuse surprise !

— Ma réponse sera symétrique de la vôtre, monsieur, repartit Sébastien. Je m'apprêtais à partir et j'apprends que vous venez d'arriver.

Banati l'invita à passer au salon.

10

M. Franz Mesmer, apôtre du magnétisme animal

Était-ce la fatigue du voyage qui tirait les traits du ministre de Sardaigne ? Ses bajoues et les poches sous les yeux s'accusaient. Le sourire urbain ressemblait à une parodie. Quelle défaite secrète lui prêtait donc l'apparence d'un homme vaincu ?

Banati lui indiqua un siège et agita une clochette pour demander du café ; il en avait plus besoin que son visiteur.

— Quel bon vent vous amène à Vienne ?

— Je crains, comte, répondit Sébastien, qu'un vent mauvais ne me pousse ailleurs.

— Où donc ?

— En Russie. Le Grand Échiquier que vous m'aviez décrit a été renversé.

Banati soupira. Le valet servit le café.

— Il faudrait parfois plusieurs vies pour vérifier que les buts auxquels on a sacrifié la sienne ont enfin été atteints. Mais ce serait pour constater qu'ils l'ont été par d'autres.

Sur cette expression de la résignation, il but une longue gorgée de café.

— La situation à Moscou est en effet détestable, reprit-il. Mais il faut nous y résigner, Pierre III vivra bien vingt ans encore. D'ici là, lui et Frédéric auront conquis l'Europe, au moins jusqu'au Rhin. L'harmonie que je vous avais représentée ne sera pas réalisée avant deux ou trois générations, conclut-il.

— Parfois aussi, comte, rétorqua Sébastien, la détermination abrège le temps. Un caillou lancé avec force va plus vite qu'un autre abandonné à une pente naturelle.

— Nous ne sommes plus au temps de David et de Goliath.

— Cette histoire du berger contre le géant philistin était une parabole, et les paraboles sont éternelles.

Banati se reversa du café.

— Que voulez-vous dire ? demanda-t-il d'un ton alarmé.

— Que la pierre de David doit être lancée.

— Par qui ? Contre qui ?

Sébastien le fixa du regard, sans répondre.

— Vous rendez-vous compte du désordre qui s'ensuivrait ? s'écria un Banati alarmé, devinant à demi les intentions de son interlocuteur.

— Et vous, comte, avez-vous songé au désordre qui menace ?

Un silence de pierre suivit la réplique.

— N'était-ce pas la libération de la Grèce qui avait motivé nos premiers entretiens ? reprit Sébastien. Puis le sujet s'est déplacé au fil du temps. La Grèce a été oubliée. Il est aujourd'hui évident que le tsar s'en soucie comme d'une guigne. Les gens qui le conseillent veulent élever Moscou au rang de nouvelle Byzance et ont tout intérêt à tenir Athènes sous la sujétion des Ottomans. Louis XV ne lèvera pas le petit doigt pour libérer la Grèce car il a peur d'offenser la Sublime Porte, qui pourrait être un jour son alliée contre la Russie.

Banati se versa une troisième tasse de café.

— Si le roi de Prusse et le tsar s'avisaient de lancer en ce moment une offensive contre le reste du monde, poursuivit Sébastien, ce serait la curée. L'Autriche et la France sont exsangues. Cela ne doit pas être.

— Vous avez bien retenu mon discours sur le Grand Échiquier, je vois, dit Banati d'une voix terne et lasse.

Il paraissait usé. S'il ne se remettait, Zasypkine le remplacerait sans doute dès qu'il en aurait l'occasion.

— Vous et moi ne sommes que des serviteurs, dit-il.

Sébastien n'apprécia pas ce rappel à l'ordre. Ses rapports avec Banati avaient été jusqu'alors empreints d'amitié, sinon de complicité. Mais le cynisme affligé du Sarde l'indisposait. Il se contraignit à sourire.

— Serviteurs, certes, comte. Mais au service de quoi ?

Il se leva. Il ne voulait pas en dire davantage. Banati pourrait le trahir. À la porte, les deux hommes se serrèrent la main. Le Sarde éprouva un choc d'autant plus fort que sa main était moite. Sébastien avait oublié de se frotter la main contre du bois comme il le faisait d'habitude. Il répondit par une expression de défi ironique au regard écarquillé de Banati.

— Mon Dieu, comte, mais vous êtes la vivante preuve des discours que tient à Vienne en ce moment un certain Franz Mesmer.

— Qui est-ce ?

— Un jeune homme qui s'évertue à démontrer l'existence d'un fluide vital.

— Je ne le connais pas.

— Peut-être lui trouveriez-vous quelque intérêt. Personnellement je n'entends rien à ces choses.

Sébastien hocha la tête. Il avait d'autres pots sur le feu. Il demanda la permission de prendre congé. Il allait franchir le seuil du salon quand Banati l'appela :

— Comte, j'allais oublier, dit-il en lui tendant une cassette. Voici pour vos frais.

Sébastien hésita. Cet argent était désormais payé par Pierre III, l'homme qu'il était résolu à détruire. Or Banati connaissait la disposition d'esprit de celui qu'il avait jadis recruté. Étaient-ce les trente deniers qu'il tendait à Sébastien ? Ou bien le geste signifiait-il que Banati acquiesçait à la rébellion de Sébastien ? Plusieurs secondes s'écoulèrent. Après un long échange de regards, celui-ci prit enfin la cassette en main.

— Cet argent peut vous être utile, dit enfin Banati.

Il avait donc changé d'avis. Les deux hommes hochèrent la tête, s'inclinèrent. Sébastien sortit.

*

De retour à la Herrengasse, Sébastien trouva le maître de postes qui lanternait devant la porte, l'air contrarié.

Un contretemps, une affaire de chevaux, de roues qui n'avaient pas été réparées, Dieu sait quoi, imposait de reporter au lendemain le départ pour Moscou. Rien n'eût servi de tempêter. Sébastien renvoya Franz chez Banati reprendre les clés. Il camperait donc chez lui-même un jour de plus. Pas question de rouvrir les volets ou les malles ni de rallumer le fourneau ; le maître et le valet mangeraient sur le pouce ou bien iraient à la taverne la plus proche.

Ils montaient l'escalier quand des coups sur le battoir retentirent au portail. Franz redescendit ouvrir. Du haut de l'escalier, Sébastien aperçut le visiteur : un jeune homme de taille moyenne, vêtu de noir, qui demandait à voir le comte de Saint-Germain. Franz lui demanda qui il devait annoncer :

— Franz Anton Mesmer.

— Priez ce monsieur d'entrer, ordonna Sébastien.

Le jeune homme leva les yeux. Le maître des lieux l'invitait du geste ; il monta. Ils se serrèrent la main et la surprise se peignit sur les deux visages. Des sourires succédèrent. Ils avaient tous deux éprouvé le même choc.

Ils s'assirent dans le salon à droite. Franz alluma un flambeau et s'en alla faire du café. Mesmer prit la parole.

— J'ai le désir de vous voir depuis que j'ai entendu, dans mon adolescence, le récit d'une démonstration que vous aviez faite dans cette maison même, il y a bien des années. Vous aviez fait voler une feuille de papier grâce au magnétisme. J'ignorais alors ce qu'était ce phénomène. Quand j'ai eu l'âge de m'y intéresser, vous aviez quitté Vienne. J'ai plus tard, au cours de mes études de théologie, été amené à me pencher sur l'œuvre de Paracelse[1] et l'art de traiter les maladies.

— Seriez-vous théologien ?

— Je devrais l'être, répondit Mesmer avec un demi-sourire contrit, mais je crains que mon intérêt pour le magnétisme ne me porte vers d'autres recherches. Cependant, si je m'en réfère à Paracelse, la théologie est nécessaire pour agir sur la part du souffle divin qui est en nous.

— Pourquoi le magnétisme vous intéresse-t-il tant ?

— Parce que comme vous j'en suis un des privilégiés, comte. J'avais dix-sept ans quand un de mes camarades d'études a contracté une forte fièvre. Il souffrait beaucoup. Je lui ai posé la main sur la poitrine pour le réconforter et quelques instants plus tard, il s'est écrié que je le soulageais. Il m'a prié de continuer. Je l'ai alors massé, prolongeant les pressions de mes mains sur son dos et son estomac. J'en étais moi-même épuisé. Il a murmuré qu'il se sentait bien mieux et s'est endormi. Au bout de trois jours de ce traitement, sans aucun autre remède, sa fièvre est tombée et il s'est remis. Ma réputation de guérisseur s'est répandue. Mais je ne m'en suis pas satisfait. Je voulais savoir le secret de mon pouvoir…

---

1. Theophrastus Bombastus von Hohenheim, dit Paracelse (1490-1541), né en Suisse, théoricien et professeur autodidacte de médecine, enseignait que l'être humain faisant partie de l'univers, il est conditionné par le mouvement des corps célestes, et qu'un médecin doit connaître l'alchimie, l'astronomie et la théologie. Parfois donné comme fondateur de l'homéopathie, il est surtout le partisan du principe *Similia similibus curantur* (« Le mal se traite par un mal identique »).

Il s'interrompit pour boire du café. Sébastien ne détachait pas son regard du visiteur. L'homme paraissait sincère et possédé par la même soif de savoir qui l'avait lui-même habitée, bien des années auparavant. Sans doute Mesmer croyait-il lui aussi qu'il y avait un secret dans la nature qui serait à la portée de l'être humain. Mais si un tel secret existait et qu'il méritait son nom, il était justement interdit à la compréhension.

— Mes recherches et mes réflexions… Pardon, monsieur, je dois vous sembler bien solennel. Pour être bref, je crois qu'il existe un magnétisme animal, de même qu'il en existe un minéral.

— Ce sont les deux aspects de la sympathie universelle, admit Sébastien.

— N'est-ce pas ? s'écria Mesmer avec vivacité. Mais les gens qui possèdent ce don, tels vous et moi, sont, hélas, trop peu nombreux pour soulager leurs semblables. Je pense qu'il est possible de stimuler cette force vitale, le magnétisme animal, par le magnétisme physique…

Sébastien demeurait impassible.

— En quoi puis-je vous être utile ? demanda-t-il.

— Monsieur, un homme de votre renommée, de votre pouvoir… Je ne suis qu'un étudiant inconnu…

— Inconnu ? Pas tant que vous le dites. Mais si vous avez trouvé moyen de renforcer le magnétisme animal défaillant par le physique, vous avez à coup sûr fait une grande découverte. Je vous invite alors à la prudence : vous vous ferez des ennemis. On arguera que vous n'êtes pas médecin et que vous abusez de la crédulité des gens…

Mesmer lui lança un regard éploré.

— … On prétendra même que vous êtes dangereux, et si vous guérissez les gens, on dira pis encore, que vous êtes un sorcier et que vous vous servez de pouvoirs ténébreux.

— Mais alors ?

— Une seule ville au monde pourrait vous accueillir sans trop de méfiance. C'est Paris.

— Et vous-même ?…

— Monsieur, je quitte Vienne demain. Comme vous le voyez, la maison est déjà fermée. Nous nous reverrons peut-être à Paris.

Mesmer parut déçu. Il se leva.

— Une dernière question, monsieur On vous prête un grand savoir et des connaissances prodigieuses. Savez-vous de quelle maladie souffraient les mineurs du Tyrol ?

La question surprit Sébastien.

— Non. Pourquoi ?

— Paracelse décrit une mystérieuse et incurable maladie qui les affectait. Je me disais que vous étiez sans doute le seul homme au monde qui pourrait me répondre.

— Je le regrette.

Ils s'inclinèrent et Mesmer s'en fut.

Il demeura songeur. Le Tyrol était éloigné de la Bohême, où se trouvait Joachimsthal. Il serait étonnant qu'on y trouvât le même minerai. Mais de quelle maladie souffraient donc les mineurs ? Il se promit de rechercher la réponse.

Pour l'heure, son esprit était déjà à Moscou.

11

Des souris terrifiées par le chat

Le voyage de Vienne à Moscou tint de la gageure. Sébastien dut changer six fois de malle-poste, en plus des dix changements réguliers. Au cocher de chacune, il offrit un appréciable supplément s'il accélérait l'allure. Hélas, les véhicules avaient été mis à rude épreuve par sept années de guerre synonymes d'usage intensif et de manque d'entretien, ainsi que par des routes dévastées par le passage des cavaleries et des pièces d'artillerie.

Chaque fois que des voyageurs montaient dans une voiture, ils pariaient sur le côté dont elle pencherait. À trois lieues de Cracovie, un essieu se cassa sur une route de montagne et il fallut descendre, décharger la voiture et patienter des heures sous la pluie pendant que le cocher remplaçait la pièce brisée. Aux portes de Varsovie, des ressorts rouillés cédèrent dans les cahots et un couple de commerçants en fourrures tombèrent sur Sébastien et Franz en poussant des cris affreux. Maintes fois, les passagers arrivaient au relais plus morts que vifs tant ils avaient été secoués.

Même Franz, pourtant placide, se montra à plus d'une reprise inquiet. Ce fut ainsi qu'en dépit de sa hâte, Sébastien se trouva contraint de s'arrêter pour un jour entier à trois étapes, la dernière étant Minsk. Il se garda de révéler au domestique que le prince de Liechtenstein avait, par deux fois, failli perdre la vie dans un accident de ce genre.

Que les routes fussent praticables ou non, cela ne changeait rien à l'inconvénient des arrêts obligatoires aux douanes, où des fonctionnaires dont on n'était même pas sûr qu'ils fussent lettrés contrôlaient passeports et marchandises. Et bien souvent cela recommençait aux portes de certaines villes. De passeport, Sébastien en possédait un des Provinces-Unies, puisqu'il y avait une propriété, un autre de la principauté de Hesse et un troisième de l'Angleterre, celui qui lui avait été concédé à La Haye par le ministre Yorke[1], et il montrait l'un ou l'autre au gré des alliances de l'État traversé. Cependant, ces États étaient parfois si petits qu'on en franchissait les frontières opposées en une demi-journée.

Là vous attendaient une variété particulière de rapaces, qui étaient les changeurs. Armés de leurs barèmes et de leurs balances, ils changeaient les marcs d'or en thalers, les florins en ducats, les pfennigs en kreuzers, les karolins en souverains et les guinées en francs, groschen, reichsthalers, roubles ou en tout ce qu'on voulait. Cela n'en finissait pas, car ces gens chipotaient sur des monnaies dévaluées ou sur des pièces d'or ou d'argent usées, et le souvenir du Christ fouettant leurs lointains prédécesseurs

---

1. *V. tome I*, Archipoche n° 54.

pour les chasser du Temple s'imposa avec force à l'esprit de Sébastien.

Ces marchandages pouvaient aller tant que ceux qui recouraient aux services des changeurs étaient parvenus à destination, mais quand ils devaient poursuivre leur voyage, les autres passagers devaient lanterner jusqu'au terme des tractations. Sébastien, pour sa part, recourait aux lettres de change pour les grosses sommes et il conservait le plus souvent assez d'espèces de ses précédents voyages.

La chère et le gîte ne consolaient pas davantage des épreuves de la route. Ce n'était guère une découverte pour Sébastien depuis le temps qu'il voyageait, mais enfin, les auberges de l'Est, surtout dans les relais d'étapes, en campagne, surpassaient en désagréments celles de l'Ouest. Ayant inspecté du regard une cuisine, à Thorn, en Pologne, il vit que la maritorne chargée des casseroles versait dans un ragoût de l'eau fangeuse, tirée Dieu savait où. Comme il lui en fit la remarque, elle lui répondit que cela donnait du goût. Il fut épouvanté et comprit soudain la cause de certaines turbulences des entrailles qui les avaient fortement incommodés trois jours auparavant, lui et Franz, et dont il n'était venu à bout que par ses propres médications. De plus, ces gens ne lavaient pas les légumes qu'ils venaient de cueillir ou, s'ils le faisaient, c'était avec de l'eau également souillée.

Nulle surprise que les épidémies de choléra et autres fièvres basses fussent si fréquentes et décimassent des villages entiers en quelques jours !

Dès lors, il s'abstint de consommer autre chose que du pain et du saucisson pendant tout le voyage et intima à

Franz l'ordre d'en faire autant, sous peine de dysenterie, ou pire… Pour la boisson, l'un et l'autre se contentaient de flasques d'eau de puits, remplies sous leur surveillance, et que Franz aromatisait avec de la vodka. Car l'eau claire était une singularité et c'en était une autre que de prétendre en faire son ordinaire.

Les chambres ne valaient guère mieux. Aucun voyageur d'expérience ne s'attendait évidemment à ce que les draps fussent changés en son honneur, mais plus d'une fois, les literies étaient tellement souillées et puantes que maître et valet préférèrent s'étendre à même des couvertures – les leurs, car Sébastien en avait emporté avec lui – plutôt que de passer la nuit dans l'intimité de la vermine.

Les voyageurs n'étaient pas que des gens de bien et des commerçants ; les auberges recevaient aussi des clients d'une autre variété, se déplaçant le plus souvent à cheval, propriétaires terriens, déserteurs d'une guerre ou de l'autre, et même malfrats battant la campagne. S'ils étaient sobres à l'arrivée, ils ne le restaient pas longtemps et on les entendait brailler jusque tard dans la nuit, voire pousser une beuglante jusqu'à ce qu'une altercation avec un dormeur excédé l'interrompît. Sébastien n'avait aucune envie de se colleter avec des ivrognes et prenait donc son mal en patience, quitte à récupérer en voiture les heures de sommeil perdues. Mais Franz, moins pacifique, de surcroît fort de sa carrure, sortit une ou deux fois pour réduire le braillard au silence, fût-ce par la force des poings.

Quant au réveil, il n'était guère plus souriant. S'il y en avait, les lieux d'aisance étaient des trous dans la terre des champs sous un auvent ou dans une cabane. Et rien qu'à examiner l'eau qui se trouvait dans les brocs, on se disait qu'on resterait plus propre en évitant de se laver. Sébastien se frictionnait donc le visage et le torse avec un linge imprégné d'eau de laurier et de genièvre de sa confection, et il convainquit rapidement Franz d'en adopter l'usage.

Mais enfin, ils parvinrent à Moscou[1].

*

Trois surprises attendaient Sébastien au palais Orloff.

La première fut le chevalier Aymeric de Barberet, qui apparut sur le perron pour l'accueillir à sa descente de voiture. La providence elle-même, assurait-il, avait veillé à ce qu'il reçût l'appel de Sébastien et il s'était empressé d'accourir. Il était arrivé trois jours auparavant. Les frères Orloff lui avaient réservé le meilleur accueil.

— Pour rien au monde, monsieur, je n'aurais rêvé de vous faire défaut.

La seconde surprise fut un billet de son fils Alexandre.

Cher père,

Un je-ne-sais-quoi, sans doute la nature imprévue de votre appel, m'a inspiré de ne pas me montrer chez vos amis Orloff. Je réside chez le ministre des Provinces-Unies dans cette ville et me

1. Isabel Cooper-Oakley cite un écrivain russe de l'époque, Pyliaeff, membre du groupe Novoïe Vremya, qui rapporte dans son livre *Le Vieux Pétersbourg*, que Saint-Germain a séjourné à Moscou alors que Pierre III était tsar. Ce dernier n'ayant régné que du 15 mars au 7 juillet 1762, ce détail fournit un repère certain.

tiens à votre disposition, impatient de vous serrer dans mes bras. Hier dans la rue, un gentilhomme s'est arrêté pour me saluer alors que je ne le connaissais pas. Il a paru confondu et m'a demandé si je n'étais pas le comte de Saint-Germain. Comme je l'ai assuré que non, il s'est excusé et a passé son chemin.

Votre fils aimant,
Alexandre.

La finesse d'Alexandre laissa Sébastien rêveur. En effet, il valait mieux qu'il ne se montrât pas au palais Orloff. Il est bien, se dit-il avec fierté, le digne fils de son père.

La troisième surprise était un billet de la baronne Westerhof, portant la mention : « À lire dès réception ».

Cher ami,

Ne vous attardez ni au palais Orloff, ni à Moscou. Rejoignez-nous dès que possible à Saint-Pétersbourg. La princesse et moi séjournons à l'Ermitage. Le comte Rotari, qui habite l'hôtel particulier Grafsky Pereoulok, près de la perspective Nevski, serait heureux de vous offrir son hospitalité. Dès que vous serez arrivé, il me préviendra.

Votre fidèle,
Mme de Souverbie[1].

Le comte Grigori n'était pas revenu de la caserne des gardes pour exposer la situation. Mais une surprise

1. L'adresse de Saint-Germain est un détail également fourni par Pyliaeff.

supplémentaire permit à Sébastien de mieux comprendre les recommandations de la baronne. Une équipe d'ouvriers s'affairait à laver des traces de fumées, à restaurer des plâtres et des enduits et à remplacer une fenêtre de la façade.

— Des inconnus ont tenté d'incendier le palais il y a une semaine, expliqua Barberet. Il semble que nos amis Orloff aient des ennemis farouches à Moscou. Est-ce la raison pour laquelle vous m'avez appelé ?

— Non, mais le point n'y est pas étranger. Je vous l'expliquerai tout à l'heure.

Ses malles avaient été déchargées et déposées dans le vestibule. Cependant, pour les raisons qui devenaient de plus en plus évidentes, Sébastien répugnait à reprendre les appartements qui lui avaient été offerts quelques mois plus tôt par les frères Orloff, et il ne savait où aller. Il attendit au salon, buvant du thé, servi d'office par le majordome, quand Grigori Orloff arriva en compagnie d'un homme que Sébastien n'avait jamais vu et qui lui fut présenté comme le prince Fédor Bariatinsky. Personnage brun et sombre, à la mine énergique, il ne détacha plus son regard de Sébastien. Après les premières accolades, qui furent chaleureuses et prouvèrent que les sentiments de Grigori à son égard n'avaient pas changé, Sébastien le remercia pour l'accueil réservé au chevalier de Barberet, puis demanda à s'entretenir en particulier avec lui.

— Nous pouvons parler devant le prince, déclara Grigori. Il est de nos amis. Vous arrivez ici dans une poudrière. Comme l'Allemand – Sébastien comprit qu'il s'agissait du tsar – a supprimé le service d'État et qu'il permet à la noblesse de servir même à l'étranger, les paysans s'imaginent qu'il va également les affranchir et qu'ils seront libres de quitter les propriétés de leurs maîtres. Les révoltes n'en finissent pas d'éclater. De plus, il a confisqué les terres de l'Église, et des milliers de paysans sont également en état d'insurrection. Depuis qu'on a infligé publiquement le *knout* à un prêtre qui critiquait la politique religieuse du tsar, il n'est plus un prêtre qui ne voue l'Allemand aux gémonies. Le Sénat ne sait que penser et le Saint-Synode est fou de rage. Et quant à l'armée, il nous a imposé des uniformes et des instructeurs allemands, qui veulent abolir nos traditions. On croirait que nous sommes désormais au service du roi de Prusse.

Sébastien écoutait, consterné.

— En ce qui touche à la cour, reprit Grigori, il clame à cor et à cri qu'il se dispose à divorcer de l'impératrice et à retirer à son fils Paul le titre d'héritier du trône.

— Pourquoi ?

— Il prétend que Paul est le fils d'un ancien ami de l'impératrice, Saltikoff.

— Et qui désignerait-il à sa place ?

— Ivan VI.

— Qui est-ce ?

— Un Allemand, évidemment. Un prince de Brunswick-Wolfenbüttel, le fils d'Anna Leopoldovna.

— Quel âge a-t-il ?

— Vingt ans. Le projet est soutenu par le chancelier, Vorontsov.

— Pourquoi ?

— Parce que Pierre entretient une liaison avec sa fille, Élisabeth, si tant est qu'il puisse avoir des rapports avec une femme. Il ne dissimule guère son rêve : faire table rase du passé. Si le tsar divorçait, Élisabeth deviendrait probablement impératrice.

— Mais que fait l'impératrice ?

— Que peut-elle faire ? répondit Grigori Orloff en haussant les épaules. Rien. Tout le pouvoir est dans les mains du tsar, qu'elle ne voit plus. Dans son cercle immédiat, elle n'a plus que le réconfort de sa mère, que vous connaissez, du précepteur de son fils, Nikita Panine, et de deux ou trois femmes. Moi-même suis interdit d'accès auprès d'elle.

Sébastien médita ces informations. D'une minute à l'autre, en effet, la poudrière risquait de sauter. Pierre III pouvait divorcer, verrouiller sa position et conclure une alliance encore plus étroite avec Frédéric. Mais le scandale annoncé par les décrets et les intentions du tsar risqueraient de déclencher une révolution. Personne ne pourrait alors plus intervenir. Alexeï Orloff arriva sur ces entrefaites, l'air abattu.

— L'impératrice n'a donc pas de soutien effectif ? demanda Sébastien.

— Les régiments de la Garde lui sont acquis, répondit le prince Bariatinsky. Mais que voulez-vous que nous fassions ? Ce n'est pas comme il y a vingt ans[1] !

---

1. Le 25 novembre 1741, Élisabeth, fille de Pierre le Grand, menacée d'exil par la régente Anna Leopoldovna à qui elle portait ombrage, se rendit au cantonnement du régiment Préobrajenski et, se présentant comme l'héritière véritable de la dynastie, le mena au palais d'Hiver, où séjournait la régente Anna. Celle-ci et ses ministres furent arrêtés et, trois jours plus tard, elle se proclama « impératrice autocrate ».

— Vous pouvez la porter au pouvoir.

Grigori Orloff hocha la tête.

— Oui. Comme pour Élisabeth. Mais Catherine, elle, n'a aucune expérience politique.

— Peu importe pour le moment. C'est cela ou le désastre ! s'écria Sébastien. Ne vous en rendez-vous pas compte ? Ce serait une catastrophe internationale !

Un silence suivit.

— Nous serions heureux d'avoir votre avis, dit à la fin Grigori Orloff.

— Il vous est acquis. Cependant, j'ai une décision à prendre tout de suite. Un billet de la baronne Westerhof m'incite à ne pas m'attarder à Moscou et à me rendre à Saint-Pétersbourg.

— Et à ne pas demeurer ici, je suppose aussi, ajouta Grigori avec un petit sourire. Ses conseils sont justifiés. L'impératrice est à Saint-Pétersbourg et je ne doute pas qu'elle serait contente de vous voir, à supposer que vous puissiez l'approcher.

— Et vous-même ?

— Alexeï et moi allons bientôt accompagner le dernier régiment de la Garde à Saint-Pétersbourg. Les autres régiments y sont déjà installés, de même que mes deux autres frères.

— Je ne peux cependant pas repartir sur-le-champ pour Saint-Pétersbourg. Dans quelle auberge pourrais-je passer la nuit qui vient et la prochaine ?

— Vous n'avez pas besoin d'aller à l'auberge. Le palais Galitzine est actuellement vide, la princesse Marie étant à Saint-Pétersbourg. Comme elle a été prévenue de votre arrivée par la baronne, elle a donné l'ordre que vous y soyez accueilli de la plus confortable manière.

Sébastien hocha la tête.

— Afin que nous puissions poursuivre cette conversation, intervint le prince Bariatinsky, faites-moi l'honneur, une fois que vous serez installé au palais Galitzine, de bien vouloir souper chez moi. Je vais vous faire appeler une calèche et demander qu'elle reste à votre disposition jusqu'à votre départ pour Pétersbourg.

— Je vous en remercie, répondit Sébastien. Me permettez-vous d'y convier mon fils, que j'ai prié de me rejoindre à Moscou ? Il demeure chez le ministre des Provinces-Unies.

— Ce sera un honneur de plus.

*

Ils étaient six dans la bibliothèque du palais Bariatinsky au soir de ce 7 juin 1762. Quatre d'entre eux, y compris le chevalier de Barberet, revenaient à peine de l'étonnement que leur causaient les deux autres, le comte de Saint-Germain et son fils, le prince Polybolos. À quelques détails près, à peine perceptibles dans la lumière des flambeaux, le fils était l'image miroir du père. Jusqu'au maintien et dans la voix, ils se ressemblaient à donner la berlue.

Et chacun se demandait pourquoi le père avait convoqué le fils à Moscou. Une similitude aussi exceptionnelle pouvait être exploitée de bien des façons, mais nul n'osait demander à quoi songeait le père.

La conversation pendant le repas avait porté sur les menaces que le tsar multipliait à l'adresse du roi Frédéric V de Danemark. Bien entendu, étant né Holstein-Gottorp, son pouvoir tout neuf excitait en lui le désir de se venger de celui qui lui avait arraché le Schleswig. Et comme son armée était considérablement plus puissante que celle du Danemark et que, de surcroît, il était allié au roi de Prusse, il ne se tenait plus d'impatience ; il entendait régler ses comptes tambour battant.

— Il boit encore plus qu'avant. De ce fait, il est devenu dangereusement agressif, observa Bariatinsky. À l'évidence, il attaquera le Danemark dans les jours ou les semaines qui viennent, pour reprendre le Schleswig. Ce qui ne manquera pas d'encourager le roi de Prusse.

Un silence consterné suivit ce constat. On distinguait au loin des petits nuages pourpres qui taquinaient les cloches des églises de l'Archange et de l'Annonciation.

— Quels alliés compte-t-il dans l'Empire ? demanda Sébastien.

— Il a nommé une ribambelle de conseillers potiches, trop contents de faire carrière en clamant leur dévotion aux Prussiens, répondit Bariatinsky. Le pire de tous est son chancelier, Mikhaïl Vorontsov.

— Vorontsov ? Mais n'était-ce pas le chancelier de l'impératrice Élisabeth ?

— Oui, et c'est le même qui mène aujourd'hui une politique diamétralement opposée à celle qu'il a défendue pendant des années. Personne ne sait qu'en penser. Ce scandale n'a fait qu'accentuer l'hostilité de la noblesse et de l'administration à l'égard du régime. Quant à l'armée, Grigori vous a décrit sa réaction à la prussification en cours. Elle n'a aucune envie de voir le roi de Prusse érigé en modèle à la place de Pierre le Grand.

Sébastien médita ces informations. Alexandre pas plus que Barberet ne parlaient le russe ; il traduisit pour eux en français ce qui venait de se dire.

— Nous connaissons les positions de la France et de l'Autriche, observa-t-il. Quelle est celle des Anglais ?

— Ils sont déconcertés, répondit Bariatinsky. Ils s'étaient d'abord félicités du renversement d'alliances[1] et ils entendaient se concilier le nouveau tsar. Ils se proposaient de lui consentir des subsides comme autrefois…

— Des subsides ?

— Ce n'est un secret pour personne que les caisses impériales sont vides, répondit Grigori d'un air sombre. Le grand-duc et son épouse ont dépensé comme s'il n'y avait pas de lendemain. Elle-même était stipendiée par les Anglais[2]. Cela s'appelait des prêts.

L'information tomba sur Sébastien comme un pot de fleurs du haut d'un balcon. Les Anglais avaient donc acheté le couple grand-ducal ? Cela donnait le tournis. Le palais Orloff avait probablement été construit avec

---

1. Le traité de Versailles (1756), signé sous le règne d'Élisabeth, rangeait la Russie aux côtés de la France et de l'Autriche contre la Prusse et l'Angleterre.

2. En fait, jusqu'au traité de Versailles, Catherine avait reçu des prêts par l'entremise du ministre d'Angleterre Hanbury Williams, son amant. Pour faire bonne mesure, le Trésor britannique avait étendu ses largesses au grand-duc Pierre.

l'argent consenti par les Anglais à Catherine et qu'elle avait ensuite donné à son amant. Le tsar et la tsarine se comportaient comme un godelureau et une étournelle.

Mais l'heure n'était certes pas aux considérations morales, même si elles se mélangeaient furieusement au politique.

— La Garde impériale sera donc au complet à Saint-Pétersbourg ? demanda-t-il.

— Oui.

— À quelle distance ses casernes sont-elles de l'Ermitage ?

Bariatinsky parut déconcerté par la question.

— Une petite heure à cheval.

— Tous les régiments sont acquis à l'impératrice ?

L'embarras de Grigori Orloff apparut dans sa lenteur à répondre :

— Ils sont évidemment acquis à la cause de la Russie, que représente l'impératrice…

— Mais pas à l'impératrice elle-même ?

— Personne dans la Garde… Enfin presque personne n'imagine qu'il faille intervenir pour défendre la personne de l'impératrice…

Sébastien, alarmé, tenta de se représenter un contre-complot dont seule une poignée de personnes étaient informées.

— Mais combien d'hommes seraient prêts à intervenir immédiatement, dans l'heure qui suit, en sa faveur ?

Les trois Russes se consultèrent du regard.

— Une quarantaine, dit enfin Bariatinsky.

— Vous n'êtes que quarante décidés à agir ?

Ils hochèrent la tête.

— Quarante contre toute la machine du pouvoir du tsar, son chancelier et ses généraux ? insista Sébastien, incrédule.

— Ce sont les faits, comte. Il serait imprudent de vous dire autre chose que la stricte vérité.

La situation était consternante. Après un nouveau silence, beaucoup plus long celui-là, Sébastien déclara :

— Tout est dans les mains de l'impératrice.

— Que voulez-vous dire ?

— C'est à elle qu'il revient de se présenter à la Garde tout entière comme championne de la Russie contre l'étranger. Comme l'avait fait l'impératrice Élisabeth.

La déclaration les laissa interdits.

— Qu'avez-vous en tête ? demanda Grigori Orloff.

— Une prise du pouvoir par l'impératrice, qui devra se faire en quelques heures, tout au plus.

— Mais qui le lui expliquerait ? rétorqua Grigori. Aucun d'entre nous n'a plus accès à elle, à part le comte Panine. La route d'accès à Peterhof, où elle réside en ce moment, est gardée par les hommes de l'Allemand.

— Et où se trouve le tsar ?

— Quand il n'est pas à Saint-Pétersbourg, pour recevoir un ambassadeur ou l'autre, il séjourne à Oranienbaum, sur le golfe de Finlande, en face de Cronstadt, dans le château où il est gardé par le régiment Holstein.

— Si je vous ai bien compris, résuma Sébastien, il y a un complot en cours du côté du tsar et du chancelier Vorontsov, mais aucune organisation de votre côté. Vous ne représentez quasiment rien. Je répète : seule l'impératrice peut agir légitimement.

Bariatinsky et Grigori le regardèrent, égarés.

Ils étaient comme des souris fascinées et terrorisées à la fois par un énorme chat. Et dans leur paralysie, ils semblaient avoir perdu toute initiative.

— Cela ne peut continuer ainsi, dit Sébastien avec autorité. Il faut nous ménager un accès à l'impératrice à travers Panine.

— Mais Panine aussi est à Peterhof, objecta Alexeï.

— On peut l'atteindre peut-être par l'entremise de Razoumovski, suggéra Bariatinsky.

— Qui est-ce ?

— Le président de l'Académie des sciences.

— Alors faites-le, je vous prie, dès demain. Je voudrais qu'il me remette un billet d'accès à Panine avant mon départ pour Saint-Pétersbourg. Et nous nous retrouverons là-bas dès que possible. Je serai chez le comte Rotari, dans son hôtel de Grafski Pereoulok, près de la perspective Nevski.

Et il prit congé de ses hôtes, escorté d'Alexandre et du chevalier de Barberet.

En remontant dans la calèche, il songeait encore au fait que la couronne d'Angleterre avait entretenu les folies du futur couple impérial russe. Il s'en ouvrit d'ailleurs, à Alexandre et au chevalier de Barberet.

La situation était effroyablement risquée. Pour lui en tout cas.

12

Une leçon d'héroïsme sous une tonnelle

Les gardes jetèrent un coup d'œil à l'intérieur de la magnifique calèche. Ils y virent une dame fort élégante, parée de bijoux magnifiques, qui s'éventait en raison de la chaleur de ce début de matinée. Une somptueuse rivière de rubis et de diamants s'étalait sur une gorge poudrée à frimas. Un petit pied gainé de satin ivoire se tendit sous la jupe de taffetas gris perle. Un parfum délicieux embaumait la voiture.

— Je suis, dit-elle d'une voix fluette, la comtesse Bezborodka, je vais rendre visite pour la journée à ma nièce, Mme de Souverbie.

L'un des gardes tira de sa poche un papier usé et consulta ou feignit de consulter ce qui semblait être une liste, sans doute de gens interdits d'accès à l'Ermitage de Peterhof, puis il fit signe au cocher de passer.

La calèche reprit son chemin et, au bout de quelques minutes, s'arrêta devant le perron de l'Ermitage. Son laquais, qui était assis près du cocher, sauta à terre, s'empressa d'ouvrir la portière et d'abaisser le marchepied. La passagère descendit sans hâte, en s'appuyant sur le bras de son laquais, jeta un coup d'œil admiratif alentour et gravit le perron. Deux valets lui ouvrirent la porte. Elle déclina son nom et demanda avec une hauteur amène, à être annoncée à Mme de Souverbie. On la fit patienter dans un salon exquis, dont les fenêtres donnaient sur les jardins.

Quelques moments plus tard, la baronne Westerhof arriva, le sourcil étonné. Elle dévisagea sa visiteuse, puis sembla confondue.

— Ma chère nièce ! s'écria la comtesse Bezborodka, se levant et lançant un regard perçant à la jeune femme. Quelle joie de te revoir !

La bouche encore béante de stupeur, mais se ressaisissant, la fausse Mme de Souverbie étreignit sa tante présumée. Puis elle demanda aux domestiques qui se tenaient aux ordres, mais qui, en fait, épiaient la scène, de servir du café.

— Chère tante ! Quelle heureuse surprise ! s'écria-t-elle sur un ton trop haut d'une octave. Mais quelle bonne mine tu as.

Et elle ajouta, *sotto voce* :

— Attention aux domestiques, tous des espions.

— Je trouve aussi que l'air marin te fait du bien.

Puis, également *sotto voce* :

— Congédiez-les.

Le café fut servi et la comtesse Bezborodka saisit sa tasse avec des gestes fins.

— Allons nous promener dans les jardins, suggéra la baronne.

— Excellente idée, ils sont splendides.

Une centaine de pas plus loin, elles étaient hors de portée des espions.

— Comment avez-vous fait ? demanda la baronne.

— Il fallait bien que je trouve moyen de vous parler.

— L'illusion est parfaite. Où avez-vous trouvé cette robe ?

— Dans la garde-robe de la princesse Galitzine, à Moscou.

— Je ne vous savais pas des formes si rondes.

— Comme vous pouvez l'imaginer, c'est du rembourrage. La situation me paraît bien plus grave que vous ne l'avez écrit. J'ai essayé d'obtenir une recommandation de Kyril Razoumovski pour le comte Nikita Panine, mais il était dans ses terres. Il me faut m'entretenir avec l'impératrice.

— Que voulez-vous lui dire ?

— Que le complot du tsar et de ses partisans semble sur le point d'être exécuté et que ses partisans n'ont aucun plan. C'est à elle de prendre l'initiative.

— Laquelle ?

— Elle doit suivre l'exemple d'Élisabeth et, le moment venu, se présenter elle-même aux régiments de la Garde, qui la soutiennent, comme défenderesse de la sainte Russie éternelle.

— Quel sera ce moment ?

Pour le cas où on les aurait épiées d'une fenêtre du palais, la fausse comtesse Bezborodka s'arrêta pour humer une rose avec des airs pâmés.

— La fièvre délirante du tsar va s'aggravant. J'apprends que son chancelier Vorontsov l'attise, puisqu'il rêve de voir sa fille impératrice à la place de Catherine. Il ne manquera pas d'ici peu de passer à l'irréparable. C'est une question de jours. Il faut devancer Pierre et son camp. L'impératrice doit faire arrêter le tsar et le contraindre d'abdiquer.

— Mon Dieu ! s'écria la baronne.

— Si vous ne le faites, vous êtes perdus.

La fausse Bezborodka regarda son interlocutrice d'un air sévère :

— Pourquoi feignez-vous de vous affliger ? N'est-ce pas ce que vous aviez en tête depuis des mois ?

— Nous ne sommes pas prêts…

— Vous devez l'être. Vous n'avez pas le choix.

— Mon Dieu, gémit-elle. Vous ne savez pas… Les enjeux sont si complexes, il y a tant de factions…

— Et tant de factieux, je n'en doute pas.

— Je vais voir si l'impératrice peut vous recevoir.

Les deux femmes regagnèrent le palais et la fausse Bezborodka patienta dans le même salon que tout à l'heure. Après un laps de temps, la baronne revint pour demander si la comtesse Bezborodka consentirait à passer la nuit à Peterhof.

Les domestiques n'arrêtaient pas d'aller et de venir, de desservir, de lustrer un marbre, bref d'écouter.

— Mon Dieu, l'honneur est si grand et le lieu si délicieux…, minauda-t-elle.

— Dans ce cas, dit la baronne, je vais vous faire préparer des appartements et nous nous reverrons au souper.

Passer la nuit à Peterhof, en vérité ! Et sans doute faire appeler un barbier le matin, tant qu'on y était ! De plus, cela ne faciliterait guère les entretiens nécessaires ; tout ce qui se disait à l'intérieur du palais était probablement écouté par les domestiques. Ces femmes, la baronne, la princesse d'Anhalt-Zerbst et l'impératrice elle-même ne semblaient pas conscientes de l'urgence de la situation ; peut-être croyaient-elles à un jeu de société.

— Débrouillez-vous, dit à mi-voix la fausse Bezborodka avec une soudaine autorité, profitant de l'absence momentanée de domestiques dans les parages. Je dois absolument m'entretenir avec l'impératrice dans les jardins avant ce soir.

Le ton était impérieux.

— Je vais voir ce que je peux faire, murmura la baronne, désemparée.

Elle repartit vers les profondeurs du palais. Nouvelle attente. Au bout d'un moment supplémentaire, encore plus long que les précédents, des bruits de talons retentirent dans l'antichambre, puis l'impératrice entra, suivie de sa mère, de la baronne et d'une dame d'honneur ou de compagnie.

— La tsarine, annonça cette dernière avec solennité.

La fausse Bezborodka se leva, le sourire aux lèvres, et fit une triple révérence, à la russe. L'impératrice plissa les yeux, la princesse écarquilla les siens, la dame d'honneur ne s'avisa de rien. Elle était aussi princesse et on la présenta également : Catherine Dachkov. La fausse Bezborodka la dévisagea d'un air mielleux : une intrigante.

— Prenez place, je vous prie, dit l'impératrice en français. Irina, voulez-vous nous faire servir du thé, je vous prie.

Quand elle fut sortie, l'impératrice éclata de rire.

— Admirable ! s'écria-t-elle, toujours en français. Absolument parfait.

— Je vous remercie, Majesté. Qui est cette femme ?

— Irina ? Une amie très chère, la princesse Catherine Dachkov…

— Débarrassez-vous d'elle pour une heure. Il le faut. C'est une ambitieuse et elle a la bouche qui fuit.

L'impératrice leva les sourcils.

— Bien, dit-elle enfin.

La princesse d'Anhalt-Zerbst ne paraissait pas avoir repris ses esprits. La princesse Dachkov revint, suivie des domestiques.

Quand le thé fut bu, l'impératrice pria la princesse Dachkov d'aller veiller à ce que la repasseuse godronnât convenablement sa chemise de linon pour la soirée.

— Et vous avez demandé à ce que nous allions au jardin, dit l'impératrice. Allons-y.

Elle se leva pour se diriger vers la porte-fenêtre, suivie de sa mère de la fausse Bezborodka. Les froufrous des jupes se perdirent à l'extérieur dans les pépiements des oiseaux.

— Majesté, déclara d'emblée la visiteuse, quand elles furent parvenues à une tonnelle couverte de jasmin, le temps nous est compté, je serai bref. J'étais au service de l'impératrice Élisabeth, je suis désormais au vôtre, puisque je suis au service de la Russie. L'urgence est extrême. Il vous faudra bientôt suivre l'exemple d'Élisabeth. Il convient que vous y soyez préparée.

— Comment cela ? demanda l'impératrice.

— La proclamation de divorce est imminente. La déclaration de guerre au Danemark l'est également. Les régiments de la Garde impériale seront éloignés de Saint-Pétersbourg. Vous ne serez plus protégée par eux. Vous en êtes-vous avisée ? Peterhof est une prison dorée où un détachement de soldats peut venir vous arrêter à n'importe quel moment. Les portes en sont gardées et vos amis ne peuvent vous rendre visite. Telle est la raison de ce travestissement. Dans le meilleur des cas, vous serez exilée ou contrainte au couvent. Ivan VI sera proclamé prince impérial et héritier du trône. Il sera trop tard pour défaire le mal qui aura été fait, et le scandale.

L'impératrice parut saisie. Jusqu'alors souriant, son visage se crispa.

— À l'heure dite, Majesté, il faudra que vous teniez à la Garde tout entière le discours qui doit emporter sa décision et la convaincre que vous êtes bien l'héroïne sacrée pour la défense de laquelle elle risquera son sort. À l'heure actuelle, il n'est dans tous les régiments de la Garde qu'une quarantaine d'hommes déterminés à défendre votre personne. C'est dérisoire. Vous n'emporterez pas la partie contre tout un appareil d'État avec quatre dizaines d'hommes, aussi dévoués soient-ils.

L'impératrice le fixait d'un regard où il peinait à distinguer l'angoisse de la colère.

— Seule vous pouvez réveiller la flamme qui sommeille dans les cœurs et persuader tous les régiments, tous les hommes, que c'est vous qui les défendrez contre l'indignité.

— Et vous semblez le connaître, ce discours, dit l'impératrice avec une pointe d'ironie.

— Oui, Majesté. La Russie est en danger. Elle est menacée d'être livrée à un roi étranger. Le pays connaît votre attachement à son âme, à ses traditions, à sa religion. Vous suppliez la glorieuse et héroïque garde impériale de courir au secours du trône.

— Et que se passera-t-il alors ?

— Vous ferez arrêter votre époux et vous le tiendrez au secret. Vous exigerez de lui un acte d'abdication et quand il vous l'aura fait remettre, vous l'exilerez.

La princesse d'Anhalt-Zerbst exhala un gémissement de détresse.

L'impératrice réfléchit un moment.

— Cela est bel et bon, dit-elle, mais le tsar habite Oranienbaum avec sa cour et ses soldats. Moi, je suis ici. Nous sommes éloignés l'un de l'autre de deux heures à cheval, et encore, au galop. Quand et comment saurai-je qu'il a pris les décisions funestes que vous me dites ?

— J'y pourvoirai, Majesté. Vous serez informée aussi vite qu'un cheval peut aller.

— Et ensuite ?

— On viendra vous emmener pour haranguer la Garde.

Un silence suivit ces propos.

— Pourquoi méprisez-vous mon mari ? demanda l'impératrice.

— Pour la raison la plus simple du monde, Majesté, parce qu'il est méprisable. J'ai vu Frédéric…

— Vous l'avez vu ?

— J'ai soupé avec lui à Sans-Souci. C'est un loup maigre. Seul un autre loup peut s'allier avec lui.

L'impératrice se redressa. On insultait son époux le tsar en sa présence et, quelles que fussent les exigences du protocole, elle était cependant contrainte d'acquiescer.

— Qu'est-ce qui vous fait penser que le divorce est imminent ? demanda-t-elle.

— La hâte du chancelier Vorontsov. Il a tout intérêt à battre le fer pendant qu'il est chaud. Et sachant quel homme est son futur gendre, le prince de Holstein-Gottorp, il ne doute pas qu'il sera bien plus que le beau-père du tsar : il sera le maître du pays.

— Comment savez-vous tout cela ?

— Par l'entremise de ceux qui ne sont plus autorisés à vous rendre visite, Majesté.

On entendit des pas pressés sur le gravier. L'entretien était terminé. La fausse Bezborodka se reprit à minauder.

— Mon Dieu, ces lieux sont si charmants que je me ferais même dresser un lit sous cette tonnelle !

La baronne se força à glousser.

Mais on ne dressa pas de lit sous la tonnelle. Dans les minutes qui suivirent, la fausse Bezborodka reprit sa calèche et la route de Saint-Pétersbourg.

Ce jour était le 14 juin 1762.

*

Le lendemain, Alexeï Orloff se présentait à l'hôtel du comte Rotari. Ses frères étaient tous en ville.

— J'ai vu l'impératrice, lui annonça Sébastien.

— Vous l'avez vue ? s'écria Alexeï, avec tous les accents de l'affolement. Mais comment avez-vous fait ?

— Je vous le révélerai.

— Qu'en est-il ?

— Je crois l'avoir rendue consciente de l'urgence. Elle est prête.

Alexeï demeura silencieux un moment, puis il leva sur son interlocuteur des yeux mouillés d'émotion :

— Je vous remercie. Nous vous remercions. Au fond de moi, je ne doutais pas que vous y parviendriez.

— Bien. Je ne peux pas mêler le comte Rotari à notre entreprise. Il nous faut en ville un centre de ralliement où je puisse jour et nuit vous laisser un message dans le cas où les affaires deviendraient pressantes.

— Le palais Bariatinsky. C'est là que nous habitons. Nous sommes en confiance.

— Faites-moi la grâce d'y accueillir aussi le chevalier de Barberet.

— Il est le bienvenu, et sans aucun effort. Il s'est acquis notre estime d'emblée. Il est remarquable escrimeur, savez-vous.

— Je m'en réjouis.

13

Mômeries préliminaires sur le golfe de Finlande

Ce fut Franz qui porta la missive au château d'Oranienbaum :

Sire,

L'immense honneur que m'a fait le grand Frédéric de m'accueillir à Sans-Souci et les éloges chaleureux qu'il m'a faits de vous ont fouetté en moi le désir de vous revoir. Nous avions, en effet, soupé au Kremlin il y a plusieurs mois, si vous voulez bien me faire l'honneur de vous en souvenir.

Permettez-moi, à l'occasion de ces lignes, de vous adresser mes vœux de gloire et de prospérité les plus profonds.

Votre très obéissant serviteur,
Comte de Saint-Germain
Chez le comte Rotari, Grafski Pereoulok.

Sébastien se retint de pouffer en signant le billet. On pouvait difficilement faire plus servile et plus hypocrite. Mais l'essentiel était d'entrer dans la forteresse d'Oranienbaum.

— C'est une caserne dans une forteresse, monsieur, pas un château, rapporta Franz à son retour.

La réponse arriva le lendemain par courrier à cheval : Son Altesse impériale le tsar Pierre III de toutes les Russies conviait le comte de Saint-Germain à souper au château d'Oranienbaum pour le soir même et à y séjourner à sa convenance. La mention de Frédéric II avait été le sésame espéré.

Il prévint Alexandre et le chevalier de Barberet, aussi intrigués qu'inquiets pour la sécurité de Sébastien.

— Il me semble que vous vous jetez dans la gueule du loup, observa le chevalier.

— Je ne sous-estime jamais mes ennemis, mais il se trouve que celui-ci est un sot. On en trouve même parmi les loups.

*

Au nombre de soldats qui vaquaient alentour, on se serait cru dans une caserne, comme l'avait indiqué Franz ; c'était le régiment d'Holstein. Mais le château proprement dit existait bien, et de surcroît il était entouré de jardins fleuris.

En passant la grille qui entourait le bâtiment de style néoclassique, Sébastien se demanda comment toute la soldatesque voisine satisfaisait ses ardeurs. Il eût parié qu'il n'était plus une créature de l'autre sexe, à dix lieues de rayon, qui ne fût engrossée. Existait-il une intendance pour les garnisons en temps de paix ?

La calèche s'étant arrêtée, Franz n'avait pas plus tôt sauté à terre que des laquais sans nombre s'emparèrent de l'unique malle que Sébastien avait emportée comme bagage. Un majordome reçut le comte de Saint-Germain avec une déférence extraordinaire et le conduisit, sur ordre de Sa Majesté, vers ses appartements.

Décidément, ces Russes avaient le sens de l'espace. À longer les corridors, Sébastien calcula que le château comptait au moins trois cents chambres. Étaient-elles toutes meublées comme les siennes ? Car on lui en avait attribué trois sur les jardins du rez-de-chaussée. On eût juré que l'ordonnateur avait été le même que celui de Frédéric : ce n'étaient que sièges tapissés de damas rutilants, guéridons, secrétaires et commodes chantournés, recouverts d'une profusion de bronzes dorés. Panneaux de chinoiseries tout frais, trumeaux, médaillons, grisailles, stucs et scènes mythologiques emplissaient les surfaces des murs et des plafonds.

Comment s'étonner que les caisses de l'État fussent vides ?

Arrivé à trois heures de l'après-midi, Sébastien fut informé par le majordome que les invités de Sa Majesté se retrouveraient avant le souper dans le grand salon d'Apollon à six heures. Son Excellence désirait-elle garder son valet auprès d'elle ou bien l'envoyer dans les quartiers des domestiques ?

— Il sera très bien ici, répondit Sébastien.

✲

Trois douzaines d'invités occupaient le salon d'Apollon, caquetant et jacassant le français et l'allemand, rarement le russe, attendant Sa Majesté impériale. Au plafond, l'illustre bellâtre de l'Olympe, nu comme il se devait, régnait sur une cour de donzelles et de jouvenceaux aux pieds roses. La lumière dorée d'une fin de jour sur le golfe de Finlande se déversait par de hautes fenêtres à la française ouvrant sur des terrasses vastes comme des esplanades. Mélangée à la clarté prématurée des flambeaux, elle baignait un décor aussi chargé que celui de Sans-Souci et des acteurs plus ou moins à l'aise dans des habits européens. Était-on en Russie ? Plutôt dans un lieu imaginaire, créé par le délire européen d'un prince allemand qui, Sébastien l'avait appris, jouait à la poupée. À leur arrivée, les convives étaient annoncés en français par un aboyeur. À l'énoncé du nom de Saint-Germain, un personnage entouré par une cour dressa l'oreille ; c'était à peine une image : il ressemblait à un renard élégant et chenu ; il fit face au visiteur comme s'il était le maître de céans. Un secrétaire conduisit Sébastien auprès de lui et le présenta au chancelier Vorontsov. C'était donc lui. Comment l'homme de confiance de la défunte impératrice avait-il donc pu souscrire au grand chambard perpétré par son successeur ?

Sébastien se peignit la mine la plus urbaine qu'il sût :

— Le comte de Saint-Germain ! L'apanage des salons royaux d'Europe ! clama-t-il dans un français approximatif.

Des murmures s'élevèrent. Douairières et donzelles, damoiseaux et barbons se tournèrent vers le nouveau venu.

— Je suis très honoré de me trouver devant le chancelier de la Russie nouvelle, répondit Sébastien.

— Ah comte ! Depuis qu'elle a appris votre présence à Saint-Pétersbourg, Sa Majesté se languissait de vous rencontrer. Ma fille également, ajouta-t-il, en présentant une jeune fille à la mine impertinente, tant elle se voulait altière.

Elle tendit une main de bois ; Sébastien s'inclina pour la baiser.

La future impératrice présumée n'était sans doute pas rompue à ces galanteries car elle retira sa main, raide comme paralysée par le baiser, mais l'œil dardé sur le saphir démesuré que Sébastien arborait au doigt. Elle détailla ensuite du regard les diamants du gilet, puis ceux des boucles des chaussures de l'étranger. Sébastien songea qu'un petit cadeau le mettrait furieusement en faveur. Puis il trouva la réponse à la question du revirement de son père : c'était celle-là même qu'il avait inventée la veille à l'intention de l'impératrice. La vanité. Le goût du pouvoir. La perspective d'être le beau-père en même temps que le chancelier du tsar avait eu raison des principes de l'homme de confiance d'Élisabeth.

Le père était donc le jouet de la fille.

Quelques minutes d'écoute suffirent à lui indiquer qu'une bonne partie de l'assistance était constituée de hauts fonctionnaires, tels que le propre neveu du chancelier, Alexandre Vorontsov, jadis ambassadeur à Londres et désormais sans emploi, le premier conseiller secret, le secrétaire d'État aux Finances, le secrétaire d'État à la Marine… À l'évidence, le cabinet impérial était tout entier captif à Oranienbaum. Soudain, un mouvement se fit dans l'assistance. Sa Majesté impériale Pierre III venait d'entrer dans le salon. Le silence tomba.

— Bonsoir, messeigneurs ! s'écria le tsar, en français.

Il ressemblait encore plus que la première fois à un godelureau blet, avec en plus une trogne d'ivrogne. Un certain flottement dans le regard trahissait l'absorption récente d'alcool.

— Permettez-moi, Sire, de vous présenter le comte de Saint-Germain, dit Vorontsov.

— Ah, comte, je me réjouis de vous revoir ! s'écria le tsar, claquant sa pogne molle contre la main de Sébastien, à la manière d'un soudard. Voilà un homme féliciteux. Il a soupé avec le roi Frédéric à Sans-Souci, et ce soir le voici à Oranienbaum.

Les regards se braquèrent sur l'étranger « féliciteux ».

— Sire, je vole désormais dans l'empyrée, puisque je vais d'un soleil à l'autre.

Pierre III de Russie savait-il ce qu'était l'empyrée ? Il éclata en tout cas d'un rire tonitruant.

— Ah, quel plaisir que la compagnie de gens civilisés ! Mais qu'on nous donne à boire, diantre !

Des domestiques s'empressèrent, apportant les plateaux déjà chargés de verres de champagne, de vin du Caucase, de vodka. Le tsar saisit un verre de champagne, Vorontsov un autre, sa fille un troisième et Sébastien en avait à peine pris un que le tsar avait déjà vidé le sien.

— Il n'y a rien dans ces coupes, qu'on me donne donc un hanap.

Un hanap ! Chacun attendit d'être servi, pendant que le majordome emplissait de champagne une sorte de saladier sur pied et le tendait à son maître. Pierre III leva le récipient et des vivats s'élevèrent.

— Alors, comte, vous avez donc soupé avec l'admirable roi Frédéric, reprit le monarque. Contez-moi donc.

— Sire, mes oreilles sont encore emplies des louanges du roi de Prusse à votre égard. Il assure que vous êtes l'homme qui arrachera ce pays aux ornières du passé.

— Que j'aime entendre ces propos ! Vous me faites chaud au cœur.

— J'en suis comblé, Sire. Mais je comprends votre fierté quand je songe à l'héroïsme que ce monarque a montré à Torgau. Quel grand roi !

— Torgau ! Effrayant combat ! s'écria Pierre III, dans un geste théâtral, comme s'il y avait été. Quand on songe que si Frédéric n'avait eu l'audace de donner l'assaut de nuit, il eût perdu ! Mais il faudrait à la fois un Tite-Live et un Corneille pour célébrer le courage et la valeur de ce guerrier !

Plaisant à ouïr, quand on songeait que celui qui s'enthousiasmait ainsi jouait encore à la poupée. Mais Vorontsov se rengorgeait, comme si c'était de lui qu'on faisait les éloges.

— De plus, reprit Sébastien, j'ai pu vérifier que le roi Frédéric est remarquablement informé sur les moindres détails des affaires de ce monde. Les questions qu'il m'a posées m'ont empli d'émerveillement. Comment un homme au regard aussi vaste peut-il percevoir des détails qui passeraient inaperçus d'un mortel ordinaire ! Il m'a ainsi rapporté par le menu des affaires dont moi seul connaissais le secret.

— Vraiment ? Quelles affaires ?

Chacun tendait l'oreille pour entendre le récit. Mais entre-temps, un petit orchestre jouait des danses allemandes et seuls ceux qui se trouvaient dans le cercle immédiat du monarque pouvaient entendre les propos impériaux.

— Principalement la mission secrète que m'avait confiée le roi Louis XV auprès des Anglais.

L'œil de Pierre III s'alluma. Il avala une nouvelle lampée de champagne.

— Le roi de France vous avait confié une mission auprès des Anglais ?

— Oui, Sire. Elle était inspirée par la sagesse, car elle visait à faire la paix. La France et l'Angleterre ont bien plus à gagner dans l'entente que dans des guerres qui les épuisent en hommes et en richesses.

— Mais pourquoi n'a-t-elle pas abouti ?

— Hélas, certaines personnes en France, qui sont les fournisseurs des armées, ont plus à gagner dans la guerre que dans la paix. Elles ont acheté le ministre Choiseul et son ambassadeur à La Haye, qui se sont opposés à mes négociations.

Tout cela n'était pas faux, mais passablement enflé. Néanmoins, Sébastien était décidé à se faire valoir autant que faire se pût et à gagner la confiance du tsar. Il n'allait pas arrêter là ses mômeries.

— Ce qui démontre, Sire, l'importance pour un roi d'avoir des gens honnêtes.

Vorontsov hocha doctement la tête.

— Il faudra que vous me contiez cela de façon plus complète, dit le tsar. Pour le moment, nous allons souper. Venez.

C'était une table d'escouade qui avait été dressée : trente personnes face à face, et deux fois autant de serviteurs. Un feu crépitait bruyamment dans une cheminée à brûler une forêt. Le tsar prit à sa droite la comtesse Élisabeth Vorontsova et à sa gauche Sébastien. Honneur insigne. Vorontsov présidait à l'autre extrémité. Le brouhaha, sous-tendu par l'orchestre, devint tel que chacun ne pouvait entendre que ses voisins immédiats.

Le premier plat fut un potage. Comme il était clair, les gouttes qui s'égarèrent sur la cravate impériale passèrent inaperçues. Il n'en alla pas de même de la sauce rose du poisson qui suivit. Entre-temps, le verre du tsar avait été regarni à deux reprises. L'élocution de Sa Majesté commençait à devenir confuse. Quand elle se pencha vers Sébastien pour l'informer qu'un cuisinier français officiait au château, il fallait avoir l'oreille fine pour deviner la phrase. Mieux valait, dans ces conditions, s'en tenir à des réponses brèves, et quand le tsar demanda à son voisin quelle était selon lui la première qualité d'un monarque, Sébastien répondit :

— L'autorité, Sire.

Ce qui parut satisfaire immensément non seulement le monarque, mais également la comtesse Vorontsova. Décidément, le comte de Saint-Germain était un convive comme on les aime.

À neuf heures du soir, le souper s'étant achevé sur un sorbet à l'orange, après une salade de pommes de terre et un ragoût de canard, l'on passa au salon de musique. Le tsar demanda à Sébastien s'il était vrai, comme il l'avait entendu dire, qu'il fût musicien. Sur la réponse positive de ce dernier, il le pria de lui offrir un exemple de ses talents et s'installa dans un vaste fauteuil. Sébastien s'assit au clavecin et attaqua une transcription de son cru de la Danse des Sauvages, tirée des *Indes galantes* de Rameau.

L'admiration succéda bientôt à la surprise. Comment, ce diplomate – car chacun le tenait pour un diplomate, mais de quel pays, nul n'eût su dire – touchait également du clavecin ? Et si adroitement ? Quand le morceau fut terminé, le tsar applaudit bruyamment et, bien entendu, l'assistance suivit et l'on demanda un autre morceau. Sébastien obtempéra.

À la fin, le tsar déclara que le comte était bien digne de jouer de concert avec le roi de Prusse, car il s'était mis en tête que Sébastien avait accompagné le roi de Prusse à la flûte. Puis il se leva pour se retirer.

Sa posture indiquait qu'il ne tenait pas tout à fait bien sur ses jambes. Pas de doute, la rumeur publique avait raison : le tsar était de surcroît alcoolique. Il rassembla cependant assez de lucidité pour déclarer :

— Je me félicite que vous séjourniez au château, comte, car je suis sûr que nous n'avons pas vu tous vos talents. Je serais heureux d'une conversation sérieuse avec vous demain matin. Soyez donc à mon cabinet à neuf heures. Le chancelier sera présent. Bonne nuit.

Les dames firent la révérence, les hommes s'inclinèrent et Pierre III gagna la porte, escorté par Vorontsov et deux autres ministres. La Vorontsova eut la décence de ne pas le suivre tout de suite. D'ailleurs, dans l'état où il se trouvait, il eût aussi bien pu coucher avec une de ses poupées.

Toute la question était de savoir si Pierre III serait suffisamment dégrisé à l'heure dite.

14

Enfermement avec un fou alcoolique dans un château russe

— Avez-vous vu la tsarine Catherine depuis votre arrivée ? demanda Pierre III, rasé de frais, la perruque brossée et visiblement dégrisé. Le ton était impérieux.

La bouche pointue, l'œil mi-clos, le chancelier Vorontsov feignait l'indifférence, mais Sébastien eût parié cher que c'était lui qui avait inspiré la question. Ce comte de Saint-Germain était décidément trop gracieux pour être vrai ; sans doute cachait-il des desseins secrets. Ne l'avait-on pas vu assis à la droite de Catherine lors du souper au Kremlin, quelque deux ans auparavant ?

— Non, Sire. À vrai dire, j'espérais lui présenter mes hommages hier soir. Je veux croire qu'elle n'est pas souffrante ?

— Elle le sera bientôt, répondit le tsar avec humeur.

Sébastien battit des cils et porta sa main à la poitrine, pour exprimer l'effarement.

— Vous qui savez tant de choses, n'êtes-vous pas informé ?

— De quoi, Sire ?

— J'ai l'intention de demander le divorce.

Nouvel effarement théâtral du comte de Saint-Germain.

— Je ne l'ai entendu dire ni à Vienne ni à Berlin, Sire, et je me désole de votre contrariété.

Le visage de Pierre III se détendit. Le chancelier poussa un soupir de soulagement et allongea une jambe.

— Ne vous désolez pas. Ma contrariété prendra fin avec le divorce. Vous m'avez dit hier soir que pour vous la première qualité d'un monarque est l'autorité ?

— Je l'ai dit, Sire.

— Cette autorité ne saurait couvrir les débordements immoraux d'une épouse adultère. C'en est assez. Mais j'avais cru que les infidélités de cette femme défrayaient la chronique diplomatique ?

— À vrai dire, je vois moins les diplomates que leurs maîtres, Sire, et nos entretiens ne portent pas sur l'harmonie conjugale. Un dicton français assure qu'il vaut mieux s'adresser au Bon Dieu qu'à ses saints.

Pierre III éclata de rire.

— Ah, vous avez raison, comte ! Je comprends votre succès auprès des cours d'Europe : le bon sens ! le bon sens ! C'est la première qualité d'un homme politique. Mais je suis l'exemple de Frédéric. Il ne faut pas laisser les esprits subalternes s'agiter dans l'ombre. Une bande d'intrigants manigançaient autour de Catherine. Je ne sais ce qu'ils s'imaginaient, mais j'ai donné hier l'ordre d'arrêter l'un des plus dangereux, un certain Passek.

Sébastien ravala sa salive ; il avait craint une fraction de seconde que ce fût Grigori Orloff.

— De même, poursuivit le tsar, j'ai décidé d'en finir avec un voisin impertinent. Dites-moi, que pensez-vous du roi du Danemark ?

— Frédéric V ? J'ai séjourné au palais de Christianborg et…

— Vous le connaissez ? Par Dieu ! Je vais vous nommer ambassadeur extraordinaire, comte ! Dites-moi, quel homme est-ce ?

Vorontsov aussi parut émerveillé que le comte eût également séjourné chez le roi de Danemark ; il se pencha pour mieux écouter.

— Le moins que je puisse dire, répondit Sébastien, est que ce roi, lui, ne déborde pas d'autorité. Son aumônier a tenté de me faire assassiner et figurez-vous, Sire, que bien que j'eusse déjoué son abominable complot, le roi lui a accordé sa grâce ! Je me suis donc empressé de quitter le Danemark.

— Extraordinaire ! s'écria Vorontsov. Mais qui était donc cet aumônier et pourquoi voulait-il vous faire assassiner ?

— L'aumônier s'appelait Norrgade et il s'était mis en tête, au cours d'un souper, que la science est contraire à la foi…

— Exactement la mentalité des popes ! coupa le tsar, donnant un coup de poing sur son bureau.

— Il a donc clamé que j'étais venu répandre la sédition et que j'entraînerais la ruine du royaume.

— Plût à Dieu que vous l'eussiez fait ! clama le chancelier.

La situation était favorable : non seulement Sébastien avait-il dissipé les soupçons du tsar et de Vorontsov, mais encore connaissait-il un regain de faveur.

— Mais que s'est-il passé ensuite ?

— Trois hommes suspects me suivirent dans la rue. Je me réfugiai dans une auberge et m'enfuis par une porte dérobée pour appeler la Garde, qui vint les arrêter. Ils avouèrent qu'ils avaient projeté de me tuer et de jeter mon cadavre à l'eau et désignèrent leur instigateur : c'était Norrgade. Il fut arrêté et s'obstina dans ses délires, jurant que j'étais l'envoyé du diable.

— Voilà qui est bien, dit le tsar, vous n'êtes donc pas l'ami de ce Frédéric-là ni de son pays. J'aurais eu chagrin de vous contrarier. Ce roitelet s'obstine à me disputer le Schleswig et le Holstein. Je vais lui apprendre les bonnes manières. Dès que nous aurons établi nos plans de campagne, ce qui ne saurait prendre plus de trois jours, je lui enverrai mes troupes pour reprendre les terres qui reviennent à ma famille.

Discours délirant. On eût cru entendre un enfant réglant son compte à des poupées. Les événements s'accéléraient donc. On était le 21 juin ; la semaine à venir serait cruciale.

Encore fallait-il savoir quels étaient les projets du tsar concernant sa femme.

— Les Danois sont-ils aussi riches qu'on le dit ? demanda tout à coup le tsar.

— La neutralité leur a permis d'entretenir un commerce fructueux avec les Indes occidentales et les orientales, répondit Sébastien. Je pense qu'ils peuvent lever sans peine vingt mille hommes.

— Vous entendez, chancelier ? dit le tsar. Et qu'en déduisez-vous, comte ?

— Je ne suis pas stratège, Sire, mais si j'envisageais une action militaire, je pense qu'une attaque-surprise me donnerait l'avantage.

— Bien, j'en prends note. Comte, c'est enrichissant de parler avec vous. Je souhaiterais que, durant votre séjour au château, nous ayons un entretien tel que celui-ci tous les matins.

Il se leva, Sébastien s'inclina et serra la main qui lui était tendue. Le chancelier le raccompagna à la porte.

Pierre III songeait-il à s'emparer du Danemark pour regarnir ses caisses ?

*

L'entrevue du lendemain porta sur les possibilités d'emprunts auprès des banques européennes. Les subsides anglais ne suffisaient donc plus ? se demanda Sébastien.

— Les Anglais, qui furent jadis nos banquiers jusqu'ici, semblent mélanger les genres, expliqua Vorontsov. Ils demandent désormais des garanties politiques.

— Peut-être serait-il opportun de leur faire entendre que leurs collègues des Provinces-Unies seraient moins exigeants, suggéra Sébastien.

— Excellente idée ! s'écria le tsar. Les connaissez-vous ?

— Il m'est advenu de les rencontrer à La Haye, répondit prudemment Sébastien, se gardant de mentionner l'existence d'une succursale de la banque Bridgeman and Hendricks à Amsterdam.

Le tsar résolut alors de monter avec Sébastien une mission auprès des banquiers en question.

— Je ne cache pas à Sa Majesté que la reconquête du Schleswig constituerait un élément favorable à sa requête.

Il eût pu promettre la lune, ce règne était voué à une fin prochaine. Autant accélérer la catastrophe. Pierre III hocha longuement la tête et l'entretien prit fin. Mais Sébastien n'était pas plus avancé sur le calendrier du tsar. Le monarque en avait-il même un ? Le sujet du divorce n'était pas revenu sur le tapis ; or, la séparation d'avec Catherine constituait le point crucial du plan qu'il mûrissait depuis des semaines.

*

Les entrevues ordinaires du 23 et du 24 juin furent annulées, le tsar préparant ses plans de campagne avec ses généraux, comme Vorontsov en informa Saint-Germain. Le soir, il n'y eut pas de grands soupers non plus, Sa Majesté traitant son état-major, et Sébastien dîna frugalement dans ses appartements en la compagnie de Franz.

L'inquiétude commença à ronger Sébastien. Et si ce dément alcoolique décidait de se séparer de Catherine en catimini et après le départ des régiments de la Garde pour le Danemark ? Mais il ne pouvait poser de questions. Il éprouva le désir de retrouver Saint-Pétersbourg, les Orloff, Bariatinsky et la liberté. La liberté ! Mais il avait lui-même décidé de venir observer sa proie à Oranienbaum et ne pouvait déclarer forfait, sauf à vouer tout son projet à l'échec.

Il eut le sentiment d'être enfermé avec un fou alcoolique.

Au cours de ses réflexions, Sébastien s'avisa que Pierre III semblait ne prendre ses décisions qu'à la faveur de ses excès de boisson et que ceux-ci survenaient apparemment dans son désœuvrement. Il y avait donc des chances pour que, lorsqu'il était sobre, le tsar fût beaucoup plus conscient des dangers du scandale que déclencheraient le divorce et la désignation d'Ivan VI comme héritier du trône ; il témoignait alors d'une plus grande prudence.

Le 25, un grand remue-ménage se produisit dans le château. Franz, le premier, apprit à son maître que le tsar et sa suite regagnaient Saint-Pétersbourg pour un grand banquet qui serait donné le lendemain soir au palais de Tauride. Peu après, le secrétaire de Vorontsov vint remettre à Sébastien une invitation officielle à ce banquet.

Que se passait-il donc ?

Se frayant un passage parmi une foule de secrétaires, de domestiques transportant des malles, de dames de compagnie, de chiens, Sébastien parvint enfin à trouver Vorontsov, au moment où celui-ci s'apprêtait à monter avec sa fille dans sa calèche.

— Comte, dit Sébastien, je suis heureux de vous voir et vous remercie pour votre invitation. Mais que se passe-t-il donc ce soir ?

— Sa Majesté a décidé de donner un grand banquet pour célébrer la paix et l'alliance avec la Prusse.

Sébastien hocha la tête et remercia le chancelier.

— Ce sera pour moi une joie autant qu'un honneur.

Les deux hommes s'inclinèrent et Vorontsov monta dans sa voiture. Les laquais replièrent les marchepieds et claquèrent les portières.

Quelque chose se tramait.

À peine arrivé à Saint-Pétersbourg, il envoya Franz porteur d'un message verbal pour le prince Bariatinsky, le priant de se tenir à disposition avec ses amis pendant toute la soirée.

15

Mané, thécel, pharès

Une confusion de calèches se pressait aux portes de l'Ermitage. Les cochers juraient, les chevaux piaffaient, les valets ne savaient où donner de la tête et, bien sûr, les maîtres s'impatientaient.

À vue de nez, Sébastien estima qu'il devait bien y avoir cent invités.

Il ne parvenait pas à oublier le regard angoissé de Grigori Orloff, averti de son passage chez le comte Rotari.

— Vous croyez que nous allons réussir ?

— Notre seul ennemi, comte, est notre manque de confiance.

— Dieu vous entende.

— Attendez-moi ici, tous.

Et, jetant un regard à Alexandre :

— Vous vous rappelez ce que je vous ai dit ?

— Oui, père.

— Tenez-vous donc prêt.

Et aux frères Grigori et Alexeï Orloff :

— Si je ne me trompe, votre ami Pierre annoncera ce soir une grande décision. Que Dieu nous garde !

Le chevalier de Barberet était le seul qui restât flegmatique. Il flairait l'aventure et cela ne paraissait ni lui déplaire ni l'inquiéter.

Sébastien était monté dans la calèche, anxieux en dépit de son assurance affichée.

Enfin, il mit pied à terre et gravit le perron du palais de Tauride, la main sur l'invitation dans sa poche. Franz, en livrée neuve et coiffé d'une perruque impeccable, se tenait près de la porte, à l'intérieur du vestibule et à portée de voix, comme recommandé ; il paraissait mi-admiratif, mi-goguenard.

Les invités se pressaient dans le grand vestibule du rez-de-chaussée. Un majordome veillait aux préséances. L'aboyeur annonça :

— Monsieur le comte Reventlow, ministre de Prusse…

Les invités se dévisageaient les uns les autres, curieux de savoir qui avait le privilège d'assister à cette soirée extraordinaire. Sébastien nota que le linge était frais. Comme prévu, ses diamants accrochèrent les regards.

— Monsieur le comte Alexandre Vorontsov, ambassadeur de Sa Majesté impériale…

Sébastien aussi parcourut des yeux les visages, mais ne reconnut personne, et pour cause : ceux de « la cause russe », comme on l'appelait, ne pouvaient être conviés à un festin de « la cause allemande ».

— Le comte Czesenowski, ministre de Pologne… M. de Béranger, ministre de France…

Sébastien guetta en vain l'appel du ministre d'Autriche

Plusieurs militaires se trouvaient là, jabotant en tenue d'apparat, rutilant de leurs galons et brandebourgs dorés, la moustache fraîchement cirée. Enfin, son tour vint :

— M. le comte de Saint-Germain…

Il prévint le majordome qu'il souhaitait que son valet demeurât pour la soirée près de la porte de la salle où le repas aurait lieu, ce qui fut agréé. Il se retourna pour faire signe à Franz, qui accourut. Ils gravirent les escaliers et furent dirigés vers un vaste salon aux luminaires étincelants.

— Cher comte, dit Vorontsov, faisant un pas pour l'accueillir, car il se tenait évidemment à la porte, laissez-moi vous dire que vos sages conseils ont porté leurs fruits. Sa Majesté y a beaucoup réfléchi et en a tiré la substantifique moelle.

— Vous allez flatter ma vanité, comte, repartit Sébastien sur un ton plaisant.

— Non, non, je vous sais trop sage et trop fin pour être vain.

Un groupe de courtisans se pressait autour de la comtesse Vorontsova, sa fille, encore plus hautaine que l'autre soir. Dame, tout l'indiquait, avant la fin de l'année, elle serait la prochaine impératrice.

On but et on lanterna, dans l'attente du tsar. À sept heures moins le quart, Sa Majesté apparut, suivie de son aide de camp. Vorontsov se figea, presque au garde-à-vous. Les applaudissements éclatèrent. Le visage impérial rayonnait. Un tison rougeoyant de suffisance. Il regarda autour de lui, cherchant quelqu'un des yeux ; le ministre de Prusse accourut. Le tsar leva le bras pour demander le silence :

— Mes amis, tonna-t-il en français, je me réjouis de vous voir si nombreux pour célébrer la paix que nous avons conclue avec le glorieux royaume de Prusse !

Nouveaux applaudissements. L'ambassadeur d'Angleterre semblait songeur. Le ministre de France, le marquis de Breteuil, s'efforçait de rester impassible.

Puis l'on passa à table. Une table unique dont la longueur atteignait bien cent quarante pas, étincelait de cristaux et d'orfèvrerie.

Le festin de Balthazar, songea Sébastien. Et bientôt, *mané, thécel, pharès.*

Il était placé entre l'épouse d'un général et celle du premier conseiller secret de Sa Majesté. Le tsar, debout, leva son hanap à la Russie et à la Prusse. Les verres furent brandis et les vivats jaillirent.

— Que Dieu protège le tsar et la sainte Russie !

— À la prospérité de l'Empire et de ses chefs valeureux !

— À la gloire éternelle des Romanov !

Et ainsi de suite.

À force d'être figé, le sourire du ministre de Prusse, à la droite de l'empereur, ressembla à un rictus.

Un grand cartel siégeait sur la cheminée ; de temps en temps, entre deux réponses enjouées à ses voisines sur les possibilités de prédire l'avenir par les cartes et les pouvoirs occultes des pierres précieuses, Sébastien le consultait du regard : on mangea pendant une heure trois quarts.

Ce fut, en effet, à dix heures moins le quart que le tsar se leva. Les conversations s'éteignirent.

— Mes amis, commença-t-il, et cette fois-ci en russe, miséricordieusement, je veux, ce soir, dire l'immense félicité qui m'emplit quand je songe que nous voilà désormais liés au magnifique pays que commande mon cousin

Frédéric. L'ordre, qui est le propre de l'harmonie céleste, y est assuré grâce à l'autorité transcendante d'un monarque béni du ciel, car son regard est aussi prescient que sa main est ferme. Frédéric a érigé son pays au rang de la première puissance militaire au monde !

Quelques visages s'assombrirent çà et là. L'Angleterre comptait-elle donc pour du beurre ? Et la France ? Et la Russie elle-même ?

— La Prusse doit être considérée comme notre modèle et notre maître, continua de bramer le monarque. Et j'entends suivre son exemple dans le gouvernement et l'armée...

Avait-il bu plus que de raison, une fois de plus ? Même l'épouse du général près de Sébastien fronça les sourcils. Le secrétaire du ministre de France, assis derrière celui-ci, lui traduisait la prose impériale au fur et à mesure, et les mines des envoyés étrangers n'exprimaient que trop bien leur désarroi. De mémoire de diplomate, personne n'avait rien entendu de pareil.

Il y en eut ainsi pour un autre quart d'heure. *Mané*, songea Sébastien.

— À la faveur de la tolérance passée, qui était coupable, tout le monde en convient, reprit le tsar, des roitelets se sont arrogé le droit de mettre la main sur des territoires qui, dynastiquement et historiquement, appartiennent à la Russie. Je veux parler du Schleswig. Mais notre patience a atteint ses limites. Demain notre valeureuse armée partira reprendre ces territoires et les ramener dans le giron de la patrie.

À l'évidence, cette martiale assurance était copiée sur Frédéric. L'ambassadeur de France releva la tête. Celui de

Prusse aussi, mais ce n'était pas pour la même raison. Voilà le signal, songea Sébastien : il se prépare à éloigner les régiments de la Garde pour laisser l'impératrice sans défenseurs.

Soudain, Pierre III changea de sujet :

— Le propre d'un monarque éclairé est de ne point supporter la corruption ni le vice dans la sphère de son pouvoir. À l'ère nouvelle qu'aborde la Russie, j'ai donc décidé de répudier une épouse adultère, indigne de la splendeur impériale[1]…

Les bouches béèrent. *Thécel*, murmura Sébastien. L'épouse du conseiller secret près de Sébastien tendit le cou, abasourdie. Un général placé face à lui écarquilla les yeux. Sa voisine s'éventa avec un mouchoir de dentelle. Des murmures s'élevèrent, au défi du protocole. Mais emporté par son délire, Pierre III pérorait toujours :

— … L'ère des favoris est révolue ! Les tolérances coupables sont interdites. À la fin de ce souper, je donnerai l'ordre de faire arrêter l'ex-impératrice et de la faire conduire au couvent !

Pharès, conclut Sébastien. Vorontsov, sur son siège, était livide. Le ministre Béranger était ahuri, sinon proche de pouffer. Le comte Scezenowski s'agita sur son siège et vida son verre. La plupart des convives semblèrent pris de bougeotte aiguë et le brouhaha devint carrément impudent.

— Buvons à la santé de la Russie ! cria Pierre III. À la prospérité du trône !

---

1. Pierre III insulta publiquement sa femme, en effet, au cours de ce banquet.

Les verres se levèrent en désordre. Tout le monde était impatient de se lever et d'exhaler son indignation. Pierre III déclara le souper terminé. Les grincements infernaux de chaises que tiraient les domestiques emplirent les lieux. Sébastien s'élança vers la porte.

— Allez chercher le prince Alexandre aussi vite que vous pourrez ! ordonna-t-il en chuchotant.

Puis il se dirigea vers le salon voisin où l'agitation régnait.

Le tsar trônait, son hanap en main, au milieu d'un cercle de conseillers et de militaires. Il ne pouvait entendre les exclamations qui fusaient de tous les groupes :

— Insensé !

— Un scandale sans précédent !

— Sommes-nous devenus une province de la Prusse ?

L'orchestre ayant bruyamment attaqué des danses, le monarque n'avait d'ailleurs plus de chances de percevoir les réactions de ses convives. D'ailleurs, il demanda qu'on dansât et s'engagea lui-même sur le parquet avec la comtesse Vorontsova. Spectacle d'horreur : un fou dansant avec un mannequin inanimé. Plusieurs militaires quittèrent les salons.

Sébastien était sur des charbons ardents. Il n'osait consulter sa montre et s'efforçait d'entretenir une conversation avec une dame qui l'invitait à venir faire de la musique chez elle, le lendemain.

— Monsieur…

Il se retourna. C'était Franz, qui se pencha à son oreille pour lui murmurer :

— Le prince Alexandre est en bas.

Sébastien hocha la tête et prit congé pour quelques instants, cela avec le sourire d'un gentilhomme qui éprouve un besoin pressant.

Il dévala les escaliers et Franz le conduisit vers la calèche, garée un peu à l'écart. Franz lui ouvrit la portière, il monta.

Et descendit de l'autre côté.

Enfin, c'était presque lui. Presque exactement lui. N'importe qui en eût juré. Jusqu'au dernier bouton de diamants.

À l'intérieur, une voix cria l'adresse du palais Bariatinsky.

16

« Cette crapule châtrée ! Ce joueur de poupées ! »

Franz conduisit Alexandre à l'étage.

Il ne parlait pas le russe, mais grâce à deux ou trois valets qui parlaient allemand, il avait saisi la teneur du discours impérial. Il le résuma pour Alexandre dans les escaliers. Comme il était futé, il en avait plus compris que sa condition de valet ne le laissait présager.

La dame qui avait invité Sébastien à faire de la musique chez elle s'empressa auprès du faux comte de Saint-Germain, ou plus exactement de son fils.

— Comte, vous n'avez pas dit un mot sur le discours de Sa Majesté ?

— Madame, la physique enseigne que toute action entraîne une réaction. Le discours de Sa Majesté était une réaction, elle en entraînera une autre, mais je serais bien vain si je prétendais la deviner.

Elle parut interdite :

— Mais vos sentiments, comte ?...

— Madame, je n'en éprouve pas plus qu'au passage des saisons. Elles sont décidées, elles aussi, par une autorité suprême contre laquelle nul ne peut se rebeller.

Comme tous les humains, nous nous en accommodons. La seule différence entre les saisons des humeurs humaines et celles de la nature est que la durée des premières est imprévisible.

Elle éclata de rire.

— Comte, vous me rendez ma sérénité et ma présence d'esprit, s'écria-t-elle. Quelle distance vous témoignez à l'égard du monde ! Que je vous admire ! Que je voudrais pouvoir vous ressembler !

— Je craindrais, madame, que vous n'y perdiez. Vos charmes me paraissent infiniment supérieurs à ma sagesse.

Le rire de la dame redoubla et détendit l'atmosphère orageuse du groupe qui entourait le faux Saint-Germain.

— Savez-vous ce que le comte vient de me dire ?...

La gaîté du petit groupe attira un homme imposant, qui vint à pas lents vers celui qu'il prenait pour Saint-Germain.

— Ah, M. de Béranger ! s'écria la dame.

— Comte, dit Béranger, vous venez donc d'assister à un moment historique.

Le constat appelait une réponse.

— Monsieur, puisque vous êtes diplomate, vous appartenez à ces élus qui savent une loi du monde : l'Histoire ne s'arrête jamais.

Béranger leva les sourcils. L'entretien fut interrompu par un grand mouvement dans l'assistance. Coiffé de son casque à plumet et drapé dans sa cape, le tsar se retirait.

— Bonne soirée ! clama-t-il, visiblement content de lui. Buvez et dansez pour moi !

Et il sortit, suivi d'un groupe de conseillers et secrétaires.

— L'empereur ne séjourne donc pas à Saint-Pétersbourg ? demanda le faux Saint-Germain.

— Non, j'ai entendu dire qu'il allait à Oranienbaum, répondit le ministre Béranger.

Le faux Saint-Germain hocha la tête.

— Il sera bientôt l'heure de me retirer, dit-il.

Il prit congé de ses interlocuteurs, promettant à la dame qu'il irait chez elle faire de la musique. Il demeurait, précisa-t-il, chez le comte Rotari, Grafski Pereouloff, près du pont Anitchkoff.

Franz l'attendait à la porte.

— La calèche ne tardera pas, lui souffla le valet dans l'escalier.

*

À la vue de Sébastien déboulant dans le salon de l'hôtel Bariatinsky, le prince, les quatre frères Orloff et le chevalier de Barberet posèrent leurs verres et se levèrent d'un seul mouvement.

— Il nous faut aller sur-le-champ à Peterhof ! annonça-t-il.

Il résuma le discours du tsar et décrivit le scandale. Puis il annonça l'offensive contre le Danemark.

Grigori Orloff marmonna une malédiction.

— Il sait que les régiments de la Garde sont favorables à l'impératrice, dit-il. Et il veut donc nous éloigner. Vous avez raison, comte, nous devons agir rapidement.

— Tout le monde à l'Ermitage s'avisera que vous vous êtes absenté, observa Alexeï.

— Personne, rétorqua Sébastien. Je suis toujours là-bas.

— Vous vous dédoublez donc ?

Sébastien hocha la tête avec un bref sourire. L'utilité de la présence d'Alexandre devint alors évidente pour tous.

— Avez-vous gardé la calèche ? demanda le prince Bariatinsky.

— Non, je l'ai renvoyée à l'Ermitage. Mais vous avez bien des chevaux dans l'écurie ?

— Oui.

— Tant mieux, dit Sébastien. Il vaut mieux que l'impératrice se présente à cheval devant la Garde. Comte, dit-il en s'adressant à Grigori, devancez-nous avec le prince Fédor à la caserne. Je suppose que le régiment est couché à cette heure-ci.

Grigori parut ne pas saisir le plan de Sébastien.

— Alexeï, le chevalier de Barberet et moi irons chercher l'impératrice à Peterhof et la ramènerons à la caserne. Il faudra alors que la Garde soit prête, en ordre de marche, expliqua Sébastien.

Là, Grigori comprit.

— Mais que pensez-vous que nous devrons faire ensuite ?

— Arrêter le tsar. Il doit se trouver à l'Ermitage. Vous ferez encercler le palais par la Garde.

L'idée d'arrêter le tsar parut saisir tout le monde ; elle équivalait à proposer un coup d'État. Ils s'y préparaient tous depuis des mois, mais placés devant l'action immédiate, le prestige du trône les figeait.

— Vous avez encore raison, dit enfin Bariatinsky à Sébastien. Si nous ne le faisons, il réagira ensuite avec encore plus de violence. Allons, dit-il.

— Avez-vous des pistolets ? demanda Sébastien.

— Deux ici, répondit Bariatinsky.

— J'ai le mien, dit Barberet.

— J'ai aussi le mien. Croyez-vous que nous devrons nous en servir ? demanda Alexeï, inquiet.

— On ne sait jamais. Tenez-les prêts.

Bariatinsky déverrouilla le tiroir d'un secrétaire, en tira les deux pistolets et deux sacs de poudre et la pierre à feu, et les tendit à Sébastien et à Alexeï Orloff. Puis il emmena ce dernier seller les chevaux.

— Fédor et Nikita, dit Grigori à ses frères cadets, vous venez avec moi à la caserne.

Ils furent tous dans le vestibule en un clin d'œil et ajustèrent leurs capes. Bariatinsky revint de l'écurie et annonça que trois chevaux étaient sellés.

Ils se tenaient sur le perron quand un bruit de roues leur fit lever les yeux. Une calèche. À la clarté des fanaux du portail, Sébastien reconnut le cocher et Franz assis auprès de lui. La portière s'ouvrit, Alexandre bondit sur la chaussée et s'élança vers le perron.

En d'autres circonstances, l'effet de surprise renouvelé aurait arraché un éclat de rire à Sébastien. Bariatinsky, les frères Orloff et Barberet écarquillèrent les yeux devant l'image dédoublée du comte de Saint-Germain.

— Que se passe-t-il ? demanda Sébastien à son fils.

— Le tsar est parti pour Oranienbaum.

Ils méditèrent l'information. Cela rallongeait les plans, mais sans les bouleverser ; le temps de ramener l'impératrice de Peterhof, de haranguer les troupes, puis de conduire le régiment à Oranienbaum, l'empereur ne serait donc arrêté qu'à l'aube. Raison de plus pour ne pas perdre de temps.

Sébastien réfléchit : trois hommes seulement pour escorter l'impératrice ? Mieux valait en emmener un de plus ; ce serait Franz. Il alla demander à Bariatinsky de bien vouloir seller un cheval de plus et l'y aida.

— À Peterhof ! cria Sébastien en enfourchant un des chevaux. Alexeï, prenez la tête, vous connaissez le chemin.

— Qu'allons-nous dire aux gardes ? demanda Alexeï, en sortant de la cour pour affronter la nuit sans lune.

— Ordre du tsar, nous venons arrêter l'impératrice, dit Sébastien. À cette heure-ci, d'ailleurs, je parierais qu'ils cuvent leur vodka.

Ils s'élancèrent au petit galop le long du fleuve. À l'exception d'une ou deux calèches de fêtards, les quais étaient déserts. Les lumières de quelques chalands scintillaient çà et là sur la Neva. Moins d'une heure plus tard, les conspirateurs étaient aux portes du château. Comme prévu, les gardes somnolaient.

— Ouvrez les portes ! Ordre du tsar ! cria Alexeï d'une voix autoritaire. Garde impériale, régiment Ismaïlovski. Nous venons arrêter l'impératrice.

— S'ils protestent, grommela Barberet, je les abats.

Ils ne pipèrent mot, ahuris et pris d'alcool comme ils l'étaient.

Quelques instants plus tard, les quatre cavaliers s'arrêtèrent devant le perron du pavillon qu'habitait l'impératrice. Alexeï, Sébastien et Barberet mirent prestement pied à terre et s'engouffrèrent dans le palais. Franz resta à la garde des chevaux, muni d'un pistolet.

— L'impératrice ? Où est l'impératrice ? cria Alexeï à la cantonade.

À minuit passé, le palais était presque obscur. Des voix retentirent à l'étage.

— Que se passe-t-il pour l'amour de Dieu ? demanda une voix de femme alarmée, se penchant par-dessus la balustrade.

Sébastien reconnut la princesse Chavkov.

— Où est l'impératrice ? Nous venons la protéger. Le tsar a demandé son arrestation demain matin ! répondit Sébastien.

Catherine Chavkov poussa un cri. Une autre femme apparut et lança :

— Qui êtes-vous ?

On y voyait à peine, à la dansante clarté d'un flambeau d'applique de trois bougies proches de leurs bobèches mais à la chevelure dénouée d'or pâle, frémissant comme une oriflamme au-dessus de la balustrade. Sébastien reconnut la baronne Westerhof.

— Baronne, nous n'avons pas de temps à perdre. Allez réveiller l'impératrice.

Reconnaissant la voix de Sébastien, elle émit des exclamations confuses. Une autre ombre blanche, coiffée d'un bonnet de nuit, se profila près d'elle. Sébastien identifia la princesse d'Anhalt-Zerbst.

— Princesse, cria-t-il, je suis Saint-Germain. Que l'impératrice se prépare et s'habille aussi vite que possible.

Elle disparut dans un gémissement rauque. Là-haut, une domestique apporta un flambeau garni et regarda les hommes en bas, puis invoqua la Vierge et tous les saints.

Catherine apparut enfin à la balustrade et se pencha pour dévisager les intrus.

— Grigori, c'est toi ?

— Non, c'est Alexeï.

— Qui sont les autres ?

— Vos amis. Dépêchez-vous ! L'Allemand a envoyé ses sbires vous arrêter.

— M'arrêter ? Moi ? cria-t-elle indignée.

— Majesté, je sors d'un souper au palais de Tauride, où je l'ai entendu de mes oreilles, intervint Sébastien. Le temps presse.

Il résuma en quelques mots le dîner, le délire et les résolutions de divorce et d'arrestation. Elle souffla d'indignation.

— Cette crapule ! Cette crapule châtrée ! Ce joueur de poupées ! grommela-t-elle.

Bien, songea Sébastien. La colère la tisonnera.

— Où allons-nous ?

— À la caserne de la Garde, Majesté.

On l'entendit exhaler sa fureur ; presque un hennissement. Elle se pressa vers sa chambre. Un long moment plus tard, elle étreignait la rampe d'une main gantée pour descendre l'escalier qu'éclairait pour elle la domestique au flambeau. Alexeï s'élança pour l'aider. Elle portait une cape sombre et un bonnet de fourrure. Elle avait aussi eu la présence d'esprit de mettre des bottes.

Quatre chevaux. Et pas question d'aller réveiller le maître des écuries et de lui en faire seller un cinquième.

— Majesté, prenez un cheval, deux d'entre nous monterons sur le même, dit Sébastien.

Alexeï aida sa maîtresse à monter. Elle choisit la position du califourchon, comme un homme. Sébastien fit signe à Franz et ils enfourchèrent le même cheval. La baronne Westerhof, la princesse d'Anhalt-Zerbst et la princesse Chavkov, en chemises de nuit, agitèrent les bras sur le perron du château, tels trois fantômes pathétiques. Les cavaliers s'évanouirent dans la nuit.

Peu avant d'arriver à destination, la tsarine leva le bras ; les cavaliers s'arrêtèrent.

— Quelqu'un ici a-t-il une gourde ? demanda-t-elle.

Barberet avança son cheval et tendit la sienne.

— Vodka, Majesté, dit-il.

Elle la déboucha d'un tour de main et but une lampée.

— Prenez la tête, Majesté, dit Alexeï.

Et ils se remirent en route.

Ils arrivèrent peu avant deux heures du matin à la caserne du régiment Ismaïlovski, dans la forteresse Pierre-et-Paul. L'impératrice entra la première.

Tous les fanaux de la vaste cour intérieure éclairaient un spectacle saisissant. Les dix compagnies du célèbre régiment Ismaïlovski, soit mille cinq cents hommes, étaient rassemblées, l'arme au pied, chaque bataillon au carré, en ordre impeccable. Et tous les regards se concentrèrent sur la cavalière bottée qui avança fièrement, au pas, vers le perron.

Quatre hommes attendaient là : le prince Bariatinsky, le comte Grigori Orloff et ses frères Fédor et Nikita, ainsi qu'un colonel que Sébastien ne connaissait pas. Ils s'empressèrent pour aider l'impératrice à mettre pied à terre.

Sébastien, Alexeï, Barberet et Franz se joignirent à eux.

— Majesté, c'est à vous, souffla Sébastien.

17

Un syllogisme ou bien une comédie d'erreurs

— Soldats ! déclara-t-elle d'une voix plus puissante que Sébastien lui en eût prêté, nous sommes ici cette nuit parce que la sainte Russie est en danger ! Voici trois heures, le chef de la cause allemande a décidé de mettre à exécution ses sinistres projets. Il veut faire de notre pays une province prussienne !

Les mots résonnèrent dans les murs.

Un murmure de protestation s'éleva.

— Non seulement vos instructeurs seront prussiens, non seulement vous plierez l'échine devant les Prussiens, mais il y a pire. Car cet homme rend indignement les armes à l'étranger. Pareil au lapin qui s'aplatit devant le faucon, il lui concède d'un trait de plume des provinces baignées du sang et de la sueur de vos ancêtres, de vos parents et de vos camarades ! Secondé par des conseillers muets de poltronnerie, il annule indignement la politique triomphale et glorieuse de la fille de Pierre le Grand, la défunte impératrice Élisabeth !

Nouveau murmure de protestations, mais plus fort.

— Cette politique et ce pays, l'impératrice m'avait enseigné à les comprendre, à les aimer, à les défendre. Car le rôle du trône est de défendre le pays. Or cet homme voit en moi le défenseur de la cause russe. Il voit donc en moi l'ennemie. Ce soir, cet homme qui fait donner le *knout* à des popes et qui joue à la poupée quand il est seul dans sa chambre a décidé de déclencher le scandale. Il veut divorcer pour m'envoyer au couvent et me paralyser. Peut-être veut-il me tuer ! Il croit ainsi vous paralyser tous, comme des femmelettes !

Les protestations devinrent cette fois-ci assourdissantes. Des fenêtres s'éclairèrent, des têtes apparurent : c'étaient les soldats d'autres régiments, réveillés par le bruit. Une clameur formidable emplit les murs de la caserne :

— Majesté, nous sommes tes soldats ! Sus à l'ennemi !

Sébastien fut frappé par la sauvagerie des clameurs. Quels instincts profonds, presque animaux, l'impératrice avait-elle fouettés ?

— Il veut déposséder mon fils de son titre d'héritier du trône et désigner un étranger. Il veut bannir la religion et réduire notre sainte Église à la misère ! Ce n'est pas Dieu qui l'inspire : c'est la Prusse ! Et cet homme, c'est Pierre III !

Des bras se levèrent. Des fanions apparurent aux fenêtres. Les regards flambaient. Le tumulte menaça de s'emparer du régiment. Catherine leva le bras :

— Gardez l'esprit froid sur votre sang chaud. Je vous demande de sauver notre patrie en danger et d'arrêter cet homme. Il n'est plus digne d'être notre tsar.

Les cris redoublèrent. Rauques. Jaillissant des tripes.

— Majesté, nous sommes tes soldats ! Sus à l'ennemi ! Tu es notre tsar !

— Je n'en attendais pas moins de vous, clama-t-elle avec solennité. C'est maintenant à vos chefs de décider de l'action.

Elle entra dans le vestibule de la caserne, suivie par ses partisans.

— Allez l'arrêter à Oranienbaum, dit-elle. Vous êtes assez nombreux pour qu'aucune goutte de sang ne soit versée.

— Où le mènerons-nous ? demanda Bariatinsky.

— J'en déciderai quand il sera dans vos mains. Je songe à Ropcha.

Des chefs militaires se pressèrent alors autour de l'impératrice, de Bariatinsky et d'Orloff. Encore à demi vêtus, sortant du lit, ils demandaient à se joindre au régiment Ismaïlovski.

Catherine hocha la tête.

— Établissez vos plans, dit-elle, et tenez-m'en informée. Je rentre à l'Ermitage.

— Majesté, dit Bariatinsky, je crois prudent de vous faire escorter par ce régiment.

Elle hocha la tête derechef et tendit la main vers Barberet, qui s'inclina : il lui tendit une nouvelle fois sa gourde. Quand elle la lui rendit, elle était légère.

Sébastien fit signe au chevalier :

— Je n'ai plus lieu d'être ici. Voulez-vous rester ?

— Permettez-moi de voir la suite.

— Vous me la raconterez.

Il alla prendre congé de l'impératrice. Elle lui tendit la main, il s'inclina pour la baiser, mais elle lui serra la sienne avec force, le regardant longuement. Il s'esquiva discrètement.

Alors qu'il s'apprêtait à remonter avec Franz sur le même cheval, Grigori Orloff le rejoignit, rayonnant.

— Comte, quand je serai au pouvoir, je n'oublierai pas ce que vous avez fait pour nous.

Sébastien, stupéfait par le discours, hocha la tête et serra la main tendue.

Quand je serai au pouvoir. Tout à coup, sur le chemin du Grafski Pereoulok, ses yeux se dessillèrent. *Quand je serai au pouvoir*…

À trois heures, il s'écroula sur son lit, chez le comte Rotari.

Il voulait garder des forces pour la suite. L'aventure n'était pas terminée, il le pressentait. Elle en était même très loin.

*

Le comte Rotari, un Romain rondelet, était architecte, perpétuant à Saint-Pétersbourg le style néoclassique et néanmoins floride lancé par Rastrelli. Les commandes impériales et privées lui assuraient des revenus confortables. Tantôt c'était l'empereur ou l'impératrice qui voulait faire exécuter ceci ou rebâtir cela, tantôt c'étaient des aristocrates qui, pour se mettre au goût du jour, voulaient refaire une façade, une maison de campagne, une suite de salons. Rotari était également peintre et tirait parti de l'occasion pour écouler ses propres productions, sous forme de trumeaux ou de panneaux fleuris. Cantonnée pendant six mois dans les glaces du Nord, la noblesse était friande de ses dieux et nymphes dévêtus, guirlandes de roses et nuages roses dans un ciel d'azur.

Sébastien ne l'avait vu que pour le remercier de son hospitalité et échanger avec lui quelques propos sur l'esprit des styles. Il n'avait guère séjourné chez lui plus de trois jours sur quinze, puisqu'il avait été convié à Oranienbaum. Apprenant qu'il était dans les lieux, il lui envoya le matin son maître d'hôtel, pour requérir l'honneur d'un déjeuner ce jour-là.

— Mon Dieu, comte, je veux espérer que vos tâches vous laisseront un peu de loisir et que j'aurai ainsi le privilège de votre compagnie et de votre conversation.

— Pardonnez mes absences, répondit Sébastien. J'étais en effet un peu pris depuis mon arrivée.

— Je vois que vos activités ont été fructueuses, observa Rotari avec un demi-sourire, car si je comprends bien, nous avons changé de monarque cette nuit.

Rotari était assez fin pour avoir compris que son hôte avait trempé la main et même le bras dans le changement de régime. Il savait que Sébastien n'était ni joueur ni noceur, et le retour à l'aube de ce dernier, après une nuit historique, en disait assez long.

— Le changement est-il avéré ? demanda Sébastien.

— La rumeur de Saint-Pétersbourg l'assure.

— Où est le tsar ?

— On l'ignore, semble-t-il, bien que trois régiments soient partis à sa recherche. Mais je ne me plaindrai pas de changer de patron. Son goût en matière de décoration me paraissait, comment dire, un peu surchargé.

— Prussien, voulez-vous dire.

— Frédéricien, corrigea le comte avec un sourire narquois.

Sébastien s'inquiéta : comment obtenir des nouvelles ? Bariatinsky et les frères Orloff étaient partis avec les troupes. Le tsar menacé de déchéance s'était-il enfui par la mer ? Ne pourrait-il pas appeler Frédéric de Prusse à son secours ?

À cinq heures de l'après-midi, le chevalier de Barberet arriva à l'hôtel Grafski Pereoulok, visiblement harassé.

— J'ai pensé utile de passer vous donner des nouvelles avant de rentrer pour prendre un peu de repos, dit-il. Nous sommes arrivés à Oranienbaum peu avant neuf heures. Le tsar n'y était pas. Je ne sais qui l'avait prévenu du coup, mais il avait tenté de gagner Cronstadt en calèche. Il projetait sans doute de prendre un bateau pour la Prusse. Bariatinsky avait sans doute prévu cette fuite et il avait disposé des troupes pour lui barrer la route. Il a cueilli le tsar sur le retour à Oranienbaum, accompagné de son aide de camp et de deux officiers de la maison impériale. Il l'a fait mettre aux arrêts au château. Vorontsov y était déjà incarcéré. Deux estafettes sont parties en même temps que moi prévenir l'impératrice.

Le comte Rotari était entré dans le salon sur ces entrefaites ; il avait entendu la fin des nouvelles. Il ne pouvait plus douter du rôle que son hôte avait joué dans le renversement de la situation.

— Le régiment du Holstein n'a pas opposé de résistance ? demanda Sébastien à Barberet.

— Quelques soldats sont sortis de la caserne, alertés par le fracas, mais quand ils ont vu qu'ils étaient encerclés par près de trois mille hommes, ils se sont contentés de parlementer. Je n'ai pas entendu tirer un coup de feu. D'après ce que m'a dit Grigori Orloff, il n'y avait d'ailleurs là qu'un demi-régiment.

Sébastien médita les informations.

— Êtes-vous satisfait, comte ? lui demanda Rotari.

— Autant que je le serais d'une démonstration de physique réussie, répondit à la fin Sébastien.

— Une démonstration de physique ?

— Nous avons vu un corps chimique faible détruit par un corps bien plus fort. Pierre III n'a pu résister à la puissance de l'esprit russe.

Barberet regarda longuement Sébastien.

— Vous êtes vraiment un diable d'homme, comte, dit-il sur un ton d'admiration.

Puis il prit congé, annonçant qu'il regagnait le palais Bariatinsky.

Quelques moments plus tard, un carillon endiablé jaillit du clocher de la cathédrale de la forteresse Pierre-et-Paul. L'instant d'après, un chapelet d'autres, non moins vigoureux, suivirent. Depuis le monastère Smolny jusqu'à la cathédrale Nikolski, des équipes de popes se pendaient aux cordes de toutes les cloches de la ville ; on eût dit Pâques en juin. À l'évidence, le Saint-Synode avait été informé des nouvelles.

Rotari et Sébastien sortirent pour regarder la foule de plus en plus dense qui se pressait sur les quais de la Neva pour aller clamer son soutien à l'impératrice. On y distinguait beaucoup de popes, en effet.

*

Sébastien avait achevé de souper ce soir-là, en compagnie de Rotari, et il feuilletait une collection des livres d'architecture du Romain Vitruve. Le tsar arrêté, son cabinet dissous, les conspirateurs triomphants et Catherine sur la route du pouvoir : il n'avait plus de prise sur les événements, il en attendait la suite.

On sonna à la porte. Le maître d'hôtel vint annoncer le prince Polybolos. Sébastien, surpris, demanda la permission de le recevoir dans un salon privé, se demandant quelle nouvelle motivait une visite impromptue et aussi tardive.

Dès l'entrée du visiteur dans le petit salon voisin, Sébastien nota qu'Alexandre semblait troublé ; il lui fit servir du café.

— Il m'est advenu une déconcertante aventure, père, dit le jeune homme en s'asseyant. Cet après-midi, vers trois heures, une femme a sonné au palais Bariatinsky. J'étais seul avec les domestiques, le prince et les frères Orloff occupés ailleurs. Cette femme vous a demandé. Je ne sais pourquoi elle s'est imaginé que vous habitiez chez le prince Théodore. Je suis sorti la voir. Grande, élancée, très blonde, assez belle. Je suis à peine apparu qu'elle s'est jetée dans mes bras. J'ai supposé qu'elle apportait des nouvelles confidentielles et l'ai emmenée dans un salon privé…

Sébastien écoutait, amusé, la description de cette arrivée inopinée de la baronne Westerhof, car ce ne pouvait être qu'elle.

— J'avais à peine refermé la porte du salon qu'elle s'est à nouveau jetée dans mes bras, sans mot dire. Elle m'a embrassé sur la bouche et m'a fait les avances les plus pressantes. J'en étais déconcerté, me demandant à quoi attribuer cette bonne fortune… Pourquoi riez-vous, père ?

Car Sébastien riait de bon cœur.

— Je vous le dirai. Continuez.

— J'étais continent depuis quelque temps, et je vous confesse que je n'ai pas répugné à ses caresses. Elle a commencé à se défaire de ses vêtements et je l'y ai aidée, bien que je n'y comprisse rien. En effet, nous n'avons pas échangé un mot pendant tout ce temps. Nous avons forniqué énergiquement, remettant plusieurs fois l'ouvrage sur le métier. Cette femme est une furie charnelle. Nous ne nous sommes arrêtés que lorsque j'ai entendu des bruits de sabots dans la cour. J'ai compris que c'étaient le prince et les frères Orloff qui revenaient de leur expédition. Elle s'est rhabillée et elle est partie en me soufflant : « Vous me vouliez, voilà, maintenant vous m'avez ! » Mais père, expliquez-moi votre hilarité ?

— J'étais son soupirant, répondit Sébastien, retrouvant un peu de son sérieux. La baronne Westerhof se refusait à moi depuis des années et je ne savais qu'en penser. C'est elle qui m'a attiré en Russie. Le complot qu'elle couvait ayant réussi, elle s'est donnée à vous comme trophée en croyant se donner à moi. En effet, elle ignore votre existence et notre ressemblance.

— Père, mais c'est abominable… Je suis affreusement confus…

— Pas du tout, Alexandre, croyez-moi. Je suis enchanté de votre bonne fortune.

Alexandre semblait aussi contrit que désolé. Sébastien lui prit les mains :

— Alexandre, écoutez-moi, vous souvenez-vous m'avoir dit jadis, aux Indes, que vous vouliez être moi ?

— Oui, mais pas ainsi.

— Nous ne pouvons tout prévoir. Vous êtes moi, maintenant. Parfois, en tout cas. Acceptez-le.

— Mais vous ?

— Mais moi aussi, je suis vous, Alexandre, dit Sébastien en souriant.

— Vous n'êtes pas secrètement déçu ? N'êtes-vous pas attaché à cette femme ?

— J'ai été séduit. Elle le savait. Ne me connaissant pas, elle a cru qu'elle m'entraînerait dans le complot en me tenant enchaîné par le désir. Cela prouve qu'elle ne me portait aucun sentiment personnel. Peut-on s'attacher à une femme qui vous considère comme l'instrument de ses projets politiques ?

Alexandre dévisageait son père, tentant de percer ses sentiments intimes. Sébastien se rencogna dans son siège :

— Vous m'avez valu une des rares crises de fou rire que j'ai eues ces derniers mois. J'ai ri de bon cœur.

— Cette femme s'est donc servie de vous. Ne faut-il pas lui révéler la vérité ? Ce serait votre vengeance.

— Non. Elle ne saura l'admettre.

— Même si nous nous présentions tous deux devant elle ?

— Songez, Alexandre, au dilemme que vous imposeriez alors à cette femme. Si elle avait été honnête, elle se dirait qu'elle réservait ses étreintes à l'homme qu'elle pensait récompenser de sa mission et qu'elle a offert son corps à un autre. Quelle fidélité devrait-elle alors choisir ? Celle du corps ? Ou bien celle de l'esprit ? Dans l'un et l'autre cas, elle se contraindrait à l'infidélité envers l'un des deux. Ce n'est pas par manque de délicatesse que je refuse de lui révéler la vérité, c'est par sollicitude.

Sébastien observa une pause.

— Mais je doute qu'elle soit honnête. Dans ce cas, songez au tort qu'elle pourrait nous causer à tous deux si elle découvrait notre secret. Elle se répandrait en malveillances qui, par l'entremise des voyageurs, feraient le tour de l'Europe.

Alexandre paraissait perplexe, mais enfin il hocha la tête et sourit.

— J'admets que l'aventure est extraordinaire. Moi-même, j'ai quelquefois peine à l'assimiler.

— Nous sommes tous deux les termes de ce qu'on appelle un syllogisme, dit Sébastien en raccompagnant son fils à la porte. Passez une bonne nuit. J'irai vous voir demain. Savez-vous où sont le prince Théodore et les frères Orloff ?

— Ils ont été mandés à l'Ermitage pour un souper avec l'état-major qui a aidé au coup d'État.

— C'est donc ce soir qu'ils décident du sort du tsar déchu.

Dehors, on entendait la foule chanter et, par la fenêtre, on voyait qu'elle portait des flambeaux.

Le père et le fils s'étreignirent ; les deux termes du syllogisme se séparèrent et Alexandre repartit dans la nuit décidément turbulente de Saint-Pétersbourg.

18

Une diabolique duperie

— Sa Majesté, déclara Grigori Orloff, magnifique dans son uniforme de lieutenant-colonel, demande que vous assistiez au conseil restreint qui se tiendra cet après-midi à deux heures et demie dans le cabinet impérial, à l'Ermitage.

La phrase qui lui avait échappé la veille dans l'ivresse du triomphe revint brutalement à l'esprit de Sébastien : *Quand je serai au pouvoir...*

Le comte Grigori Orloff espérait se faire épouser par l'impératrice quand elle serait au pouvoir. L'amant se ferait une fois de plus payer ses services charnels.

Cette soudaine prise de conscience de l'intrigue fut pour Sébastien un choc. Instantanément, il comprit que l'amitié de Grigori, peut-être de ses frères et de Bariatinsky avait été intéressée. Ils s'étaient servis de lui. Fournisseur d'intelligence.

Tout comme la baronne Westerhof.

— C'est un grand honneur pour moi, répondit-il.

*

Le qualificatif « restreint » convenait mal au conseil, qui réunissait onze personnes. Les comtes Grigori et Alexeï Orloff, le prince Théodore Bariatinsky, l'ancien chancelier Bestouchev-Ryoumine, le comte Nikita Panine, le général Pierre Panine, son frère, le comte Nikita Razoumovski, président de l'Académie des sciences, la princesse Catherine Dachkov, dont Sébastien apprit de Grigori, peu avant le conseil, qu'elle était la nièce et peut-être l'ancienne maîtresse de Nikita Panine, Saint-Germain et l'impératrice.

Saint-Germain, sitôt qu'il fut présenté à ces personnalités, eut le sentiment écrasant que sa seule présence ôtait à la réunion tout caractère officiel : il était le seul non-Russe et, dès qu'il aurait le dos tourné, l'on aurait vite fait de demander ce qui justifiait sa présence.

— Mes amis, déclara l'impératrice, je vous remercie d'être venus m'apporter vos lumières. Je résume la situation. Le tsar est actuellement détenu au château d'Oranienbaum. Il a été démis par les régiments de la Garde à cause de sa politique dangereuse et de ses projets, qui auraient fait de notre pays le vassal de la Prusse. Le chancelier Vorontsov est également détenu à part dans le même château et doit être transféré aujourd'hui à la forteresse Pierre-et-Paul. Le personnel militaire de la maison impériale a déjà été ramené à cette forteresse, où il est aux arrêts, jusqu'à ce qu'il ait choisi le maître qu'il veut servir. Nous sommes réunis pour établir la politique à suivre. Chancelier, je vous écoute.

Bestouchev-Ryoumine, rescapé de justesse de tant d'années d'intrigue, se lécha les lèvres :

— Notre but, Majesté, est de vous asseoir sur le trône. Pour cela nous avons besoin de trois alliés, l'armée, le Sénat et le Saint-Synode. L'armée vous a portée ici, le Saint-Synode a témoigné de sa joie hier soir en faisant sonner les cloches. Mais ni l'une ni l'autre n'ont l'autorité nécessaire pour vous mettre sur le trône. Seul le Sénat possède celle-ci.

— Si l'armée a eu le pouvoir de destituer Pierre III…, intervint Grigori Orloff.

L'ancien chancelier leva la main :

— Pardon de vous interrompre, comte, pouvoir n'est pas autorité.

L'impératrice hocha la tête.

— Je veux la légitimité, déclara-t-elle.

Sébastien suivit les débats comme s'il était un être désincarné, sur une autre planète. La teneur en était simple : il existait dans le pays des légitimistes qui considéraient Pierre III comme le véritable tsar, même s'ils désapprouvaient sa politique. De plus, il était un descendant de Pierre le Grand par sa mère, alors que Catherine n'avait pas une goutte de sang russe. Et beaucoup de gens doutaient que le tsarévitch Paul fût son fils, car les liaisons de Catherine étaient connues[1]. Une faction des légitimistes voulait mettre sur le trône Ivan VI, le fils de l'impératrice Anne, détenu dans la forteresse de Schlüsselbourg. Le mieux qu'on pût espérer était que Catherine

1. Le tsarévitch Paul passait généralement pour le fils de l'un des favoris de la grande-duchesse Catherine à l'époque de sa naissance. Devenu tsar, sous le nom de Paul Ier, il fut assassiné en 1801.

fût nommée régente, en attendant l'accession de Paul au pouvoir. Mais à l'évidence, elle ne voulait pas de cette solution ; elle exigeait le pouvoir tout de suite, et seule.

En une heure et demie, il n'avait pas prononcé un mot ; s'il en avait eu la possibilité, il se serait rendu invisible. Mais sa discrétion eut l'effet inverse : elle attira sur lui l'attention.

— Je n'ai pas entendu votre avis, comte ? lui dit l'impératrice.

— Majesté, avant d'agir sur des éléments, il me semble sage de les peser. C'est seulement alors qu'il est possible de les associer ou d'isoler ceux qui sont indésirables.

Autant dire qu'il proposait de différer les débats jusqu'à ce qu'on eût évalué le pouvoir des factions.

Pendant ce temps, Pierre III se morfondait à Oranienbaum. Et s'il s'en évadait ? Mais sinon, quel serait son sort ?

*

— Je me propose de quitter Saint-Pétersbourg demain ou après-demain, Franz, annonça Sébastien. Veuillez vous enquérir des départs de malles-poste pour l'Ouest et, si vous avez donné du linge à blanchir, de le faire retirer dès qu'il sera prêt.

À la fin, ce domestique était devenu son plus intime confident, bien qu'il ne lui confiât pourtant aucune de ses pensées. Et pourtant elles se bousculaient.

Elles étaient toutes colorées par un sentiment irrésistible et général de duperie, dont il avait été victime. Aucun être humain n'en était coupable : c'était le destin qui l'avait berné. La femme qui l'avait entraîné en Russie et qui avait occupé son esprit depuis près de deux ans s'était donnée à son fils en croyant se donner à lui. Et l'entreprise à laquelle il avait tant œuvré et qu'il avait contribué à mener à bien, la destitution de Pierre III et son remplacement par son épouse Catherine, débouchait sur des machinations où la vanité le disputait à l'ambition la plus féroce.

Il compara ces deux épisodes à ces transmutations de charlatans, qui recouvraient un métal vil d'une couche plus brillante, et laissaient croire à la métamorphose en or.

Sur ces méditations sans gaîté, le prévisible imprévu fit irruption : Franz annonça la baronne Westerhof.

Tout en elle avait changé, de la démarche à l'expression. Le port compassé avait fait place à un pas caressant, et la sévérité accentuée par l'éclat métallique des cheveux s'était muée en majesté souriante. Le regard brillait de feux qu'il ne lui avait jamais connus. Il se dit qu'elle avait sans doute observé une grande continence jusqu'à sa rencontre inopinée avec Alexandre.

Et le pendentif de rubis chatoyait sur sa gorge, gage de fidélité.

— Sébastien, dit-elle, s'élançant vers lui, quelle joie.

Elle l'étreignit. À l'évidence, elle attendait un baiser. Il l'invita à s'asseoir.

— Je ne sais pourquoi, reprit-elle, j'avais compris que vous demeuriez chez le prince Bariatinsky. Mais là-bas, on m'a expliqué que vous aviez déménagé ici. Sans doute est-ce plus calme. J'apprends que vous avez participé tout à l'heure au conseil de l'impératrice. Qu'en avez-vous pensé ?

Quand elle s'était présentée chez Bariatinsky, Alexandre avait donc dû la faire renvoyer chez Rotari, sans la recevoir. Il eut le sentiment étrange d'un décalage dans le temps : il s'était déplacé à plusieurs jours d'avance et parlait à une personne ancrée dans le passé. Il fit effort sur lui-même.

— Je pense qu'il faudra de nombreuses semaines de pourparlers avec les différentes factions pour que l'impératrice soit enfin couronnée.

— Mais quel triomphe !

— Ne vendons pas la peau de l'ours.

— Si, si ! L'impératrice dit que vous avez été le cerveau de cette opération. C'est vous qui l'avez prévenue sur-le-champ des intentions du tsar. Sans cela, elle n'aurait pas été ce soir-là à la caserne de la Garde et n'aurait pas obtenu la protection de l'armée.

— L'impératrice me prête bien du mérite.

— Je ne crois pas à votre modestie. Parlons de nous. Quand nous nous sommes quittés hier, je me suis avisée que vous ne m'aviez pas dit un seul mot.

— En était-il besoin ? demanda-t-il en souriant.

— Savez-vous, Sébastien, dit-elle de cette voix fumée qui l'avait jadis captivé, j'avais fait le vœu, pour expier mon crime, de rester chaste jusqu'au jour où je rencontrerais l'homme qui sauverait mon pays.

Dangereuse exaltation, se dit-il. Pour elle, il n'était donc pas un amant, mais un ex-voto. Il se rappela ce qu'elle lui avait dit, avant l'entrevue avec la défunte impératrice Élisabeth : « Vous n'êtes à Moscou que de votre fait. Et à votre propre compte. » Et pourtant, c'était elle qui l'avait attiré en Russie. Quelle naïveté avait été la sienne !

— Vous avez sauvé ce pays, comme vous le voyez, reprit-elle.

Et vous, songea-t-il, vous avez sauvé votre peau : en participant au complot, vous vous êtes assuré la reconnaissance de l'impératrice. Vous n'aurez plus à craindre le *knout* réservé aux femmes qui ont tué leur époux et vous n'aurez plus besoin de ce nom d'emprunt de Mme de Souverbie. Vous vous remarierez avec un conseiller ou un gouverneur.

Il haussa les épaules.

— Je ne sais, répondit-il.

— Comment ? s'écria-t-elle, exagérant un air de mécontentement. Encore votre modestie déplacée.

— Il y a bien des questions, expliqua-t-il, qu'il faudra résoudre harmonieusement. Le sort du tsar. L'approbation par le Sénat. Et surtout la désignation de Catherine comme impératrice, car elle ne se contentera pas d'une régence. Et je ne parle pas du sort de bien d'autres, tels que le chancelier Vorontsov.

— On croirait que vous plaidez pour le tsar et Vorontsov. À l'évidence, le tsar sera exilé et libre d'aller vivre dans sa chère Prusse, s'il le veut. Quant à Vorontsov, c'est un traître.

Il n'était aucunement disposé à discuter de ces sujets avec elle.

— Parlons d'autre chose, dit-elle. M'inviterez-vous à souper ?

— Pas ce soir, je le crains. Mais demain, j'en serais enchanté.

— Eh bien, soit ! conclut-elle en se levant. À demain.

Elle lui prit les bras, le regarda longuement, le serra contre elle et posa ses lèvres sur les siennes. Il se força à baiser cette bouche qu'il avait tant désirée.

Quand il l'eut raccompagnée à la calèche et qu'il fut revenu dans le salon, il se demanda quel rôle l'identité jouait dans l'amour.

Pouvait-on aimer si l'on était pris pour un autre ? Si l'on était aussi entièrement méconnu qu'il l'était dans ce quiproquo ? Mais qu'était alors l'amour pour autrui ? Une retombée de l'amour pour soi ? Dans ce cas, Alexandre non plus ne pouvait rendre à la baronne l'amour qu'elle avait cru lui porter.

Vertigineuses réflexions.

Mais la baronne elle-même aimait-elle Sébastien ? Non, elle aimait le sauveur de son pays. Elle s'était refusée à lui jusqu'au jour où l'illusion d'avoir rencontré ce héros l'avait subjuguée.

Elle n'aimait qu'un fantôme optique et lui ne l'aimait donc plus.

Diabolique duperie.

Franz lui ayant annoncé qu'une malle-poste partirait le lendemain pour Vienne, il consacra la soirée à faire ses bagages. Il se fichait soudain de savoir la suite du séisme qu'il avait permis de déclencher. Il avait assez vu Grigori Orloff et ses moustaches cirées, il ne voulait pas savoir le sort de l'éphémère Pierre III, qu'il devinait funeste.

Puis il écrivit des billets pour prendre congé ; le premier était pour Alexandre : il lui annonçait son départ pour Vienne, où il s'installerait pour quelque temps à l'hôtel de la Herrengasse, et il lui confiait la baronne en lui enjoignant de ne lui révéler à aucun prix la ressemblance dont elle avait été victime.

Alexandre tomberait-il amoureux de cette femme ? C'était désormais douteux. Tout au plus, sachant les manœuvres dont son père avait été victime, serait-il tenté de rendre à cette égérie patriotique la monnaie de sa pièce.

Le deuxième billet était destiné au chevalier de Barberet, qui avait disparu depuis sa dernière visite. Sans doute était-il retourné à Oranienbaum ; l'aventure militaire compensait probablement pour lui de longs mois d'inaction.

Les troisième et quatrième billets furent adressés au prince Bariatinsky et aux comtes Orloff, pour les remercier de leur hospitalité.

Quant à la baronne…

Installé dans la calèche qui le conduisait à la station des malles-poste, Sébastien songea qu'il écrirait peut-être un jour un pamphlet sur l'imprudence d'assujettir son corps à un idéal patriotique.

Ou à un idéal tout court.

19

Un sorbet au chocolat et le récit d'un assassinat

Des rires et des airs entraînants de danses populaires exécutés par un petit orchestre plein d'esprit et de tokay emplissaient les salons de l'hôtel de la Herrengasse.

Si l'on avait voulu résumer la scène, on eût pu la réduire à un jaillissement scintillant de sourires, de cristaux, de lumières et d'esprit.

Cette soirée serait à marquer d'un caillou blanc ; entre maints autres de ses ornements, les convives s'étaient vu présenter un dessert inouï : une glace au chocolat, inventée par le maître de céans, le comte de Saint-Germain en personne. Une glace au chocolat ! Le mariage du ciel et de l'enfer ! avait clamé le prince maréchal von Lobkowitz.

— Donc un dessert bien terrestre, avait conclu Sébastien.

Après avoir couvert le comte de compliments sur la transformation de l'ancien hôtel de sa famille – « une maison de campagne égarée en ville », avait-elle dit –, la princesse Windischgraetz avait demandé si, d'aventure, il resterait à l'office une coupe de cette friandise inédite.

Franz, promu majordome, avait servi la princesse dans les instants suivants.

— Ce n'est pas seulement un palais, s'était-elle écriée, mais c'est le centre de Vienne, laquelle est le centre du monde !

La veille, un certain M. Mesmer avait fait là une démonstration des pouvoirs du fluide animal. Une dame était tombée en transes après avoir observé trop longtemps le pendule de l'inventeur. Vienne ne parlait que de cette pâmoison extraordinaire et Mesmer ayant révélé que le fameux fluide n'était pas présent à parts égales chez toutes les créatures, chacun se demandait s'il en était suffisamment pourvu, et surtout si des conjoints indifférents ou défaillants ne seraient pas en manque de ce fluide. Des audacieux pleins d'espoir expérimentaient donc des bains d'eau aimantée.

Bien que par nature il ne fût guère porté sur la frivolité, Sébastien s'y laissait aller, comme un nageur dans une eau vive ; elle apaisait les brûlures de l'expérience russe. Il ne savait pourquoi il en était sorti comme écorché. Il avait quitté Saint-Pétersbourg depuis un mois et il lui semblait que c'était hier, tant ses souvenirs étaient vivaces.

Le sinistre séjour à Oranienbaum ; le non moins effroyable souper au palais de Tauride ; les pantalonnades d'un tsar énamouré de Frédéric de Prusse. L'obséquiosité lamentable du chancelier Vorontsov. L'âpreté ambitieuse de Grigori Orloff. L'énergie sauvage de Catherine haranguant le régiment Ismaïlovski. La sauvagerie latente. La surveillance policière et l'odeur fétide du sang qui régnait dans les parages du trône.

Pauvre, lamentable Pierre III ! Il n'avait même pas régné six mois. Et, avait annoncé *La Gazette de Vienne*, il était mort une semaine après le départ de Sébastien. Enfermé au château de Ropcha, sous la surveillance des frères Orloff, il y avait succombé à un mal singulier, « une colique hémorroïdale, compliquée d'un transport au cerveau », selon le communiqué du nouveau chancelier de Russie.

Sébastien connaissait assez la médecine pour nourrir des doutes sur un mal qui atteignait les deux extrémités du tronc à la fois. Le rapport entre le cul et la tête eût laissé pantois plus d'un professeur de physiologie.

*

Les musiciens étaient partis, multipliant les courbettes. Le maître d'hôtel mouchait les chandelles et des tintements de cristaux et de couverts résonnaient à l'office quand quelqu'un tira le cordon au portail. Minuit et demi, l'heure était bien avancée pour une visite de courtoisie. Franz alla ouvrir et, quand il revint, il n'eut pas besoin d'annoncer le visiteur : c'était le chevalier Aymeric de Barberet. Celui-ci n'avait pas attendu d'être annoncé, et Franz en savait assez sur l'amitié qui unissait les deux hommes pour enfreindre le protocole ordinaire.

Sébastien fut saisi par la vue du chevalier : défait, avec une barbe de huit jours, l'œil cerné et la démarche lasse. Cependant, il s'efforça de sourire.

— Aymeric ! s'écria Sébastien. Mais quelle surprise…

— La malle-poste m'a déposé tout à l'heure à la Wiplingergasse, et je suis venu à pied. J'ai pensé que j'arriverais de Russie avant ma lettre, et d'ailleurs, je n'aurais su quoi écrire. Pardonnez-moi de me présenter à l'improviste et en cet état.

— Êtes-vous bien ?

— Je suis fourbu et affamé. Je suis plus défait de l'intérieur que de l'extérieur. J'ai de l'argent, mais je suis venu vous demander aussi l'hospitalité.

— Mais elle vous est acquise, voyons. Franz…

Ce dernier avait entendu ; il hocha la tête et s'en fut à l'office.

— Où aviez-vous disparu ?

— Nous avons disparu tous les deux en même temps, semble-t-il. Mais vous avez pris le parti le plus sage, celui de vous éloigner de Saint-Pétersbourg. J'ai, moi, cédé à une demande pressante d'Alexeï Orloff, celle de l'accompagner à titre privé et de faire partie de l'escorte qui conduirait le tsar du château d'Oranienbaum à celui de Ropcha.

— Où est-ce ?

— À un peu plus de sept lieues de Moscou. Nous sommes allés à quatre, Grigori, Alexeï, leur frère Fédor et moi, réveiller Pierre III dans sa chambre à quatre heures du matin et l'avons prié de s'habiller le plus rapidement possible. Nous lui avons à peine laissé le temps d'une toilette sommaire et nous ne lui avons rien servi à boire. Alexeï voulait éviter que le départ du tsar soit ébruité, de crainte que les soldats du régiment Holstein qui demeuraient dans la caserne proche ne se révoltent et ne le libèrent. Nous avons juste laissé à son valet de chambre le temps de faire une malle de ses effets les plus nécessaires.

Franz apporta un en-cas et un carafon de vin sur un plateau qu'il déposa sur une table pliante devant Barberet. Sébastien lui laissa le temps de se rassasier avant de reprendre son récit. Franz enleva l'assiette de potage vide et le plat de filets de poisson à la crème, puis regarnit le verre du chevalier.

— Alexeï et Grigori semblaient craindre également des remous dans les régiments de la Garde.

— Le tsar n'a rien dit ?

— Vous pensez bien que si. Il nous a traités de criminels. Mais quand Grigori a braqué son revolver sur lui et lui a donné l'ordre de les suivre, assurant que les régiments stationnés alentour lui feraient vite entendre raison, il s'est exécuté. Il ignorait qu'un seul régiment était cantonné dans le château, le régiment Ismaïlovski, celui qui lui était le plus hostile, et que même celui-ci croyait que l'on allait ramener le tsar à Saint-Pétersbourg. Nous l'avons donc fait monter dans une calèche, avec son valet de chambre, et nous sommes arrivés le soir à Ropcha.

— Vous ne l'avez pas nourri ?

— Si. Alexeï et Grigori avaient emporté des gamelles, que nous avons réchauffées. Il y a à peine touché, c'étaient des plats populaires russes, de la soupe aux choux et une sorte de froment noir, qu'ils appellent de la *kacha*.

— Il n'a rien dit pendant tout le trajet ?

— Il a seulement demandé où se trouvaient Vorontsov et la comtesse Élisabeth. Alexeï lui a répondu que le chancelier était destitué et aux arrêts, et que sa fille était repartie pour Saint-Pétersbourg. Mais il ne me traduisait pas tout ce qui se disait.

Barberet fit rapidement un sort au ragoût de veau aux oignons, but un grand verre de vin et reprit, de la même voix basse, presque monocorde :

— À notre arrivée à Oranienbaum, Grigori m'a prévenu de ce que nous dirions au retour à Saint-Pétersbourg : le choix de Ropcha avait été décidé par Pierre III. Mais il faudrait ne pas connaître le lieu pour le croire : c'est un manoir fortifié, où Grigori avait dépêché à l'avance une quarantaine d'hommes de confiance pour monter la garde jour et nuit. Là, j'ai compris qu'Alexeï m'avait prié de me joindre à eux pour tenir compagnie au tsar pendant les repas. J'étais quasiment son seul commensal. Ce fut pénible. Le tsar m'a demandé comment je me prêtais à une entreprise aussi infâme et à la solde de qui j'étais. Je n'étais encore à la solde de personne. Je lui ai donc répondu que j'avais été désigné pour lui tenir compagnie pendant son exil forcé, demandé par le peuple. La réponse a suscité un torrent d'invectives et de protestations sur les gens de mauvaise foi qui prétendent interpréter la volonté du peuple.

Comme il l'avait annoncé en arrivant, en effet, Barberet semblait plus défait de l'intérieur que de l'extérieur. La consternation de Sébastien croissait au fur et à mesure du récit.

— Dès le premier matin de notre séjour à Ropcha, alors que je déjeunais avec le tsar, Grigori est arrivé, tenant en main un document qu'il a posé sur la table. Le tsar lui a demandé en allemand ce que c'était. Je comprends un peu cette langue. Grigori a répondu que c'était l'acte d'abdication. Pierre III est devenu blême. Il a demandé : « Et qui me succédera ? » Et Grigori lui a répondu qu'à l'évidence ce serait sa femme. Le tsar a laissé le document sur la table et il est allé se retirer dans sa chambre.

Sébastien reconnaissait la brutalité, sinon la grossièreté de Grigori Orlov, et sa consternation virait à l'accablement.

Barberet but une longue gorgée du verre qu'avait regarni Franz, et Sébastien se demanda quelle était son intention secrète dans ce récit, à supposer qu'il y en eût une. Était-ce de donner mauvaise conscience à son mentor ?

— À six heures du soir, Grigori est allé toquer à la porte du tsar. Le domestique a ouvert la porte et Grigori a déclaré au tsar : « Ce document doit être signé tôt ou tard, vous le savez. Alors, il vaut mieux que ce soit le plus tôt possible. » Le tsar a répondu : « Je le signerai si vous portez à Catherine la lettre que je vais rédiger. » Grigori a accepté. Le tsar a donc signé son abdication et y a joint une lettre. Bien évidemment, Grigori l'a décachetée. Il en a lu le contenu à Alexeï et à Fédor. C'est ainsi que j'ai appris que Pierre III demandait à son épouse de partir pour l'Allemagne en compagnie d'Élisabeth Vorontsova, et qu'il l'avait signée : « Votre humble serviteur. » Les frères Orloff s'en sont beaucoup gaussés.

Sébastien se représenta l'humiliation du monarque et la férocité de Grigori et d'Alexeï.

— Le pire, reprit Barberet, fut l'attitude de Grigori et d'Alexeï, qui parfois s'asseyaient à notre table sans aucun des égards ordinaires pour un souverain, fût-il déchu, et qui se montraient souvent d'une insolence insupportable. Quand le prisonnier, parce que c'était évidemment un prisonnier, auquel on autorisait une heure de promenade par jour sous bonne garde, rappelait qu'il était le seul descendant légitime de Pierre le Grand, l'un ou l'autre des frères lui rétorquait qu'il en avait fait mauvais usage et qu'il semblait plutôt être le frère de Frédéric de Prusse. Le septième soir, Alexeï est devenu insultant et l'a traité de mignon de Frédéric. Le tsar s'est levé de table et s'est jeté sur lui. Alexeï a saisi le couteau à découper et le lui a planté dans l'estomac. Pierre III s'est écroulé. Il est mort à peine une heure plus tard.

Telle était donc la vérité de la « colique hémorroïdale, compliquée d'un transport au cerveau ».

— Mais c'est un assassinat que vous me racontez, dit Sébastien.

— En effet. J'ai alors quitté Ropcha pour Moscou, où je suis demeuré trois jours, sans trop savoir que penser. Avant mon départ, Grigori Orloff m'a remis une bourse. Je l'ai acceptée, car je me suis rendu compte que je n'étais dans tout cela qu'un mercenaire.

Ce fut sur ces paroles amères que Franz servit le sorbet au chocolat.

Barberet en tâta.

— Dessert étrange, dit-il avec un sourire. On dirait un produit alchimique. Et plaisant.

Il demeura silencieux un moment.

— Pendant cette semaine-là, Vorontsov a été mis à rude épreuve. Il a été sommé de dénoncer les erreurs du tsar. Il s'y est refusé. Je ne doute pas qu'il ait même été torturé, mais il n'a pas cédé. Cela se lisait à la frustration des frères Orloff. J'ignore lequel des deux en porte la responsabilité, mais j'ai pu mesurer leur brutalité dans ces exactions inutiles.

— Pourquoi avez-vous participé à cette aventure ? demanda Sébastien.

— Parce que je pensais être fidèle à votre mission, comte. Vous étiez déterminé à destituer Pierre III. J'avais appris à respecter vos raisonnements. Je pense que c'était un tsar lamentable, en effet. Mais sa fin a été atroce. L'aviez-vous pressentie, ou bien avez-vous changé d'avis, je l'ignore. Mais je suis désormais persuadé que les idées sont inhumaines. Toutes les idées, comte.

Le chevalier étant bien moins prudent que son hôte sur ce qu'il absorbait, il avoua incidemment souffrir d'une courante. Sébastien lui confectionna un remède à base d'argile bouillie et d'opium. Le soir, rasé et vêtu de frais par les soins de Franz, Barberet paraissait beaucoup moins affecté.

— Ah, s'écria-t-il plaisamment, s'il existait des remèdes de l'âme aussi efficaces que ceux du corps !

20

Un morceau de soleil tombé sur la terre

Une fois remis de ses épreuves, Barberet repartit pour la France. Sébastien demeura livré à ses réflexions.

Le chevalier était visiblement désenchanté de sa mission. Il ne s'y était pas engagé pour le gain ou la gloire, mais dans l'espoir d'héroïsme. Au lieu de cela, il avait été l'instrument de la fin sordide d'un roi fou. Son souci d'humanité en avait visiblement été soumis à rude épreuve. Il avait d'abord fait confiance à Sébastien et s'était retiré convaincu que les idées étaient inhumaines. Ce dernier constat comportait un reproche tacite à l'adresse de Sébastien. Mais étaient-ce les idées qui étaient inhumaines ? Ou bien les luttes pour le pouvoir ?

Alexandre aussi était-il désenchanté ? Il n'avait pas donné signe de vie depuis un mois. Sans doute avait-il regagné Londres et écrirait-il de Blue Hedge Hall.

Sébastien hésitait à clore ce chapitre dans son esprit quand il reçut une visite inattendue : celle du comte Zasypkine. Le chef de la police secrète impériale était à Vienne pour rétablir et si possible renforcer les liens occultes qui avaient uni son pays et l'Autriche jusqu'à l'avènement de Pierre III, et que ce dernier avait failli détruire par ses ultimatums impudents à la cour de Vienne. Il avait évidemment appris que le comte de Saint-Germain était en ville.

— Vous avez quitté Saint-Pétersbourg de façon bien abrupte, déclara-t-il après les premiers échanges de civilités.

— Je n'avais plus rien à y faire, comte, et j'ai jugé plus sage de laisser les principaux acteurs mener leur politique sans être contraint de donner un avis qui pourrait m'être plus tard reproché. Je crois que beaucoup d'ambitions s'affrontent dans cette ville à la faveur des événements récents. Elles n'appartiennent pas à la sphère de mes intérêts.

Zasypkine hocha la tête et reprit avec un sourire :

— La baronne Westerhof s'est étonnée que vous n'ayez pas pris congé d'elle…

Sébastien en conclut que c'était Alexandre, en fait, qui n'avait pas pris congé d'elle.

— J'ai supposé qu'elle devait être absorbée par le soin de l'impératrice. Je veux espérer, à cet égard, que tout se passe selon vos vœux.

Zasypkine leva les sourcils.

— Il faudrait que j'aie des vœux à formuler, répondit-il. Ils ne sauraient être que ceux du trône. C'est-à-dire qu'ils peuvent devenir antagonistes d'un jour à l'autre. Et que le peu de liberté de conscience qui me reste risque sans cesse de faire de moi un traître.

L'aveu laissa Sébastien interdit. Zasypkine reprit :

— Fidèle au nouveau maître de la Russie, j'eusse dû vous faire arrêter quand vous y êtes venu sur les instances de la baronne Westerhof. J'eusse dû la dénoncer aussi et prévenir le tsar que le prince Bariatinsky et les frères Orloff complotaient contre lui. Cependant je temporisais. J'étais indécis. Je doutais que le complot prît forme. Je n'imaginais pas la promptitude avec laquelle vous lui avez donné corps et l'avez organisé. Si, le soir du souper au dîner du palais de Tauride, vous n'aviez trouvé moyen, je ne sais comment, de prévenir l'impératrice dans les heures qui suivaient, et si vous n'aviez pas prévenu les conjurés que le tsar était parti pour Oranienbaum après le souper, je ne suis pas sûr que le coup aurait réussi. Comment donc avez-vous fait ?

Sébastien sourit et se garda de l'expliquer : il aurait fallu révéler l'existence d'Alexandre. Il éluda la réponse en posant une question :

— Pourquoi le coup aurait-il échoué ?

— Parce que l'empereur aurait gagné Cronstadt, et de là un bateau. Il aurait été quérir l'aide de Frédéric. Et il l'aurait obtenue. Frédéric aurait envoyé ses troupes. L'armée était alors sans tête. Les armées prussiennes auraient triomphé et restauré Pierre III sur le trône. Politiquement, ç'aurait été un désastre. La Russie aurait été encore plus assujettie à la Prusse que si le tsar avait mis ses plans en œuvre. Votre intervention a été déterminante. Vous avez évité deux catastrophes à mon pays : l'application de la politique de Pierre III et l'intervention prussienne.

Sébastien demeura impassible. L'hommage était prodigieux, et pourtant, il ne l'emplissait d'aucun vertige. Le véritable hommage qu'il attendait était différent.

— Et maintenant ? demanda-t-il.

— La situation est confuse. Il est difficile pour Catherine d'obtenir la légitimité. Son conseiller, le comte Panine, estime que la meilleure solution consisterait à faire d'elle la régente du royaume, en attendant l'accession au trône de son fils Paul. Mais les légitimistes n'en démordent pas. Ils allèguent que le tsarévitch est le fils de Saltikoff et n'a aucun droit à la succession. Je sais que Catherine, si elle est poussée à bout, pourrait épouser le seul descendant légitime de Pierre le Grand, Ivan VI.

Zasypkine poussa un soupir et goûta le café que Franz avait fait servir.

— Et alors ?

— Ivan VI est fou. Ou bien il a été rendu fou par des années de captivité. Et Catherine ne partagera pas le pouvoir.

— Et Grigori Orloff ?

Zasypkine émit un bref ricanement.

— Le comte rêve de se faire épouser par l'impératrice. Mais là aussi, Catherine refusera de partager le pouvoir. Orloff se méprend : le lit n'est pas le trône.

La raccourci fit sourire Sébastien.

— Si je vous comprends bien, dit-il, la partie n'est qu'à demi gagnée.

— Et nous aurons sans doute besoin de vous de nouveau.

— Nous ?

— Moi, répondit Zasypkine en regardant Sébastien dans les yeux. Je suis seul et je suis aux ordres. J'ai besoin du conseil d'un homme tel que vous. Pierre III était un maladroit et un alcoolique de surcroît. Il n'était pas à sa place : il a été élevé dans l'exécration de la Russie. Mais ses idées n'étaient pas mauvaises. Notre pays doit être réformé et le modèle prussien est le bon, en effet. Quand nous aurons surmonté le premier obstacle et que l'impératrice aura été couronnée, il faudra affronter le problème des réformes.

Après un silence, Sébastien déclara :

— Vous déplorez votre solitude. Vous seriez moins seul si vous étiez soutenu par des amis éclairés.

— Où les trouverais-je ?

— Il existe des sociétés de gens assez fermes pour respecter leurs principes au-delà des convulsions politiques.

— Quels principes ?

— Il existe, comte, une intelligence qui gouverne le monde. Elle est incomparablement plus profonde que celle du sage le plus réfléchi. Ses lois sont l'ordre et l'harmonie par la résolution des contraires. Les esprits supérieurs en gardent toujours conscience.

— C'est de la philosophie.

— Certes. Ne la méprisez pas. Elle inspire aussi l'action.

— La vôtre ?

— Entre autres.

— Comment cela ?

Sébastien sourit :

— À vrai dire, comte, j'attendais de vous un autre hommage. Pierre III était un élément de désordre. S'il avait vécu et s'était allié à Frédéric, ils auraient dévasté l'Europe. Nous sortons de sept années de guerre ; nous serions entrés dans trois fois sept autres. Voilà pourquoi j'ai contribué à vous débarrasser d'un homme dangereux.

Zasypkine parut surpris. Il réfléchit un moment.

— Sa mort n'était donc pas utile qu'à mon pays.

— Non. Elle a évité au monde des ravages.

— Vous travaillez pour le monde ? demanda Zasypkine avec un brin d'ironie. Je vous croyais au service de la Russie ?…

— Je ne l'ai pas trahie, la Russie a été servie, vous êtes venu m'en féliciter. Votre pays serait sorti exsangue du carnage annoncé.

— Et c'est votre Société qui vous a inspiré ces vues ?

— Les principes qui la gouvernent enseignent à prendre de la hauteur.

— N'est-ce pas le privilège des rois ?

— Pas toujours, comme vous le voyez.

— Vous vous placez donc au-dessus des rois ? demanda Zasypkine, en tendant le cou.

— Ce sont les principes qui se placent au-dessus des rois, pas moi.

Zasypkine devint songeur.

— Mais ces principes, ne sont-ils pas contraignants ? Et que faire s'ils sont contraires aux ordres qu'un fonctionnaire est chargé d'exécuter ?

— Ils ne peuvent l'être. Un esprit éclairé sait que la seule force durable est fondée sur l'harmonie et qu'une force sans amour n'est que violence vulnérable et, en fin de compte, faiblesse. Ce fut le cas de Pierre III. Son agitation intérieure et peut-être le sentiment de sa propre faiblesse l'ont porté à l'outrance, à des erreurs aussi flagrantes que de professer publiquement sa servilité à l'égard de Frédéric et d'insulter sa femme. Vous-même, comte…

Zasypkine l'interrogea du regard, attendant la suite.

— Vous-même, comte, vous êtes demeuré dans l'incertitude pendant les derniers mois de l'impératrice Élisabeth et les six mois de règne de ce tsar. Vous ne saviez quel parti prendre. Telle est probablement la raison pour laquelle la baronne Westerhof m'a signifié que je n'étais à Moscou que pour mon compte. C'est vous qui l'en aviez chargée ?

Zasypkine hocha la tête.

— En effet. Je craignais que, si le complot était découvert, vous finissiez, peut-être sous la torture, par m'accuser de l'avoir dirigé, ou au moins fomenté.

— Cela prouve votre inquiétude et votre incertitude. Si vous aviez appartenu à cette société d'amis que j'évoquais, vous auriez été entouré d'amis bienveillants, et donc plus serein. Et plus soutenu. La fraternité des esprits supérieurs est pareille à l'harmonie des planètes. Quand elle est bien accordée, elle régit le monde.

Zasypkine soupira.

— Existe-t-elle, cette Société ?

— Oui.

— C'est son nom véritable ?

— Il en existe diverses branches. L'une de celles que je préside est le chapitre du Saint-Sépulcre.

— Puis-je y être admis ?

— Oui. À la condition d'observer le secret sur ce que vous y apprendrez et sur votre affiliation.

— Je ferais cela sans peine, dit Zasypkine. J'y suis rompu, je crois.

— Bien. Venez donc ce soir souper.

Zasypkine demeura pensif un moment.

— Que cherchez-vous ? La gloire ? Vous mettez pourtant un soin extraordinaire à demeurer discret.

— Demandez au comte Banati. Je me suis mis à votre service dans l'espoir qu'un jour vous libérerez la Grèce du joug ottoman.

— C'est cela qui vous motive ?

— Cela vous paraît-il indigne ?

— Non. Mais je ne sais quel monarque osera défier les Turcs pour libérer les Grecs.

— La gloire de la Russie y gagnerait. Croyez-moi.

C'était une étrange situation que d'enrôler celui qui était après tout son maître d'ordre, dans une société dont il était le maître. Mais la Société des Amis ne connaissait que les préséances morales.

Zasypkine, au terme de son initiation, ne fut pas peu surpris de reconnaître dans l'assistance qui l'avait accepté le comte Anton Wenzel Kaunitz-Rietburg.

Cet homme était le chancelier de l'Empire d'Autriche.

*

Le 20 août, Sébastien reçut une invitation du cabinet impérial à assister au couronnement de l'impératrice Catherine II comme tsar, à la cathédrale de l'Assomption à Moscou, le 22 septembre 1762.

La partie était donc gagnée pour elle.

Mais Sébastien n'avait cure de se mêler à la cohue ni à la liesse. Il jugeait imprudent de trop se montrer dans les cercles rapprochés du pouvoir russe. La jalousie crée autant d'ennemis que le succès suscite d'amis. Et les premiers sont souvent plus vrais que les seconds. De surcroît, il avait assez vu les Orloff et la baronne Westerhof.

Il voulait percer les secrets, ou du moins quelques-uns, de la terre de Joachimsthal. Chaque fois qu'il ouvrait le coffret doublé de plomb, il constatait qu'elle n'avait rien perdu de sa puissance. Intacte ! C'était un concentré de la puissance de l'univers. Des miettes d'un morceau de soleil tombé sur la terre.

Pour la troisième fois, il posa sur le coffret la plaque de verre taillée à cet usage et posa la main dessus. Et comme aux deux expériences précédentes, la dernière devant le lamentable pasteur Norrgade, les chairs devenaient translucides et l'on apercevait les os à travers le dessin rouge de la main.

Il retira prestement sa main et la plaque de verre, puis referma le coffret.

Que pouvait-il en tirer, sinon une façon de teindre les substances opaques ? Dérisoire usage d'une force de l'univers.

DEUXIÈME PARTIE

LE SAGITTAIRE ET LE CAPRICORNE

(1764-1769)

21

Au diable l'identité !

Parce qu'une personne a été nommée à sa naissance, que ses parents et ancêtres le furent à la leur, de génération en génération s'entretient l'illusion que chacun a une identité, infâme, obscure ou glorieuse. Elle est même requise et obligatoire. Avec elle sont imposés une langue, des mœurs, voire un métier, en tout cas une représentation de la divinité, et aussi des impératifs et des interdits, des goûts et des dégoûts, voire des amours et des haines.

Cette convention entend évidemment qu'on porte un culte à ses ancêtres et qu'on verse même son sang pour défendre leur honneur.

Folie ! Servitude et même servilité indigne. Les enfants de Judas sont-ils donc condamnés à la pendaison ? Ceux de Catilina à l'exécution sur le billot ? Et ceux de la sorcière au bûcher ? Les Capulet doivent-ils haïr les Montaigu jusqu'à la fin des temps ?

Morts sur le bûcher de l'Inquisition, les parents d'Ismaël Meianotte devaient-ils dicter à leur fils la souffrance éternelle ?

D'abord, un être change et même d'une heure l'autre. Untel aimait Platon et soudain, il découvre dans *Les Lois* et *La République* l'éloge de la tyrannie et se prend d'aversion pour l'auteur du *Banquet*. Toute sa philosophie, puis sa conception du monde sont bouleversées. Est-il le même ? Nenni : le voilà soudain méfiant à l'égard de l'autorité, surtout celle qui se dit morale, et guettant chez les philosophes, universellement suspects de sophisme, toute inclination à se mettre au service des tyrans.

Puis il découvre un secret de famille soigneusement caché : son père avait commis un épouvantable forfait et plastronnait comme un citoyen honorable. Faut-il qu'il continue de révérer sa mémoire ? Il ne le peut, sauf à choir dans l'ignominie et la révérence pour l'hypocrisie. Mais à l'inverse, il peut aussi découvrir que ce père fut un homme héroïque ; or sa nature pacifique ne le porte aucunement à cette vertu publique, voire elle l'en détourne. Le mépris de la souffrance, surtout celle des autres, qu'on nomme héroïsme, cette estime excessive pour soi-même qui déclenche les actes de bravoure comme la mèche fait exploser la grenade, bref ce goût du fracas et de l'exemple inaccessible qui caractérisent les héros lui semble déplorable. Il ne se reconnaît pas comme le fils de son père. Mais chacun sait qu'il l'est, il risque donc de passer pour indigne de son ascendance.

Pourquoi faut-il être le fils de son père ? Est-on le même à cinquante ans qu'à trente ? Et à trente qu'à vingt ? Un homme n'existe-t-il pas par lui-même ? Sa vertu réside-t-elle dans son identité ? Est-on prisonnier de son passé ? Ou de celui de ses parents ?

Quand il s'élança jadis dans une rivière pour sauver une fillette Tekesta qui se noyait, le jeune Vicentino de la Fey n'avait obéi qu'à l'élan immédiat et irraisonné de la compassion, et non à une quelconque idée de gloire ou de devoir.

Il n'était alors aucune identité dont il portât les oripeaux. Cependant, l'on s'acharnait à établir la sienne. L'on fouillait, l'on interrogeait l'un et l'autre, le domestique, le fournisseur, les agents des Douanes. Il le savait, Franz lui rapportait les indiscrétions.

Le matin, une lettre du prince Wilhelm de Hesse-Cassel était arrivée à la Herrengasse. C'était la troisième de ce correspondant depuis le retour de Sébastien à Vienne. La première avait été ardemment élogieuse : le prince avait appris que le comte de Saint-Germain avait été à Saint-Pétersbourg au moment des événements et, en dépit de ses dénégations trop modestes, le prince ne doutait plus des pouvoirs qu'il lui avait prêtés. La chute du tsar Pierre III et l'écroulement de l'alliance entre la Prusse et la Russie représentaient pour lui l'un des dénouements les plus heureux de sa vie.

Dans sa deuxième lettre, le prince s'étonnait que Catherine II, nouvelle impératrice, ne l'eût pas nommé conseiller. Sébastien lui avait répondu que la sagesse commandait de ne pas s'approcher trop près des feux du pouvoir.

La missive parvenue ce matin-là était celle qui avait valu à Sébastien ses interrogations et sa contrariété au sujet de l'identité.

Cher ami,

Je ne sais si vous étiez l'an passé au couronnement de Catherine II à Moscou, mais j'apprends que beaucoup de gens vous avaient déjà vu à Saint-Pétersbourg, dans les derniers jours du règne de Pierre III, puis après sa mort. L'on m'assure même que vous avez séjourné chez le tsar, dans son château d'Oranienbaum, et que vous avez participé aux conseils restreints de la future impératrice.

Bien des gens vous y ont vu et les diplomates et voyageurs l'ont rapporté. Cela suscite des curiosités, dont celle de Frédéric II. La nouvelle margravine d'Anspach-Bayreuth – la précédente, Wilhelmine, qui était la propre sœur de ce roi, est morte en 1758 – interroge beaucoup de monde, semble-t-il, sur vous et votre nom véritable. Nul doute qu'elle obéisse en cela à des instructions de Frédéric. Celui-ci a interrogé son ami Voltaire, qui lui a appris qu'il existe en France une famille de Saint-Germain, dont vous n'êtes pas, et que votre nom est emprunté. Il semble piqué de vous avoir sous-estimé et n'est pas loin de vous croire impliqué dans la mort de Pierre III et l'échec de ses espérances politiques.

Je vous en préviens, car il vaut mieux être au courant de ce qui se dit sur soi. Je forme le souhait de bientôt vous revoir.

Wilhelm de Hesse-Cassel.

Les informations agacèrent et amusèrent Sébastien tout à la fois. On ne pouvait éviter les espions, les indiscrétions et les ragots, mais ils n'en demeuraient pas moins aussi irritants que des mouches. Par ailleurs, Sébastien sourit en imaginant le dépit de Frédéric, se disant que l'étranger qu'il avait qualifié de « comte de fées », et sur lequel il avait probablement daubé avec Voltaire, avait fait sombrer ses grandioses projets d'alliance politique avec un tsar féru de prussiannisme. Il avait donc chargé la margravine d'Anspach-Bayreuth de s'informer sur ce fâcheux.

En quoi l'identité de Sébastien servirait-elle ou desservirait-elle la politique de Frédéric II ? Néanmoins, ce roi était décidément un esprit banal ; il espérait trouver un fil qui lui permettrait d'expliquer l'intervention du « comte de fées » dans la ruine de Pierre III. « Ah, c'est un Florentin au service des Russes ! » Ou bien : « Ah, c'est un Suédois qui se venge des Russes ! » Ou autres fausses clés de ce genre.

Il repoussa la lettre et considéra l'oranger en pot qui effeuillait ses fleurs au soleil d'avril 1763, dans la cour intérieure de l'hôtel. Il songea à un autre méfait de l'identité : le quiproquo de ce qu'il appelait désormais « l'affaire Westerhof ». La baronne s'était trompée d'identité et avait ainsi perdu un amant pour s'être donnée à un autre. Ayant vu, l'autre été, le faux Saint-Germain s'esquiver après le vrai, elle s'était repliée dans son dépit et n'avait plus donné signe de vie depuis lors. Onze mois, privée du suc des étreintes, tout au moins celles du faux Saint-Germain, la fleur de sa passion s'était certainement étiolée.

Mais le quiproquo dont elle avait été victime n'était pas celui des sosies ; c'était celui qu'elle avait elle-même causé. Elle s'était fait de sa personne une idée tellement exaltée qu'elle en était devenue une autre. Étouffant une première fois son besoin de chaleur humaine jusqu'à ce qu'elle eût trouvé l'homme qui sauverait son pays, comme elle en avait fait l'aveu à Sébastien, elle s'était ensuite muée en victime sacrificielle à ce héros. Après la longue chasteté qu'elle s'était imposée, Iphigénie avait, presque littéralement, offert son corps sur l'autel de la patrie ! Glorieuse affaire ! Le comte Rotari en aurait tiré le sujet d'une de ces grisailles mythologiques dont il couvrait les intérieurs pétersbourgeois.

Cependant, la baronne avait cessé d'être une femme. Se fût-elle donnée au vrai Saint-Germain qu'il s'en serait dépris. Car ce n'aurait pas été à lui qu'elle se serait abandonnée, conquise par son charme, sa chaleur ou sa beauté, non, c'était au héros. L'héroïne s'offrait au héros pour célébrer le triomphe de sa cause.

Double illusion. Il n'était pas un héros et si elle se prenait pour une héroïne, c'était une invention. N'importe quel homme un peu délicat se fût offensé de n'être pas choisi pour lui-même, mais pour ses exploits. En effet, Sébastien tenait en piètre estime ces histoires antiques de vierges sauvages qui ne cédaient qu'au vainqueur d'un combat singulier. Fables primitives, plus aptes à exciter la basse animalité des mâles – les « animâles », comme les appelait Sébastien par-devers lui – qu'à ouvrir l'âme au plaisir d'être deux.

Bref, un peu de bon sens et de sincérité eussent évité sa pénible mésaventure à la baronne Westerhof.

Cela étant, il fallait parer à l'indiscrétion de la margravine d'Anspach-Bayreuth. Sébastien se souvint d'une histoire qu'il avait entendue plusieurs mois auparavant chez le prince Wilhelm de Hesse ; c'était celle des enfants du héros magyar François II Rakoczy, qui, après la défaite de leur père dans la guerre d'indépendance contre l'Autriche, avaient été contraints de renoncer à leur patronyme. Ne pourrait-il pas être l'un de ces enfants, obligé à l'anonymat pour le restant de sa vie ? Et au diable l'identité.

*

Une autre lettre arriva peu après. Le grand maître de la loge de « la Stricte Observance templière de Bruxelles » requérait son avis et son secours : les membres de cette branche de la Société des Amis ne suivaient plus les règles qu'à leur gré et, de surcroît, la police les importunait. Sébastien avait été reçu dans cette émanation indépendante de la Société des Amis, peu après qu'elle eut, en 1751, été fondée par le baron de Hund. Sa réputation y était établie. Ce n'était pas seulement le frère que le baron sollicitait, mais également le sage.

Il était temps d'aller y mettre bon ordre.

— Franz, veuillez vous informer des malles-poste qui partent pour Bruxelles. Nous devrions gagner cette ville dès que possible.

Franz se trouva une fois de plus à la fête. Les déplacements avec un tel maître réservaient toujours une surprise et, quand ils venaient à manquer, il se faisait un devoir autant qu'un plaisir d'empoigner les braillards dans les auberges de relais.

22

« Votre destin est plus grand et voué à une plus longue existence »

Deux soirs avant le départ, vers dix heures, alors que Sébastien s'apprêtait à se coucher, la sonnette du portail tinta. Quelqu'un avait tiré le cordon. Il se pencha à la fenêtre pour identifier le visiteur. Ils étaient deux et l'obscurité de la rue ne permettait pas de les distinguer. Franz descendit lui demander quoi faire.

— Allez voir, lui ordonna Sébastien, enfilant sa robe de chambre.

Il suivit à distance le valet qui tenait un flambeau.

— Que voulez-vous ? demanda Franz à travers le judas.

— Voir le comte de Saint-Germain.

Une fois la porte déverrouillée, maître et serviteur aperçurent un couple hâve. La femme semblait souffrante. Elle s'appuya au portail.

— Que voulez-vous de lui ? demanda Franz.

— Je suis Wilhelm Christian Müller, monseigneur, dit le visiteur nocturne, levant le visage vers le maître, qu'il avait aperçu à l'arrière. C'est une question de vie ou de mort.

— De quoi s'agit-il ? demanda Sébastien du haut de l'escalier.

— De charité chrétienne. Nous venons de Stockerau.

À dix lieues au nord de Vienne. Étaient-ils venus à pied pour arriver à cette heure-ci ?

— Qu'attendez-vous de moi ?

— Monseigneur, nous avons entendu dire que vous êtes le maître des médecins. Vous êtes notre dernier espoir.

Inutile de demander où ils avaient entendu pareille assertion, ni de la démentir : ils étaient enfermés dans leur illusion. La femme semblait défaillir.

— Entrez, dit Sébastien.

Il descendit quelques marches et regarda la femme : elle était pâle comme la mort et son visage était émacié. Sébastien fit un signe à Franz, qui ouvrit le petit salon à droite, celui où il avait jadis reçu Danaé et vu son fils pour la première fois. Franz alluma un flambeau à six branches. Sébastien fit asseoir les visiteurs.

— De quoi souffre votre épouse ?

L'homme se tourna vers la femme, qui écarta les pans de son manteau, puis découvrit sa gorge et en sortit un sein. Bleu. Déformé. Une tumeur. Elle tenait le sein d'une main et fixait Sébastien du regard. Il se pencha pour examiner l'organe. Que ferait un chirurgien ? Il procéderait à une ablation. Intervention cruelle autant que désespérée et souvent sans effet. Il demeura un moment sans parler.

— C'est un magicien ou un saint miraculeux qu'il vous faut.

— Vous êtes magicien, monseigneur, on nous l'a assuré…

— Je ne suis pas magicien. Toute personne qui dit l'être est un charlatan.

Ils le regardèrent, éplorés.

— Attendez ici, dit-il en se levant.

Il ne connaissait qu'un seul recours. Le feu de la terre de Joachimsthal détruisait les tissus, il détruirait donc la tumeur. Il monta à son bureau et saisit le coffret doublé de plomb et un carré de tissu d'amiante, puis descendit et demanda à Franz d'apporter de la cuisine une grande cuiller de bois, une serviette, un pot vide et de l'huile. Puis il disposa le tout sur une table. Sous les yeux du couple et d'un Franz intrigué, car il ne connaissait pas ces talents à son maître, Sébastien plia la serviette en long, de façon à en faire un cataplasme et ouvrit le coffret ; il y préleva plusieurs cuillerées de terre et les étala sur la serviette de façon uniforme, comme tartinées. Il fit ensuite couler dessus un filet d'huile, de sorte que la mixture prît la consistance moelleuse d'une pâte, tout en la malaxant avec le dos de la cuiller en bois. Durant cette préparation, il évita soigneusement tout contact direct avec la préparation. Cela fait, il roula la serviette et l'introduisit dans le bocal.

Les visiteurs paraissaient médusés.

— C'est le remède le plus puissant que je connaisse, dit Sébastien. Le lundi, le mercredi et le vendredi de chaque semaine, votre épouse enveloppera son sein dans ce cataplasme et l'y tiendra serré pendant une demi-heure. Puis elle le retirera de la serviette et le remettra dans le pot de terre comme vous m'avez vu faire. Elle se lavera ensuite soigneusement le sein et les mains, avec de l'eau pure et du savon. Vous suivrez ces soins pendant cinq semaines.

— Le même cataplasme ? demanda la femme.

— Oui. Sa vertu active est éternelle. Elle nous survivra à tous. Si un débris de pâte tombait, ramassez-le tout de suite avec une cuiller et remettez-le sur le cataplasme. Et si la pâte venait à se dessécher, vous la rendrez de nouveau onctueuse avec de l'huile, comme vous m'avez vu faire. Après chaque application, remisez le pot dans l'endroit le plus obscur et le plus éloigné de votre demeure.

— Quelle est cette huile ?

— N'importe laquelle fera l'affaire. La plus commode est l'huile de lin.

Et, se tournant vers la femme :

— La peau de votre sein, madame, se desséchera pendant tout le temps du traitement, et elle restera desséchée et irritée de nombreuses semaines plus tard. C'est le prix à payer pour vaincre votre mal. Tenez-moi informé de votre état puisque vous connaissez mon adresse.

La femme hocha la tête. Müller et son épouse demeurèrent silencieux un moment.

— Combien vous dois-je, monseigneur ? demanda Müller.

— Rien du tout. Cela ne peut se payer. Je ne suis pas le fabricant de cette terre. C'est le Seigneur qui l'a produite.

— Monseigneur, commença Müller effusif, je ne peux…

— Vous m'offenseriez, monsieur, en insistant. Je ne saurais être l'usurier de la nature.

Il se leva. Müller lui prit la main pour la baiser. Sébastien la retira et secoua la tête.

— Non, allez. Ne parlez de ceci à personne. La guérison de votre épouse, si elle survient, sera mon dû.

*

Après les étapes de Cologne et d'Aix-la-Chapelle, Sébastien fut enfin à Bruxelles. Cependant, une transformation singulière le rendait méconnaissable : il s'était laissé pousser la barbe, et elle atteignait le milieu de sa poitrine.

Une grande agitation semblait régner chez le baron Boehm, grand maître de la loge de Bruxelles de la Stricte Observance templière, quand Sébastien y parvint. Le valet n'eut pas le temps de l'annoncer. Des éclats de voix traversèrent une haute porte. Soudain, celle-ci s'ouvrit à deux battants et trois hommes en sortirent, fort en colère. Ils furent saisis par le spectacle de ce personnage barbu, s'appuyant sur une canne à pommeau d'or, représentant une tête de dragon aux yeux de rubis. Il considérait leurs écarts de courtoisie avec une désapprobation visible. Pendant un moment, ils firent face à cet inconnu, ne sachant que dire. D'autres gens derrière eux, dans le salon, observaient la scène à distance.

— Messieurs, dit enfin l'inconnu. Vous êtes censés offrir au monde le reflet de l'harmonie spirituelle et vous donnez là le spectacle des passions terrestres dans tout leur désordre. Est-ce trop vous demander que de regagner ce salon ?

Ils hésitèrent, tout à la fois reconnaissant l'autorité naturelle de leur interlocuteur et se demandant pourquoi ils devraient obéir à un inconnu.

— Puis-je vous demander, monsieur, qui vous êtes ?

— Vous avez requis mon aide, baron. Je suis le comte Welldone.

Le baron Boehm comprit qu'il avait affaire à Saint-Germain, mais ne le révéla pas.

— Je suis le prince de Mérode. Êtes-vous notre maître suprême ? demanda l'un des chevaliers, un homme de forte corpulence et de port hautain, qui semblait l'un des plus atrabilaires.

Sébastien releva que ce n'était pas une séance protocolaire, puisque personne n'était en tenue.

— Notre « maître suprême » est l'esprit d'harmonie, répondit-il. Il est partout, en tous lieux, et parmi nous si nous voulons bien l'accueillir. Je ne suis que le grand maître du cercle supérieur de la Société des Amis, dont l'ordre ici présent est une émanation, et dont je suis Templier.

Cette déclaration d'autorité fit son effet.

Le baron Boehm pria alors les chevaliers de bien vouloir reprendre leurs débats. Calmés, rassurés ou déconcertés par l'apparition de l'étranger, ils regagnèrent le salon. Quand ils se furent rassis, autour d'une grande table, Boehm expliqua, pour le bénéfice du comte Welldone, que le différend qui avait surgi portait sur le but de l'ordre. Pour certains chevaliers, leur appartenance était destinée à leur soutien et protection mutuelle. Pour d'autres, elle était destinée à s'affranchir de la tutelle oppressante de l'Église, fût-elle réformée. Enfin, certains membres s'impatientaient de subir l'autorité allemande, puisque la stricte obédience avait été fondée à Münster, et lui-même s'inquiétait des tracasseries policières qui allaient croissant, probablement sur dénonciation du clergé.

Il demanda l'opinion du comte Welldone.

— Nos associations, répondit-il, sont conçues pour développer la noblesse de l'esprit, non celle du sang. Quand l'une et l'autre s'associent, il faut s'en féliciter. Mais la naissance ne garantit pas l'élévation de l'esprit. Il n'est qu'à regarder autour de nous pour s'en aviser.

Il crut presque percevoir les remous suscités par ces propos dans les esprits des aristocrates présents. Chacun d'eux se prenait à l'évidence pour le centre de son monde.

— Que voulez-vous dire ? demanda impérieusement le prince de Mérode.

— Que le pouvoir matériel égare les esprits, monsieur. Les esprits faibles, s'entend. Les Grecs connaissaient bien le vertige de ce pouvoir, causé par l'isolement de la réalité. Ils l'appelaient *hubris.* Aucun humain n'y est plus vulnérable que celui à qui la fortune semble sourire. C'est ainsi que, devenu tsar de Russie, le prince Pierre de Holstein-Gottorp se comporta comme un agité et ne resta pas six mois sur son trône.

— Il est facile de critiquer des monarques qu'on n'a pas connus, ironisa un autre.

— J'ai séjourné au château d'Oranienbaum sur l'invitation de cet empereur et j'étais prié tous les matins de l'entretenir sur son gouvernement, répondit sèchement Welldone.

Les becs des deux discuteurs furent cloués. Le baron Boehm reprit des couleurs.

— Quelles furent ses erreurs ? insista l'un des contestataires.

— Le déni de la réalité et la vanité, qui vont d'ailleurs de pair. Il ne connaissait pas le pays qu'il devait diriger, voire le détestait. Et il négligea les forces qu'il provoquait, la noblesse, l'armée, le clergé, par des mesures prématurées, brutales et écervelées. Comme toute brutalité, la sienne n'était qu'un aveu de faiblesse.

— L'homme fut trop tôt porté au pouvoir, argua un autre. Il manquait d'expérience. Avez-vous un autre exemple ?

— Louis XV, répondit Welldone.

— Vous l'avez aussi connu ? ironisa l'adversaire.

— Oui, monsieur. J'ai séjourné chez lui, au château de Chambord.

— Bien des gens y ont séjourné.

— La raison de ma présence à Chambord et à Versailles était différente, répondit Welldone, sans témoigner plus d'impatience à l'égard de cette nouvelle impertinence. Ce roi m'a nommé envoyé secret dans une mission diplomatique de la plus haute importance.

— Mais qui êtes-vous donc, monsieur ?

— Quelqu'un qui sait ce dont il parle, chevalier.

Le prince de Mérode dévisagea Welldone.

— Seul le comte de Saint-Germain peut prétendre à ces exploits.

Welldone sourit dans sa barbe, ce qui était le cas de le dire.

— Toute personne éclairée finit par répandre ses lumières et même les monarques y recourent, répondit-il.

— Que reprochez-vous donc à Louis XV ? demanda l'autre.

— D'avoir manqué d'autorité, chevalier, et de n'avoir pas su imposer sa volonté à ses ministres, à commencer par Choiseul.

— Pourquoi pensez-vous qu'il a manqué d'autorité ?

— Parce que, chrétien comme il l'est, il se laisse effrayer par les prêtres qui lui reprochent d'avoir des maîtresses. Il a peur d'aller en enfer et la première soutane venue l'emplit d'inquiétude.

L'autre allait répliquer quand Boehm lui coupa la parole :

— Il suffit, chevalier, vous voyez que le comte Welldone ne parle que d'expérience et pour nous être utile.

— Tout ce que je voulais vous dire, reprit Welldone, est que la noblesse de sang n'est qu'un avantage, non un privilège. Si vous vous obstinez à considérer l'ordre de la Stricte Observance templière comme une coterie d'aristocrates, vous le vouez à sa perte. Car le propre de la noblesse est de s'entre-déchirer au nom de la gloire et de l'honneur, et qu'avant longtemps la moitié d'entre vous seront morts en duels singuliers. Votre destin est plus grand et promis à une plus longue existence.

Les mots tombèrent comme une sentence. Quelques membres hochèrent la tête, les autres paraissant indécis ou rendus perplexes par la pétition de principes qu'ils venaient d'entendre.

— Est-ce pour cette raison que vous vous rebellez contre l'autorité de la loge de Münster ? demanda Welldone.

— Pourquoi diantre devrions-nous subir une autorité allemande ? demanda le prince de Mérode.

— Elle n'est point allemande, monsieur, elle est spirituelle. La fraternité des esprits éclairés est universelle. Elle contribue à l'harmonie et à la paix.

— Mais nous subissons maintenant les tracasseries incessantes de la police, qui nous tient pour des agents étrangers ! protesta un Templier.

— Cela tient à une raison principale, intervint alors Boehm. Les règles de la Stricte Observance recommandent le secret le plus absolu. Or, plusieurs d'entre nous l'ont enfreinte et se sont signalés de la sorte à l'attention de gens malveillants. La police, évidemment, s'intéresse à nous. J'exige que, désormais, l'on ne demande plus à qui que ce soit s'il appartient à cet ordre. Je requiers aussi qu'on n'en fasse pas étalage et ne s'en enorgueillisse pas.

— Plusieurs de nos collègues d'ordres étrangers, enchérit Welldone, ont eu à pâtir de l'attention des jésuites et de la police en raison de pareilles indiscrétions. La réserve vous garantira contre de telles persécutions.

— Pourquoi les jésuites nous en veulent-ils ? demanda un chevalier.

— Parce qu'ils se considèrent comme la police du Vatican et nous soupçonnent de poursuivre des fins de subversion et de soustraire les fidèles à l'emprise de Rome, répondit Welldone. Pour eux, il n'est pas d'autres lumières que les leurs et l'étude de la nature est une faute aussi grave que celle d'Adam mordant à la pomme de l'arbre de science. Tel n'est pas notre philosophie. Il est clair pour tous que l'appartenance à la chrétienté n'a pas empêché des princes de se livrer à des guerres que la diplomatie eût évitées. Des rivières de sang ont été versées au nom de la foi.

— Proscrivez-vous la violence ? demanda avec hauteur le prince de Mérode.

— Seulement quand il n'est pas d'autre recours et que l'on est assuré de son succès.

— Pouvez-vous en donner un exemple ?

— Certainement. L'élimination de Pierre III de Russie, qui se proposait, juste avant sa fin, de faire la guerre au Danemark pour s'emparer du Schleswig, légitimement acquis par ce pays. Le tsar de Russie n'avait pas à guerroyer pour les Holstein-Gottorp. Mais ce n'est qu'une des raisons de son élimination.

— Les Églises réformées nous sont-elles plus favorables ? demanda un autre chevalier.

— Elles semblent plus tolérantes, mais ne nous laissons pas abuser. Elles ne sont pas plus disposées que l'Église de Rome à accepter une autre autorité que la leur. En règle générale, tous les pouvoirs de ce monde se veulent absolus et n'hésitent devant aucune action qui rétablisse ou augmente leur emprise. C'est pourquoi la discipline et la prudence nous sont tellement précieuses.

— Mais êtes-vous hostile à la religion ?

— Non point. Bien des hommes de foi ont professé nos idéaux. Je ne citerai que maître Eckhart, qui s'est efforcé de porter la lumière divine dans le cœur de l'homme, en professant que l'homme n'existe qu'à cette condition et qu'il atteint à la divinité en s'abolissant.

Un silence suivit ce rappel.

— C'est la lumière qui effectue la véritable alchimie, reprit Welldone. C'est elle le moteur de la transmutation !

— Mais vous devez être le comte de Saint-Germain ! s'écria le prince de Mérode. Lui seul tiendrait un discours qui réconcilie l'alchimie et la foi.

— Qu'importe mon nom, répondit Welldone. Ce qui importe est que vous ne persécutiez pas la religion. L'amitié d'un ecclésiastique vous sera plus utile que la protection d'un prince. Efforcez-vous de la cultiver.

— Et je rappelle, conclut Boehm, que tous les chevaliers présents ont prêté serment d'allégeance à l'autorité de cet ordre. Je demande donc le secret sur ces débats.

Il se tourna vers Welldone :

— Notre but est d'éclairer l'humanité, Templiers, déclara ce dernier.

Ils hochèrent la tête et la séance fut levée.

Boehm remercia chaleureusement Welldone et tous les membres, même le Templier contestataire, lui serrèrent la main et se séparèrent.

Il était minuit.

La nuit sembla à tous plus profonde.

Ces aristocrates ressemblaient bien plus à des adolescents turbulents ou des officiers en goguette qu'à des adultes responsables.

23

Les alarmes de M. Casanova de Seingalt

L'hostilité forcenée de Choiseul avait mis fin au projet français de manufacture de teintures, et le maréchal de Belle-Isle l'avait confirmé à Sébastien : en dépit de la faveur du roi Louis XV, l'apparition du comte de Saint-Germain ne causerait qu'embarras à Versailles.

Quelle plus exquise vengeance alors que de fonder cette manufacture aux frontières de la France ? Ne souhaitant pas lever des fonds auprès des chevaliers de Saint-Jean, ce qui le mettrait en sujétion à leur égard, Sébastien alla rendre visite au ministre d'Autriche à Bruxelles, le comte Cobenzl, qu'on disait fort riche.

Le diplomate le reçut avec courtoisie, mais il ne se départit guère pendant le premier entretien d'une expression de surprise aussi grande que s'il avait en face de lui un sélénite[1]. Sébastien lui montra des spécimens

1. Cobenzl a laissé un compte rendu détaillé de sa rencontre et de ses entretiens d'affaires avec Saint-Germain dans une longue lettre au chancelier d'Autriche Kaunitz, datée d'avril 1763. L'entreprise fut établie et Cobenzl en attendit à l'évidence de gros bénéfices, comme il l'indiquait à Kaunitz (Alfred von Arneth, *Graf Philipp Cobenzl und seine Memoiren*, Vienne, 1885).

de soieries et de lainages teints selon sa méthode, mais sans toutefois lui en révéler le secret ; il lui montra même des essais de teinture de bois et lui laissa le tout aux fins de les examiner à loisir, voire de prendre l'avis de tiers. Cobenzl le fit d'ailleurs ouvertement et, au bout d'une semaine de consultations, demanda à Sébastien ce qu'il espérait de son entreprise.

— Rien que de très raisonnable, comte, me semble-t-il. Je demande un tiers des bénéfices que votre entreprise aura faits.

Cobenzl en convint. Une semaine plus tard, les deux hommes partirent pour Tournai, ville réputée pour son industrie textile et où l'on trouverait des ouvriers expérimentés. Ils achetèrent un atelier dans la ville, s'associèrent avec deux marchands, Nettine et Walckiers, engagèrent du monde et commencèrent à la fois la production et le démarchage auprès des marchands.

Le plus piquant était que plusieurs de ces derniers étaient français et que la marchandise fabriquée sur les indications de Saint-Germain serait vendue en France, à l'insu de Choiseul. Le nom de Saint-Germain n'apparaissait nulle part dans les documents notariés, Sébastien ayant choisi celui de Zurmont.

Sébastien avait réussi deux coups : se venger du ministre de Louis XV et fonder une entreprise qui s'annonçait prospère.

Devant séjourner plusieurs semaines à Tournai, Sébastien y loua une maison bourgeoise de deux étages, dont Franz assura l'intendance, aidé d'une domestique locale.

Un matin, Franz l'informa qu'un homme bien mis avait demandé à être reçu et qu'il lui avait opposé la consigne imposée : le comte de Saint-Germain ne recevait personne. Cependant, le visiteur pouvait requérir une audience par lettre. Peu d'heures plus tard, un domestique déposa un billet ainsi rédigé, en français :

Monsieur,

J'apprends que vous séjournez à Tournai et je serais heureux d'avoir un entretien avec vous.

Comte Jean-Jacques Casanova de Seingalt.

Que pouvait donc espérer de lui ce coureur invétéré de jupons et chevalier d'industrie ? Comment avait-il appris que M. de Zurmont était le comte de Saint-Germain ? Et que faisait-il à Tournai ? La gazette volante, qui était aussi rapide que l'imprimée, avait répandu les récentes mésaventures de Casanova avec l'Inquisition et sa fuite de la sinistre prison des Plombs à Venise. Elle avait aussi diffusé les détails de ses indélicatesses. Un tel individu ne répugnerait pas, pour une poignée de ducats, à servir du poison à celui qu'il tenait sans doute pour son rival. C'était un Judas « phallomane ». Méfiant, Sébastien rédigea la réponse suivante :

Monsieur,

En réponse à votre requête, je consens à vous recevoir aux deux conditions suivantes. La première est que vous me rendiez visite dans la discrétion totale, sans en informer personne, la seconde, que vous ne m'invitiez à partager avec vous aucun repas ni boisson.

Comte de Saint-Germain.

Après l'avoir confiée à Franz, il se demanda si Casanova n'était pas mêlé, par-dessus le marché, à l'échec d'une tentative de vente de pierres qu'il avait jadis achetées en Inde et qui s'étaient révélées n'être pas des diamants, mais des saphirs blancs. Le joaillier auquel il les avait présentées lui avait, en effet, confié avec hauteur qu'un certain gentilhomme italien de passage qui avait examiné ses pierres, les avait jugées fausses[1].

En tout état de cause, la visite de ce Casanova, qui s'était inventé le titre de Seingalt, n'était pas un événement festif.

À la mise qu'il choisit pour recevoir son visiteur, il comprit que celui-ci était ébahi. Le long manteau en poil de chameau jadis acheté à Krasnovodsk et la barbe d'ermite ne correspondaient pas le moins du monde à l'image qu'on avait sans doute tracée de lui à Casanova. Il imagina les descriptions qu'il en répandrait !

Sur l'invitation de son hôte, l'Italien demanda à Sébastien ce qui l'avait attiré à Tournai.

— J'y installe une fabrique de teintures pour les tissages de diverses matières, pour le comte Cobenzl.

1. L'ironie de l'histoire veut en effet que Casanova ait demandé une entrevue à Saint-Germain après avoir affirmé que les pierres que le comte tentait de vendre étaient fausses.

Rien de mystérieux ni de suspect. Aucune possibilité d'en déduire que Sébastien complotait pour le compte ou le décompte de quelque pays que ce fût. Cependant Casanova ne détachait pas son regard de Sébastien. Était-il venu par curiosité ? Ou par espionnage ? Et au service de qui ? L'attitude de son hôte devenait de plus en plus froide et le silence, si pesant qu'il menaçait de prendre fin sur un congé.

— Monsieur, dit enfin Casanova, je suis également à Tournai, parce que je voudrais y établir une manufacture d'impression des soieries. Connaissez-vous le principe ? Pour être bref, au lieu de tisser les motifs dans le tissu, il suffirait de les imprimer, comme on fait pour les estampes. Peut-être sommes nous destinés à travailler ensemble ?

Ils étaient faits pour travailler ensemble comme pour être ramoneurs, songea Sébastien, et l'idée d'une association avec Casanova lui répugna d'emblée.

— Je m'intéresse à la teinture, monsieur, pas à l'impression, répondit-il.

— J'entends dire partout que les couleurs dont vous imprégnez vos tissus sont d'un éclat remarquable, je suis certain que la combinaison de nos deux inventions ferait merveille.

— J'y songerai, répondit Sébastien.

Et au bout d'un silence étudié :

— Vous semblez rompu aux techniques de l'industrie textile. L'êtes-vous également à l'expertise des pierres précieuses ?

Casanova parut pris de court. Il se fit un regard d'innocence surprise.

— N'êtes-vous pas ce gentilhomme italien de passage auquel on a montré des pierres et qui a déclaré qu'elles étaient fausses ?

— Il est vrai, convint Casanova, qu'on m'a montré des diamants qui ne m'ont pas semblé véritables…

— Et vous avez jeté dessus un discrédit fâcheux. M. Van de Boerhave, joaillier réputé d'Anvers, les a identifiés comme étant des saphirs blancs. Bien qu'ayant une moindre valeur que les diamants, ce ne sont pas des pierres fausses.

— Je suis navré de vous avoir causé du désagrément, monsieur, protesta Casanova, pris en faute. Le vendeur assurait qu'elles venaient de la couronne de France, et…

— Et vous connaissez sans doute les joyaux de la couronne de France ? coupa Sébastien, irrité. Il s'agit d'une invention du marchand qui, me sachant délégué par le roi de France en d'autres occasions, a cru pouvoir déduire l'origine de ces pierres[1].

---

1. La version de cet incident offerte par Casanova à son propre avantage est d'autant plus suspecte que celui-ci alla ensuite demander une entrevue à Saint-Germain. On peut s'interroger sur les connaissances de diamantaire de Casanova et surtout sur sa prétention d'en avoir remontré aux joailliers d'Amsterdam. On peut aussi faire crédit à Saint-Germain dans une affaire aussi délicate : s'il avait été en peine d'argent, il aurait vendu ses propres diamants, dont il possédait encore une quantité apparemment impressionnante dix ans plus tard, plutôt que de tenter d'écouler des pierres fausses en prétendant qu'elles appartenaient aux joyaux de la couronne de France. *Voir postface, p. 517.*

Il jugea soudain qu'il avait affaire à un imbécile teinté de gredinerie et qu'il l'avait suffisamment humilié. Casanova demeura contrit, puis renouvela l'expression de son chagrin. Cela suffisait.

— Connaissez-vous les maçons de France ? demanda ensuite Casanova tout à trac.

Le grimaud n'avait décidément pas grande suite dans les idées. Mais pourquoi évoquait-il les maçons ? Sébastien prit son temps pour répondre.

— Oui. Il n'est pas, je crois, dans leur coutume de se déclarer à des gens qu'ils ne connaissent pas ni de demander à un frère s'il est des leurs.

— Tel n'est pas mon propos, monsieur. Ma question est simple : les chevaliers de la Rose-Croix leur sont-ils hostiles ?

— Ils ne pourraient l'être, monsieur. Les noms des associations de gens éclairés diffèrent d'un pays ou d'une ville l'autre, mais toutes sont sœurs, parce que filles de la Société des Amis. Puis-je demander ce qui motive votre question ?

— Je me suis laissé dire que vous êtes membre de la société de la Rose-Croix ?

— Je n'ai que des amis dans cette société, dont je ne suis pas précisément.

Là aussi, Casanova paru déconcerté.

— Les maçons sont membres de la Société des Amis ?

— À l'évidence, monsieur.

— Et les Rosicruciens aussi ?

— L'affaire est plus complexe, mais je peux répondre oui.

— Et vous, êtes-vous membre de la Société des Amis ?

Sébastien parut s'impatienter quand Casanova déclara :

— Je suis maçon, monsieur. Sommes-nous étrangers ?

Mais qui diantre avait engagé ce repris de justice dans la Maçonnerie ?

— Non, monsieur.

— Ah, grâces soient rendues au ciel. Je venais vous proposer de vous joindre à nous.

Sébastien, resté debout pendant cet échange, fit trois pas dans un sens puis trois dans l'autre.

— Monsieur, je suis le grand maître du Chapitre du Saint-Sépulcre, de l'ordre des Templiers de Jérusalem, de l'ordre de charité des Chevaliers de la Sainte Cité, de l'ordre des Chevaliers de saint Jean l'Évangéliste, et de maints autres, que je ne saurais vous citer ici. Ils sont tous dans l'obédience de la Société des Amis, dont je suis grand maître, pour répondre à votre question. Êtes-vous satisfait ? Nous sommes frères, en effet.

Casanova se leva et s'élança vers Sébastien. Celui-ci accueillit l'étreinte avec bienveillance, mais aussi avec surprise.

— Est-ce pour me poser cette question que vous êtes venu ? demanda-t-il.

— J'étais venu vous demander s'il était possible que vous soyez des nôtres.

— Comme vous le voyez, je l'étais déjà. Et dans quel but veniez-vous vous assurer de mon concours ?

— La France est en danger et l'Europe est exsangue. Mais sa rage de guerres ne faiblit pas.

— Il est vrai, répondit Sébastien au bout d'un temps. Mais il faudrait, pour y remédier, que nous soyons bien plus nombreux et plus puissants. Quelques esprits supérieurs çà et là ne peuvent contrebalancer le poids des passions, des vanités et des intérêts.

— Un vent de rébellion souffle sur le monde.

Rébellion contre qui ? Et qu'en savait-il ? songea Sébastien. Cet homme-là n'était occupé que de ses propres entreprises et prospérait là où la crédulité était la plus grande.

— Il faut l'apaiser et en prévenir les effets, déclara Sébastien.

— Mais comment ?

— En rassurant les inquiets et en démontrant aux égarés que des lois régissent ce monde aussi bien que les corps célestes. Les crimes et les écarts finissent par être punis dans tous les pays, les bienfaits et la vertu finissent par être récompensés aussi bien. C'est le devoir des maçons de le rappeler.

Casanova l'écoutait d'un air désolé. Peut-être quelques étincelles de lucidité voltigeaient-elles après tout dans l'esprit de cet homme dont la vie paraissait vouée au plaisir, à l'intrigue et au profit. Mais Sébastien jugea que la visite avait assez duré et que la suite ne serait que bavardage. À un silence prolongé et quelques signes, il fit comprendre à son visiteur que l'audience était terminée.

L'Italien était décidément conforme à ce qu'on racontait de lui : un personnage capable de tout, aussi malveillant qu'une punaise et prêt à trahir père et mère dans l'espoir d'un avantage. Il avait cependant raison sur un point : il fallait renforcer la Société des Amis[1].

1. Outre les ordres cités par Saint-Germain, plus ou moins rattachés à la Maçonnerie, il en existait à l'époque plusieurs autres, tels que le clergé de Nicosie à Chypre, le clergé d'Auvergne, les Chevaliers de la Providence, les frères asiatiques, les Chevaliers de Lumière, les frères africains, dont les maîtres étaient inconnus et dont on peut supposer que certains furent fondés par Saint-Germain ou qu'il y contribua. De surcroît, ces ordres changeaient parfois de nom sous la pression des circonstances : ainsi l'ordre des Templiers, organisation spécifiquement maçonnique, devint, sur la demande du comte de Saint-Martin et de M. Willermoz, deux membres célèbres de ce qu'on appelle le « clan mystique » et sans doute sous la pression de la police et du clergé, l'ordre de Charité des Chevaliers de la Sainte Cité. Les loges maçonniques ou affiliées à la Maçonnerie se créaient à l'époque de façon spontanée, sans politique générale, et évoluaient souvent de façon indépendante. Ce fut ainsi que les Rose-Croix se différencièrent de la Maçonnerie et finirent par entrer en concurrence avec la loge de Franc-Maçonnerie égyptienne fondée par Cagliostro à Strasbourg. *Voir postface p. 517.*

24

Les bavardages d'une vieille dame et leurs conséquences inattendues

Convié à souper par le baron Boehm, le comte Welldone, alias Sébastien, comte de Saint-Germain, ne put faire moins que d'accepter l'invitation de son obligé. Il trouva là une assemblée choisie dans la bonne société bruxelloise, dont à l'évidence nul ne savait que le convive à la barbe majestueuse présenté comme le comte Welldone était le célèbre comte de Saint-Germain. On apprécia néanmoins et même l'on admira la culture de ce voyageur qui semblait connaître bien plus du vaste monde que la majorité des citoyens des Provinces-Unies.

Après souper, les invités s'installèrent dans le salon et Sébastien se trouva en compagnie d'une vieille dame, poudrée comme un dessert ; elle était la mère du maître de céans, la baronne douairière Boehm. Mise en confiance par la barbe, qui se clairsemait d'argent, elle l'entretint sur l'un des inconvénients de l'ennui : il ouvrait les portes de la meilleure société à des aventuriers dont les méfaits mêmes servaient de divertissement pour leurs hôtes.

— On inviterait même des brigands de grand chemin pour écouter le récit de leurs méfaits. Prenez par exemple ce Théodore de Neuhoff. L'avez-vous connu ? Non ? Moi si. Westphalien de petite noblesse, il avait déjà fait des siennes à Cologne dans sa prime jeunesse, où il avait tué un homme dans un duel peu honorable. Il s'enfuit à Paris où, racontant des histoires, il devint page chez la duchesse d'Orléans, comtesse Palatine de naissance. Sautant de lit en lit, car il semble qu'il ait été joli garçon et torride, il a ainsi fait un magot. Puis il y eut un scandale, je ne sais plus lequel, et la duchesse lui a conseillé de quitter Paris pour Strasbourg, où elle lui avait acheté une commission dans un régiment français…

— La duchesse était bien généreuse, observa Sébastien.

— Je vous l'ai dit, les gens sont disposés à la plus folle générosité envers ceux qui les sauvent de l'ennui. Neuhoff était joueur, comme tous les militaires. À Strasbourg, il a d'abord gagné au jeu, puis une série noire l'a réduit à l'insolvabilité. Il est parti pour la Suède, où il a offert ses services au ministre de Charles XII, Görtz. Celui-ci a reconnu chez le garçon un talent fou pour l'intrigue et l'a engagé sur-le-champ, puis l'a envoyé en Espagne, pour obtenir l'aide du cardinal Alberoni aux projets de la Suède dans ce pays. Celui-ci aussi a reconnu les dons de Neuhoff et l'a pris à son service…

— Quelle mémoire vous avez ! s'émerveilla Sébastien.

— Mon fils ne vous l'a-t-il pas dit ? Feu mon époux était le chef de la police des Provinces-Unies. Il connaissait toutes les histoires ténébreuses de l'Europe, car ces personnages douteux se réfugient souvent aux Provinces-Unies. Notre Neuhoff était tiré d'affaire puisqu'il était pensionné à la fois par Görtz et par Alberoni. Mais cela n'a pas duré très longtemps car, comme vous le savez sans doute, Görtz a été publiquement exécuté à Stockholm et, à Madrid, Alberoni est tombé en disgrâce.

— Les patrons ne valaient apparemment pas mieux que leurs exécuteurs de basses œuvres, releva Sébastien.

— Non, qui se ressemble s'assemble, confirma la baronne. Neuhoff a dû sentir passer le vent du boulet, car il est allé à Madrid. Il y est, suppose-t-on, tombé amoureux. Cela doit survenir même aux gredins. L'élue de son cœur était Lady Scarsfield, la fille d'un jacobite[1]. Hélas, l'amour ne l'a pas rendu plus honnête : il a délesté la belle de ses bijoux, et l'on prétend qu'il les aurait mis en gage et fait fortune en investissant le produit de leur vente dans la Compagnie du Mississipi. J'en doute, dit la baronne douairière, car peu après il a volé un sac d'argent à un commerçant hollandais. Il aurait continué ses méfaits si, en 1721, le cardinal Dubois, qui était le ministre de Louis XV, n'avait eu l'idée saugrenue de le faire revenir à Paris pour lui confier une mission secrète à Florence…

Sébastien tendit l'oreille : déjà une mission secrète confiée par le cabinet royal ? La baronne douairière était un vrai pot de ragots. Un flacon de vin de Porto posé devant elle servait à renouveler ses souvenirs et sa verve.

— Les gens puissants ont souvent recours à des canailles patentées, reprit la baronne. Je ne sais pas si Neuhoff s'est bien tiré de sa mission, mais on m'a rapporté qu'on le vit ensuite à Rome, sous un nom

---

1. Partisan de la restauration de Jacques Stuart sur le trône d'Angleterre.

d'emprunt, prétendant qu'il cherchait la pierre philosophale et l'élixir de jouvence. Vous y croyez, vous ?

Sur une dénégation de Sébastien, de plus en plus amusé par ces ressemblances, elle poursuivit son récit :

— Il était en compagnie de deux religieuses, deux sœurs nommées Fonseca, dont on est en droit de se demander si elles respectaient le vœu de chasteté. Bref. Ayant épuisé la bourse remise par Dubois, il retourna à Paris. Las ! Le cardinal était mort, et ses successeurs étaient mal disposés à l'égard de ce Westphalien. Il se cacha et vécut d'expédients. Au bout de quelque temps, en 1727, il dut fuir. Il partit pour Livourne et se cacha dans la cale d'un navire génois. Il était sans le sou. Il tenta d'escroquer un riche banquier de Livourne, Jabach, en prétendant lui vendre une marchandise qui n'était pas la sienne. Cette fois-ci, il finit en prison. Il joua la comédie de la maladie. On le transporta à l'Hospice des indigents. Je ne vous ennuie pas, j'espère ?

— Vous êtes une conteuse-née, madame.

Il ignorait l'histoire de Neuhoff ; elle l'alarma ; elle présentait, en effet, certaines ressemblances superficielles avec l'image de lui-même que trop de gens véhiculaient en Europe.

— Bon, reprit la baronne, comme vous l'imaginez, Neuhoff n'était pas plus malade que vous et moi. Il sauta par la fenêtre de l'hospice, gagna le port, se cacha de nouveau dans la cale d'un navire et, quelque temps plus tard, voilà qu'on le retrouve à Tunis, où il se fait passer pour médecin. Au bout de trois ans, son imposture est évidente. Il ne connaît rien à la médecine, comme tous les

Allemands. Il vole une felouque, traverse la Méditerranée et s'en va intriguer à Gênes. À ce moment-là, les Génois ont emprisonné des députés corses qui s'agitaient pour l'indépendance, puisque l'île appartenait à la république de Gênes.

La baronne s'interrompit pour regarder son interlocuteur de ses yeux pétillants.

— Neuhoff, dit-elle, mijote alors un projet grandiose. Il avait, quand il était au service du roi de Suède, fait la connaissance du prince Louis de Wurtemberg. Il lui écrit pour lui demander d'intervenir auprès du prince Eugène[1] pour qu'il fasse libérer les députés corses injustement détenus. La démarche réussit, les députés sont libérés. Neuhoff s'en va parader en Corse et les habitants sont persuadés de tenir en lui leur libérateur. Le député Giafferi crée un mouvement en faveur de Neuhoff et croyez-vous, monsieur, mais vous le savez déjà, voilà que ce chenapan devient roi de Corse !

Là, Sébastien se souvint d'avoir déjà entendu cette histoire extravagante, mais sans y prêter plus d'attention. La baronne regarnit son verre et croqua un biscuit.

— Et où se trouve cet homme à présent ? demanda-t-il.

— À six pieds sous terre, monsieur, au cimetière des indigents de l'église Ste. Anne, à Londres. Il est mort dans la misère, il y a sept ans. L'écrivain anglais Horace Walpole lui a rédigé une belle épitaphe : « Ci-gît Théodore de

1. Eugène de Savoie-Carignan (1663-1736), homme de guerre au service de l'Autriche. Ce fut lui qui, en 1717, enleva Belgrade aux Turcs.

Neuhoff, roi de Corse. Dieu, dans sa divine miséricorde, lui accorda une couronne et lui refusa du pain. »

La baronne pouffa.

— Mais encore, reprit-elle, s'il était le seul ! On en ferait un bataillon de ces gens-là ! J'ai appris que le Casanova était il y a peu de temps à Bruxelles. Qu'y faisait-il ? Il prétendait qu'il était venu s'occuper d'impression de tissus. Mais qui croirait une fable pareille ? Cet homme ne sait que les ruses qui lui permettent de vivre sans effort, aux dépens des femmes et des naïfs. Il y a encore ce gredin de Pöllnitz. Connaissez-vous Pöllnitz ?

Sébastien n'en avait entendu que le nom.

— Il est maintenant dans les grâces de Frédéric II, qui l'emploie pour toutes sortes de missions ténébreuses, tout comme Görtz faisait avec Neuhoff. Ces rois sont toujours en quête de domestiques pour exécuter leurs machinations. Je vous conterai son histoire quand nous nous reverrons. Il se fait tard.

Le baron Boehm s'approchait de sa mère, qu'il savait sans doute bavarde, pour lui rappeler l'heure.

— Ah ! s'écria-t-elle, j'allais oublier, il y a un drôle qui fait beaucoup parler de lui et se fait appeler le comte de Saint-Germain…

Le baron Boehm écarquilla les yeux. Sébastien, stupéfait par la bourde innocente de la vieille dame, se retenait de rire.

— C'est un fameux oiseau que celui-là ! s'écria la baronne. Venez souper un soir, je vous raconterai aussi son histoire. Comme tous les autres, il est bel homme et parle toutes les langues de la terre…

— Mère, coupa Boehm avec une impatience mal dissimulée, il se fait tard.

— Bon, bon, je me tais, dit-elle. Aidez-moi à me lever.

Les deux hommes s'exécutèrent.

Elle prit congé de Sébastien et s'en fut de son pas trottinant. Boehm, qui avait entendu les derniers mots maternels, s'écria avec inquiétude :

— Cher ami, je veux espérer que ma mère ne vous a pas offensé par ses divagations… Vous savez, elle est âgée…

— Pas du tout. Son esprit est vif et son sens de l'anecdote piquant. Elle m'a beaucoup diverti et édifié, assura Sébastien.

Sur quoi, il rentra chez lui, escorté de Franz.

*

Les bavardages de la baronne douairière Boehm firent sur Sébastien l'effet d'un révulsif. Il y pensa avec amusement avant de se coucher, mais le lendemain avec sérieux et même contrariété. Il eût aimé en savoir davantage sur ce qu'on racontait à son propos, mais il y avait peu de chances que le baron Boehm, échaudé par l'indiscrétion de sa mère, organisât une autre rencontre entre elle et Saint-Germain.

Un point demeurait. L'image qu'il projetait en Europe était donc aussi fâcheuse que celles d'un Neuhoff, d'un Casanova ou d'un Pöllnitz ; on s'en gaussait dans les milieux où l'on n'avait pas besoin de ces gens-là, et même sans doute dans ceux où l'on recourait à leurs services.

Il se rappela la soirée avec Frédéric II et le soin que ce dernier avait mis à s'informer de la mission à La Haye et des prétentions que Sébastien aurait pu nourrir sur la transmutation des métaux en or et l'élixir de la jeunesse éternelle. Il se félicita de ses sages réponses, mais ne put réprimer son dépit. Frédéric l'avait donc pris pour un domestique, comme disait la baronne Boehm.

Peut-être avait-ce aussi été le cas de l'impératrice Élisabeth. De Pierre III. De Catherine. Des frères Orloff. Et même de la baronne Westerhof.

Pas de Louis XV en tout cas : la mission que ce roi lui avait confiée était de la plus haute importance. Il se reprocha d'avoir médit de lui.

Ces réflexions se mêlèrent d'une colère froide et solitaire quand Sébastien repensa aux malveillances de Casanova dans l'affaire des diamants. Il regretta même de l'avoir reçu.

La leçon était en tout cas claire : il devait, lui, se différencier le plus formellement de ces aventuriers et éviter désormais tout exploit qui exciterait les imaginations et prêterait à des racontars. L'affaire de teinturerie fondée avec Cobenzl tombait à point. Le personnage de Saint-Germain devrait être désormais celui d'un homme de bien qui se consacrait à l'industrie et au commerce. Comme il doutait de toucher avant longtemps une nouvelle bourse de Zasypkine, les revenus qu'il tirerait de la fabrique compléteraient ceux qu'il percevait déjà de la banque d'Amsterdam. Ils justifieraient aussi son train de vie, car les gens n'aiment pas qu'on possède des ressources secrètes.

Il travailla donc à rendre la fabrique aussi rapidement profitable que possible et parallèlement fit venir en secret de grandes quantités de la terre de Joachimsthal, clé de l'éclat des couleurs lors du mordançage. Entretemps, il écrivit à Alexandre, dont il était sans nouvelles depuis trop longtemps ; il lui annonçait qu'il se retirerait, non à Höchst, mais dans une propriété récemment acquise dans les Provinces-Unies, à Huberg, dans la Gueldre[1], et dont il ne s'était guère occupé jusqu'alors ; ce n'était qu'un manoir doté d'un bois et de quelques terres, mais sa proximité le rendrait beaucoup plus commode pour surveiller les affaires de la fabrique de Tournai ; il y séjournerait jusqu'à la fin de l'année et regrettait que des affaires plus urgentes l'appelassent ailleurs. Son affection paternelle, ajouta-t-il, se désolait qu'ils fussent si longtemps séparés.

---

1. L'acquisition de cette propriété auprès du comte de Weldern est attestée par la lettre de l'ambassadeur d'Affry au duc de Choiseul, ministre de Louis XV (Archives des châteaux de Blois et de Chambord, f° 327, n° 311). Elle aurait été conclue en mars ou en avril 1762 par l'entremise d'un marchand d'Amsterdam, appelé Noblet – que d'Affry croit être un pseudonyme de Saint-Germain –, sur un acompte de 30 000 francs français, somme alors considérable, alors que d'Affry, dans son exécration forcenée de Saint-Germain et dans un accès extraordinaire de mauvaise foi, prétend que la modicité témoigne des embarras financiers de Saint-Germain. On peut cependant se demander si d'Affry a été bien informé ou a bien compris ses informations : le nom de « Weldern » ressemble singulièrement à Welldone, qui était justement le pseudonyme de Saint-Germain dans les Provinces-Unies. Il semble donc probable que Saint-Germain ait, sous le nom de Welldone, acquis la maison de Noblet… Comme quoi les diplomates non plus n'étaient pas toujours des sources fiables.

Une certaine lassitude des agitations du monde le prenait. Celles-ci l'avaient trop longtemps détourné de l'étude et du grand ouvrage qu'il avait en tête.

Il abordait une nouvelle saison de sa vie qui lui paraissait ressembler étrangement à la description du temps du Scorpion : celui où les éléments matériels et spirituels de la personne se séparent et où s'annonce la transmutation intérieure en un élément immortel, inaltérable.

25

Un rameau inconnu

Alexandre arriva alors qu'un déluge de couleurs se répandait sur la Gueldre et les Provinces-Unies tout entières. Sébastien sentit son cœur se serrer quand il le vit descendre de la malle-poste, là-bas sur la route, puis s'avancer dans le glorieux soleil d'un matin de juin, entre les carrés de tulipes rouges et jaunes, plantées devant la maison par les soins du jardinier et de Franz. C'était lui-même qu'il voyait venir vers lui, mais une image lavée des souillures du passé, des souffrances, des meurtres et des humiliations, pareils à ces cadavres que les fleuves charrient pendant les guerres.

Une fois de plus, Sébastien eut le sentiment de sa mortalité.

Ils ne s'étaient pas revus depuis Saint-Pétersbourg. Ils s'étreignirent.

Ils furent distraits de l'émotion par les soins de l'installation, le transfert des bagages dans la maison, le voyageur qui se rafraîchissait le visage et visitait les lieux… La bâtisse était saine mais bien des efforts avaient été dépensés pour rafraîchir son âme, que Sébastien avait voulu respecter : à la fois rustique et souriante. Surtout pas de ces afféteries de dorures et de trumeaux qui faisaient fureur jusque dans les Provinces-Unies. Les deux seuls ornements en étaient un clavecin et une *Vierge au rosaire* de Murillo[1], que Sébastien avait acquise à Bruxelles auprès d'un seigneur ruiné et désireux d'oublier l'influence espagnole.

Les deux hommes ne se retrouvèrent vraiment qu'au souper.

— J'ai cru comprendre que vous n'avez pas pris congé de la baronne Westerhof, dit Sébastien.

— Notre dernière entrevue ne m'en a pas donné le désir. Elle m'a déclaré qu'elle ne connaissait qu'une cause au monde pour laquelle elle désirait vivre, le trône. Je ne m'attendais pas à ce qu'elle me dît que j'étais cette cause, mais ses discours enflammés sur sa patrie m'ont enténébré l'esprit. Je confesse avoir manqué d'ardeur quand nous nous sommes couchés et j'ai alors entrevu l'ennui d'une autre soirée de ce genre.

Sébastien sourit.

— Je déplore de vous avoir remis cet héritage-là, dit-il.

— Ma consolation est de vous en avoir évité le poids. Je ne connais rien de pire qu'une femme discoureuse. Mais je ne sais si la suite de l'affaire est plus heureuse.

— Que voulez-vous dire ?

— La baronne Westerhof fut enceinte.

— Et alors ?

---

1. Plusieurs témoignages confirment que Saint-Germain, collectionneur, eut cette œuvre en sa possession. Elle se trouve actuellement au musée du Prado.

— Elle est morte en couches et avait donné des instructions pour que j'en fusse avisé.

— Vous ?

— J'avais laissé mon adresse, « Comte de Saint-Germain, Blue Hedge Hall, Londres ».

Un silence consterné suivit cette nouvelle.

— Et l'enfant ?

— C'est un garçon. Je ne sais par qui il a été recueilli. Je ne veux pas le savoir. J'aurais été prêt à assumer l'éducation d'un enfant de l'amour, pas celui d'un double malentendu.

Sébastien soupira. Un double malentendu, c'était ainsi qu'il avait également interprété les élans de la baronne Westerhof. Mais ce fut surtout l'étrangeté de l'histoire qui s'imposa à lui : cette femme éperdue de dévotion à la couronne avait donné un enfant à un homme qui n'avait cure du trône des Romanoff.

— Telle fut la raison de mon long silence, reprit Alexandre. L'affaire m'a valu une longue mélancolie. Tout homme aspire à se perpétuer au-delà de la mort, mais il souhaite que sa graine croisse dans l'union de deux âmes. Ce n'était pas le cas.

Sébastien demeura songeur : sa fulgurante union avec la mère d'Alexandre, Danaé, avait-elle été cela ? Pouvait-on décrire l'union sauvage de deux jeunes gens, cette nuit-là à Constanza, comme un moment d'amour entre deux âmes ? Plutôt comme un accident de la nature, le choc de la foudre sur une terre humide… Le regard d'Alexandre pesait sur son père, comme s'il en devinait les pensées.

— Je sais le sentiment que ma mère vous porte, dit-il avec un sourire. Et je sais que vous seriez demeuré à ses côtés si votre vie avait été différente.

— Ce fils est quand même le vôtre, observa Sébastien, et quand bien même vous en auriez d'autres, cela n'y changerait rien. Je comprends votre exigence, votre blessure. Mais quand votre amertume se sera dissipée, vous verrez les choses différemment. Pourquoi cet enfant porterait-il le poids des illusions de sa mère ? Je ne me satisfais pas qu'il soit mis en nourrice comme un chiot chez une chèvre et qu'il ignore tout de l'injustice qui fait de lui un être abandonné.

Alexandre parut un long moment pensif.

— Élèverais-je un fils sans mère ?

— Le cas n'est pas si rare. L'affection d'un seul des deux parents vaut mieux que pas d'affection du tout.

Là, Alexandre parut frappé.

— Vous avez raison, père, et vous me faites honte. Je me sens comme un père sans cœur.

— Alors, allez le chercher avant qu'il ait la mémoire d'avoir été abandonné. Quel âge a-t-il ?

— Un peu plus de trois mois, je pense.

— Il est votre continuité.

— Comme moi je suis la vôtre ?

— Vous ne le seriez que par conviction. Vous l'ai-je jamais imposée ?

— Non. Vous m'avez d'abord surpris. Puis séduit. Votre distance vis-à-vis de tout, des êtres, des situations, des contrariétés... Je ne vous ai vu de chagrin qu'à la mort de Solomon Bridgeman. Et j'ai voulu être vous.

Sébastien leva les sourcils.

— Qu'importe d'être un tel ou tel autre. L'identité n'est qu'une fiction dérisoire. Je veux espérer que ce que vous avez voulu acquérir, c'étaient mes qualités. Car Sébastien de Saint-Germain n'existe pas. Ni sous ce nom ni sous aucun autre.

C'était la première fois qu'il osait ce raccourci. Alexandre en fut interdit.

— Vous ?

— Des souffrances, des plaisirs, des surprises, des curiosités… Voilà donc une vie ordinaire. Croyez-vous que cela suffise à faire un être ? La souffrance vous détruit, le plaisir vous dissout. La curiosité est louable, car elle témoigne de votre vacuité. La vraie modestie d'un homme est sa curiosité : c'est l'aveu de son ignorance. Seul l'imbécile est incurieux.

— Comment pouvez-vous vivre dans un pareil dénuement ? demanda Alexandre, abasourdi.

Sébastien se mit à rire et grappilla une des fraises dans le bol sur la table.

— Ne confondez pas dénuement et dépouillement. J'atteins cinquante-trois ans. Je ne me crois pas infortuné.

— Que faisiez-vous en Russie ? Ces convulsions dont je n'ai aperçu que des images passagères ont dû vous paraître dérisoires ?

— Misérables, c'est plutôt le mot. Des combats d'animaux sauvages dans la nuit.

— Mais alors ?

— Il fallait empêcher Pierre III de régner plus longtemps. Il était un caillou dans un engrenage. Il risquait de tout casser. Il ne méritait de régner que s'il s'accordait à l'harmonie de son pays. Ce n'était pas le cas. Allié à Frédéric, ses guerres auraient entraîné des désastres sans nom. J'ai contribué à l'éliminer. Je pense avoir bien fait. Je n'étais que le serviteur de l'harmonie.

— Vous étudiez depuis longtemps. N'existe-t-il d'autre continuité que celle de la chair ?

— Non, il existe votre immortalité.

L'affirmation laissa Alexandre interdit.

— Je ne vous comprends pas.

— Si vous vous fondez dans la nature, vous durerez au-delà de votre vie terrestre, puisque cet au-delà commencera dès votre vivant.

— Vous voulez dire qu'en se fondant en Dieu…

Sébastien secoua la tête.

— Je n'ai pas dit cela. J'ai dit « la nature », ou le monde si vous voulez.

— Pourquoi pas Dieu ?

— Parce que je ne peux utiliser un mot dont je ne connais pas le sens.

Alexandre fut un moment pantois avant d'assimiler cette réponse.

— Et comment puis-je me fondre dans la nature ?

— C'est une discipline. En vous dépouillant. En éteignant le feu de vos passions.

— Je ne m'en connais point.

— Bienheureux. Mais assurez-vous que ce que vous prenez pour du détachement n'est pas de l'indifférence ou de l'ennui.

— Quel est le vice des passions ?

— Celui du feu. On croit qu'il chauffe, mais il ne le fait qu'en brûlant son objet.

— Et quel serait le défaut de l'ennui ?

— C'est le tombeau des sentiments.

Alexandre rit.

— Je regrette que nous nous voyions si peu, dit-il. Vous me chauffez le cœur et l'esprit, mais rassurez-vous, sans me brûler.

— Vous le savez, mes maisons sont les vôtres avant même l'héritage.

Alexandre hocha la tête, puis, considérant la table :

— Je vois que vous vous nourrissez, père. Votre légende, à Londres en tout cas, veut que vous ne subsistiez que d'air pur.

— Je ne fais guère honneur, il est vrai, aux tables des seigneurs. En Russie et en Allemagne, les mets y sont effroyablement épicés. Leurs cuisiniers espèrent masquer avec du piment, du girofle, de la muscade, du safran et je ne sais quoi d'autre le goût de sauvagin de tout ce gibier que leurs maîtres massacrent. Je ne connais rien de pire que la venaison chez un prince allemand. Même un homme des bois y répugnerait. De plus, ces gens boivent effroyablement et je me suis fait dire, un jour que je demandais de l'eau chez le prince Wilhelm de Hesse-Cassel, que ce liquide n'entrait jamais dans la salle à manger d'un prince. Le résultat en est qu'au troisième service, la plupart d'entre eux sont ivres morts, et qu'à cinquante ans, ils sont goutteux, hydropiques et podagres, le foie congestionné, l'estomac en loques, les intestins boursouflés et la peau ravagée. Le peuple, lui, est trop content de pouvoir se mettre autre chose que des racines sous la dent, et s'il boit de l'eau, elle est boueuse. Mais comme il n'a pas les moyens de commettre des excès, il est quand même plus sain.

— Je comprends que vous gardiez une mine si fraîche, observa le fils. Je confesse avoir pris sur vous et je me suis fait à Londres une réputation d'homme sans appétit, qu'on croit être une pose. D'où tirez-vous une eau si claire ?

— D'un puits et d'un système de filtrage que je fais installer partout où je vais, car il est simple.

— Donnez-m'en la recette !

— Remplissez à moitié une barrique de sable au fond, d'une couche de charbon de bois par-dessus et de gravier pour finir. Remplissez d'eau l'autre moitié. Vous ne risquerez pas de boire ainsi de la boue, des vers et mouches mortes.

Le lendemain, Alexandre annonça qu'il repartirait bientôt pour Anvers, afin de s'enquérir d'un bateau pour Saint-Pétersbourg.

— Je repasserai par Bruxelles, promit-il, afin de vous présenter ce petit-fils qui est d'une certaine manière votre fils.

— Emmenez la nourrice avec vous bien sûr, et n'oubliez pas de prévenir votre mère.

Quand il fut parti, Sébastien s'interrogea sur la place d'une nourrice dans la maison, puis sur ce rameau inconnu qui venait de pousser sur son arbre.

26

Et l'ours dansait toujours...

Le succès de sa mission auprès de la loge de la Stricte Observance s'étant répandu dans le pays, Sébastien reçut une requête pressante du grand maître de la même loge, de Heidelberg, qui le priait de bien vouloir l'assister de sa sagesse. Ce n'était pas trop loin. Sébastien y fut en deux jours.

Il débattit quelque temps sur l'opportunité de se présenter glabre ou barbu et sous le nom de Saint-Germain ou d'un autre. En fin de compte, il opta pour les deux premiers termes.

Il s'inquiéta de voir dans les rues de la ville une affluence telle qu'à partir des portes de la ville, la calèche mit une bonne heure pour parvenir à la maison du grand maître de la loge, le docteur Arminius Wolfenschutz, à quelques pas de l'église du Saint-Esprit. Quelles festivités de plein été pouvaient donc attirer tant de gens dans les rues de Heidelberg ?

Professeur de sciences à l'université, Wolfenschutz était plutôt menu, le visage étonnamment ridé et l'œil d'un noir de corbeau. Il se confondit en remerciements sur l'honneur insigne que lui faisait le comte de Saint-Germain d'être venu exprès prodiguer les précieuses lumières, etc.

— La majorité de nos membres, expliqua-t-il dans la fraîche pénombre de son étude, sont des professeurs et des marchands, et les étudiants se pressent avec impatience à nos seuils. Nous avons même vu un garçon de quinze ans frapper à notre porte, exigeant d'être reçu Templier dans l'heure, pour ainsi dire.

— Et que devrais-je faire pour vous ?

— Ah ! s'écria Wolfenschutz, en levant les bras au ciel. D'abord calmer les esprits, car nos professeurs ont résolu de mener ce qu'ils appellent « la guerre de la bibliothèque ». Comme vous le savez, celle-ci a jadis été transférée par Maximilien de Bavière à la bibliothèque Palatine, au Vatican, et ils jugent intolérable que le siège du catholicisme détienne un trésor protestant. Ensuite, ils ont décidé que notre loge devait rassembler tous les princes d'Allemagne et devenir un centre du pouvoir temporel autant qu'un phare de la philosophie européenne.

— Vaste ambition, observa Sébastien.

— Je ne parviens plus à brider leurs enthousiasmes ni leurs projets. La police s'en inquiète et Momilion agite le duc électeur…

— Momilion ?

— Le nain du duc, monseigneur. Le comte n'en ignore pas l'importance : ce… cet être a quasiment rôle de ministre.

Sébastien l'ignorait. Mais il n'était pas venu pour s'occuper du nain de l'électeur. Cependant, Wolfenschutz insista :

— Gardez ceci en mémoire, je vous prie. Momilion est stipendié par l'évêché. Il est décidé à faire fouetter publiquement tous les Templiers et puis à les faire jeter en prison.

Une version badoise de l'affaire Norrgade, songea Sébastien.

— Ne laissons pas les ténèbres effrayer la lumière, professeur. Quand aura lieu votre prochaine tenue ? demanda-t-il.

— Dans trois jours, au soir, car les gens seront passablement fatigués par les fêtes de l'anniversaire, demain.

— Quel anniversaire ?

— Celui du duc, monseigneur.

Sébastien connaissait ce genre de célébrations au moins par ouï-dire. Parade militaire le matin, spectacles l'après-midi et beuveries toute la nuit. Il ne se faisait guère d'illusions sur l'état dans lequel se trouveraient professeurs et étudiants.

*

Grâce à des prodiges d'influence et d'habileté, le docteur Wolfenschutz parvint à faire allouer à « Son Excellence le comte de Saint-Germain » des quartiers d'habitation réservés aux professeurs en visite, dans les bâtiments de l'université même. Ils étaient spartiates autant que malpropres, mais force fut de s'en accommoder car il ne restait aucune chambre dans les hôtelleries dignes de ce nom. Miséricordieusement, Heidelberg comptait des bains publics et il fallait supposer que ses habitants étaient portés sur l'hygiène du corps, à en juger par la foule qui s'y pressait et les trois barbiers affairés qui couraient de l'un à l'autre des clients dévêtus pour leur savonner le visage, tandis que ces messieurs buvaient de la bière.

Mais à peine Sébastien et Franz eurent-ils vu la couleur de l'eau dans la piscine qu'ils se rhabillèrent et déguerpirent.

— De la soupe de mouton, commenta Franz. Il y avait même du gras en surface.

Quand ils furent de retour à l'université, l'ingéniosité du valet obtint un bac et deux seaux, qu'il remplit à la fontaine dans la cour et chauffa dans la cheminée des appartements alloués à son illustre maître. Sébastien parvint à se débarbouiller correctement et Franz réitéra ces opérations pour lui-même.

Cela fait, ils allèrent en ville et parvinrent difficilement à trouver une table dans l'une des auberges, pourtant nombreuses. Il y avait là de tout et surtout de rien : des hobereaux de province au verbe fort et des dames en habits tout neufs, qui prenaient garde de ne pas trop se frotter le menton à la collerette, car il était couvert d'un pied de fard. Aux conversations qui tonnaient – point d'autre mot – autour d'eux, maître et serviteur comprirent que la clientèle comptait un nombre considérable de gens prénommés Frédéric, qui attendaient tous un cadeau, car c'était la coutume du duc électeur d'en faire aux gens qui portaient le même prénom que lui. Ils s'empressèrent de manger leurs saucisses aux choux et de boire leurs chopines de vin blanc aigrelet, puis de regagner leur tanière universitaire.

— Franz, dit Sébastien sur le seuil de sa porte, en lui tendant une pièce, allez vous amuser un peu. Je crains de vous faire subir une vie de moine.

Franz éclata de rire.

— Monsieur, vous m'avez surtout évité le mal français.

C'était le nom du mal de Naples. Sébastien, étonné, l'interrogea du regard.

— Mais vous êtes jeune et plaisant.

— Ce qui ne signifie pas, monsieur, que je sois sot. Toutes les filles dignes d'attirer les regards que nous avons vues en voyage n'attiraient pas que les miens. Elles se réservent à ceux qui donnent la pièce ou l'anneau. Comme elles ont de l'expérience, elles en possèdent de surcroît les inconvénients. Les autres, qui ne l'ont pas, sont ennuyeuses autant qu'inexpérimentées. C'est peut-être l'une de celles que j'épouserai quand monsieur se sera lassé de mes services.

Ce fut au tour de Sébastien de rire.

— Mais comment faites-vous donc ?…

— Monsieur, pardonnez-moi, mais l'on se marie aisément avec soi-même. Cela se fait sans cérémonie et sans frais.

Là, Sébastien éclata de rire. S'en trouvant autorisé, Franz l'imita. Sur quoi ils inspectèrent leurs literies et les ayant trouvées inhabitées, se couchèrent sans regret.

Sur le point de céder au sommeil, Sébastien songea au proverbe de Salomon : « La concupiscence est le passe-temps des sots. »

*

Maître et serviteur traversaient la cour de l'université vers dix heures du matin, pour visiter la ville, quand des fanfares éclatèrent. Ils furent saisis. Un esprit non prévenu eût pensé que les archanges Raphaël, Uriel, Gabriel et Michel annonçaient la fin du monde et le Jugement dernier. Ce n'était que le début des festivités.

Les détachements des armées du duc électeur Frédéric se mettaient en place, quelque part à proximité. Les étudiants vêtus de gris s'empressèrent vers la grande porte, suivis par les professeurs, vêtus de noir, et le reste du personnel de l'université. Même les filles de cuisine couraient, le torchon en main, la face éperdue. En quelques minutes, le temple du savoir de l'État de Bade-Wurtemberg se trouva déserté.

Chacun a besoin de héros.

Sébastien et Franz se retrouvèrent portés par la marée humaine vers la grand-place devant la Peterskirche. On entendait les bruits de sabots d'un régiment de cavalerie qui gagnait sa place dans le spectacle. Bousculés de gauche et de droite, ils ne voyaient quasiment rien. Franz indiqua à Sébastien un rebord de fenêtre basse, en façade d'une auberge, sur lequel ils pourraient monter. La place n'était pas encore prise, ils l'occupèrent prestement. Ils virent des plumets magnifiques sur trois rangées de casques dorés. D'autres fanfares emplirent l'air et des fantassins s'alignèrent sur cent pas et quatre autres rangées.

Le bon peuple regardait et écoutait ces merveilles comme une révélation divine.

Un temps infini passa. Puis des bruits de roues sur les pavés annoncèrent des calèches et les cris jaillirent de la foule, des chapeaux volèrent en l'air, les cloches des églises sonnèrent, les trompettes résonnèrent. La foule criait des mots indistincts.

De leur perchoir, Sébastien et Franz virent le duc électeur, son épouse et des ministres mettre pied à terre. Ils entendirent des vivats. Frédéric de Bade-Wurtemberg passa ses troupes en revue. Les vivats devinrent assourdissants. Les trompettes éclatèrent. Puis le silence. Le grand chambellan fit une proclamation à la populace. Un déferlement de cris, de glapissements inintelligibles emplit l'air, bientôt couvert par une autre salve de cuivres.

Sébastien se rappela ce qu'il avait dit à Alexandre sur l'extinction du feu des passions. Il se rappela l'adresse de Catherine aux officiers de la Garde impériale à Saint-Pétersbourg. Ce spectacle ne faisait-il pas partie de la nature ? Non : c'était le monde des passions humaines. Il n'est pas de passion dans celui des corps célestes. Étrange idée pour le Créateur d'avoir introduit cet élément de désordre dans la nature qu'est l'être humain.

Il sauta à bas de son observatoire et déambulait dans la foule quand une figure se détacha d'un groupe d'hommes en robe noire et accourut ; c'était Wolfenschutz.

— Monsieur le comte ! Nous vous cherchions partout. Nous sommes chargés de vous transmettre une invitation du duc électeur.

Il tira de sa poche un rouleau cacheté. Sébastien brisa le cachet sous le regard émerveillé de Wolfenschutz. Une invitation à une *Wirtschaft* dans l'après-midi. Une de ces fausses fêtes paysannes dont raffolait la noblesse allemande.

— Le duc a appris votre présence à Heidelberg, expliqua le professeur, haletant d'émotion.

— Je verrai enfin Momilion, observa Sébastien.

— Monsieur le comte, méfiez-vous, je vous en prie. Ce personnage tient même la police.

Sébastien hocha la tête. Ce n'était pas à lui qu'un singe apprendrait à faire des grimaces.

*

Reçu à la porte du palais par un chambellan plus chamarré qu'un papillon, Sébastien fut commis aux soins de deux valets. Franz serait retenu aux offices où, assura le chambellan, il serait traité. Un paysan et sa commère, arrivés en calèche ouverte, se présentèrent peu après à la porte, comme le prince et la princesse de Birkenfeld. Le prince toisa Sébastien avec étonnement, sans doute choqué qu'il ne se fût pas lui aussi travesti. Mais Sébastien s'inclina et lui céda le pas. Ce petit équipage traversa ainsi le palais à travers un chapelet de salles majestueuses et, comme escompté, surchargées d'ornements, stucs, atlantes et dorures, plafonds garnis, statues nobles, bustes et peintures.

Ils parvinrent à un petit jardin de tonnelles et de roseraies où une cinquantaine de paysans apparents buvaient et mangeaient du saucisson. Nul besoin de science pour voir, à leurs chemises et blouses de dentelles toutes fraîches, à leurs perruques et à leurs mines pointues, que ces gens étaient, comme le prince de Birkenfeld et sa femme, des seigneurs se donnant les gants de la simplicité pour se désennuyer.

Il y avait là un montreur d'ours et l'animal était en train de danser sur un tambourin.

L'aboyeur annonça les invités.

Un aubergiste en bras de chemise, campé derrière une table, leva le bras à la façon qu'il croyait rustique. Des vivats saluèrent les arrivants. Le spectacle de Sébastien en tenue de ville aimanta les regards. C'était évidemment une faute de goût que de n'en pas commettre en se travestissant comme les autres. L'aubergiste, un quinquagénaire au visage gris et rouge, quitta sa table, ses tonnelets, ses flacons et ses bocks pour l'accueillir :

— Comte ! Que je me réjouis de vous recevoir dans ma bonne ville de Heidelberg !

Et se tournant vers l'assistance, il annonça d'une voix de stentor :

— Le comte de Saint-Germain ici présent va transmuter notre fête en or massif !

Des rires et des vivats saluèrent cette promesse. Le duc électeur entraîna son invité vers la table, où il lui servit une chope de bière à noyer un chat.

Un personnage ne détachait plus son regard de Sébastien ; c'était le nain Momilion. D'habitude, Sébastien éprouvait de la compassion pour ces disgraciés mais si la tentation lui en était venue, la soudaine intrusion du nabot la tua dans l'œuf :

— Eh le comte ! En paysan comme tout le monde ! Enlevez-moi cet habit et ces diamants ! clama-t-il de sa voix de gorge. Et l'épée aussi !

— À qui ai-je l'honneur de parler ? demanda Sébastien sans se départir de son sourire.

— Adalbertus Momilion, mon ami, comment, vous ne me connaissez pas ? dit le gnome en tendant la main vers l'habit de Sébastien pour le lui enlever.

Tout le monde suivait la scène d'un œil inquiet, à commencer par la duchesse qui se tenait près de Sébastien. Quelques rires, faux comme le reste, s'élevèrent, comme pour signifier que ce n'était qu'une farce.

— Eh bien ! mon ami, veuillez respecter un invité du duc électeur, répondit Sébastien d'un ton amène, mais ferme.

— Adalbertus, il suffit, dit le duc. Ceci est une fête, point une revue de régiment.

— Ni une tenue de mécréants, marmonna Momilion en adressant à Sébastien un regard qu'il voulait foudroyant.

Il s'éloigna, maugréant toujours. Cependant, l'allusion aux tenues des Templiers était claire ; l'avertissement de Wolfenschutz prenait tout son sens. Mais comment le bouffon avait-il été informé que Sébastien avait été appelé par l'ordre des maçons ? Certes, il avait ses complicités dans la police, mais tout cela était décidément bien rapide. Un prêtre sous une tonnelle, sans doute l'aumônier du duc, n'avait rien perdu du bref échange.

— Vous avez tenu tête à Momilion, très bien, souffla un invité, qui se trouvait être le comte de Hohenheim. Cet être est insupportable et néfaste.

Sébastien tâta de sa bière, savoureuse mais forte, et profita d'un mouvement d'inattention pour verser les trois quarts de sa chope dans le pot d'un palmier. Il résolut de ne pas se défaire du récipient, de crainte qu'on le lui regarnît. Une heure ne s'était pas écoulée depuis le début de la fête que déjà les invités étaient pris de boisson. Une femme congestionnée dégrafa son corsage sous les applaudissements. Les voix devenaient de plus en plus sonores et les paysans, de plus en plus rouges. Sébastien songea à profiter de l'agitation qui s'amorçait pour s'esquiver. Il connaissait les fêtes allemandes : aussi redoutables que les russes. Le Neckar eût-il été de vin ou de bière que ces gens-là se seraient mis en tête de l'assécher. Ils ne s'arrêtaient qu'étalés sur le carreau.

Un orchestre de cinq violoneux attaqua alors des airs campagnards et un invité demanda aux musiciens s'ils connaissaient des valses. La mode venait de s'en répandre depuis Strasbourg, et bien que personne ne sût les danser, tout le monde en voulait.

— Oui, des valses ! s'écria la duchesse.

Sébastien en avait entendu assez dans une auberge de Bruxelles pour reconnaître le rythme balancé et tournoyant, mais n'en avait jamais danser. L'orchestre attaqua une valse à quatre temps. Plusieurs convives s'élancèrent sur la plate-forme aménagée pour ces ébats. Instinctivement pris par le mouvement, ils tournoyèrent, mais ce faisant, leurs têtes imprégnées d'alcool tournèrent aussi et les girations devinrent assez chaotiques. Les couples dérivaient au hasard, les mollets des hommes étant incapables d'assurer le frein.

Çà et là, des convives commençaient à casser des verres, coutume festive que les Allemands avaient inventée un demi-siècle plus tôt, puis élevée à la hauteur d'un rite.

— M'inviterez-vous ? demanda la duchesse à Sébastien.

Non sans appréhension, il s'inclina et prit la main de cette paysanne boulotte en blouse de soie brodée de rouge, à grosses manches, dont la gorge s'ornait de rubis et de diamants. Il commença prudemment, suivant consciencieusement les quatre temps, ce qui donna à sa cavalière le loisir de saisir le rythme. Au bout de trois mesures, il avait deviné le pas le plus adapté et compris la nécessité de bien planter le pied droit pour exécuter la virevolte tout en retenant sa partenaire par les reins. La duchesse enchantée fit deux ou trois faux pas, avant enfin de comprendre le rythme elle aussi. Soudain, Sébastien s'avisa qu'ils formaient le seul couple n'ayant pas chaviré ; ils évoluaient au milieu de la plate-forme, sous les regards admiratifs.

À la fin de la première valse, le duc déclencha les applaudissements et les bravos. Encouragé, l'orchestre attaqua une deuxième valse. D'autres couples s'efforcèrent d'imiter les valseurs émérites et, à la troisième danse, la duchesse, rayonnante mais essoufflée, demanda grâce.

Les compliments fusèrent. La plate-forme était encombrée de couples qui, de toute évidence, n'avaient pas encore percé les mystères de la nouvelle danse. Les hommes s'esclaffaient en braillant et les femmes perdaient l'équilibre en criant de façon décidément paysanne. Un couple emporté par son élan chut dans un fourré et la femme se débattit tandis que l'homme grognait, prenant avantage de la situation. Le nain Momilion exécutait tout seul des gambades désordonnées et même alarmantes, agitant les bras en moulinet et criant :

— *Walzer ! Walzer !*

Sans doute saisi par le rythme et les girations des humains, l'ours semblait lui aussi valser dans un bosquet, balançant gracieusement ses griffes au-dessus de sa tête.

— Je vous l'avais bien dit, s'écria le duc, le comte de Saint-Germain connaît tout, même la valse ! Ah cher ami, il faudra me donner des leçons !

— C'est une danse grisante, dit la duchesse. J'ai soif.

Cette fois-ci, le princier aubergiste leur apporta deux verres de vin. Sébastien humecta à peine ses lèvres. Les invités se pressaient autour de lui, lorgnant ses diamants et la montre sertie de pierreries qu'il portait au gousset, retenue par une chaîne d'or. Ah, ce serait ainsi qu'ils s'habilleraient pour la prochaine fête et, s'ils ne pouvaient se payer des diamants, eh bien ! ils les remplaceraient comme tout le monde par des pierres du Rhin.

Sébastien était l'étoile de la *Wirtschaft*. Cependant, il ne perdait pas des yeux Momilion. Il le suivit même avec une attention particulière quand le nain, après s'être furtivement entretenu avec le pasteur, emplit deux verres de vin, les emporta sous une tonnelle, se livra à une opération mystérieuse, puis se dirigea vers Sébastien en portant les verres à bout de bras.

— À votre santé, beau danseur ! s'écria-t-il en lui tendant un verre.

— À votre santé, valeureux valseur, répondit Sébastien en prenant le verre.

— Buvons ! s'écria Momilion en vidant son verre d'un trait.

— J'ai assez bu, je vous remercie.

— Comment, vous refusez de boire à ma santé ? cria le nain, rouge de colère.

— Buvez donc mon verre, je vous l'offre, dit Sébastien avec son plus gracieux sourire, mais sur un ton calculé de défi.

Momilion le fixait d'un regard effrayant d'intensité et d'une couleur inconnue.

— Je vous ai dit : buvez ! gronda Momilion.

— Buvez donc vous-même le verre que vous offre le comte, dit la duchesse.

— Il a refusé de boire à ma santé ! Il m'insulte !

— Non point, intervint le duc. Il a levé son verre et vous l'a offert.

— Buvez-le donc, Adalbertus Momilion, puisqu'il n'est pas empoisonné, dit Sébastien.

Le duc fronça les sourcils.

— Pourquoi serait-il empoisonné ?

— À la répugnance de messire Momilion, on croirait qu'il l'est, répondit Sébastien, badin.

L'échange virait de nouveau à l'altercation et, en dépit de la musique, plusieurs invités tournèrent la tête.

— Buvez, maintenant, je vous l'ordonne, dit à son nain le duc, qui semblait gagné par le soupçon.

Au terme d'une longue hésitation, Momilion porta le verre à ses lèvres en regardant le duc, puis Sébastien. Son masque difforme se crispa. Il absorba une première gorgée, lentement, s'efforçant visiblement de ne pas l'avaler, sous l'œil courroucé de son maître. Cependant il s'étouffa. La gorgée descendit. Il dut avaler une seconde. Le pasteur accourut.

Le verre ne fut jamais vidé. L'instant d'après, le nain cracha en direction de Sébastien, ses jambes se dérobèrent sous lui et il tomba sur le dos. Il haletait. La duchesse poussa un cri perçant. Les musiciens s'interrompirent.

Sébastien se pencha sur son ennemi. Au bleuissement de ses lèvres, il supposa que le poison avait été une forte dose de suc de belladone. Et encore le gnome n'avait-il pas bu tout le verre.

— Emportez-le ! cria le duc aux domestiques accourus, désignant le nain qui râlait à ses pieds.

Il semblait traiter la mort de son bouffon comme un incident domestique ordinaire, une chaise cassée.

— Ce maraud commençait à devenir intolérable, bougonna-t-il. Bon, des nains, on en trouve sans peine, il suffit d'y mettre le prix. Vous vous doutiez de ses intentions ? dit-il à Sébastien.

— Rien qu'une intuition, monseigneur, la couleur de son vin était différente de la mienne.

Tout en s'éventant et gémissant, la duchesse respirait des sels que lui avait apportés sa dame de cour.

— Mon ami, mon ami ! s'écria le duc. Je suis navré, croyez-le… Mon hospitalité… Comment me faire pardonner…

— Monseigneur, ces incidents adviennent dans les plus nobles cours.

— Mais pourquoi vous en voulait-il ?

Des murmures effrayés parcouraient l'assistance, maintenant à moitié dégrisée.

— Je l'ignore. Donc c'est assurément par malentendu.

— Dès maintenant et dès ici, comte, vous êtes sous ma protection absolue ! dit le comte en proie à l'exaltation de la noblesse offensée et surtout de l'alcool.

— J'en remercie humblement Votre Seigneurie.

Alléguant que l'incident l'avait un peu éprouvé, Sébastien prit congé et laissa les convives de la *Wirtschaft* reprendre leurs esprits.

L'ordre de la Stricte Observance templière était sauvé.

Et l'ours dansait toujours…

27

La certitude d'Ismaël Meianotte

Les Templiers dégrisés gardaient cependant le teint gris, vestige de leur récente bamboche. Deux jours et deux nuits de beuveries et de gaillardises, exorcisme éprouvé contre les démons du quotidien. Car le duché de Bade était, du moins pour le peuple et y compris les universitaires, aussi sage que les autres États d'Allemagne. Point de chasse, point de mômeries, guère de galanteries, couchers avec les poules et levers avec le coq. On ne s'y amusait que trois fois le calendrier, à la Saint-Jean, à l'anniversaire de l'électeur et au Nouvel An.

Sébastien lui-même n'était pas sans reproche. Le soir de la tragique *Wirtschaft*, il avait été accroché par une donzelle à la démarche incertaine, alors qu'il se dirigeait vers l'université, escorté de Franz. Seize ou dix-sept ans, accorte, l'œil égrillard et drôle. Pas vraiment une traîneuse des rues, mais certes pas non plus une princesse, à peine une fille de commerçants saisie par le diable. Ce n'était évidemment pas en français qu'elle lui avait lancé :

— Êtes-vous seul comme moi, beau monsieur ?

Il lui aurait aimablement enjoint de passer son chemin mais, étant naturellement porté à la courtoisie, il s'était arrêté pour l'écouter.

— Votre fiancé vous a-t-il fait défaut ?

Elle avait ri. Un rire confus de gamine prise en faute.

— Il gît dans le ruisseau, beau monsieur. Les rats lui mangeront sans doute le vit, qui ne vaut pas mieux que du mou de veau.

À ces grossièretés, Franz s'esclaffa.

— Je n'ai pas envie de le pleurer, reprit-elle. Je suis sortie prendre du plaisir, car sans plaisir on est une fausse nonne.

La bière, à moins que ce fût le vin du Rhin, ne l'avait pas encore abrutie, juste éveillée.

— Et quel est mon rôle dans votre malheur ? demanda Sébastien.

— Dois-je vous l'apprendre, beau monsieur ? minauda la pécore en dégrafant son corsage et montrant ses seins.

Deux coupes de lait garnies chacune d'une fraise.

L'épisode de la mort de Momilion avait fouetté en Sébastien ses esprits animaux. Mais où entraîner cette plaisante ensorcelée ? Certes pas à l'université.

— Je ne saurais où m'ébattre avec vous, charmante demoiselle, répondit-il.

— Je vois que vous n'êtes pas d'ici, répliqua-t-elle. À cette heure-ci, le cimetière est charmant.

Le cimetière pour faire l'amour ? Pourquoi pas, après tout. Si des fantômes le hantaient, ils évoqueraient des souvenirs. Sébastien pria donc Franz de l'y suivre, car on n'était jamais à l'abri d'un mauvais coup.

La donzelle connaissait les raccourcis vers les abris commodes. Au bout de cinq minutes de marche, Sébastien franchit une porte vermoulue, et l'instant d'après il se trouvait dans des bosquets obscurs. Mais point déserts. Les fantômes n'avaient pas attendu, pour se désennuyer, un caprice du comte de Saint-Germain. Des effleurements insistants sous les ramures des buis, les baisers friandise et les premiers émois, le velours du torse juvénile, la soie des seins, le crêpe de la toison pubienne… Puis les coquetteries de l'entrée en matière, les fausses indécisions, le labour furieux, les moiteurs, les halètements, les interjections étouffées, les spasmes, les mains qui s'accrochent aux épaules, les ultimes caresses sur les pointes des seins, la respiration qui s'assagit. Un petit rire. Un ululement de chouette. Un rire plus franc.

— Eh bien ! messire, vous n'étiez point dégoûté, observa l'effrontée.

Elle ne vit pas le sourire de Sébastien. Ayant rajusté sa mise, il s'apprêtait à rebrousser chemin et à escorter la donzelle hors des lieux. Mais allongée dans l'herbe, elle semblait se prélasser comme en plein soleil.

— Vous comptez coucher ici ? demanda-t-il.

— Non pas, monsieur. J'attends votre compagnon. Quand je fais mes provisions, je ne lésine pas.

Sébastien se retint de rire. Il alla prévenir Franz de sa bonne fortune. Et ce fut à son tour de faire le guet.

Il le fit plus longtemps qu'il n'eût escompté. Mais enfin, il vit le jeune homme sortir du bosquet, sous la clarté d'un croissant de lune, la démarche imperceptiblement plus nonchalante que tout à l'heure. La fille le suivait, visiblement rompue.

— Ah, messieurs, j'ai fait un repas de Noël, déclara-t-elle, déclenchant les rires des deux hommes.

Et quand ils furent dans la rue, elle les salua d'un geste allègre et s'en fut vers la place tout éclairée, où la fête se poursuivait. Maître et serviteur échangèrent un regard, puis des gloussements sous la lanterne à l'entrée de l'escalier menant à leurs quartiers.

— C'est ainsi que cela devrait être, monsieur, dit Franz en allemand.

— Quoi donc ? demanda Sébastien, se retournant.

— *Schmeissenden.* La foutrerie, monsieur.

La foutrerie. Joli mot. Car Franz s'initiait au français.

— Comme la chasse au canard, monsieur.

*

Mais il s'agissait de bien autre chose dans la salle où les templiers étaient réunis en atelier.

Ils regardaient tous Sébastien d'un œil respectueux. L'histoire de la mort de Momilion s'était répandue dans Heidelberg, garnie d'enjolivures extravagantes. Selon les unes il avait plongé un bézoard[1] dans le verre tendu par Momilion, ce qui lui avait révélé la présence du poison selon les autres il avait pointé le doigt vers le nain, un éclair avait jailli de l'index et foudroyé l'empoisonneur. Franz les avait rapportées à son maître.

1. Pierre d'origine animale, censée révéler un poison dans un aliment ou une boisson et servir d'antidote.

— Mes frères, dit Sébastien, auquel Wolfenschutz avait transféré la présidence de la séance, je suis soucieux. Les propos de Momilion m'ont clairement indiqué qu'il savait mon appartenance à cet ordre. Si je n'avais deviné la présence de poison dans le verre qu'il m'avait offert pour boire à sa santé, je ne serais pas des vôtres aujourd'hui. Comme c'est la première fois que je viens à Heidelberg, il ne pouvait le savoir par de précédentes réunions. Il a donc été informé par l'un d'entre vous. Je demande que ce frère se révèle.

La consternation s'empara des Templiers. Peut-être certains d'entre eux craignirent-ils d'être foudroyés par celui qu'ils considéraient comme un justicier.

Un membre se leva :

— Illustre maître, mes frères, je crains d'être celui qui, non par vilenie mais par imprudence, est responsable de la fuite. J'avais en effet confié à ma femme l'arrivée du comte de Saint-Germain pour mettre de l'ordre dans nos rangs. Son frère est pasteur. Elle le lui aura répété, parce qu'elle tient nos activités pour suspectes et qu'elle a peur de l'enfer. Je ne sais comment réparer le mal que j'ai pu faire. Dites-le-moi.

Sébastien hocha la tête.

— Bien, frère, asseyez-vous. Vous avez le courage de la franchise. Vous aurez mesuré le danger de l'indiscrétion. Que cela vous serve de leçon.

Les Templiers soupirèrent de soulagement.

— Vous exprimerez votre mécontentement à votre épouse, reprit Sébastien. Si elle vous tient pour un suppôt du diable, elle doit vous quitter. Si elle vous tient pour un homme honnête, elle doit comprendre que votre appartenance à notre ordre n'a rien de contraire à la religion bien entendue.

Le Templier indiscret hocha la tête.

— Vous lui direz aussi que les gens honnêtes ne recourent pas au poison, qui est l'arme des esprits inférieurs et démoniaques, et que le complice de son frère a péri de son propre venin. Cela étant, votre vénérable grand maître ordinaire, le professeur Wolfenschutz, m'a appelé pour vous éclairer sur deux points qui vous occupent. Le premier est celui de la bibliothèque de Heidelberg, qui se trouve au Vatican. Vos réclamations sont justifiées. Elles le seront encore plus si vous les soutenez de manière pacifique. Vous ne pouvez monter une armée pour aller les récupérer par la force. Je propose donc que vous usiez de mesures de harcèlement et que vous demandiez le retour de cette bibliothèque, dans le respect de l'esprit de justice, avec une constance et une courtoisie sans défaut, mais sans relâche, jusqu'à ce que la patience des bibliothécaires du Vatican se lasse.

Des sourires saluèrent la ruse de cette proposition.

— Le deuxième point est celui de votre ambition d'accueillir dans vos rangs tous les princes d'Allemagne. Vous espérez qu'ainsi votre ordre devienne un centre du pouvoir temporel autant qu'un phare de la philosophie européenne. Vous voudriez être pareils au soleil qui capte les corps célestes environnants dans son orbite de gravitation et de gloire. Le projet est noble.

Ils étaient figés d'impatience, sachant que cette approbation serait suivie d'un commentaire. Leur attention était cristallisée. Seraient-ils soutenus ? Ou bien réfutés ?

— Mais le projet me paraît peu réaliste. En effet, vous risquez fort de transporter dans votre sein les querelles qui agitent déjà ces princes, plutôt que de les calmer. L'inverse me paraît plus sage : n'accepter comme impétrants que ceux des princes dont la sagesse garantira qu'ils s'élèvent au-dessus des projets politiques.

— Nous créerions ainsi des jaloux, observa un Templier.

— Certes. Une heureuse jalousie qui ressemblera fort à de l'émulation. Car ceux qui n'auront pas été admis se demanderont la cause de leur rejet et se piqueront d'être considérés comme moins sages que les élus. Ne le voyez-vous pas ? Le pouvoir de cette loge sera considérablement plus fort, politiquement et philosophiquement.

Certaines expressions témoignèrent d'accord, et même d'enthousiasme, d'autres de doute.

— Notre but est la paix universelle. Comment accueillerions-nous des hommes assoiffés de pouvoir et ne rêvant que d'annexer au prix du sang des territoires voisins et même lointains ? Cela est contraire à notre philosophie. Nous demandons que les princes que nous élirons aient la modestie de mettre le métier d'homme au-dessus de celui de roi.

La formule les frappa.

— N'oubliez pas, conclut Sébastien, l'un de nos grands principes : nulle chose vivante ne peut s'abstraire des lois de la grande intelligence, ni des vastes cycles de la nature. La méconnaissance de ces rythmes suprêmes ou la rébellion d'un homme contre eux ne peuvent que le vouer également au désordre.

Ils hochèrent longuement la tête.

Il rendit la présidence à Wolfenschutz. Chacun vint lui manifester son admiration.

Il était maître d'école.

Soudain lui revint le souvenir de son père et de sa mère sur le bûcher. Mais personne jamais n'a détruit l'âme de ceux qu'il envoyait au bûcher. Maintenant, Ismaël Meianotte en avait la certitude.

La foi qui détruit n'en est pas une. Elle n'est que la chiennerie du chien enragé.

28

« À peu près la longueur d'un pied d'homme »

La nuit. Le silence. L'oreille est assez fine pour entendre, au-delà des frémissements de l'herbe et des battements cardiaques de grenouilles aux aguets et de moineaux endormis, les vibrations des étoiles.

Suspends ton souffle.

Une épée de lumière te traverse. Prends-en conscience, assimile-la. Oublie ta pesanteur. Élève-toi. Monte. Ton souffle s'apaise. Monte, tu n'as qu'à suivre ta nature, qui est de monter. Ton corps est si léger… Monte. Tu ne trouveras l'esprit que si tu montes vers lui, comme la flamme s'élève au-dessus du foyer.

Tu es maintenant l'air. Tu es la nuit. Flotte. Vois-tu comme ton corps se purifie ? Voilà, tu es haut. Demain tu seras plus haut. Écoute. Simplement, écoute.

La vibration t'emplit. Car le vide est plein de vie. Le vide n'est pas le vide. Reste là, posé au-dessus des turbulences, des épaisseurs, des palpitations désordonnées. C'est là que tu peux accéder à la gnose.

Tu ignores où tu es. Peu importe, car tu n'es que d'où tu viens et ne connais que la pesanteur terrestre et ne peux appréhender que ce que tu connais. Libre dans l'harmonie, tu deviens un autre et tu voles vers la divinité.

La mort, quand elle viendra, sera ta délivrance. Elle te défera de tes liens terrestres. Tu monteras aussi légèrement que tu l'as fait tant de fois.

Vers la liberté. La légèreté. La grâce.

Vois le monde en bas. Ce corps dérisoire en méditation, c'est le tien. Ces meubles, cette chambre, cette maison…

Lève les yeux. Vois les sphères célestes évoluant dans leur musique.

La pesanteur ne récupéra Sébastien qu'à une heure avancée de la nuit. La chandelle avait brûlé jusqu'à la bobèche. Il glissa sans même s'en rendre compte dans un sommeil bienheureux.

*

Une femme en fichu descendit de la calèche, portant un enfantelet dans ses bras. Alexandre était descendu de l'autre côté.

— Franz ! Johann ! Des visiteurs ! cria Sébastien qui, de sa chambre, avait entendu les chevaux et couru à la fenêtre.

Il descendit en robe de chambre. Le domestique et le jardinier s'élancèrent pour décharger les bagages. Il rejoignit Alexandre au milieu de l'allée. Ils s'étreignirent. La nourrice, car elle ne pouvait être que cela, s'était arrêtée devant le perron ; elle écarta un pan de la couverture dans laquelle l'enfantelet était enveloppé. Elle dévisagea Sébastien, l'air surpris. La ressemblance entre les deux hommes n'avait pu manquer de la frapper. Il se pencha sur une fleur d'être humain. Caressa le crâne garni d'une soie duveteuse. L'enfant frémit. Il regarda l'adulte, comme étonné.

C'était le 5 septembre 1763, à Huberg, dans la Gueldre.

On s'empressa d'installer les voyageurs.

*

— Vos amis Grigori et Alexeï Orloff m'ont fait un accueil prodigieux. Il m'a fallu tous mes talents de simulation et beaucoup de prudence pour n'avoir pas l'air étrange. En moins d'un jour, ils ont réussi à retrouver la nourrice et l'enfant, qui avaient été recueillis par la princesse Galitzine.

Alexandre tâta du vin, un gewurztraminer, qui s'accordait fort bien à la truite poêlée.

— J'ai dû aller porter des fleurs, prier sur la tombe de cette étrange femme, et donner une comédie de chagrin que je ne ressentais qu'à moitié.

— Mais vous en éprouviez quand même, j'en suis sûr.

— N'est-elle pas la mère de mon premier enfant ? répondit Alexandre en posant son verre. À la fin, je me demande si la gratitude à l'égard d'une femme qui a prolongé votre lignée ne serait pas le premier des liens conjugaux.

Il interrogea son père du regard. Était-ce pour ne pas être tenu par ce lien que celui-ci s'était éloigné de Danaé ? Mais un fils ne connaît jamais le cœur de son père ; il changea de sujet :

— Vos amis ne voulaient plus me laisser repartir, arguant que ma place était à Saint-Pétersbourg, que l'impératrice ne manquerait pas de me trouver un poste prestigieux à la cour et qu'il suffirait d'un changement de nom pour que je fusse accepté comme un membre de l'aristocratie russe.

— Quel nom ?

— Saltikoff.

Sébastien écarquilla les yeux.

— Vous connaissez ce nom ? Qui est-ce ? demanda Alexandre.

— L'ancien favori de Catherine.

— Quel imbroglio ! Au rendez-vous avec la nourrice, qui ne parle que le russe, ce qui m'a beaucoup embarrassé, car je suis censé parler russe comme vous, n'est-ce pas, j'ai vu une vieille dame en larmes. C'était la princesse d'Anhalt-Zerbst. La mère de l'impératrice. Elle m'a pris dans ses bras pour gémir.

Sébastien écoutait le récit avec inquiétude. Alexandre le regarda, il donnait l'air d'en avoir lourd sur le cœur. Son père but une gorgée de vin. Franz changea les couverts et regarnit les verres.

— La baronne Alexandra-Wilhelmine Westerhof était sa fille naturelle. La sœur aînée de l'impératrice, donc. Mon fils, Piotr Ivan, d'après les prénoms que sa mère avait choisis sur son lit de mort, est le neveu de l'impératrice et l'héritier du trône de Russie après le tsarévitch Paul, puisqu'il est son cousin.

Sébastien inspira profondément. Une ascendance aussi illustre dans une famille à l'histoire aussi maculée de sang que celle des Romanoff mettait d'office l'enfant en danger.

L'obsession dynastique de la baronne Westerhof s'expliquait enfin.

— Vous ont-ils demandé où vous alliez ?

— Bien sûr. J'ai répondu que j'emmenais mon fils à Londres.

Sébastien réfléchit un long moment.

— Cet enfant ne sera en sécurité que si on le croit mort. Il faut ôter son existence de l'esprit de ceux qui voudraient, d'aventure, contester la légitimité du tsarévitch.

— Comment ferez-vous ?

— Nous allons renvoyer la nourrice. Nous en prendrons une autre. D'ici deux ou trois mois, j'annoncerai aux Orloff que l'enfant est mort du croup. Ils ne connaissent pas le nom de Polybolos. Le petit prince Pierre Polybolos ne pourra les intéresser.

Au bout d'un temps, Sébastien demanda :

— La princesse d'Anhalt-Zerbst vous a-t-elle révélé le nom du père de la baronne ?

— Oui. Le duc de Courlande.

— Et nous aurions la Prusse sur le dos par-dessus le marché, grommela Sébastien. Croyez-moi, nous prétexterons que vous ne pouvez pas garder une nourrice dont vous ne parlez pas la langue, je lui paierai une petite somme et elle regagnera son pays. Nous engagerons une autre nourrice qui parle anglais, allemand ou français et vous l'emmènerez à Londres. Après votre départ en catimini, je ferai célébrer ici un office funèbre pour un enfant imaginaire. Il faut que vous ayez la paix. Sinon, vous et moi aurons Catherine sur le dos pendant des années.

— Vous avez raison, une fois de plus. Mais quelle aventure !

Alexandre se mit à rire.

— Ces gens-là sont comme des ronces, reprit-il.

— Et pis encore, ils déteignent sur vous. Comment croyez-vous que Catherine se tire de son nouveau rôle ?

— Les Russes sont des gens éternellement mécontents. Maintenant, une coterie l'accuse d'avoir assassiné deux tsars, Pierre III et Ivan VI.

— Il est mort ?

— Selon les frères Orloff, il s'est rebellé dans sa prison, il a tenté de s'enfuir et on a l'a tué. Avez-vous lié votre sort à ce pays-là ? Ils s'entretuent même en temps de paix.

— Non, répondit Sébastien. Je n'ai lié mon sort à aucun pays.

Franz servit le dessert : des fraises à la crème.

— Quand j'y pense, c'est encore en France que j'aimerais vivre. Ou en Angleterre.

— Que n'y allez-vous ?

— Je tente de renforcer les loges de la Maçonnerie, d'en éliminer l'esprit d'ambition et les querelles de clocher. Ce ne doivent pas être des coteries de nobliaux locaux où l'accès serait garanti par le droit du sang. Beaucoup de ces gens sont aussi soucieux de philosophie que de changer leurs chausses. De toute façon, même avec le soutien du roi, je ne puis retourner en France tant que Choiseul est au pouvoir. C'est un domestique au service des frères Pâris. Il hait l'Angleterre comme si elle avait insulté sa mère.

Alexandre considéra son père.

— Croyez-vous que la philosophie élève l'esprit ? Qu'il n'y ait pas de philosophes méprisables ?

Sébastien sourit, satisfait de la finesse de son fils.

— Si on la tient pour une arme secrète capable de servir à la conquête du monde, non, la philosophie n'élève pas l'esprit au sens moral. J'ai lu Platon. Il croit qu'on peut comprendre et dominer le monde en l'observant. Je ne sais quel homme il était, puisque je ne l'ai pas connu. Mais je m'étonne qu'il ait été se mettre au service d'un tyran, Denys de Syracuse. Il a commis une erreur de jugement, car un observateur ne comprend jamais que ce qui l'intéresse et il omet le reste, soit parce qu'il ne peut le percevoir, soit parce qu'il le juge inutile. Platon n'a pas entendu le sarcasme de son prédécesseur Héraclite, qui se moque des gens qui prétendent mesurer le diamètre du soleil, « à peu près la longueur d'un pied d'homme », dit-il, parce que c'est ce qui paraît quand on observe le soleil couché sur le dos, une jambe croisée sur l'autre. J'ai lu Descartes : son *Discours de la méthode* est un traité militaire. Il considère l'être humain comme une machine et la nature comme un terrain à conquérir.

— Mais vous faites vous-même de la chimie ? N'est-ce pas pour comprendre le monde et sa matière ?

— En effet. Mais j'ai ainsi fait une découverte que je ne parviens pas à comprendre et dont je n'ai trouvé aucune mention chez les grands auteurs.

— C'est cette terre mystérieuse dont vous m'avez parlé un jour ?

— Oui.

— Vous n'avez aucune idée à son sujet ?

— Aucune, sinon qu'elle est peut-être apparentée à la matière du soleil.

— Il ne sert donc à rien d'apprendre ? La raison serait donc une illusion ?

— Non, répondit Sébastien avec force. La raison n'est qu'une lanterne dans la nuit. Mais elle n'est pas le soleil. Jamais une lanterne n'a fait le jour. Toutefois, sans elle on ne peut reconnaître son chemin. Pour le comprendre, il faut apprendre sans relâche : c'est le meilleur moyen de mesurer son ignorance. C'est pour moi la philosophie de la philosophie. L'essentiel dans ce monde est d'éviter la souffrance à soi-même et aux autres et de maîtriser ses passions. On ne parvient pas à Dieu autrement. Et cela, c'est l'objet de la Maçonnerie.

Il but une gorgée de chocolat.

— J'ai beaucoup à apprendre de vous en tout cas, dit Alexandre. Que n'écrivez-vous un livre pour ceux qui n'ont pas la chance de vous connaître ?

— J'y songe. J'y songe.

29

Les puissances imprévisibles

La mort théâtrale du nain Adalbertus Momilion fit l'effet d'un caillou jeté dans une mare. À cette différence près que les ondes excentriques allèrent en grossissant, au contraire de ce qui advient d'ordinaire. L'esprit des gens est-il donc une mare ?

Ce fut d'abord le prince Karl de Hesse-Cassel qui l'écrivit à Sébastien : il se déclarait certain que la puissance spirituelle du comte de Saint-Germain avait triomphé des puissances du mal. Prenant la plume à son tour, le roi Frédéric V du Danemark se déclara impatient d'entendre le récit de l'affaire de la bouche même du triomphateur. « L'un de nos frères m'assure que le fond du complot ressemble étrangement à celui qui vous visa lors de votre séjour à Copenhague. »

L'un des témoins, le prince de Birkenfeld, semblait avoir été l'un des propagateurs les plus zélés de l'incident. D'habitude, c'étaient les incartades de tel convive ou les inconvenances de tel autre qui servaient de petit bois au feu des potins. Mais là, un incident de choix avait honoré la *Wirtschaft*, accentué par la personnalité des acteurs et les conséquences, plus ou moins déplorables, du suicide contraint de Momilion. En effet, dans les jours suivants, sa tombe toute fraîche avait été saccagée par des inconnus et, au grand scandale du vicaire, des ordures y avaient été répandues. Par un raisonnement contourné, le ministre de l'électeur décelait, disait-on, dans l'outrage les signes d'une sédition contre le pouvoir ducal, Momilion ayant été un familier du duc et méritant le respect de la mort.

Sébastien reçut même une lettre du fils du maréchal de Belle-Isle, dont Sébastien n'avait plus de nouvelles depuis la mort de son père, en 1761, et qui lui portait la même amitié que feu le ministre de Louis XV :

Cher ami,

J'apprends que vous avez échappé, de la plus extraordinaire façon, à une tentative d'empoisonnement chez le duc de Bade. Je m'en réjouis fort et ne doute pas que votre perspicacité n'ait été votre épée. L'épisode est parvenu aux oreilles du roi, qui y reconnaît le signe de votre bonne étoile. Il était orné de détails fantastiques que je soupçonne d'être des enjolivures et ne doute pas que j'aurai un jour prochain le plaisir de vous l'entendre conter.

Cependant, une auditrice manquera à ce récit. La marquise de Pompadour n'est plus. Après une maladie mystérieuse, qui a duré près de deux mois, elle a rendu l'âme, peu après ses 42 ans, le 15 avril dernier, qui était le dimanche des Rameaux. Je ne sais quel symbole votre clairvoyance y déchiffrera.

La Vénus des philosophes ne croyait guère dans l'au-delà, mais peut-être existe-t-il un empyrée dans lequel son âme sera accueillie. Je crois le roi plus affecté qu'il veut bien le laisser voir. La reine, elle, a trouvé dans le silence de la cour une nouvelle raison de mépriser celle-ci.

Votre fidèle ami
Aymon de Belle-Isle.

La nouvelle frappa Sébastien ; il eut la vision instinctive d'une frêle statuette brisée par une main brutale. Cette femme avait eu la chance d'accéder à la plus haute sphère du pouvoir et la malchance de ne pas posséder la froideur nécessaire pour s'y maintenir. Ni son intelligence ni sa grâce n'avaient pu y suppléer. Loin d'être fortuite, sa mort prématurée semblait prévisible. Il évoqua les petits soupers d'antan et crut entendre la pendule du temps sonner pour lui-même dans un bien plus vaste Salon de la Pendule.

Puis il songea à la fatalité qui avait éliminé en moins d'un an deux femmes des théâtres du pouvoir, Mme de Pompadour et la baronne Westerhof, bien qu'elles eussent succombé à des maux très différents.

Quand il eut surmonté sa mélancolie, il songea qu'il n'était donc pas oublié ; la lettre de Belle-Isle en témoignait. Tout à la fois il s'en félicita et le déplora : Choiseul aussi se souvenait de lui, à coup sûr, et sa rancune tiendrait toujours Sébastien éloigné de Versailles, surtout après la mort de la seule protectrice qu'il avait eue à la cour.

Il fut surpris de la réaction qui survint dans son humeur : il se déprit encore plus du monde du pouvoir, machine à broyer les faibles. Mais les événements qui suivirent ne lui laissèrent pas le loisir d'approfondir ces sentiments.

En effet, le prince de Birkenfeld ne se limita pas à diffuser l'affrontement qui avait eu lieu chez l'électeur, le comparant au duel de la « lumière » et des « ténèbres » ; par une lettre exaltée au point d'en friser le ridicule, il invita le Chevalier de Lumière, comme il l'appelait, à séjourner au château de son nom, dans la principauté des Deux-Ponts, Zweibrücken.

« Chevalier de Lumière » : la nature clairement maçonnique de l'appellation laissa Sébastien songeur. Le prince savait donc l'appartenance de son hôte ? Mais de quelle façon ? Appartenait-il lui-même à une loge et dans ce cas, laquelle ? Puis il devina le circuit de l'information : la principauté de Birkenfeld appartenait au comté d'Oldenburg, qui lui-même était gouverné par le Danemark : quelqu'un à la cour de Copenhague avait donc prévenu le prince.

Tout en espérant que le motif n'en était pas une autre *Wirtschaft*, Sébastien répondit qu'il était très honoré par l'invitation du prince et se rendrait à Birkenfeld dans la semaine suivante. Puis il vaqua aux affaires urgentes.

Sitôt la nourrice russe congédiée et Alexandre, le jeune Piotr Fédor et une jeune nourrice allemande, celle-ci parlant au moins le *platt-deutsch*[1], partis à l'aube, Sébastien mit à exécution sa volonté d'arracher son petit-fils aux intrigues qui ne manqueraient pas de tournoyer comme des oiseaux de proie autour d'un personnage aussi

---

1. Bas allemand, dialecte parlé à l'époque en Saxe et dans la plus grande partie de la Rhénanie.

exceptionnel que le propre cousin du tsarévitch, fût-ce un enfant naturel. Même Alexandre risquerait de s'y trouver entraîné.

Il envoya Franz à cheval à Anvers pour y faire confectionner, sous le sceau du secret, un cercueil pour un jeune enfant et une pierre tombale gravée sur ses instructions. Le valet était assez discret et dévoué pour ne pas poser de questions sur une mission aussi funèbre ; il revint cinq jours plus tard avec les objets requis en selle, enveloppés dans une couverture.

Là-dessus, Sébastien convoqua le vicaire de la paroisse et lui raconta d'un ton chagrin qu'il avait trouvé un cadavre de nouveau-né à l'orée de son bois. Le malheureux enfantelet, dit-il, avait été attaqué par les bêtes sauvages. Par décence, il l'avait déjà enfermé dans un cercueil. Il souhaitait l'enterrer dans sa propriété et priait le vicaire de bien vouloir prononcer les prières d'usage sur sa tombe. Le vicaire lui demanda de jurer qu'il ne connaissait pas cet enfant ni sa mère, ce que Sébastien fit avec la plus grande conviction. Franz creusa une petite fosse, le cercueil fut alors mis en terre et le religieux s'exécuta donc. Sébastien lui donna un généreux écot, douze florins, prix de trois messes pour le repos de l'âme inconnue, et l'invita à déjeuner, ce que le vicaire accepta volontiers. Ayant bu à lui seul deux flacons de vin, il se lamenta avec une grande bonne humeur sur l'immoralité des temps et s'en fut. Sitôt qu'il fut parti, Sébastien fit poser par Franz la pierre tombale. Elle était ainsi gravée :

Franz adressa à son maître un regard intrigué et nuancé d'ironie :

— C'est bien la première fois, monsieur, qu'on enterre du vide.

— Détrompez-vous, Franz. La plupart des tombeaux sont presque vides. Il n'y a là que des ossements et des vanités mouchées.

*

Le château de Birkenfeld était inversement proportionnel à l'étendue de la principauté : à peine plus petit que Versailles. Gardes chamarrés, laquais et valets en livrée, aucun trait ne manquait à l'apparat, et l'on y avait réservé à Sébastien le plus bel appartement des lieux, « les chambres vertes », ainsi que les appelait le prince. Une douzaine d'invités et leurs épouses ou compagnes avaient été conviés ; ils entourèrent Sébastien, qui y reconnut plusieurs personnes de la *Wirtschaft* de l'électeur de Bade-Wurtemberg.

Rompu aux manières françaises, le prince ramenait les soupers à la dimension de repas restreints dans le temps et la consommation de nourriture et de vin. La musique était donnée sur la loggia de la salle où se réunissaient les convives, et elle était assez discrète pour permettre qu'on s'entendît l'un l'autre. Comble de luxe, quand Sébastien, avant de passer à table, s'enquit de la possibilité d'obtenir de l'eau, le sommelier lui apporta une carafe remplie d'un liquide étonnamment clair, savoureux et pétillant, recueilli à une source voisine.

Cependant, le prince et son épouse cultivaient un goût moins convenu de la curiosité. En franchissant, le premier soir, le seuil du salon où les invités étaient réunis, Sébastien crut avoir la berlue ; il avait, du coin de l'œil, vu se lever et s'abaisser le bras d'une statue de patriarche inconnu, comme si elle l'avait salué. Il revint sur ses pas : en effet, dès qu'il mit le pied sur une certaine dalle, le phénomène recommença. Il en devina la cause : dès qu'un certain poids pesait sur la dalle, un levier ingénieusement dissimulé déclenchait un mécanisme, sans doute par un jeu de cordelettes. C'était une astuce inventée dix-huit siècles auparavant, par les mécaniciens de l'école d'Alexandrie. Roger de Normandie avait disposé dans les jardins de son royaume de Sicile des statues qui inclinaient pareillement la tête au passage des promeneurs. Un peu plus tard, alors qu'il achevait son récit véridique sur la scène avec Momilion, il s'avisa que des visages de la tapisserie face à lui avaient changé d'angle, comme pour lui faire signe. Ceux des convives qui ignoraient, c'est le cas de le dire, les ficelles, s'exclamèrent. Le prince était aux anges, son épouse n'était pas moins satisfaite.

— Ces petites curiosités, dit le prince, sont destinées à nous rappeler que le monde que nous croyons inanimé ne l'est pas vraiment.

Il consulta Sébastien du regard, attendant une approbation.

— Certes, monseigneur, répondit donc Sébastien. Ce monde n'est même pas du tout inanimé. Car s'il l'était, nous ne serions jamais nés.

Une dame se récria.

— Comment l'entendez-vous ? demanda-t-elle.

— Si la terre ne tournait autour du soleil, madame, une moitié en serait gelée et l'autre brûlée.

— Voulez-vous dire qu'il y a de la vie dans les roches ?

— Comme il y en a dans les corps célestes. Qu'est-ce donc qui les fait tourner, si ce n'est l'esprit de l'harmonie ?

La surprise suspendit les questions pendant quelques instants.

— Mais la matière ne peut penser, déclara un convive.

— Je ne sais si elle pense, mais je ne suis pas sûr du contraire, répondit Sébastien. La preuve en est que deux substances aimantées de mêmes polarités se repoussent, alors que deux autres de polarités différentes s'attirent comme le principe mâle et le femelle.

— Mon Dieu, monsieur, vous allez faire que je vais avoir peur de ma chaise ! s'écria une dame.

Des rires fusèrent. Quelqu'un observa que, si la chaise était de nature femelle, elle se déroberait sous le séant de la dame, et les rires redoublèrent.

— Et vous pensez donc que l'esprit est présent dans la matière ? demanda le prince.

— Oui, monseigneur. Démocrite d'Abdère pensait que la matière est constituée d'atomes infiniment petits qui s'agitent selon les lois de l'harmonie, et les Hindous le pensent également.

— Mais alors l'esprit est présent tout autour de nous ? Comment ne le savons-nous pas ?

— Peut-être, monseigneur, n'en sommes-nous pas conscients parce que nous ne pouvons, donc ne voulons l'admettre. Ou peut-être notre vigilance est-elle en défaut.

— Connaissez-vous M. Mesmer ? demanda un convive.

— Oui, monsieur, je l'ai rencontré à Vienne.

— Est-il vrai que nous possédons un fluide animal ?

— Je le crois, monsieur.

— Pouvez-vous le prouver ?

— Sur l'instant, monsieur. Serrez-moi donc la main.

Le convive tendit la main et poussa un cri.

— Par Dieu, comte ! Vous m'avez foudroyé !

— Non, monsieur, je vous ai simplement surpris.

— D'où tenez-vous cette force ?

— De la nature, monsieur. Nous l'avons tous, plus ou moins développée. J'ai été privilégié pour vous servir.

Les dames s'empressèrent de serrer la main de Sébastien et les premières ressentirent un choc, qui allait s'affaiblissant avec les poignées.

— Quel est l'effet de ce magnétisme animal ?

— Il stimule la vie en nous, monseigneur.

— Vous avez stimulé la vie en moi ?

— Ce serait un honneur pour moi, monseigneur.

— Vous souscrivez donc aux théories de ce Mesmer, selon lequel il existe un fluide animal aussi bien qu'un minéral et que ce fluide peut aider à soigner nos maux ?

— Je n'y suis pas hostile, mais je considère qu'il faut s'élever au-dessus des phénomènes que ces fluides peuvent provoquer. Ils ne sont que l'émanation d'une force universelle beaucoup plus grande. Newton en a révélé un des aspects, qui est la gravitation universelle, celle qui fait se mouvoir les corps célestes dans l'harmonie. Il faut cultiver en nous l'esprit d'harmonie.

— Pourquoi l'Église se montre-t-elle hostile à ces idées ? Car c'est bien la complicité de Momilion avec un prêtre qui a inspiré son projet criminel ?

Sébastien sourit d'un air entendu :

— Les idées nouvelles l'effraient. L'Église avait déjà tenté de réduire au silence les grands esprits qui essaient de percer les secrets de la matière et de l'univers, comme Roger Bacon, puis Galilée. La théologie n'est pas armée pour comprendre les lois révélées par de tels génies, et ses maîtres craignent de perdre leur autorité sur les croyants.

— Telle est donc la raison pour laquelle le pape Benoît XIV a fait de l'adhésion aux ordres secrets qui répandent ces vérités un crime passible de l'excommunication ?

— Vous voulez parler des maçons, sans doute ? demanda Sébastien.

— D'eux et d'autres ordres. Comme les Templiers de la Stricte Observance.

Nul doute : le roi Frédéric V avait également informé le prince de son admission dans l'ordre de ces Templiers.

— C'est une faiblesse de la part d'un homme aussi puissant, mais sans doute mal conseillé, répondit Sébastien. Tout ce qui élève l'esprit ne peut que le conduire au Créateur. Ces ordres n'ont rien de néfaste. Sa Sainteté s'y trouverait fort bien.

Des rires saluèrent la saillie.

— Mais l'Église réformée n'est pas exempte des préjugés de sa sœur catholique, ajouta Sébastien. Les progrès du savoir déclenchent toujours la même réaction dans les religions révélées : elles affirment alors avec force que tout a déjà été dit, qu'il n'est rien de nouveau sous le soleil et que ceux qui prétendent prêcher des vérités nouvelles sont des apostats dignes de la peine de mort. On la retrouve même chez les mahométans. Au XIIe siècle, un célèbre lettré arabe, al-Ghazali, s'était effrayé de ce qu'il avait découvert dans les manuscrits des philosophes, des savants et des mathématiciens grecs, traduits en arabe. Les fondements de la foi mahométane lui ont paru être menacés. Il a donc écrit un livre appelé *Les Errements des philosophes.*

Sébastien cita même le nom de l'ouvrage en arabe : *Tahaffout el-Falasifah.* L'assistance fut émerveillée.

— Parlez-vous arabe, comte ? demanda la princesse.

— Oui, madame.

Des murmures d'admiration suivirent.

— Êtes-vous croyant, monsieur ? demanda une autre dame.

— Comment ne pas l'être, quand on prend conscience des prodiges de la nature et du génie divin ?

Sur cette rassurante réponse, chacun décida que le comte de Saint-Germain était décidément un homme extraordinaire et que cette soirée était la plus instructive et la plus intéressante qu'il eût vécue depuis longtemps. L'heure s'avançait et les convives se retirèrent.

— Vous nous avez parlé hier, comte, dit la princesse, d'une force universelle qui régit les corps célestes et les habitants de la Terre. Faut-il comprendre qu'elle se trouve parmi nous ?

— Oui, madame.

— Mais nos esprits n'ont-ils donc aucun pouvoir sur elle ? N'en sommes-nous que les sujets ?

— Si, madame. La connaissance que nous en avons nous permet justement de la commander dans la mesure de nos forces. Nous réglons nos moissons sur les saisons, mais nous asservissons le vent et l'eau pour faire tourner les moulins. Nous tirons des plantes leurs vertus curatives. L'ingéniosité humaine trouvera d'autres moyens encore, répondit Sébastien, songeant à la terre de Joachimsthal.

— Et notre âme, disparaît-elle quand nous mourons ?

— Je ne le crois pas, madame, dit-il en songeant à la séance de spiritisme qui s'était déroulé bien des années auparavant, chez le prince Wilhelm de Hesse-Cassel.

— Peut-on le vérifier ?

Sébastien hésita ; il n'était pas enclin à renouveler une expérience sur laquelle il ne possédait aucun contrôle.

— Je l'ai vérifié, madame.

— Peut-on le faire de nouveau ? demanda le prince.

Sébastien soupira.

— Certes, mais on ne sait jamais ce qui surviendra. Les puissances de l'invisible sont, comme l'esprit humain, imprévisibles.

Mais l'argument ne fit que piquer davantage la curiosité des convives. Et ce fut ainsi qu'on organisa une séance de spiritisme dans le salon de musique.

30

Une séance particulière de musique et un petit impromptu d'automne

Six personnes se portèrent volontaires, les autres, sans doute retenues par la réserve de Sébastien, ayant préféré s'en tenir à l'observation. Femmes et hommes alternés prirent place autour d'une table ronde et, sur l'injonction de Sébastien, qui faisait donc office de maître de séance, joignirent les mains. Les rideaux étaient tirés. Seul un bougeoir éclairait la pièce.

Sébastien avait expliqué que ces invocations se faisaient principalement pour interroger tel ou tel disparu, et le prince décida alors que ce serait son père.

Au bout de quelques minutes, le silence changea de nature : la tension des personnes présentes rendit perceptible le moindre craquement. Or, personne ne marchant alentour, des bruits infinitésimaux semblèrent émaner du parquet, des boiseries, peut-être des instruments de musique accrochés au mur ou posés sur des sièges.

— Je sens comme un souffle, murmura la princesse.

— Père, êtes-vous là ? demanda le prince.

Sébastien aussi ressentit comme un souffle froid sur sa joue. La table sembla remuer et les assistants réprimèrent des exclamations. Mais le mouvement se fit encore plus net. La table paraissait animée d'une vie indépendante.

Ce fut alors qu'un bruit incongru arracha quand même un cri à la princesse ; c'était un basson qui résonnait tout seul.

— Père ! cria le prince derechef. Est-ce vous ?

À nouveau, le basson émit un son, comme une réponse.

Des cris étouffés s'élevèrent des participants et des spectateurs.

— Dois-je faire dire des messes pour vous ? demanda le prince.

Un son lugubre émana du basson, comme un long râle. Un pied de la table s'était soulevé et l'un des spirites, une dame, tenta de la contrôler.

— Elle m'échappe ! gémit-elle.

Sébastien se leva. Le contact fut interrompu. La table retomba lourdement. Une buée blanchâtre flotta alors dans l'air et sembla se concentrer. Un visage y apparut.

— Mais ce n'est pas mon père ! s'écria le prince.

— C'est une femme, dirent à la fois deux spirites.

Sébastien reconnut en effet le visage de la baronne Westerhof. On déchiffrait sur ses traits diffus un sourire indéfinissable. Elle dériva vers Sébastien, serrant les mains contre sa poitrine, comme si elle pressait quelque chose contre son sein.

Il comprit.

— Celui pour lequel vous vous souciez est en sécurité, dit-il. Allez en paix.

Le spectre oscilla et flotta plus haut. Quelques instants plus tard, il effleura l'épinette, car quelques notes légères en jaillirent.

La table cessa de remuer.

— J'en ai assez vu, souffla la princesse, haletante.

Un assistant alluma un flambeau à la flamme du bougeoir, puis un autre. La clarté fit cligner les yeux. Sébastien put juger des effets de la séance : tous les visages étaient bouleversés.

— Qui était cette femme à laquelle vous avez parlé ? demanda la princesse.

— Une ombre que je connais, répondit-il.

Des regards pensifs convergèrent sur lui. Comment peut-on être familier d'une ombre ? Mais avec un pareil homme tout était possible.

— Seigneur ! s'écria le prince, visiblement secoué, je ferai dire d'autres messes pour le repos de l'âme de mon père, mais voilà une expérience que je ne recommencerai pas de si tôt.

— Vous avez raison, observa Sébastien, on ne peut savoir quelles seront les âmes qui répondront à l'appel. Des accidents peuvent se produire.

— Par exemple ?

— On a vu des apparitions et des révélations faire perdre aux spirites leur raison. Parfois aussi, des esprits infernaux tentent d'exercer leur vengeance sur ceux qui ont l'audace de les invoquer.

Les dames frissonnèrent.

— Les esprits peuvent donc agir sur les vivants ? demanda l'une d'elles.

— Ils peuvent les troubler dangereusement, mais parfois aussi les inciter à l'action, comme le fantôme du roi dans *Hamlet* de Shakespeare.

Les spirites et les assistants hochèrent la tête. La princesse décida que pour rasséréner les esprits des vivants, l'on boirait un chocolat chaud dans la bibliothèque.

— Vous croyez donc aux fantômes ? demanda le prince à Sébastien.

— Monseigneur, Roger Bacon m'enseigne à ne croire que ce que je vois.

— Vous en avez donc vu ?

Sébastien hocha la tête.

Le lendemain, la quasi-totalité des personnes présentes vinrent prier Sébastien de les faire admettre dans l'ordre des Templiers de la Stricte Observance, puisque c'était celui où le roi suzerain avait été admis.

*

— Feriez-vous mon horoscope ? demanda le prince le lendemain, d'un ton plaisant. Peut-être l'expérience sera-t-elle moins éprouvante.

S'étant enquis de la date de naissance du prince, Sébastien se retira dans les chambres vertes et, dans l'après-midi, il rendit son résultat au prince. Celui-ci était assis dans sa bibliothèque, le dos à la fenêtre, examinant une coupe en cristal de roche à monture dorée.

— Monseigneur, déclara Sébastien, je ne vois pour vous qu'une longue vie sans incidents. Dans trente-huit ans cependant, un événement singulier se produira pour votre royaume.

— Lequel ?

— Vous changerez de soleil.

Le prince demeura interdit.

— Comment peut-on changer de soleil ?

— En changeant de suzerain.

— Est-il né ?

— Oui, monseigneur. Les tarots indiquent qu'il sera empereur.

— L'Autriche ! s'écria le prince.

— Non, monseigneur. La France.

— Le roi de France ?

— Non, l'empereur de France.

— Mais la France n'a pas d'empereur ?

— Elle en aura un.

Cette fois-ci, le prince était confondu.

— Cela se produira dans de grandes convulsions, reprit Sébastien. Je vois beaucoup de batailles, et la Maison-Dieu.

— Qu'est-ce que la Maison-Dieu ?

— C'est une carte des tarots illustrée par une tour que frappe la foudre. Elle annonce la défaite des présomptueux et de grandes batailles.

— Et la principauté passera sous les griffes de cet empereur ?

— C'est ce que disent à la fois votre horoscope et les tarots.

Le prince demeura songeur un moment.

— Mais vous devez être terriblement puissant si vous prédisez ainsi l'avenir ?

— Je ne prédis pas l'avenir, monseigneur. Je le lis pour les autres et je ne recherche pas la puissance.

— Que recherchez-vous ?

— L'harmonie et l'élévation de l'esprit.

Le prince hocha la tête.

— Vous êtes bien celui que dit le roi Frédéric.

— Puisse-t-il être entendu, répondit Sébastien.

Le lendemain, il partit pour Heidelberg, afin d'organiser la réception des impétrants dans l'ordre des Templiers.

Il appartenait à d'autres ordres aussi, mais ils voulaient, eux, se trouver dans le cercle de leur suzerain.

Trois semaines plus tard, il était de retour à Huberg.

*

L'apparition de la baronne Westerhof – car il était certain que ç'avait été elle – traça dans l'esprit de Sébastien un sentiment aussi singulier que les sons du basson et de l'épinette. Mélancolie et perplexité y dominèrent d'abord, puis l'abandon à un mystère qu'il ne pénétrerait jamais de son vivant. Le sentiment maternel survivait donc jusque dans l'au-delà. Bien des mois plus tard – mais qu'était donc le temps au regard de l'éternité ? –, elle s'était inquiétée de son enfant. Le geste de serrer l'enfant contre son sein suscitait, chaque fois qu'il y repensait, une compassion désolée. La mort l'avait prise avant qu'elle pût caresser l'être qu'elle avait porté à terme et qui, en vérité, n'était le fruit d'aucun amour réel, sinon celui de la dynastie naissante. Le petit Piotr Fédor, désormais Pierre, était-il le fils d'Alexandre ? Ou bien celui de Sébastien lui-même ? Il ne savait le dire et peut-être elle-même, du lieu omniscient où elle se trouvait, ne l'aurait pu davantage. Mais le fait demeurait : il en était le protecteur au moins autant que son père de chair.

Il résolut de n'en point parler à Alexandre. Mais l'idée de rappeler Danaé auprès d'eux germa dans son esprit, puis se développa au point qu'il en écrivit à Alexandre :

> *Je crois que tout enfant ressent le besoin d'une mère et je crains qu'une nourrice, aussi dévouée fût-elle, ne possède ni l'autorité ni la profondeur de sentiment nécessaires. Je suis persuadé que votre mère serait aussi bien celle de Pierre que la vôtre. Songez-y rapidement, car les enfants grandissent plus vite que ne vont nos cogitations...*

Il conclut en prévenant son fils qu'il repartait pour Höchst, afin de suivre de plus près les mouvements de la Maçonnerie allemande, qui devenaient turbulents.

*

La première halte prolongée que fit la princesse Danaé Polybolos sur le chemin de Londres fut à Höchst.

— Je vous avais apporté un enfant et vous m'en rendez un autre, dit-elle à Sébastien, à sa descente de calèche, peu après les premiers échanges de civilités affectueuses.

Septembre s'achevait sur des bois rougis, et les cheminées du manoir avaient repris le service suspendu par une longue absence. L'automne de l'année 1764 symbolisait leurs retrouvailles. La jeune femme était devenue une dame imposante et les pattes d'oie au coin de l'œil témoignaient aussi du temps passé pour Sébastien.

— Alexandre m'a confié que vous m'aviez fait appeler, dit-elle en s'asseyant près du feu. L'homme-mystère de l'Europe se soucie donc de choses aussi prosaïques que l'éducation d'un enfant.

— Cet enfant est notre petit-fils, répondit-il. Nous sommes ses serviteurs.

— Peut-être est-ce bien la première fois que vous vous déclarez serviteur.

— Détrompez-vous. Je n'ai fait que servir ces grands enfants que sont les hommes. Je suis plutôt comparable à un précepteur universel.

— Et revoilà votre mystère ! conclut-elle avec bonne humeur. Laissez-moi quand même m'étonner que ces deux hommes que voilà, Alexandre et vous, n'ayez pas une femme auprès de vous.

— Il est toujours temps pour Alexandre d'en choisir une, mais ce ne l'est plus pour moi.

Danaé devint songeuse.

— Laissez-moi en douter pour Alexandre, dit-elle. Il me paraît vous ressembler de façon troublante. Dans une de ses lettres, il m'a avoué : « Je crois que je suis mon père plus que toute autre chose. » Je le vois mal fonder famille et la façon dont il a engendré ce fils rappelle étrangement celle dont vous l'avez engendré. Vous êtes tous deux pareils à ces dieux de notre mythologie antique, qui, soudain saisis par le désir, descendaient s'unir à des mortelles et remontaient sur l'Olympe.

— Croyez bien que je ne lui ai donné aucune consigne en ce sens. D'ailleurs, il est le plus souvent seul à Londres et libre de ses choix. Il ne me viendrait jamais à l'esprit de m'opposer à son inclination pour telle ou telle femme.

Danaé le considéra d'un œil froid où l'ironie de nouveau scintillait.

— Non, certes, Sébastien de Saint-Germain, puisque tel est votre nom à présent, car je vous ai connu sous celui de Gottlieb von Rennenkampf, vous souvenez-vous ? Mais votre seul exemple, soutenu par votre renommée, n'engage guère un fils à lier son destin à celui d'une épouse. Vous exercez sur Alexandre un ascendant irrésistible. Il parle de vous comme d'un surhomme.

Sébastien demeura un moment sans répondre. Il n'avait jamais songé aux choses que lui révélait Danaé.

— Qu'y puis-je ? dit-il comme s'il était désolé. Je ne crois cependant pas être le plus mauvais exemple pour un fils.

— Un fils ! s'écria-t-elle avec un mouvement d'humeur. Comme j'aurais souhaité que ce fût une fille. Peut-être seriez-vous redescendu sur terre.

— Je suis sorti de sous terre, Danaé, dit-il sombrement.

Ce fut au tour de celle-ci d'être interdite.

— Pourquoi ? demanda-t-elle sur un ton vif quand elle se fut ressaisie. Vous avez échappé au gibet ?

— Mes parents sont morts sur le bûcher, Danaé, dit-il, et j'ai de fait échappé au gibet.

Elle le regarda, stupéfaite, bouleversée.

— Mon Dieu, dit-elle d'une voix rauque. Mon Dieu, Sébastien, pardonnez-moi...

Elle se leva et lui prit le visage dans les mains.

— Comment… comment cela est-il possible ? Mais qui… qui leur a infligé ce sort atroce ?

— La Sainte Inquisition, répondit-il en caressant l'une des mains posées sur ses joues. Mes parents étaient juifs convertis, en Espagne. Les sbires de l'Inquisition ont fouillé leur maison et ont trouvé chez eux un Talmud. Ce fut leur arrêt de mort. Allez vous rasseoir.

Ils demeurèrent un long moment silencieux.

— Ce qui m'est advenu ensuite, peut-être l'écrirai-je un jour. Mais pour qui ? De tels souvenirs ne peuvent qu'entretenir la haine. Et ce que fut ma vie, je ne peux le dire. Seul le crime me permit de m'enfuir. Un homme admirable me recueillit à Londres et fit ma fortune présente, qui est aussi celle d'Alexandre. Vous avez la clé de mon prétendu mystère. Nous n'en parlerons plus jamais. Mais sachez que le but qui m'est apparu plus tard fut non pas de me venger, mais d'éclairer les esprits pour que de telles horreurs ne se reproduisent pas.

Il se leva et fit quelques pas dans un sens, puis dans l'autre.

— Vous devez être affamée, dit-il sur un ton totalement différent. Je vais prier Franz de nous préparer un souper…

Elle s'élança vers lui. Elle le prit dans ses bras et posa la tête sur son épaule. Puis elle pleura. Il tenta de la consoler.

— Non, dit-elle, laissez-moi pleurer… Vous ne pleurez pas sur vous… Laissez-moi… laissez-moi le faire pour vous.

Cependant, quand elle se fut rafraîchie, dans sa chambre, elle redescendit avec un visage plus serein. Et un autre regard aussi. Son attitude à l'égard de Sébastien avait profondément, diamétralement changé. Il retrouva en elle la douceur d'antan. Ils échangèrent un sourire.

Pour la première fois depuis longtemps, très longtemps, il fut ému à son tour. Il la prit dans ses bras, l'embrassa doucement, puis lui tendit un flacon d'une eau aux reflets dorés.

— Qu'est-ce ?

— C'est pour effacer les rides de la tristesse.

Elle répondit par un petit rire.

— S'effacent-elles ?

— Badigeonnez-vous le visage de cette liqueur, vous le vérifierez.

— Est-ce votre mystérieux élixir de jeunesse ?

— C'en est un autre, pour le visage.

La semaine suivante, les premiers effets de la lotion apparurent. Les flétrissures du temps s'estompaient déjà. Elle s'enquit de la nature du liquide.

— Un macérat de rue.

— De rue ?

— Ruta. C'est une plante dont l'usage remonte aux temps de la Bible. Les Hébreux en mâchèrent pour surmonter les fatigues de leur traversée du désert. Je vous en tiendrai approvisionnée.

— Et pour le cœur ?

— Il n'est pour lui qu'un remède, Danaé, c'est la liqueur d'oubli. Mais il faut la distiller soi-même.

31

« Nul n'a cherché mon secret »

Danaé s'installa donc à Londres. Au printemps suivant, elle emmena Alexandre et le jeune Pierre à Höchst. Sébastien engagea une domestique de plus, sous les ordres de Franz. La maison vibra jusqu'à l'automne d'une vie qu'elle n'avait sans doute pas connue depuis des lustres. Alexandre s'absenta deux fois pour aller à Amsterdam s'occuper d'affaires d'armement maritime initiées par la branche de Bridgeman and Hendricks dans cette ville.

— Avons-nous des intérêts en France ? demanda Sébastien.

— Oui, père. Nous avons prêté de l'argent pour l'extension du port de Bordeaux.

— Prenez soin de vous faire rembourser prochainement et de ne pas faire d'autres prêts pendant les années à venir.

— Pourquoi, père ?

— Ce pays va mal, répondit Sébastien. Nos affaires n'y seraient plus sûres.

Et il s'expliqua. Les gazettes qu'il recevait à grands frais lui apportaient des nouvelles contrariantes de la France :

une vaste rébellion était en cours contre le pouvoir royal. Ainsi, contre l'avis du roi Louis XV, le Parlement de Paris avait dissous la Compagnie de Jésus, et le roi avait dû s'incliner. Puis une querelle avait éclaté entre le gouverneur de Bretagne, le duc d'Aiguillon, et le procureur général du Parlement de cette province, La Chalotais. Ce Parlement avait même recommandé aux Bretons de ne plus payer d'impôts. Et le Parlement de Paris avait une fois de plus défié le roi : outrepassant un ordre royal, il avait décidé de passer le duc d'Aiguillon en jugement.

Sébastien s'était irrité de ce que le roi défendît les jésuites. Comment ce roi pouvait-il concilier son apparent intérêt pour les philosophes et soutenir ceux qui étaient leurs plus dangereux ennemis ? Mauvais présage.

Alexandre s'inclina devant le conseil de son père. Il avait plus d'une fois vérifié la justesse de ses intuitions et jugements.

Au printemps 1765, après avoir pris la précaution de lui façonner une apparence très différente de la sienne, Sébastien accéda au vœu d'Alexandre et le présenta au chapitre de la loge des Templiers à Heidelberg.

Le lendemain de son admission, il lui déclara :

— Je vais vous prier de vous intéresser autant que vous le pourrez à mon activité dans cet ordre et dans d'autres qui en sont proches. Un temps viendra, qui n'est pas si lointain, où je vous demanderai de me suppléer, parce que je serai au terme de ma vie.

— Mais père, vous paraissez mon âge ! se récria Alexandre.

— Cela aussi vous sera utile, conclut Sébastien.

À l'automne 1766, il l'emmena donc au convent[1] de l'ordre à Francfort, pour débattre, en tant que député de la loge de Heidelberg, des tendances mystiques particulières qui se dessinaient dans la Maçonnerie, notamment sous l'influence suédoise.

Le reste du temps, il était absorbé par ses études sur ce gaz qu'avait, découvert cette année-là l'Anglais Cavendish[2]. L'« air inflammable » ou phlogiston, connu de Paracelse et produit par l'immersion d'un métal dans un acide, était d'une densité différente des autres « airs inflammables ». Mais qu'était-ce donc ?

En mars de cette année 1766, le jeune Pierre eut quatre ans. Danaé et Alexandre furent prévenus plusieurs semaines à l'avance que Sébastien organiserait pour cet anniversaire une petite fête à Höchst ; il y convoqua un jongleur et un montreur d'ours, qui émerveillèrent l'enfant. Le soir, Sébastien fit tirer par Franz un feu d'artifice.

— Voilà, lui expliqua-t-il, pense que c'est ainsi que le Bon Dieu a créé le monde.

À l'évidence, Pierre, son petit-fils, représentait pour lui la seule des grâces qu'il connût désormais dans la vie. Pendant tout le séjour de l'enfant à Höchst, Sébastien modifiait son emploi du temps de façon à passer au moins deux heures avec lui dans l'après-midi, l'emmenant dans les bois, lui expliquant le monde qui l'environnait et nommant les plantes et les animaux qui le peuplaient. Il

---

1. Réunion des députés des loges de diverses villes.

2. Il s'agit du gaz que Lavoisier appellera quelques années plus tard l'« hydrogène ».

semblait en avoir oublié les Templiers, la Maçonnerie, l'alchimie et les horoscopes.

Entendant une nuit du bruit dans la chambre de Pierre, Danaé accourut et trouva Sébastien, un bougeoir à la main, contemplant l'enfant qui dormait.

— J'ai rêvé de lui, murmura Sébastien pour expliquer sa présence à cette heure plus que tardive.

Elle se demanda s'il n'avait pas l'esprit dérangé par quelques-unes de ces liqueurs d'herbes qu'il absorbait.

— N'en perdez pas le sommeil pour autant, conseilla-t-elle, le prenant par le bras. Vous risqueriez d'éveiller votre petit-fils.

— Mon petit-fils, répéta-t-il. Parfois, je crois que je ne sais plus ce que les mots veulent dire.

D'un commun accord avec Alexandre et Danaé, il fut décidé, le lendemain, que Pierre apprendrait deux langues pour commencer, le français et l'anglais, et qu'à Londres il aurait donc deux précepteurs.

Nul, sauf Alexandre, ne s'avisa qu'à la fin de ce séjour-là, Danaé parut étrangement soucieuse.

*

Au printemps 1767, saisi par la nostalgie d'une paix qu'il n'avait jusqu'alors trouvée qu'en Orient, Sébastien entreprit un long voyage. Il voulait se rendre à Damas, en Syrie, où résidait un sage qui initiait à la doctrine de Mawlana Djelal el-Din Mohamed ibn Baha'el-Din Mohammed, un grand poète et savant du XIIIe siècle, plus connu sous les noms d'el-Roumi et de Mawlana. Un bon mois fut nécessaire pour traverser l'Europe du nord au sud, avec Franz, jusqu'à Trieste. Là, un trois-mâts vénitien l'emmena en quatre autres semaines au bout de l'Adriatique, puis à Crète et à Chypre, pour déposer enfin les deux voyageurs à Tyr. Sébastien y acheta deux chevaux, car c'était le seul moyen de transport jusqu'à Damas.

Il prit ses quartiers dans un caravansérail et s'enchanta de retrouver les étuves chères à l'Orient, les suées torrides suivies d'ablutions froides qui réveillaient sans ménagement le corps et l'esprit. Il se rendit vite compte que sa tenue intriguait aussi bien les Damascènes que les voyageurs venus d'Asie pour vendre de la soie, des drogues exotiques, des fourrures, des parfums plus denses que le péché, des ivoires, des pierres précieuses, Dieu sait quoi. D'abord embarrassé, il décida d'aller au bazar acheter des vêtements du pays. Il choisit des robes de soie et de lin, des babouches, un manteau et un turban pareils à ceux que Solimanov avait choisis pour lui à Khodorkovsk jadis, puis il serra ses diamants dans un coffret qu'il confia à la garde de Franz. Enfin, il partit seul, à cheval, à la recherche du monastère de ces moines, avec son ancienne dague à la ceinture pour toute défense.

C'était à une longue heure de la ville. Au portier éberlué qui interrogea cet étranger inconnu et hautain, il répondit simplement, dans le mauvais arabe dont il avait acquis des bribes, en dépit de ses vantardises chez le prince de Birkenfeld :

— Je veux apprendre. *Awez at'aallam.*

Le portier courut vers un bâtiment perdu dans des abricotiers et des cerisiers en fleur, puis revint et lui fit signe de le suivre.

Sébastien fut reçu par un homme au visage pâle, encadré d'une barbe d'encre, qui le fit asseoir en face de lui et le considéra un long moment, sans mot dire. Sébastien soutint le regard. À la fin, le derviche hocha la tête et alla appeler un collègue. Ce dernier déclara à l'Européen, en français :

— Tu veux apprendre, me dit-on. Alors commence par notre langue. Les muets n'enseignent pas aux sourds. Je serai ton professeur. J'ai appris le français chez des négociants de Salonique. Viens demain à l'aube et demande Ali ibn Mohamed el-Husseini.

Il revint donc. On lui offrit du thé et la première leçon commença ; elle ne s'acheva que peu avant le crépuscule. Il fut alors congédié. Il tendit une pièce d'argent à son professeur, qui secoua la tête.

— Le savoir est sans prix. Seules les âmes viles le font payer.

Il en fut ainsi pendant trois mois, à l'exception du vendredi. Tous les soirs, Sébastien rentrait au caravansérail et retrouvait Franz, qui lui adressait immanquablement le même regard, plus étonné chaque soir. À raison de huit heures par jour, Sébastien finit par apprendre cette fois les rudiments du langage, de la lecture et de l'écriture.

Deux ou trois fois, l'homme au visage carré qui l'avait reçu silencieusement vint suivre les progrès de l'inconnu pendant les leçons.

— Cet homme sera ton maître, lui dit Ali ibn Mohamed el-Husseini. Il se nomme Tawhid Abou Bakr et c'est l'un de nos maîtres les plus éclairés. Il t'a consenti un grand honneur en te retenant. Bien des gens sont venus ici comme toi, pour demander notre enseignement. Il les a rejetés. Mais quand il te prendra comme élève, tu devras habiter ici et vivre comme nous.

Ce jour vint. Tawhid Abou Bakr apparut à la fin d'une classe pour lui annoncer :

— Ta langue s'est déliée, tes oreilles se sont ouvertes. Il est temps de féconder ton esprit. Tu viendras demain habiter ici et suivre notre discipline. Elle est légère aux âmes fortes et lourde aux âmes faibles. Notre devise est simple : écoute avant de penser et pense avant de parler. La parole imprudente est comme le bâton dont le maladroit se donne des coups. Nous suivons le cours du soleil et nous ne prenons qu'un repas par jour. L'eau et le thé sont nos boissons favorites, mais nous ne refusons pas le vin, car il soulage l'âme de sa lourdeur.

Il avait cru tant savoir, mais il avait quand même assez dit qu'il ne savait rien pour se rendre à l'évidence : la générosité de ceux qui l'accueillaient était pareille aux fruits de l'Éden ; ils ne vous étaient offerts qu'au prix de la courtoisie.

— Enfin, conclut Tawhid Abou Bakr, choisis un nom qui nous convienne. Nul ne t'a demandé le tien, car ici l'on naît à nouveau.

Il acquiesça avec le sourire et choisit celui de Hilal, qui signifie « croissant de lune » ou « nouvelle lune » ; ce choix lui valut le premier sourire de son maître.

— C'est bien, dit-il, tu attends de croître.

Ils lui allouèrent une cellule garnie d'un matelas, d'un broc d'eau et d'une couverture, qu'il partagea avec un autre novice, un jeune homme au regard de dragon et aux grâces farouches.

Tous les soirs, des ablutions communes, après un séjour dans la vapeur, expulsaient les dépôts d'humeurs basses qui encrassent la peau, les organes et l'esprit. Des frères lui étrillaient le dos. Il se rinçait à l'eau parfumée à l'essence de cèdre.

Et chaque soir, il perdait un peu plus de son passé.

Le premier dimanche, après les récitations et les exhortations, il assista aux danses extatiques des disciples confirmés, les derviches tourneurs, qui célébraient dans leurs girations vertigineuses l'amour éperdu de Mawlana pour son maître Shams, le Soleil.

Le motif enrubanné des flûtes envahissait son esprit.

Il n'était plus personne. Il n'avait pas eu de vie antérieure, car celle dont il conservait encore des souvenirs n'avait été que le cauchemar d'un homme qui a mangé des mets avariés.

Il pleura en écoutant réciter par le sage des vers de Mawlana :

Écoute le roseau, sa plainte
nous parle de séparations.
Depuis qu'on m'a coupé de la jonchaie
mon souffle fait gémir les hommes.
Je veux un cœur déchiré par l'exil
pour lui conter la douleur du désir.
Tous ceux qui ont rompu les liens originels
sont en quête de l'instant de la réunion.
J'ai gémi dans bien des sociétés,
compagnon des heureux et des misérables.

Chacun s'est cru mon ami, mais dans mon cœur
nul n'a cherché mon secret.
Mon secret n'est pas loin de mon gémissement,
c'est ma clarté, invisible à l'œil...

Mais ses larmes furent celles du soulagement : il n'était donc pas seul à ressentir la souffrance infinie de l'exil, celui de l'âme arrachée à sa mystérieuse patrie. Il le sut alors, il n'était qu'un roseau admis à chanter la souffrance humaine et la joie de l'amour céleste.

Il fut ainsi admis dans la confrérie des Bektashis et vécut pieds nus, en robe, buvant de l'eau à midi et du vin le soir, récitant les vers d'el-Roumi et faisant les cinq prières quotidiennes du mahométan.

Car on n'adore jamais que le même Dieu. Et quand les fumées des bûchers obscurcissaient l'air et qu'on brûlait des Talmuds devant Notre-Dame de Paris, les Juifs coulaient des jours paisibles sous la protection des mahométans. Les *dhimmis* continuaient d'élever leurs enfants dans la foi de leurs pères et enterraient leurs morts dans leurs cimetières.

Il n'éprouvait aucune contradiction en lui-même.

*

Comme une fleur qui ne s'épanouit qu'au terme de longues années, une idée mélancolique se déploya dans l'esprit de Sébastien, un soir qu'à Damas il goûtait avec les Bektashis la brise du crépuscule sur une grande terrasse dominant la rivière Barada, et dégustait avec son maître des abricots et des pistaches en buvant du vin de Chalybon. Il songea soudain que la sagesse est une fleur rare, réservée à une poignée d'élus.

— Ton visage s'est assombri, observa Tawhid Abou Bakr. Quel nuage a passé sur toi ?

Il le lui expliqua.

— Tu ne peux changer la mer en vin, répondit alors Abou Bakr. Je sais quel est ton rêve. Tu veux pacifier le monde. Mais le Prophète lui-même ne l'a pu. Contente-toi de semer et de manger le blé de tes semailles.

— Et de rêver à un monarque sage, renchérit Sébastien.

— Si tu étais monarque, il te faudrait la patience d'un archange pour résister aux attaques des sots et aux vents furieux de leurs passions.

— Et l'harmonie céleste ?

— Es-tu dans le secret des étoiles ? Qui te dit qu'Aldébaran n'insulte pas la lune ? Et que les étoiles filantes ne sont pas des projectiles que les astres se lancent dans leurs querelles ?

Sébastien éclata de rire et Abou Bakr céda à son hilarité.

— Seuls ceux qui ont de la grâce savent imiter l'harmonie céleste. Tu es mortel, ne te prends pas pour un ange.

— Mais même si je suis mortel, je ne veux pas mourir.

— Alors, dissous-toi dans l'extase.

Il le savait déjà.

*

Il venta. Il neigea sur Damas. Le soleil des hommes s'éloigna, cependant que Shams rayonnait dans les cœurs.

Les plaines reverdirent. Un matin de mai, Abou Bakr entra dans sa cellule et s'accroupit en face de lui. Il demeura un long moment dans cette position, plongeant ses yeux dans les yeux de celui qui s'appelait ailleurs Sébastien.

Ce dernier hocha la tête ; il avait compris. Ou bien il consacrait le reste de sa vie à tourner dans l'orbite de Shams, ou bien il s'en retournait vers les terres froides dont il était venu.

Les deux hommes se levèrent. Ils n'avaient pas échangé un seul mot. Sébastien baisa la main d'Abou Bakr.

— Que le soleil illumine tes nuits, dit seulement le maître.

L'esprit suspendu par la rupture, Sébastien se sentit étrangement léger : c'était la seule fois de sa vie qu'il n'emportait pas de bagages.

Il alla délier son cheval dans l'écurie et repartit pour la ville.

Franz l'accueillit sans surprise.

— Tant que vous ne m'aviez pas renvoyé en Europe, cela signifiait que je devais vous attendre, dit-il.

Sébastien dut lentement réapprendre le langage de ceux qui lui apparaissaient comme « les gens de l'extérieur ».

32

Le pasteur qui ne voulait pas être conforme

La seule âme vivante à Höchst était le jardinier. Il parut stupéfait de voir revenir son maître.

— La dame et son fils vous croyaient morts, dit-il.

Quand il fut assuré que les deux voyageurs n'étaient pas des spectres, il ajouta :

— Le prince Karl, en visite chez son frère, est venu trois fois. Il était également inquiet.

Sébastien écrivit un billet pour le rassurer ainsi qu'une lettre à l'intention d'Alexandre et de Danaé. Il pria Franz d'aller porter l'une et poster l'autre.

L'été de l'année 1768 flambait sur la Franconie. Le soleil de Shams brûlait encore dans le cœur de Sébastien.

Il dépouilla son courrier. Un ordre de transfert de huit mille florins à son compte à la banque d'Amsterdam par le comte Cobenzl. Les gazettes. Une lettre de Grigori Orloff. Une autre de Zasypkine, qui le conforta et le contraria tout à la fois :

> *… Votre vieil ennemi le ministre Choiseul est devenu celui de la Russie. Son ambassadeur à*

Constantinople, Vergennes, s'emploie à irriter le sultan pour qu'il nous déclare la guerre. Celui-ci a emprisonné notre ambassadeur Obreskov, pouvez-vous le croire. L'Autriche mène la même politique. Je sais que Choiseul parle même de faire détrôner l'impératrice. Connaîtriez-vous un moyen de le réduire à l'inaction ? S'il vous fallait pour cela aller en France, je m'emploierais à vous faciliter votre voyage.

À quoi songeait donc Zasypkine ? À empoisonner Choiseul ? Il s'empressa de lui écrire pour lui dire que tant que celui-ci était au pouvoir, il lui serait impossible de pénétrer sur le territoire français et que, d'ailleurs, son absence ne changerait rien aux dispositions de la France à l'égard de la Russie, car le roi Louis XV lui-même était jaloux de l'influence russe en Orient.

Zasypkine lui annonçait en outre qu'il déplorait la mort du comte Banati.

Celui-ci ne verrait donc pas la Grèce libérée.

Examinant la lettre d'Orloff, Sébastien fut surpris par des armoiries qu'il ne connaissait pas ; il la décacheta et alla à la signature : « prince Grigori Orloff » ; il était donc monté en grade dans l'aristocratie de son pays, ce qui signifiait que la faveur impériale n'avait pas faibli. Le texte en était chaleureux et intéressé : le prince Grigori demandait à son vieil ami le comte de Saint-Germain s'il voudrait bien lui donner la recette du « thé russe », que le comte appelait également *« aqua benedetta »* et lui avait fait boire à Saint-Pétersbourg ; en effet, il en avait vérifié les effets bienfaisants pour les embarras gastriques et intestinaux, et un tel breuvage serait précieux pour les marins de la flotte russe dans leurs voyages au long cours[1]. Il communiquerait cette recette à son frère Alexeï, puisqu'il prendrait bientôt la mer.

Alexeï prendrait la mer ? Et pour aller où ?

Le prince Grigori l'informait aussi que l'impératrice Marie-Thérèse et son fils Léopold II, avec lequel elle régnait de concert, avaient conclu une alliance impie avec les Ottomans, dirigée contre la Russie et que l'impératrice réagirait sans tarder à cette menace. De surcroît, les Polonais et les Tatars du Sud se préparaient à attaquer la Russie.

> *Ah, que n'êtes-vous des nôtres dans cette adversité,* concluait Orloff, *vos conseils nous rendraient cette sérénité et cette finesse de vue que nous avons tant appréciée.*

Il fut sensible au compliment. Mais depuis son séjour à Damas, la politique ne l'intéressait plus. Faire entendre raison à ces rois revenait à enseigner la rhétorique à des chiens sauvages.

Il s'assit à sa table et répondit aussi à Orloff : rien dans l'adversité n'offrait un recours aussi sûr que de garder la tête froide. Il était pour sa part certain que la discipline

1. Cette tisane stomachique, dont la composition est de Saint-Germain, fut en effet servie aux marins russes en 1770 lors des combats navals de la guerre russo-turque en mer Noire, où la flotte russe triompha grâce à l'aide de la flotte anglaise. Le consul d'Angleterre à Livourne en avait conservé la recette.

des armées russes viendrait à bout des hordes désorganisées des Tatars et des Ottomans. Et il y joignit la recette demandée : pour cinq parts de thé, une part d'absinthe, une de racine d'angélique et une de fleurs de millepertuis.

Mais ces gens devraient un jour apprendre à boire autre chose que de l'eau croupie et de l'alcool.

*

— Connaissez-vous Dutoit-Membrini ? demanda Karl de Hesse-Cassel.

Et comme Sébastien secouait la tête, il reprit :

— Je l'ai vu. Il vit en Suisse, entre Berne, Moudon et Lausanne. Ah, comte, lui et Fleischbein… Ce sont des hommes d'une spiritualité remarquable ! Il faut que vous leur rendiez visite.

Il semblait exalté. À peine avait-il reçu le billet de Sébastien qu'il était accouru, pour lui faire part de sa découverte.

— Qui est Fleischbein ? demanda Sébastien.

— Le comte Frédéric Fleischbein est le maître spirituel de Dutoit-Membrini. Il habite Berlebourg. Ces deux hommes enseignent le salut par le retrait de l'âme, seule voie de sanctification.

Le retrait de l'âme. N'était-ce pas ce qu'il avait expérimenté à Damas ? Mais depuis son retour, il devait faire effort pour comprendre les mots des Européens. Et d'abord, qu'appelaient-ils « âme » ?

— Je vous demande d'aller les voir, reprit le prince. Ne fût-ce que Dutoit-Membrini.

Si l'on y réfléchissait, la partie la plus forte de son discours résidait dans la chaleur avec laquelle il évoquait cet inconnu. Sébastien hocha la tête et promit d'aller à Lausanne.

Il dut différer son projet d'une dizaine de jours, car Danaé, Alexandre et Pierre venaient d'arriver. Tous trois le serrèrent dans leurs bras, presque en même temps. Alexandre et Danaé avaient les yeux mouillés.

— Vous m'aviez cru mort, dit-il.

— Je me rassurais en me disant que vous auriez trouvé moyen de nous avertir, sauf en cas de naufrage, répondit Alexandre. Mais racontez-moi votre voyage.

Le récit prit une soirée. Il se termina par une citation d'el-Roumi, célébrant l'élévation de l'âme de son prédécesseur el-Attar, ce qui signifiait « le parfumeur » :

Attar a parcouru les sept cités de l'amour,
Mais moi je suis encore au tournant d'une seule rue.

Le petit Pierre écoutait, les yeux agrandis par l'étonnement.

*

La souffrance, physique, morale, les deux peut-être, avait refait le visage de Jean-Philippe Dutoit-Membrini ; elle ne l'avait pas seulement émacié : elle avait reconstruit son ossature, son maintien, ses traits, et bien sûr son expression. Même les joies qu'il ressentait, à coup sûr, devaient le brûler. Il avait un peu plus de quarante ans : il en paraissait le double. L'effort intellectuel, en effet, prépare ses adeptes à leur visage éternel.

Il reçut Sébastien dans sa maison au bord du lac, par une claire journée d'automne. Il le fit asseoir devant lui, près d'une fenêtre, dans une étude dévolue à l'encre et au papier. Son visage était sévère.

— Je suis très honoré de votre visite, comte, dit-il d'emblée, mais je ne m'occupe ni d'alchimie ni de magie et je crains de ne vous être d'aucune utilité.

Son souffle était court et chaque mot semblait lui coûter un effort.

— Les réputations sont aux natures véritables ce que l'image d'un bâton à demi trempé dans l'eau est à la réalité.

Dutoit-Membrini s'autorisa à sourire.

— Mais l'on vous prête communément le pouvoir de changer le plomb en or et de fondre les pierres précieuses ?

— Quand bien même cela eût été, monsieur, j'aurais perdu mon temps à m'enrichir et n'aurais eu aucun désir de rencontrer un homme dont le prince Karl de Hesse-Cassel loue bien autre chose que la fortune.

Le ministre se rasséréna un peu plus.

— Quelle noble recherche a mené vos pas jusqu'ici ?

— La recherche de la lumière, monsieur.

— Le bâton se redresse, observa-t-il, finement.

Et au bout d'un temps :

— La lumière ne brille que dans le dépouillement intérieur, articula-t-il, presque haletant. Le dépouillement ! Savez-vous ce que c'est ?

— Le renoncement à ses émotions les plus chères, répondit Sébastien.

— C'est cela et plus que cela : c'est l'aspiration à la délivrance de sa nature terrestre.

Le ministre s'arrêta pour reprendre son souffle. Trop de dépouillement, songea Sébastien, était excessif. Autant se suicider.

— Je vous donnerai l'un de mes livres sur les exercices de dépouillement, reprit Dutoit-Membrini. Ils doivent mener au Christ lui-même…

Et pourquoi donc s'est-il fait homme ? songea encore Sébastien. Pour que l'homme renonce à sa nature humaine ? Les mots d'Abou Bakr lui revinrent à l'esprit : *Tu es mortel, ne te prends pas pour un ange.*

— Sachez, comte, je vous le dis tout de suite, distinguer entre la conformité et l'uniformité. La première est la foi de ceux qui croient en Jésus mais ne l'ont pas reçu, la deuxième c'est la possession intérieure par le Christ !

Il s'arrêta encore pour reprendre son souffle.

— La raison dont nous sommes si fiers, mais ce n'est qu'un lointain reflet du *logos* !

Sa voix se cassa. Sébastien fut frappé : c'étaient les mêmes propos qu'il avait tenus a son fils bien des semaines auparavant.

— Seule la lumière divine peut nous permettre de triompher de la confusion que les anges déchus ont semée sur terre, misérables créatures qui mélangent le céleste et le terrestre pour notre perte.

Il dévisagea Sébastien, soudain inquiet.

— Êtes-vous un ami de ce M. Voltaire, qui habite non loin d'ici, à Montriond ?

— Non, monsieur.

— Je m'en félicite. Cet homme se sert de son esprit pour éblouir et aveugler l'âme.

Les lèvres de Dutoit-Membrini se pincèrent.

— Puisque vous savez au moins ce que prétend faire l'alchimie vulgaire, cet homme est un souffleur[1] ?

Il soupira.

— Comme si je n'avais pas assez d'ennemis !

— Lesquels ?

— Vous ne savez pas ?

— Non.

— L'Église, répondit Dutoit-Membrini.

— Je m'étais laissé dire qu'elle ne persécutait que les loges maçonniques.

— Sans doute croit-elle que j'en tiens une.

— Vous avez beaucoup de disciples ?

— J'en ai quelques-uns. Ils se réunissent autour de nous, le comte Frédéric de Fleischbein et moi, parfois aussi le marquis de Langallerie… Venez à Berlebourg, vous assisterez à une réunion d'âmes intérieures[2], dit le ministre en se penchant vers Sébastien.

Âmes intérieures. Et que seraient donc les âmes extérieures ?

— Mais votre propos me semble empli de la plus grande piété chrétienne, monsieur. Pourquoi l'Église vous persécute-t-elle ? demanda Sébastien.

L'autre haussa les épaules.

---

1. Surnom des charlatans qui fabriquaient du faux or.
2. C'était l'expression utilisée par Dutoit-Membrini.

— La lumière..., dit-il faiblement. La lumière les effraie. Ils ne veulent que des gens conformes.

Il parut épuisé ; Sébastien pensa qu'il serait temps de prendre congé.

— Je m'en voudrais de vous prendre trop de temps, dit-il en se levant. Vous avez été fort bon d'accueillir un étranger...

— Non, ce n'est rien, ce n'est rien, souffla Dutoit-Membrini avec un sourire. Ma maladie, savez-vous, est la première de mes mortifications. Il en est d'autres...

Il se leva à son tour, avec peine, alla à son bureau et y prit une épaisse brochure intitulée *La Philosophie divine*. Sébastien le remercia chaleureusement et s'en fut.

En vérité, se dit-il en regagnant son hôtellerie, il existe donc une Inquisition pour les chrétiens eux-mêmes[1] !

✱

La soirée étant belle, Sébastien décida d'aller marcher un peu le long du lac après le souper. Franz l'escortait à plusieurs pas de distance. Quelques torches qui s'échevelaient sur les berges essaimaient des miettes de feu sur les eaux, éclairant çà et là les silhouettes d'autres promeneurs ou d'amoureux.

---

1. Le pasteur Jean-Philippe Dutoit-Membrini (1721-1793) était une figure célèbre de l'ésotérisme chrétien au XVIIIe siècle. Soupçonné de collusion avec la Maçonnerie, il subit en effet des menées inquisitoriales de la part des autorités religieuses de Berne. Mystique et théosophe piétiste original, il n'eut cependant pas de rapports avec celle-ci ni avec les Rose-Croix d'Or.

Trois hommes cheminant d'un pas vif le rejoignirent, puis l'entourèrent. Quoique bien mis, ils ne semblaient guère animés de bonnes intentions. L'un d'entre eux, face de lune mafflue agrémentée d'un collier de barbe rousse, se planta devant Sébastien :

— Saint-Germain ? Veuillez nous suivre.

— Mais…

L'homme braqua un pistolet sur son ventre.

— À la moindre résistance, je tire. Nul ne vous regrettera.

Il indiqua le lac avec un sourire fielleux :

— Voulez-vous dormir là de votre dernier sommeil ?

— Que voulez-vous ?

— Suivez-nous.

Ils l'escortèrent vers une calèche fermée qui attendait à quelques pas de là. À l'évidence, ils n'étaient pas des malandrins ordinaires. Mais qui étaient-ils donc ? Sébastien s'étonna que Franz ne se fût pas avisé de la scène et se fût gardé d'intervenir. Avait-il jugé qu'à deux contre trois, ils risquaient tous deux un mauvais coup ? Il monta dans la calèche. Elle ne roula pas longtemps ; un quart d'heure plus tard, la voiture s'arrêta devant une maison basse, flanquée d'une grange. Aux mouvements de la calèche, Sébastien jugea qu'ils avaient gravi une pente ; ils devaient donc être sur les hauteurs de Lausanne, dans les vignobles. La maison était sans doute une ferme.

Était-ce la dernière halte de sa vie ?

33

Un pistolet au bout d'une enquête philosophique

Les quatre hommes descendirent de la calèche et le barbu se dirigea vers la maison, dont il ouvrit la porte. Les autres poussèrent Sébastien devant eux et la refermèrent. Ils se retrouvèrent dans une salle, éclairée par deux chandelles et meublée de quelques chaises rustiques et d'une table. Une grande porte à deux battants, à droite, ouvrait probablement sur la grange. Le barbu s'assit sur une chaise et posa le pistolet près de lui, sur la table, un des autres hommes alluma quelques chandelles de plus sur des bougeoirs de bois, l'autre tisonna les braises d'une cheminée campagnarde et y jeta deux bûches.

— Asseyez-vous, ordonna le barbu. Vous avez rendu visite ce matin à Dutoit-Membrini. Pourquoi ?

C'était donc cela.

— Pour m'entretenir avec lui.

— Depuis combien de temps le connaissez-vous ?

— J'ai fait sa connaissance ce matin.

— Qui vous a envoyé à lui ?

— Personne ne…

— Ne mentez pas ! Vous êtes venu lui remettre des fonds. De la part de quelle confrérie ?

— Je vois que, quoi que je dise désormais, vous serez assuré que je mens. Votre parfaite discourtoisie me contraint donc au silence.

— Vous parlerez ! s'écria le barbu, se levant en colère. Je saurai vous faire parler !

Il souffleta Sébastien.

— Quel est l'ordre infect de Maçonnerie du diable qui vous a chargé de remettre des fonds à ce pasteur vérolé ?

Sébastien ne répondit pas. Il ne se frotta même pas la joue.

— Ligotez-le ! ordonna le barbu.

L'un des acolytes tira de sa poche un rouleau de corde.

— Et vous, faites chauffer le tison, ordonna également le barbu.

Il tourna la tête vers la grande porte séparant la maison de la grange, que traversaient des bruits confus ; il fronça les sourcils.

Celui qui se préparait à attacher Sébastien se penchait sur lui et lui saisissait le bras, quand soudain la grande porte s'ouvrit violemment à deux battants, et des boules de feu en surgirent. Voyant arriver sur lui une de ces boules, que Sébastien reconnut comme un ballot de foin enflammé, le barbu cria. Sébastien s'était déjà levé et s'était prestement emparé du pistolet. Une fumée âcre envahissait la salle. Terrifié, un des acolytes avait déjà gagné la porte.

— Pas si vite ! cria Sébastien, marchant à reculons vers la porte. Pas si vite. Restez assis ou je tire.

L'autre malandrin se jeta sur lui. Sébastien visa prestement la cuisse et tira. L'homme hurla, puis s'effondra.

Ce fut à ce moment que Franz entra, armé d'un fouet à bœufs.

Mais comment était-il arrivé là ?

Le fouet claqua et cingla le barbu sur le torse. Il claqua encore, dans le grondement des flammes, et ensanglanta le visage mafflu.

— Pitié ! hurla celui-ci d'une voix soudain suraiguë.

L'affolement le convulsait. La maison, en effet, commençait à flamber.

Un troisième coup de fouet claqua et déchira la manche de son habit. Des brandons avaient entamé ses chausses, y faisant des trous noirs.

— Pitié ! cria-t-il encore, d'une voix rauque, suffoquant dans la fumée.

Et il s'élança à la suite de Sébastien et de Franz, qui gagnaient l'air libre. Le valet saisit le barbu par le collet et lui administra un formidable coup de poing dans le visage déjà ensanglanté. L'homme perdit l'équilibre et tomba.

Le blessé, lui, s'était traîné hors de la maison en feu, toussant, crachant, gémissant. Il se laissa tomber à terre.

Franz, en proie à une rage froide, releva le barbu et lui décocha un autre coup de poing.

— Arrêtez, lui ordonna Sébastien.

Il se pencha vers le chef de cette police secrète :

— C'est à mon tour, basse canaille, de demander qui vous envoie !

L'homme roula des yeux terrifiés et ne répondit pas. Le toit de la maison prit feu et tout un pan s'écroula dans un fracas assourdissant. Des flammèches volèrent à vingt pas.

Les chevaux de la calèche hennirent de peur et firent cliqueter les harnais.

— Qui ? demanda Sébastien braquant le pistolet vers le barbu.

L'autre haletait de terreur. Sébastien le souffleta.

— Qui, lâche vermine ? Si vous ne parlez, nous vous ficellerons comme une volaille et nous vous jetterons dans le feu de l'enfer.

— L'évêché, balbutia l'autre.

— Vous le remercierez de ma part pour le pistolet, dit Sébastien, fourrant l'arme dans sa poche. Et vous le préviendrez que je sais, moi aussi, faire chauffer des tisons.

Lui et Franz, qui tenait toujours le fouet en main, dévalèrent les pentes d'un pas leste, laissant les deux sbires sur les lieux.

Ils ne se retournèrent qu'une fois, pour regarder le brasier qui obscurcissait le ciel nocturne et que les flammes de l'incendie éclairaient par en dessous, comme dans une vision de l'enfer. Ils aperçurent le mafflu qui transportait son acolyte dans la calèche. C'était fort bien ainsi : ils iraient prévenir leurs chefs que le comte de Saint-Germain n'était pas homme à se laisser intimider aussi aisément.

— Vous pouvez regarder, dit Sébastien à Franz. Ni vous ni moi ne serons changés en statues de sel.

*

— Mais comment diantre êtes-vous arrivé là-bas ? s'écria Sébastien quand lui et Franz eurent enfin regagné leur hôtellerie.

L'un et l'autre, gosier desséché par la fumée et l'angoisse, avaient bu jusqu'à plus soif l'eau de source dont Sébastien faisait chaque soir provision.

— Quand j'ai vu ces trois hommes vous entourer, j'ai immédiatement soupçonné un mauvais coup. Puis j'ai aperçu le pistolet que tenait le barbu et je me suis dit qu'il ne servait à rien d'intervenir, car vous et moi risquions une balle. Je vous ai suivi jusqu'à la calèche et j'ai profité de l'obscurité pour m'accrocher à l'arrière, en me tenant sur le marchepied. Dès que la voiture a ralenti, j'ai sauté à terre et je me suis caché, avisant les moyens de vous libérer. La présence de la grange m'a fait espérer qu'elle serait pleine de foin, comme c'est le cas à la fin de l'automne. Je n'ai pas été déçu. J'étais alors certain que l'incendie forcerait ces brigands à sortir de la maison. J'aurais bien trouvé alors un moyen de vous venir en aide et je savais, monsieur, que vous-même n'êtes pas sans ressources.

— Vous êtes un diable d'homme, lui dit Sébastien. Je ne sais ce que j'aurais fait sans vous. Ces gens se préparaient à me soumettre à la question en me torturant avec un fer rougi au feu. Peut-être serais-je au fond du lac à l'heure qu'il est.

— Je m'en inquiétais aussi, monsieur. Que serais-je devenu, moi ? J'aurais perdu un maître comme je n'en aurais pas retrouvé en mille ans.

— Je vous remercie du compliment, dit Sébastien. Votre égoïsme m'a donc sauvé. Maintenant, il nous faudra sortir de Lausanne sans autre encombre.

Réponse laconique. Cependant les réflexions de Sébastien étaient bien plus vastes. Il songea à ses conversations de jadis avec Solomon Bridgeman, sur la sympathie universelle. Et aux observations de Solomon, après l'épisode de l'exorcisme, à Londres, sur l'attachement que lui avait témoigné le fantôme de Fray Ignacio.

Au-delà des théories du pasteur Dutoit-Membrini sur la confusion que les anges déchus auraient semée sur terre, il existait des forces qui unissaient les uns et opposaient les autres. Non, les anges déchus n'avaient pas semé de confusion ; l'esprit humain était incapable de percevoir l'ordre dans le désordre apparent.

Il se rappela une réponse qu'il avait faite à Solomon et s'étonna de sa propre prescience ; quand l'Anglais lui avait demandé quel était son but dans l'existence, il avait répondu : « Je ne sais si j'ai un but dans l'existence. Je pense plutôt qu'elle en a un pour moi. »

De toute façon, il n'éprouvait décidément pas d'attirance pour les idées du pasteur. Cette intériorisation douloureuse de l'âme qu'il prêchait constituait en réalité une forme d'égoïsme ; elle isolait l'individu des autres et le rendait indifférent à leur destin. Il était heureux que Franz, par exemple, ne se fût pas livré aux exercices spirituels recommandés par Dutoit-Membrini ; il aurait alors laissé les brigands achever leur œuvre.

*

Maître et valet se levèrent dès potron-minet et coururent à la station de malles-poste. Trois jours plus tard, Sébastien poussa un soupir de soulagement quand ils passèrent la douane du Wurtemberg.

Il ne dormit tranquillement qu'à Fribourg. Du moins pendant la première partie de la nuit, car un cauchemar l'éveilla après minuit et l'assit haletant dans son lit. Combinant l'image des flammes de la grange et les cordes qui l'auraient ligoté à la chaise, son esprit lui avait fait rêver qu'il allait monter sur un bûcher de l'Inquisition.

Quand il se fut ressaisi, il réfléchit à l'épisode de Lausanne. En plus des guerres militaires que les rois se livraient, une autre, sourde et haineuse, déchirait le monde sans relâche, et elle aussi faisait des victimes. Une guerre d'idées. De soupçons. De religion.

La preuve en était qu'au bout d'une enquête philosophique, il avait trouvé un pistolet braqué sur lui.

Ce n'étaient certes pas des esprits de lumière qui menaient l'offensive. C'étaient des serpents monstrueux, infects, puants, jaillis des gouffres. Et son devoir était de les détruire comme ils avaient détruit ses parents.

Son devoir était de les terrasser en répandant la lumière. Elle les aveuglerait, elle les anémierait, elle leur déchirerait les entrailles. Ils retomberaient comme des excréments dans les abysses fétides dont ils étaient surgis. Il avait deviné ce but quand il s'était détaché de l'alchimie et de ses mirages puérils pour se consacrer à la Maçonnerie. L'incident de Lausanne avait servi de révélateur : l'Inquisition perdurait. Il fallait l'abattre.

Et la Maçonnerie serait l'armée qui mènerait le combat.

Maintenant, à cinquante-neuf ans, il avait un but dans l'existence.

*

De retour à Höchst, il trouva une lettre l'informant que la loge de Berlin « s'anémiait », tel était le terme du signataire, inconnu de Sébastien, le baron Knyhausen. Il repartit donc, en se demandant quel accueil lui serait fait cette fois-ci par Frédéric II, si du moins il venait à le rencontrer.

Il descendit dans la même auberge de l'Ours d'Or qu'à son premier séjour et fit prévenir son correspondant. Une entrevue fut organisée pour le lendemain. Le baron Knyhausen, soixante-huit ans bien comptés, le reçut avec effusion et l'introduisit dans la salle de réunion.

Vingt-sept Templiers dévisagèrent Sébastien avec une stupeur non dissimulée. Comment, le comte de Saint-Germain appartenait à leur ordre ? Les échos de la *Wirtschaft* chez le duc de Bade-Wurtemberg et la mort théâtrale du nain Momilion étant évidemment parvenus jusqu'à Berlin, ces gens s'attendaient à voir un personnage terrifiant, escorté de gnomes et d'esprits aériens, capable de cracher du feu au premier mécontentement. Et ils trouvaient devant eux un gentilhomme élégant, de visage aimable, et sans nuées foudroyantes alentour ! Un des leurs, pardessus le marché.

Quand la première surprise fut passée, le baron Knyhausen leur annonça que le grand maître Saint-Germain était venu à Berlin à sa requête, pour répondre à leurs questions.

— À quoi servons-nous ? demanda un Templier.

— À combattre l'esprit de ténèbres éternel.

— Qu'est-ce ?

— La bassesse d'âme, l'appât du lucre, du stupre et de la vanité, l'inhumanité qui consiste à envoyer des hommes à la mort parce que l'amour-propre aurait été blessé. L'intolérance. Le refus d'admettre qu'un autre ait une opinion différente. Le plaisir d'humilier.

— N'est-ce pas le lot ordinaire de la nature humaine ?

— En effet. Et celui qui entretient l'ignominie, le meurtre et le désespoir.

— Vous avez décrit les vices des plus forts. Mais n'est-ce pas une loi de la nature que le plus fort triomphe ?

— Si c'est un homme dont l'âme est ainsi souillée, il n'est qu'une parodie de force, un misérable dont l'existence même est une incitation à la rébellion et au meurtre et qui n'aura pas su triompher de son pire ennemi.

— Lequel ?

— Lui-même.

— Voulez-vous dire que les forts sont des faibles ?

— Le plus souvent. Telle est la raison pour laquelle on voit tant de princes choir d'un piédestal d'occasion et finir dans un cul-de-basse-fosse.

— Qu'y a-t-il d'autre au monde que l'exercice d'une force contre une autre ?

— L'harmonie, la tolérance, la spiritualité. L'élévation de l'être vers la lumière du savoir.

— N'est-ce pas le discours de nos religions ? demanda un Templier qui paraissait moins farouche que celui qui avait jusqu'alors croisé le fer avec Sébastien.

— C'est leur discours public, en effet.

— En est-il un autre qu'ils tiennent ?

Sébastien sourit.

— S'ils le tiennent, je ne l'ai pas entendu. Mais ils le pratiquent.

— Comment ?

— Par la tyrannie. La persécution ou l'Inquisition.

— Êtes-vous hostile à la religion ? demanda un autre Templier.

— Pas celle de Dieu. Celle des hommes, quand ils l'oublient.

— En êtes-vous certain ?

— J'en ai l'expérience. On a tenté de me tuer.

— Une querelle personnelle ?

— Non. Le fait que je sois Templier.

— Saviez-vous qui étaient vos spadassins ?

— Des hommes de main à la solde d'un évêché, comme ils l'ont avoué.

Un silence suivit ces échanges. Les Templiers observaient Sébastien. Peut-être n'avaient-ils pas entendu un discours aussi clair.

— Pourquoi avez-vous tué Momilion ? reprit le même inter-locuteur.

— Je ne l'ai pas tué : il a bu le vin empoisonné qu'il me destinait.

— Vous l'y avez forcé ?

— Non pas. J'ai refusé son verre parce que je le savais empoisonné. L'électeur, pris de soupçon, l'a alors contraint à le boire lui-même.

Ces précisions dissipèrent les rumeurs fantastiques qui avaient couru sur la fin du nain. À en juger par les expressions satisfaites des participants, les propos qui les avaient précédées avaient rétabli quelque ordre dans les esprits, en tout cas le sentiment d'une autorité et d'un but commun qui exaltait leur fierté.

Quand les Templiers se séparèrent, celui qui lui avait posé les questions sur ses rapports avec la religion se présenta :

— Je suis l'abbé Pernety[1].

Un indéfinissable sourire se peignit sur les traits des deux hommes.

---

1. Son nom – mais non le récit de la séance à Berlin – est cité par Dieudonné Thiébault dans *Mes souvenirs de vingt ans de séjour à Berlin* (Paris, 1813). Pernety aurait apprécié en Saint-Germain « les caractéristiques qui font de vous un adepte ». Il convient de rappeler qu'à cette époque de nombreux religieux faisaient partie d'ordres maçons, en dépit de la menace d'excommunication de Benoît XIV.

TROISIÈME PARTIE

LE VERSEAU ET LES POISSONS

(1770-1784)

34

« Mes tortionnaires trouveront ma cellule vide »

C'est dans le quartier des criminels des donjons de l'Inquisition que votre ami écrit ces lignes, destinées à votre instruction. Quand je pense aux avantages inestimables que ce témoignage d'amitié vous procurera, les horreurs d'une captivité aussi longue que peu méritée semblent s'estomper. Cela me donne du plaisir de penser qu'entouré de gardes et embarrassé de chaînes comme je le suis, un esclave puisse quand même s'élever au-dessus des puissants, les monarques qui gouvernent ce lieu d'exil.

Sébastien posa la plume et regarda la nature enneigée par la fenêtre de son étude. Une douce chaleur émanait du poêle, un feu crépitait dans la cheminée, chassant le froid et l'humidité. La quiétude qui régnait sur les lieux semblait démentir le ton tragique de ces lignes.

Il n'était certes pas dans un cachot de l'Inquisition. Mais en lui-même, il subissait les rigueurs sinistres de cette institution qui avait endeuillé son enfance et manqué de peu l'envoyer au trépas quelques semaines plus tôt. Il croyait entendre encore la voix du chef des sbires ordonner : « Faites chauffer le tison. »

Il s'en estimait prisonnier aussi longtemps qu'elle durerait.

Il n'avait guère, depuis son retour, ménagé ses efforts pour renforcer l'ordre des Templiers de la Stricte Observance. Et ses yeux s'étaient soudain dessillés : Dutoit-Membrini était certes une âme élevée, mais il faisait fausse route : son ardente piété et sa foi sans défaut ne lui avaient pas épargné la vindicte des clergés. Quels qu'ils fussent, ce n'étaient que des viviers de tyrans. Pourquoi abonder dans leur sens ? Il l'avait représenté au prince Karl de Hesse-Cassel, qui l'avait encouragé à rendre visite à Dutoit-Membrini. Le prince avait paru troublé par la critique de Sébastien, surtout après le récit de la sinistre mésaventure de Lausanne. Mais il avait insisté :

— Quelques aveugles, mon ami, ne peuvent représenter tous les chrétiens. Croyez-moi, une foi nouvelle est en train de naître.

Il reprit la plume :

> *Vous allez pénétrer, mon cher Philocale, dans le sanctuaire des sciences sublimes ; ma main va lever pour vous le voile impénétrable qui dérobe aux yeux du vulgaire le tabernacle, le sanctuaire où l'Éternel déposa les secrets de la nature, qu'Il réserve pour quelques êtres privilégiés, pour les élus que Sa toute-puissance créa pour* VOIR, *pour planer à Sa suite dans l'immensité de Sa gloire et réfléchir pour l'espèce humaine les rayons qui brillent sur Son Trône d'or.*

Oui, il s'en avisait maintenant : deux ou trois vies mises bout à bout ne pourraient suffire à rallier les masses qui aspiraient à la clarté, pour les enrôler dans les phalanges des Templiers et d'autres ordres. Ce livre permettrait de gagner du temps, car il instruirait ceux qui ignoraient jusqu'à l'existence des Templiers et autres maçons et leur indiquerait la direction où se lèverait le soleil prochain, dans une aube tonitruante.

Oui, bientôt. Sébastien entendait les grondements du séisme imminent.

Comment appellerait-il ce livre ? Il en débattait encore dans sa tête. Ce serait un livre de sagesse. Mais ce serait aussi un livre d'apprentissage, tiré de sa propre expérience. Et en quoi consistait-elle ? En l'étude des trois règnes, le minéral, le végétal et le vivant.

> *Puisse l'exemple de votre ami être une leçon salutaire. Je bénirai alors les longues années d'épreuves que les méchants m'ont fait subir.*
>
> *Deux écueils également dangereux se présenteront sans cesse sur vos pas. L'un outragerait les droits sacrés de chaque individu : c'est l'abus du pouvoir que Dieu vous a confié. L'autre causerait votre perte : c'est l'indiscrétion. Tous deux sont issus de la même mère et tous deux doivent leur existence à l'orgueil ; la faiblesse humaine les allaita ; ils sont aveugles, leur mère les conduit. Ces deux monstres vont porter leur souffle impur jusque dans le cœur des élus. Malheur à celui qui abuserait des dons du ciel pour servir ses passions.*

La main toute-puissante qui soumit les éléments pour lui le briserait comme un roseau. Une éternité de tourments suffirait à peine pour expier son crime. Les esprits infernaux souriraient avec mépris aux pleurs de celui dont la voix menaçante les avait si souvent fait trembler de peur au sein de leurs abîmes infernaux.

Ce n'est pas pour vous, Philocale, que j'esquisse ces tableaux effrayants. L'ami de l'humanité ne deviendra jamais son persécuteur. Mais l'indiscrétion, mon fils, ce besoin impérieux d'inspirer l'étonnement et l'admiration, voilà le précipice que je redoute pour vous. Dieu seul laisse aux hommes le soin de punir le ministre imprudent qui permet à l'œil du profane de pénétrer dans le sanctuaire mystérieux. Ô Philocale, que mes malheurs soient sans cesse présents dans vos pensées ! Moi aussi j'ai connu le bonheur, comblé des bienfaits du ciel, entouré d'une puissance telle que l'esprit humain ne peut la concevoir…

Les tintements des harnais d'un attelage lui firent lever la tête. Des voix résonnèrent dans l'air froid, devant la maison. Il les reconnut et se leva. Un garçonnet en pelisse et bonnet de fourrure s'élançait vers la maison en criant :

— Sébastien, Sébastien ! Nous voici !

Franz et le jardinier aidaient à porter les bagages. Les appartements étaient prêts. Alexandre et Danaé, ainsi que le jeune Pierre venaient passer avec lui les fêtes de Noël et de fin d'année.

Il avait fait provision de vins de Champagne, du Rhin, du Bordelais, de l'Anjou et recomposé dans sa tête les recettes de préparation des chapons, des dindes, des poissons et de leurs sauces. Il avait inventé des desserts sans nombre pour son petit-fils.

Le premier qui se jeta dans ses bras au bas de l'escalier fut Pierre.

Serait-il un jour un de ses lecteurs ?

*

Le 8 janvier 1770 au matin, après le départ d'Alexandre, de Danaé et de Pierre, la malle-poste apporta un courrier à l'enveloppe lourdement armoriée, en provenance de Rotterdam. Sébastien déchiffra l'enveloppe : elle lui était adressée par l'amiral en chef de la flotte russe. Quel intérêt celui-ci pouvait-il donc lui porter ?

Elle était écrite en russe. La teneur l'en laissa estomaqué :

> *Très cher ami,*
>
> *Je profite d'une escale dans les Provinces-Unies pour vous remercier chaleureusement pour la recette de la bien-nommée* aqua benedetta *que vous avez bien voulu communiquer à mon frère Grigori et dont j'ai immédiatement ordonné la confection. Ses effets bénéfiques se sont une fois de plus vérifiés au contentement de tous.*
>
> *Elle est très utile à la mission dont je suis chargé, car vous savez sans doute que j'ai été nommé par l'impératrice amiral de la flotte russe de la Baltique. Nous faisons actuellement voile vers la Méditerranée, où nous entendons faire comprendre aux Ottomans que nous ne sommes pas leur jouet.*

Je veux espérer que nous pourrons nous retrouver dans un port de Méditerranée, où je vous communiquerai de vive voix d'excellentes nouvelles pour vous. Je vous fais porter en attendant un cadeau annonciateur.

Votre fidèle et chaleureux ami,
Comte amiral Alexeï Orloff
Ce 5 janvier de l'an 1770, selon votre calendrier.

Alexeï Orloff amiral ? Cela défiait le sens commun. Comment un officier de la Garde impériale pouvait-il commander des navires de guerre, lui qui n'avait sans doute jamais mis le pied sur un bateau ? De quel « cadeau annonciateur » s'agissait-il ? Et de quelles « excellentes nouvelles » pouvait-il donc être porteur ?

Sébastien mit un moment à retrouver le fil de son inspiration. Il soupira et reprit son écriture :

… Commandant aux génies qui dirigent le monde, heureux du bonheur que je faisais naître, je goûtais au sein d'une famille adorée la félicité que l'Éternel accorde à ses enfants chéris. Un instant a tout détruit. Je parlai, et tout s'évanouit comme une nuée. Ô mon fils, ne suivez pas mes traces. Qu'un vain désir de briller aux yeux du monde ne cause votre perte. Pensez à moi ; c'est dans un cachot, le corps brisé par les tortures, que je vous écris ! Réfléchissez, Philocale, que la main qui trace ces caractères porte l'empreinte des fers qui l'accablent. Dieu m'a puni. Mais qu'ai-je fait aux hommes cruels qui m'accablent ? De quel droit ont-ils interrogé le ministre de l'Éternel ? Ils

me demandent quelles sont les preuves de ma mission. Mes témoins sont des prodiges, mes défenseurs, mes vertus, une vie sans tache, un cœur pur.

Mais que dis-je ? Ai-je encore le droit de me plaindre ? J'ai parlé et le Très-Haut m'a livré sans forces aux furies du fanatisme infâme. Le bras qui jadis pouvait renverser une armée peut à peine aujourd'hui soulever les chaînes qui l'enserrent.

Je m'égare. Je dois rendre grâce à l'éternelle justice. Le Dieu vengeur a pardonné à son enfant repentant. Un esprit aérien a traversé les murs qui me séparent du monde, resplendissant de lumière. Il s'est présenté devant moi et il a fixé le terme de ma captivité. Dans deux ans mes malheurs finiront. En entrant dans ma cellule, mes tortionnaires la trouveront vide, et bientôt purifiée par les quatre éléments, aussi purs que le génie du feu…

Il reposa la plume et se relut. Il fronça les sourcils. Mais qu'avait-il écrit ? Que racontait-il ? Il demeura un moment perplexe. Puis il comprit.

Il avait décrit sa délivrance, celle que chaque Templier, chaque maçon connaissait après avoir traversé les épreuves initiatiques de la mort et du cachot. La liberté !

Toute vie est une initiation. Du moins pour ceux qui le savent.

Il se mit en demeure d'illustrer ce texte.

35

Rien ne peut exister sans un nom

— De la part de l'amiral Alexeï Orloff pour le comte de Saint-Germain, dit le messager venu exprès de Nuremberg, à cheval, tendant un coffret de bouleau à Sébastien. Février touchait à sa fin.

Quand il fut parti, Sébastien ouvrit le coffret. Des vêtements. Une capote bleue à glands et boutons d'or. Neuve. Une veste du même drap. Des culottes blanches. Un justaucorps. Un baudrier. Des vêtements militaires ? Ne manquaient que les bottes.

Un billet avait glissé dans le fond :

> *Mon très cher ami, félicitations ! L'impératrice vous nomme général de son troisième régiment d'infanterie. Vous êtes désormais le général Michel Saltikoff. Je vous apporterai moi-même le brevet signé de sa main. Faites-moi l'amitié de revêtir cet uniforme quand je vous donnerai rendez-vous. En attendant, priez pour moi.*
>
> *Amiral Alexeï Orloff.*

Il fut stupéfait. Lui général après Alexis amiral ? Était-ce la façon impériale de les remercier pour les services qu'ils avaient rendus au trône ? Cela signifiait-il qu'il allait devoir commander des troupes russes ? Mais où ? Quand ? Si elle avait envoyé Alexeï combattre la flotte turque, Catherine serait bien capable de l'expédier au feu, lui, sur un front ou l'autre. En tout cas, elle n'oubliait pas ses amis. Il replia les vêtements de cet uniforme tombé de la lune et les rangea dans le coffret. Alexeï ménageait-il ses effets ? Il avait sans doute emporté l'uniforme avec lui avant de quitter Saint-Pétersbourg, et après le mystérieux billet de janvier, il lui adressait cette nouvelle surprise.

Le nom qui avait été choisi pour lui l'intrigua. Saltikoff[1] ? Mais c'était « le beau Serge », le premier amant de Catherine II, soupçonné d'être le père du tsarévitch Paul. Pourquoi ce nom ?

Tous ces mystères ne pourraient être éclaircis que par Alexeï Orloff lui-même. Mais quand le verrait-il donc ?

Il reprit la rédaction de son ouvrage, qu'il avait décidé de nommer *La Très Sainte Trinosophie* :

> *… Je reprendrai le rang glorieux où la bonté divine m'a élevé. Mais combien ce terme est encore éloigné ! Combien deux années paraissent longues à celui qui les passe dans les souffrances et les humiliations. Non contents de m'infliger les supplices les plus horribles, mes persécuteurs ont employé des moyens plus sûrs, plus odieux encore. Ils ont appelé l'infamie sur ma tête, ils ont fait de*

1. Voir la postface pour ce nom et la nomination de Saint-Germain.

mon nom un objet d'opprobre. Les enfants des hommes reculent avec effroi quand le hasard leur fait approcher des murs de ma prison ; ils craignent qu'une vapeur mortelle s'échappe de l'ouverture étroite qui laisse passer comme à regret un rayon de lumière dans ma cellule. Ô Philocale, c'est là le coup le plus cruel dont ils pouvaient m'accabler.

J'ignore encore si je pourrai vous faire parvenir cet ouvrage. Je juge des difficultés que j'éprouverai pour le faire sortir de ce lieu de tourments par celles qu'il m'a fallu vaincre pour le terminer. Privé de tout secours, j'ai moi-même composé les éléments qui m'étaient nécessaires. Le feu de ma lampe, quelques pièces de monnaie, quelques substances chimiques échappées aux regards scrutateurs de mes bourreaux ont produit les couleurs qui ornent ce fruit des loisirs d'un prisonnier.

Profitez des instructions de votre malheureux ami. Elles sont tellement claires qu'il serait à craindre que ces écrits tombent en d'autres mains que les vôtres. Souvenez-vous seulement que tout doit vous servir. Une ligne mal expliquée, un caractère oublié vous empêcheraient de lever le voile que la main du Créateur a posé sur le sphinx.

Adieu, Philocale, ne me plaignez pas. La clémence de l'Éternel égale Sa justice. À la première mystérieuse assemblée, vous reverrez votre ami. Je vous salue au nom de Dieu. Bientôt je donnerai le baiser de paix à mon frère.

En guise de cul-de-lampe, il peignit soigneusement une couronne de rameaux d'olivier et d'acacia disposés de telle sorte qu'en leur cœur l'espace vide apparût comme un miroir.

*

Une visite au prince Wilhelm de Hesse-Cassel, quelques jours plus tard, lui apprit que la margravine de Brandebourg-Anspach continuait d'agiter la question de l'identité véritable du comte de Saint-Germain et ne cessait d'évoquer plusieurs hypothèses, pas toutes bienveillantes.

— Ne croyez-vous pas qu'il serait utile de dissiper ce mystère ? demanda le prince. À la fin, il pourrait se révéler néfaste. Tout le monde connaît votre nom, mais sait que vous n'êtes pas des Saint-Germain de France et que c'est un nom d'emprunt.

— Mon origine serait-elle donc plus importante que mon identité ? répliqua Sébastien.

— Non pas pour des personnes de qualité, mais des esprits ordinaires, comme on en rencontre même chez des gens de haute naissance, déduisent volontiers que le mystère cache une tare. Leur curiosité se mue rapidement en malveillance, et dans votre cas elle est attisée par les pouvoirs extraordinaires qu'on vous prête et que, je crois, on invente aussi.

Le prince laissa ses observations pénétrer son interlocuteur et ajouta :

— Voyez-vous, l'on s'étonne aussi, puisque vous semblez d'illustre naissance, que l'orgueil de la race ne vous incite pas à jeter le masque.

Sébastien se rendit à l'avis du prince ; il n'était cependant pas sûr que ce dernier ne voulût savoir, lui aussi, qui était au fond cet ami qu'il cultivait depuis de nombreuses années, mais dont il ne savait rien. Toutefois, il percevait aussi bien la menace qui réapparaissait : si, par malheur, on apprenait son nom véritable aussi bien que l'origine de sa fortune, c'en serait fait de lui. On confisquerait ses biens, il serait banni, peut-être jeté en prison, livré à l'Espagne et rendu aux fers de l'Inquisition… Il ne trouverait plus d'asile qu'au Monomotapa, dans l'obscurité de peuples indifférents à son identité.

Et il n'achèverait jamais son œuvre : étendre la Maçonnerie.

— Votre frère, monseigneur, déclara-t-il d'un ton égal, a cité ma famille à son insu.

— Mon frère ? Comment cela ?

— Vous rappelez-vous qu'il a, un soir, jadis, raconté ici l'histoire du prince François-Léopold Rakoczy ?

Le prince sembla interloqué et battit des cils.

— Voici près d'un siècle, les Rakoczy, princes de Transylvanie, étaient puissants et riches. L'empereur d'Autriche les abattit et confisqua leurs propriétés. Le prince François, mon aïeul, perdit la vie dans les combats où il espérait regagner son pouvoir et sa fortune. En 1688, sa veuve fut contrainte de laisser emmener ses enfants comme des captifs. Ils furent élevés à la cour de Vienne, l'empereur se proclamant leur tuteur et promettant de garantir leur éducation. Ce fut le cas de mon grand-père, François-Léopold. Quand il fut d'âge, l'empereur lui restitua la part des terres familiales qui lui revenait, mais avec beaucoup de restrictions.

Le prince Wilhelm semblait abasourdi.

— En 1691, reprit Sébastien, François-Léopold épousa une demoiselle Tékély…

— Mais je croyais qu'il avait épousé à Cologne Charlotte-Amélie, une fille du *landgraf* Karl de Hesse-Wahnfried, coupa le prince Wilhelm.

— C'était en secondes noces, après la mort de sa première femme. Du premier lit il eut un garçon, poursuivit Sébastien, fixant le prince du regard. L'éducation de ce garçon fut confiée au duc Gian Gastone de Medici.

— Et c'est vous ? s'écria le prince.

Sébastien hocha la tête.

— Quand François II se révolta comme son père contre l'occupation autrichienne, qu'il fut à son tour vaincu et que ses biens furent confisqués de nouveau, le nom de Rakoczy fut banni. Les deux garçons que lui avait donnés sa seconde femme, Joseph et Georges, prirent l'un le nom de San Carlo et l'autre de Sainte-Élisabeth.

— Et vous ?…

— Suivant leur exemple, j'ai pris le nom de Saint-Germain.

Le prince Wilhelm s'enfonça dans son fauteuil, abîmé dans ses réflexions.

— Vous êtes donc un Rakoczy ?

Sébastien hocha la tête.

— François-Léopold était riche. Louis XIV avait acheté pour lui des terres à la reine Marie de Pologne et lui avait fait d'autres donations.

Le prince leva les yeux :

— François-Léopold avait laissé une fortune à ses héritiers. Il avait désigné comme exécuteurs testamentaires le duc de Bourbon, le duc du Maine et le comte de Charleroi et Toulouse.

— C'est donc là l'origine de votre fortune.

— Et le Trésor de France n'a encore pas tout payé.

— Je m'explique enfin la faveur de Louis XV. Que ne révélez-vous tout cela ?

— Je le dirai, si l'on me force à sortir de mes retranchements. Mais je n'aime pas étaler la gloire de mes ancêtres, comme si je n'existais pas par moi-même.

Il tenait enfin la glu qui clorait le bec de cette pie-grièche de margravine de Brandebourg. Oui, il le savait, grâce aux recherches faites par ses amis Templiers, rien ne prouvait que la demoiselle Tékély eût été mariée à François-Léopold, mais rien ne prouvait le contraire non plus. Quant à l'enfant, Sébastien le savait aussi, il était mort à quatre ans, mais si quelqu'un venait à le révéler il rétorquerait avec hauteur que ç'avait été une mort simulée, pour dérober le jeune Rakoczy aux vengeances de ses frères puînés et des Habsbourg.

Il épia du coin de l'œil l'expression du prince : cette fable l'avait-elle convaincu ? Elle l'avait en tout cas troublé. Quand ils se séparèrent, Wilhelm de Hesse-Cassel lui prit la main et le regarda dans les yeux :

— Je devine, mon ami, les tribulations que vous avez endurées. J'admire la force d'âme avec laquelle vous avez celé vos sentiments. J'y reconnais votre noblesse de cœur en même temps que je découvre celle du sang.

La partie, en tout cas cette partie-là, était gagnée. Il en rajouta :

— Je ne vous ai pas dit, monseigneur, les souffrances qui furent les miennes quand mon père mourut…

Il en avait les yeux humides. Mais ce n'était pas de la mort de François-Léopold qu'il parlait.

Il regagna Höchst avec un cœur plus léger.

Une vérité s'imposa : rien n'existe sans un nom. Même les spectres sont tenus d'en avoir un, sans quoi leurs apparitions sont insignifiantes. Mais qu'est-ce qu'un nom ?

36

Deux lions sur un mur d'argent

Il faisait nuit. La Lune, à travers de sombres nuages, versait une lumière incertaine sur les blocs de lave qui entouraient la solfatare. La tête couverte d'un voile de lin, tenant en main le rameau d'or, j'avançai sans peur vers le lieu où j'avais reçu l'ordre de passer la nuit. Errant sur un sable brûlant, je le sentais à chaque instant s'affaisser sous mes pas. Les nuages s'amoncelaient sur ma tête, les éclairs sillonnaient la nue, revêtant les laves du volcan d'une couleur sanglante.

Enfin, j'arrivai et trouvai un autel de fer, sur lequel je posai mon mystérieux rameau. Je prononçai les mots redoutables. À l'instant, la terre trembla, le tonnerre redoubla. Les mugissements du Vésuve répondirent à ses coups redoublés et ses feux se joignirent à ceux de la foudre. Les chœurs des génies s'élevèrent dans les airs et leurs échos répercutèrent les louanges du Créateur. Le rameau consacré que j'avais placé sur l'autel triangulaire s'enflamma. Tout à coup une épaisse fumée m'environna. Je cessai de voir. Plongé dans les ténèbres, je crus descendre dans un abîme. J'ignore combien de temps je restai dans cette situation, mais en rouvrant les yeux je cherchai vainement les objets qui m'entouraient auparavant. L'autel, le Vésuve, la campagne de Naples avaient fui loin de mes yeux. J'étais dans un vaste souterrain, seul, éloigné du monde entier. Près de moi gisait une longue robe blanche ; son tissage délié semblait fait de lin. Une lampe de cuivre sur une table noire, posée sur un rocher de granit, éclairait des mots grecs m'indiquant le chemin que je devais suivre.

Je revêtis la robe, pris la lampe et m'engageai dans un corridor étroit dont les murs étaient revêtus de marbre ; il mesurait trois milles de long et mes pas résonnaient de manière angoissante sous sa voûte silencieuse. À la fin je trouvai une porte ; elle ouvrait sur une volée de marches ; je les descendis. Après avoir marché longtemps, je crus apercevoir une lueur errante. Je cachai ma lampe et concentrai mon visage sur cette ombre. Mais elle se dissipa.

Sans remords pour le passé, sans crainte de l'avenir, je poursuivis ma route ; elle devenait de plus en plus pénible. Je longeais toujours des galeries bâties de blocs noirs. Je n'osais fixer un terme à ce voyage souterrain. Enfin, après une bien longue marche, je parvins à une salle carrée. Une porte était ouverte dans chacun de ses murs, aux quatre points cardinaux, et chaque porte était d'une couleur différente. J'étais entré par celle du nord, qui était noire ; celle d'en face était rouge ; celle de l'est était bleue, et la dernière d'un blanc éblouissant. Au milieu de la salle se trouvait une masse cubique ; une étoile cristalline étincelait en son milieu. Sur le mur du nord, une peinture représentait une femme torse nu, les hanches ceintes d'une draperie noire, garnie de deux bandes d'argent ; cette femme tenait une baguette dont l'extrémité se posait sur le front d'un homme vis-à-vis d'elle. Une table à un pied les séparait. Dessus étaient posés une coupe et un fer de lance. Une flamme jaillissait de terre, semblant se diriger vers l'homme. Une inscription expliquait le sujet de cette peinture, une autre indiquait les moyens que je devais prendre pour sortir du lieu.

Après avoir contemplé le tableau et l'étoile cristalline, je m'apprêtai à franchir la porte rouge. Elle tourna sur ses gonds avec un bruit épouvantable et se referma devant moi. Je tentai alors la porte azur ; elle ne se ferma pas, mais un bruit soudain me fit tourner la tête. Je vis l'étoile cristalline scintiller, s'élever puis foncer à travers l'ouverture de la porte blanche. Je la suivis.

Il leva les yeux du papier. Il eut l'intuition de décrire un rêve plus profond que ceux du sommeil. Ce n'était pas à lui d'expliquer cette vision, mais à elle de lui révéler ce qu'il ignorait de lui-même.

✶

Un mois auparavant, il avait eu l'idée d'étudier, dans le laboratoire qu'il avait fait installer à Höchst, les effets des cendres d'alcali sur la terre de Joachimsthal. Il avait en effet appris à fabriquer des sels d'alcali en mettant à brûler du calcaire concassé, des plantes séchées et du charbon et en étudiait les résultats sur diverses substances. L'un de ceux qu'il avait constatés était que l'eau de puits filtrée à travers un lit de cendres devenait considérablement plus claire et en conservait un goût un peu salé, qui n'était pas déplaisant.

Mais, mélangées à de l'eau et puis mises à sécher à l'air, les cendres formaient de petits cristaux. C'étaient donc des sels.

Ce jour-là, il avait jeté une cuillerée de sels sur une autre de la terre de Joachimsthal dans un bol de porcelaine, ensuite recouvert. Pendant les opérations, il avait accidentellement laissé tomber un torchon de lin dans un autre bol, contenant une solution de sels dans de l'eau. Examinant le lendemain les résultats de son expérience, il constata que les cristaux de sels s'étaient pulvérisés et que leur fine poussière blanche était devenue franchement luminescente.

La vertu de la terre de Joachimsthal se communiquait donc aux substances minérales avec lesquelles elle était mise en contact. Étrange ! Mais, une fois de plus, quelle pouvait donc être cette vertu ? Quels en étaient le principe et le support matériel ?

Il remuait dans sa tête une hypothèse après l'autre et ne parvenait à aucune conclusion. En essuyant les miettes de terre avec un torchon, son attention fut attirée par son aspect brillant ; on eût dit que le lin s'était changé en soie. Il semblait aussi plus blanc.

Encore une métamorphose singulière. Les sels de cendres ne transmutaient certes pas le lin en soie, cela il en était certain, mais ils lui en donnaient en tout cas l'apparence.

Une idée germa dans sa tête. Il alla sur-le-champ écrire à Cobenzl qu'il avait découvert un moyen d'ennoblir le lin et de lui prêter les brillances de la soie. *« Nous aurions un bel avenir*, écrivit-il plaisamment, *rien qu'en fournissant les bourgeois qui veulent se donner l'apparence de la richesse et seraient contents de payer moins cher des bas de fausse soie ! »*

La réponse de Cobenzl ne tarda pas : il faisait parfaitement confiance au génie chimique du comte de Saint-Germain. Cependant, il était certain que le meilleur endroit pour trouver des alcalis en grande quantité serait la région de Venise, où les maîtres verriers utilisaient beaucoup d'alcalis pour la fabrication de leurs célèbres cristaux.

Conseil judicieux. Souhaitant éviter cependant les routes rendues boueuses par la fonte des neiges et les pluies de printemps, Sébastien décida d'attendre la belle saison pour aller dans la Sérénissime.

En attendant, il décida de poursuivre sa *Trinosophie* :

> *Un vent puissant se leva et j'eus peine à garder ma lampe allumée. Enfin, une plate-forme de marbre blanc s'offrit à ma vue. Je gravis neuf marches. À la dernière, une immense étendue d'eau m'apparut. Des torrents impétueux grondaient à ma droite ; à gauche tombait une pluie froide mêlée de grêle. Je contemplais le paysage majestueux quand l'étoile qui m'avait guidé*

jusque-là plongea dans le gouffre liquide à mes pieds. Je crus déchiffrer là un ordre du Très-Haut et me jetai dans les vagues. Une main invisible saisit ma lampe et la tint au-dessus de ma tête. Je luttai contre les vagues, tentant de gagner la rive opposée à celle que j'avais quittée. Une faible clarté luisait à l'horizon et je redoublai d'efforts.

Mais je m'épuisais vainement, car le rivage que je voyais à peine semblait reculer au fur et à mesure que j'avançais. Mes forces m'abandonnaient. Je craignis, non de mourir, mais de le faire sans avoir été éclairé. Je levai mes yeux pleins de larmes vers le ciel et je criai : « Judica judicium meum et redime, propter eloquium tuuum vivifica me[1]. » *Je parvenais à peine à remuer mes membres fatigués et je commençais à sombrer quand j'aperçus une barque près de moi. Un homme richement vêtu la guidait. Je remarquai que la proue se dirigeait vers le rivage que j'avais quitté. Il s'approcha. Une couronne d'or brillait sur son front.* « Vade mecum, *dit-il,* mecum principium in terris ; instruam te in via hac qua gradueris. » *Je lui répondis sur l'instant :* « Bonum est sperare in Domino, quam considere in principibus[2]. » *Sur ce, la barque sombra et le monarque avec elle.*

1. « Juge mon jugement et rachète-moi, que ton éloquence me fasse vivre. »

2. « Viens avec moi, avec moi le prince de ce monde, je te montrerai la voie que tu dois suivre. » — « Mieux vaut avoir confiance dans le Seigneur que de siéger avec les puissants. »

Une force nouvelle sembla couler dans mes veines. Je touchais au but. Je me retrouvai sur un rivage couvert de sable vert. Un mur d'argent se dressait devant moi, orné de deux panneaux de marbre rouge. Entre eux, dans un cercle de fer, deux lions s'affrontaient sur un nuage, l'un rouge et l'autre noir, semblant garder une couronne d'or au-dessus d'eux. Et près du cercle se trouvaient un arc et deux flèches. Le flanc de l'un des lions était aussi gravé de caractères. Je commençais à peine à déchiffrer ces emblèmes qu'ils disparurent et le mur qui les portait avec eux.

37

Conversation désinvolte sur la lutte avec l'ange dans une taverne du Rialto

— Même l'eau ici est diaprée, observa Franz.

Sébastien s'étonna que son domestique connût le qualificatif *bunt*. Ce Prussien était comparable au vin : il s'affinait avec le temps.

Mais ils n'étaient pas à Venise pour des plaisirs esthétiques, ni pour admirer les envols de gondoles ou de pigeons. Sitôt installés dans une maison bourgeoise proche de la place Saint-Marc, ils partirent pour Murano, afin de s'entretenir avec les maîtres verriers. Là, Sébastien, devenu pour la circonstance marquis Belmare, nom dont la consonance convenait à son séjour, apprit que ces artisans employaient en effet de grandes quantités d'alcali de soude et qu'ils en tiraient un quart du varech ramassé sur les côtes de l'Adriatique et brûlé avec le calcaire. Il s'en fit remettre une petite quantité, l'expérimenta sur un échantillon de coton et obtint de meilleurs résultats encore qu'à Höchst.

Une semaine plus tard, il avait conclu un accord avec les fabricants de cet alcali. Un perfectionnement lui était également venu à l'esprit : c'était de traiter le fil de coton avant le tissage, ce qui évitait le rétrécissement ordinaire du tissu trempé. Sans perdre un jour, il se rendit chez les filateurs des environs et leur exposa son projet en montrant le coton traité. L'accueil fut enthousiaste. Comme Sébastien l'avait deviné, les fausses soieries créaient un nouveau marché pour tous ceux qui espéraient briller sans se ruiner.

Depuis la perte de Chypre, de la Crète et de la Morée durant ses guerres contre les Turcs aux deux siècles précédents, la Sérénissime République cultivait beaucoup plus le commerce que l'esprit belliqueux. La retentissante victoire de la bataille de Lépante, illustrée par une magnifique et gigantesque peinture du Tintoret dans la salle du Conseil, au Palais ducal, n'avait servi à rien. Venise se méfiait désormais de la gloire des armes. Sa classe de bourgeois marchands s'était remarquablement enrichie, dans l'armement maritime, la construction navale, la fabrication de tissus et vêtements coûteux, d'orfèvrerie, de parfums... Bref, le luxe faisait florès dans la Sérénissime, au point que le « Conseil des Doges » avait dû imposer des règles sévères : pour éviter que les Vénitiens se missent à rivaliser de frais somptuaires, il était interdit, sous peine de fortes amendes, sinon de prison, d'étaler son luxe en public ; dès qu'on sortait de chez soi, l'on était tenu de porter un manteau de drap noir, le *tabarro*, afin de cacher aux yeux du prochain d'éventuelles excentricités vestimentaires.

Les rues et les canaux fourmillaient de ces capes austères.

Certains vaniteux faisaient cependant doubler leur *tabarro* de soie, de préférence écarlate, et par de savants mouvements, révélaient ainsi leur fortune aux passants.

Las ! Une police secrète, spécialement chargée de guetter ces infractions, les rapportait à la procure : « Hier soir, à telle heure, à tel endroit, *messer* Untel a publiquement ouvert son *tabarro* pour en faire voir la doublure de soie prune et ses vêtements de soie, ainsi qu'une chaîne de montre en or sertie de diamants. » Le contrevenant recevait sans tarder une semonce assortie d'une sanction financière et de l'ordre de ne plus recommencer.

Pareillement, au casino le Ridotto, tous les joueurs étaient tenus de porter des masques, pour que les faiseurs de bancos pharamineux demeurassent anonymes. On ne pouvait plus rapporter que la veille *messer* Pincopallino avait joué trois cents ducats à l'écarté et en même temps faire jaunir de jalousie ceux qui n'en avaient joué que dix. Terminées les rivalités et surenchères de fatuité.

La ville pullulait donc de policiers en civil et d'espions.

Instruit par le voisinage, Franz l'avait rapporté à son maître : Sébastien se déclara enchanté de l'uniforme du *tabarro*. Il désirait à Venise passer inaperçu. D'ailleurs, il se gardait de porter des bijoux quand il allait chaque matin à la fabrique surveiller les travaux. Son personnage et le faste qui y était associé ne devaient pas nuire à ses affaires.

Et celles-ci lui paraissaient idéales : grâce à son système, ses fournisseurs devenaient en même temps ses clients ; il ne risquait guère de se trouver en mévente.

Il ne restait plus qu'à s'installer. Il trouva promptement des entrepôts au nord de la ville, à Canareggio et, sur le conseil des filateurs, engagea un contremaître, lequel recruta à son tour des ouvriers. Arrivé fin avril, il se retrouva cinq semaines plus tard à la tête d'une société employant quatre-vingt-dix-huit personnes. Le procédé qu'il appliquait était simple : il consistait à tremper les bobines dans un bain d'alcali pendant deux heures ; le fil ressortait blanchi et brillant. Mieux encore, il était débarrassé de ses barbes, puis séché et réexpédié à son fabricant.

Cette fois-ci, il était le seul maître de sa fabrique. Il en informa sans tarder Alexandre. Les producteurs de lin de la vallée du Pô apprirent l'invention et grossirent la liste de ses clients. Les bénéfices commencèrent d'arriver ; ils furent acheminés à la banque d'Amsterdam par l'entremise de l'une des banques qui abondaient évidemment en Vénétie.

*

Ses journées laborieuses étant longues, les soirées du marquis Belmare étaient courtes, sauf le dimanche où il s'autorisait une sortie sur la place des Procures, pour regarder la foule des Vénitiens en sirotant un chocolat au café Quadri.

Venise avait beau être « la cité des plaisirs » pour les gens fortunés d'une grande partie de l'Europe, il n'avait cure du Ridotto, où les nouveaux riches et les voyageurs perdaient des fortunes par désœuvrement et vanité. Quant aux fortunes amoureuses, dont la ville grouillait, il s'en méfiait comme de la peste ; il avait entendu assez de confidences ; il suffisait de tendre l'oreille : la moitié des conversations masculines en anglais, en allemand ou en français étaient des récits de déconvenues cuisantes.

Comme dans tous les ports, les galantes faciles avaient trop frayé et Sébastien ne se souciait de contracter ni le mal de Naples ni la goutte militaire. Les vertueuses, même si elles ne l'étaient que de corps, étaient pires à un autre égard : dès les premiers ébats, elles vous collaient des histoires de frères jaloux et de virginité perdue. Il fallait alors débourser de grosses sommes pour se tirer d'embarras ou pis, épouser les donzelles qui se prétendaient engrossées.

Point n'était le moment ; la fabrique de traitement de lin marchait trop bien pour qu'on gâtât le plaisir de l'argent en s'occupant de vieilles ficelles.

Il en avait prévenu Franz, qui lui servait de compagnie ordinaire, ce dont il ne se portait guère plus mal.

— Méfiez-vous, mon ami, de certaines mouches au coin des lèvres : elles cachent le plus souvent un chancre.

Franz avait hoché la tête avec une componction moqueuse. Ce Prussien de glace avait l'œil pointu et la langue acérée, et ses commentaires féroces sur les élégants qui déambulaient sur la place le soir venu étaient sa seule vraie distraction.

— Regardez la vieille belle qui arrive du côté de la tour de l'Horloge, au bras d'un jouvenceau. Je vous parie ma solde que ce n'est point son fils. S'il l'était, elle n'aurait pas besoin de se plâtrer comme un mur et de se peindre comme une roue de carrosse. À son air faraud, c'est une commodité de la ville, et je ne serais pas surpris non plus qu'il détale bientôt à Trieste avec les bijoux de la dame…

Et ainsi de suite. Sébastien avait beau être féru de philosophie, les massacres auxquels Franz se livrait sur la population de la place lui arrachaient parfois des fous rires. Que peut donc être une philosophie qui ne regarde pas la réalité ? se disait-il. Mais les gens n'avaient cure de la réalité, il le savait aussi ; ils ne voyaient dans le monde que ce qu'ils voulaient voir.

Mais en dépit du *tabarro*, il n'était pas invisible.

Un dimanche, aux Quadri, un homme de belle prestance et portant des bas de vraie soie s'arrêta devant lui, s'inclina et sourit. C'était le comte Max von Lamberg[1], qu'il avait connu à Vienne, chez le prince maréchal von Lobkowitz. Lamberg était visiblement heureux des retrouvailles. Les exclamations et compliments fusèrent, les deux hommes s'attablèrent. Lamberg était devenu chambellan de l'empereur Joseph II. Comme tel, il représentait une source d'informations appréciable.

Lamberg demanda évidemment ce qui attirait le comte de Saint-Germain à Venise. Pour dissiper tout soupçon de menées politiques, Sébastien s'empressa de l'informer de son entreprise ; le chambellan ayant paru surpris, sinon sceptique, il l'invita à visiter la fabrique. L'autre, déjà au fait de l'entreprise de teinture fondée avec Cobenzl à Tournai, fut convaincu et s'émerveilla. Ils décidèrent de souper ensemble le soir même.

---

1. Lamberg rapporta dans le *Mémorial d'un mondain* (Londres, 1775) sa rencontre avec Saint-Germain à Venise, et il est la source de l'information selon laquelle ce dernier avait trouvé un moyen de traiter le fil de coton de manière à lui prêter l'apparence de « la soie italienne » ; à l'évidence, il s'agissait du coton mercerisé par bain de soude, qui semble bien être une invention de Saint-Germain. Le même auteur rapporte également que Saint-Germain possédait à Venise une entreprise de près de cent ouvriers.

Escortés de leurs valets, ils allèrent dans une taverne proche du pont du Rialto. Ils jetèrent leur dévolu sur des daurades grillées de la façon la plus rustique, sur un feu de bois, et des raves au lard ; le vin de Vénétie était, lui aussi, rustique, mais point trop âpre.

À son tour, Sébastien demanda à Lamberg ce qui l'attirait à Venise : Lamberg déclara qu'il y était venu en mission officieuse, pour convaincre les doges de ne pas se mêler de la guerre en cours. De toute façon, expliqua-t-il, les Vénitiens avaient été échaudés par leurs affrontements avec les Turcs et, même s'ils les exécraient furieusement depuis l'horrible fin de Bragadin[1], ils n'étaient pas enclins à se frotter de nouveau à ces barbaresques. Sébastien l'entreprit alors sur la guerre déclenchée par la Sublime Porte contre la Russie, à l'instigation de l'Autriche et de la France. En dépit de son apparence sémillante, le chambellan témoigna d'une hauteur de vues inattendue :

— Comte, répondit-il, nous avons déchaîné contre les Russes à la fois les Tatars, qui n'aimaient déjà pas le pouvoir central, et les Turcs. Ensemble, ils sont bien plus nombreux que l'armée russe. Il est prévisible que celle-ci sera vaincue. Mais dans ce cas, il est tout aussi prévisible qu'avant longtemps, nous formerons une alliance pour défendre l'Autriche et même la Russie contre les Turcs, comme nous en avons constitué une contre le Prussien

---

1. En 1571, après une héroïque défense de Famagouste, à Chypre, le capitaine Bragadin fut capturé et soumis à une atroce mise à mort : il fut écorché vif et sa peau, empaillée, fut ramenée et promenée en triomphe à Istanbul.

Frédéric, parce qu'il devenait trop puissant. Les États sont comme des nains : ils ne veulent pas de géants auprès d'eux. N'avez-vous pas lu l'épisode des *Voyages de Gulliver* où celui-ci se fait ligoter par les Lilliputiens ?

— Si fait, répondit Sébastien, amusé et surpris par la lucidité du chambellan autant que par son cynisme. Mais l'empereur Joseph II et sa mère, l'impératrice Marie-Thérèse, le savent-ils ?

— Ils ne le disent pas, même pas à eux-mêmes. Au fond, ils vivent au jour le jour. *Carpe diem.* Mais ils ont formé et rompu trop d'alliances dans leur vie pour l'ignorer.

— Nous irons donc ainsi de guerre en guerre pendant les siècles à venir, sacrifiant des dizaines de milliers d'hommes pour satisfaire des intérêts qui durent moins qu'une paire de chausses ?

Lamberg haussa les épaules.

— Cela a commencé par le meurtre d'Abel, répondit-il en souriant. Un homme aussi sage que vous le sait déjà : aucun alcool n'est aussi fort que le pouvoir. Aucun non plus n'est aussi vénéneux. Croyez-vous que ce soit pour l'amour de la Russie que Catherine II ait fait assassiner son mari Pierre III ? C'est une Allemande. Elle se moquait de la Russie. Son mari était lamentable, je vous le concède, mais ses conseillers, eux-mêmes avides de pouvoir, lui ont fait entrevoir qu'elle pourrait le remplacer avantageusement. Et Pierre III a ainsi disparu de la scène, dans un coup de théâtre mystérieux.

Sébastien tressaillit : il avait lui-même été l'un de ces conseillers. Il s'était déguisé en femme pour aller sermonner Catherine à Peterhof. Il n'avait donc été qu'un instrument de la lutte féroce de potentats avides. La conscience de son propre aveuglement n'avait jamais été aussi vive ; elle le consterna. Il but une gorgée de chocolat aux épices pour se ressaisir et soudain, il s'avisa de la signification profonde d'un épisode de sa *Trinosophie* : l'image du lion rouge et du lion noir affrontés et gardiens d'une couronne… Il savait déjà dans son cœur ce que résumait Lamberg, mais il ne l'avait pas perçu dans son esprit. Le constat jadis énoncé par la princesse Polybolos lui revint à l'esprit : « Le vrai secret de ce monde, c'est le pouvoir. »

— Même si vous changiez les hommes en anges, reprit l'Autrichien, vous ne seriez pas garanti contre la guerre, comte. Rappelez-vous qu'avant la Création, ces purs esprits eux-mêmes se sont rebellés contre Dieu. En attendez-vous moins de ces bipèdes qui nous entourent ?

Le sentiment que la Société des Amis était donc impuissante envahit Sébastien. Il l'avait déjà éprouvé, mais avec le temps les idées récurrentes gagnent en poids. Il lutta contre le découragement.

— Vous acceptez ainsi aisément d'être victime de la fatalité ? demanda-t-il.

— Tout le monde n'a pas, comme Jacob, l'occasion de lutter contre le Seigneur, répondit-il avec un sourire. Comme je n'y peux rien, je me fais une raison. Vous avez, vous, choisi le bon parti, vous faites du commerce. Croyez-moi, ne vous mêlez pas de politique, conclut-il.

Mais le clin d'œil qu'il adressa à son commensal semblait signifier qu'il en savait déjà long sur ses activités.

38

Volte-face et charité chrétienne dans la ville des masques

Lequel était censé être le dupe de l'autre, de Lamberg ou de Saint-Germain ? Sébastien se le demandait parfois. Le chambellan donnait toutes les apparences d'une amitié authentique, et peut-être était-il sincère ; le plaisir qu'il éprouvait à sa compagnie s'était confirmé par l'invitation à séjourner à la résidence d'Autriche, au *palazzo* da Lezze. Cependant, Lamberg connaissait plusieurs détails de la vie de son hôte ces dernières années ; il savait ainsi que le comte de Saint-Germain avait rendu visite à Frédéric II et qu'il avait été présent à Saint-Pétersbourg au moment des événements de juin 1762 ; pouvait-il vraiment supposer que ç'avait été pour des raisons commerciales ? Il était trop fin pour cela, et les espions autrichiens ne manquaient pas plus que les autres ; ils avaient certainement informé la cour de Vienne et Lamberg lui-même sur les missions politiques du comte de Saint-Germain. Mais Lamberg ignorait-il que Sébastien à son tour informait ses correspondants des activités du chambellan autrichien ?

Par prudence, Sébastien communiqua ses doutes à Zasypkine dans un billet. Deux semaines plus tard, il reçut, mais à la fabrique, une réponse laconique : « Suivez-le et tenez-moi au fait. »

Toujours fut-il que, fin mai, Lamberg proposa à Sébastien de se rendre en Corse, puis à Tunis, sans donner d'autres raisons que les plaisirs du voyage. Les plaisirs du voyage, allons donc ! Cependant, Sébastien, intrigué, accepta.

Au cours d'un tour de Corse, à Bastia, Corte, Ajaccio, Lamberg eut des entretiens avec les principaux notables de l'île. Sébastien n'y assista pas, mais crut pouvoir en deviner les motifs ; l'Autrichien était vraisemblablement venu s'informer des dispositions des Corses dans le conflit qui s'amorçait en Méditerranée. C'était une vieille hantise génoise et européenne que la prise éventuelle de la Corse par les Ottomans, car l'île, turbulente possession de la République de Gênes, pourrait alors servir de plate-forme à une conquête de l'Europe occidentale. Presque tous les matins, le chambellan adressait des courriers à Vienne.

Le voyage à Tunis[1] renforça rapidement les soupçons de Sébastien : le lendemain de leur arrivée, Lamberg parut soucieux, ce qui n'était pas dans son ordinaire.

— La flotte russe a mouillé à Bizerte dix jours avant notre arrivée, déclara-t-il à Sébastien. Elle était sous le commandement de l'amiral Alexeï Orloff. Elle a ensuite touché Raguse avant de repartir vers l'est.

---

1. La présence de Saint-Germain et de Lamberg en Corse puis à Tunis, « depuis la fin juin », est attestée par la gazette de Florence, *Le Notizie del Mondo*, de juillet 1770. Celle-ci précise qu'ils étaient ensemble pour « diverses enquêtes ».

Les nouvelles qu'Orloff avait annoncées à Sébastien n'étaient donc pas le fruit d'une imagination enfiévrée. Alexeï était bel et bien amiral de la flotte russe.

— Y a-t-il là quelque chose qui doive vous alarmer ? demanda Sébastien.

— Oui. La flotte russe était escortée de navires anglais.

— Et alors ?

— Et alors la partie sera plus dure pour les Turcs.

Feignant de s'intéresser au commerce local, ce qui autorisait des conversations avec les habitants, Sébastien apprit de la bouche de négociants arméniens que le bey de Tunis commençait à manifester de l'impatience à l'égard des Turcs et d'une sujétion qui durait depuis deux siècles. Le potentat n'était d'ailleurs pas le seul vassal des Turcs à se rebiffer : l'Égypte aussi souhaitait s'affranchir d'un joug qu'elle jugeait injustifié.

D'où la contrariété de Lamberg : les Tunisiens ne prêteraient pas forcément main-forte aux Turcs en cas d'épreuve. Cette contrariété atteignit son pinacle à leur retour à Venise. Ils avaient à peine débarqué sur les Zattere, s'apprêtant à prendre des gondoles pour regagner le *palazzo* da Lezze, qu'un des gondoliers leur annonça, agitant les bras avec enthousiasme :

— *E Turchi son ammazzat !*

Ce qui, dans le dialecte local, signifiait : « Les Turcs sont écrabouillés. »

Lamberg fut pétrifié.

— *Che dice ?* cria-t-il.

Mais la réponse ne le convainquit pas davantage. À l'arrivée en ville, il lui fallut se rendre cependant à l'évidence : enchantés de voir leur vieil ennemi humilié, les Vénitiens ne parlaient que de la défaite cuisante infligée à la flotte turque, coulée le 6 juillet dans sa propre baie de Cesmé, après une raclée préalable dans la rade de Chios. Les canons russes de l'amiral Orloff avaient envoyé par le fond tous les bâtiments turcs. Les gens célébraient l'événement dans la rue et la seule fois que Sébastien vit Lamberg témoigner d'énervement fut quand un tavernier lui proposa de boire à ce qu'il tenait à l'évidence pour une victoire interposée. Il refusa le verre avec une exaspération ostentatoire.

C'était quand même piquant lorsqu'on songeait qu'il n'y avait pas si longtemps, les Autrichiens s'étaient férocement battus contre les Turcs.

Le lendemain, après des adieux précipités à son hôte, le chambellan prit incontinent la malle-poste pour Vienne.

Sébastien ne put s'empêcher de sourire : toute sa propre philosophie, si élégamment déployée à leur rencontre, n'avait pas immunisé le chambellan impérial contre la déconvenue qu'il venait de subir. Mais la philosophie de l'échec est différente de celle de la victoire.

*

S'offrant un moment de loisir, Sébastien alla se promener. Ses pas le menèrent du Fondamenta dei Rimedii à la place des Procures, puis sur la place Saint-Marc ; de là, il s'avança sur la Piazzetta, entre les deux colonnes que dominaient l'une le lion ailé de saint Marc et l'autre, saint Théodore, vainqueur du crocodile. Il songea au passage aux symboles alchimiques que représentaient les deux statues, peut-être à leur insu : le lion incarnait la force de l'univers et le crocodile était une autre forme de la salamandre, la bête ignifugée qui symbolisait l'œuvre alchimique accompli. Il marcha jusqu'au quai, considérant les proues effilées des gondoles et, là-bas, les blancheurs ivoirines de la Salute sur un ciel de nacre. Franz le suivait à distance, comme un chien de berger.

Pour Sébastien, le spectacle offert par Lamberg pendant les semaines qu'ils avaient passées ensemble évoqua un apologue moral : des illusions, de l'agitation, et pour finir une poignée de poussière dans les mains. La monnaie du diable, comme une vieille Vénitienne, avait appelé des pelures d'oignon qui couraient au ras du sol, dans une ruelle proche de la fabrique. Et dire que c'était l'homme qui, du haut de son expérience, lui avait conseillé de ne pas se mêler de politique ! Mais si le secret du monde résidait dans le pouvoir, comment conquérir celui-ci sans politique ? Par l'argent ? Par les idées ?

Et d'abord, pourquoi voulait-on le pouvoir ?

Pour ne pas souffrir !

Si son père avait été riche, il se serait enfui avec sa famille avant d'être arrêté par les policiers de l'Inquisition.

Les nouvelles de la bataille navale, elles, le laissèrent rêveur : pour un apprenti, Alexeï Orloff avait réussi un coup de maître.

Il n'avait plus guère de raisons de s'attarder à Venise. Sa fabrique marchait quasiment seule. Il se proposait de rentrer à Höchst quand, le soir même, il apprit par les gazettes que la flotte russe, sur le chemin du retour, mouillerait à Livourne. La curiosité l'emporta. Il décida d'aller à la rencontre de ce singulier garçon qui avait assassiné un tsar et appris à commander une flotte de guerre : Alexeï Orloff.

*

La dernière journée à Venise fut occupée par un événement inattendu.

Franz rapporta à son maître que des réfugiés à la fois piteux et exaltés avaient débarqué de quelques bateaux de pêche sur les Zattere. Des Grecs.

— Allons voir, dit Sébastien.

Ils trouvèrent deux douzaines de malheureux de tous âges aux prises avec les douaniers. Sébastien s'informa : ils avaient fui leur pays à bord de bateaux de pêche, et leur première destination avait été Venise, qui avait jadis eu à en découdre avec les Turcs et qui leur serait donc hospitalière. Les douaniers étaient perplexes. Bon, ces gens étaient aussi victimes des Turcs, mais on n'allait pas laisser des gueux envahir la Sérénissime.

— Pourquoi ont-ils fui ? demanda Sébastien à l'un des douaniers, qui parlait grec.

— Quand ils ont aperçu la flotte russe, répondit l'autre, ils ont cru voir les quatre archanges venus les libérer. Ils se sont jetés sur les Turcs et ont incendié leurs maisons. Les Turcs se sont évidemment défendus, puis ils sont passés à l'attaque. Voilà ce que c'est que de faire chauffer la poêle avant d'avoir attrapé le poisson !

— Et qu'allez-vous en faire ? Vous n'allez tout de même pas les jeter à la mer ?

— Non, *Messer*, mais il faut quand même leur trouver un logement, de la nourriture, que sais-je ! Imaginez que la Grèce entière débarque à Venise !

Sébastien avisa un homme d'une quarantaine d'années, que sa famille entourait d'un air apeuré. Trois femmes, un jeune homme et quatre enfants. Hâves, la peau poudrée par le sel de leur odyssée, le regard creusé par l'épouvante, l'air d'être aux portes de l'enfer alors qu'ils s'étaient crus à celles du paradis. Il tendit le doigt vers lui. L'homme le regarda, partagé entre le défi et l'interrogation.

— Douanier, dit-il, j'engage celui-ci dans ma fabrique. Demandez-lui comment il s'appelle.

— Et comment vous appelez-vous vous-même, *Messer*?

— Je suis le marquis Belmare, propriétaire d'une fabrique d'affinage de lin à Canareggio.

Un bref échange suivit entre le douanier et le Grec.

— Il s'appelle Platon, répondit le douanier.

La famille écouta, muette d'étonnement, comme si elle entendait un dialogue entre Moïse et Pharaon. Quand la nouvelle eut pénétré les cervelles, les femmes se jetèrent sur Sébastien et lui saisirent les mains, les jambes, les basques et le *tabarro* pour les couvrir de larmes et de baisers.

La commotion attira l'attention des autres et Sébastien se trouva assiégé par les autres quasi-naufragés. Les douaniers durent intervenir pour le protéger.

— *Messer*, fuyez maintenant, sans quoi il vous faudra les engager tous.

— Demandez-leur combien de chefs de famille ils sont.

Regards perplexes des douaniers. Autre échange.

— Ils sont cinq autres pères de famille, *Messer*.

— Très bien. Je les engage.

Traduction. Des cris assourdissants de délivrance et de gratitude emplirent les bâtiments des Douanes.

Il avait quatre-vingt-dix-huit ouvriers ; eh bien ! il en aurait cent quatre. Il donna la pièce aux douaniers et puis deux autres pour nourrir ces rescapés jusqu'à ce qu'il revînt emmener à la fabrique ses nouvelles recrues.

Il devait au moins cela à la mémoire de la princesse Polybolos.

Ce fut ainsi qu'il demeurerait un jour de plus à Venise.

En quittant les Douanes, dans la gondole, alors que Sébastien riait dans sa barbe d'avoir engagé Platon comme ouvrier, Franz lui prit la main et la baisa. Sans mot dire.

Décidément, ces Prussiens étaient des gens étranges.

39

« Une robe bleue étoilée d'or... »

Padoue, Bologne, Pise. Traversant l'Italie par le haut, il mit huit jours pour gagner Livourne. Lui et Franz y furent sur le coup de midi. La cité libre et neutre des Médicis était la plus étrange qu'il eût jamais vue : Babel. On y parlait toutes les langues de la terre et la population était composée d'Espagnols, d'Italiens, d'Hébreux, de Portugais, de Maures, de Français, de Turcs, d'Arméniens, de Polonais, d'Anglais… Ces gens achetaient et vendaient de tout, du porc, de la soie, des singes, des bateaux, de l'ivoire, des canons, des livres et sans doute aussi des humains.

À l'Albergo della Torre, l'aubergiste lui parla en anglais, la fille de chambre en arabe. Peut-être était-ce le paradis, à la fin.

Le marquis Belmare céda alors le pas au comte de Saint-Germain. Il se rendit au port et demanda quand on escomptait l'arrivée de la flotte russe : incessamment, lui répondit-on. Une certaine fièvre régnait en effet sur les quais. Après un en-cas de poisson et de pâtes, il monta à sa chambre faire un somme. À trois heures de l'après-midi, Franz vint le réveiller :

— La flotte russe entre dans le port, monsieur.

Façon de dire. Quand, rhabillé en hâte, Sébastien descendit pour courir au port, il aperçut une forêt de mâts et de voiles qui bouchaient l'horizon. Vingt et un navires. Seuls sept d'entre eux purent entrer dans le port, navire amiral en tête.

Sébastien se fraya un passage dans la foule, qui voyait rarement pareil spectacle. Au bout d'une heure, le navire amiral, cinquante-deux canons, se rangea à quai. Des matelots acrobates se laissèrent glisser sur des cordes, retombèrent sur le quai et s'empressèrent d'arrimer le vaisseau aux bittes. Une porte s'ouvrit dans le flanc du trois-mâts, une passerelle fut jetée. Un officier apparut, dans un magnifique uniforme bleu et or, et s'engagea d'un pas élastique sur les planches branlantes. C'était Alexeï, hâlé, rayonnant et triomphal. Des applaudissements éclatèrent. Sébastien se fraya un passage au milieu d'un groupe d'Anglais. Alexeï l'aperçut et tendit les bras, puis s'élança vers lui pour l'étreindre vigoureusement. Les Anglais observaient la scène avec surprise. L'un d'eux, qu'Alexeï s'empressa de saluer, était le consul d'Angleterre. Nouvelles accolades.

— *Caro amico ! Caro padre !* s'écria Alexeï, reprenant Sébastien dans ses bras.

Puis il indiqua de la main le consul d'Angleterre et le consul de Russie et leur présenta Sébastien :

— Le comte général Saltikoff.

Sébastien serra les mains des consuls. Une fois de plus, il fut interdit. Mais que diantre était ce nom ?

— Vous nous portez chance ! déclara-t-il à Sébastien. En tout !

Devant tous ces témoins, les Anglais et les officiers russes qui débarquaient, impossible de poser la moindre question sans paraître désavouer Orloff ou sans l'embarrasser.

— Le consul d'Angleterre a organisé un banquet pour nous, annonça Orloff. Vous nous ferez l'honneur de vous y joindre, pour boire à notre victoire ?

— Certainement, répondit Sébastien, encore plus étonné de se voir associé à une bataille navale à laquelle il n'avait pris aucune part.

Le repas avait lieu dans les vastes jardins du consulat anglais. Plusieurs tables attendaient une cinquantaine de convives. Sébastien profita de la mêlée pour demander à Orloff, à mi-voix :

— Alexeï, me ferez-vous l'honneur de m'expliquer ?...

— Plus tard, cher ami, plus tard. Je serai à Nuremberg dans les semaines qui viennent. Vous patienterez bien jusque-là ? Mais pourquoi ne portez-vous pas l'uniforme que je vous ai envoyé ?

— Je ne m'attendais pas à vous retrouver à Livourne.

On les sépara. Sébastien se retrouva assis à la table des consuls et de l'amiral Orloff. Il leva trois fois son verre et, sur les instances d'Alexeï, se trouva même contraint de prononcer quelques mots en russe. Il fut vigoureusement applaudi.

On trinqua d'ailleurs beaucoup et, vers six heures du soir, personne ne semblait plus en état de tenir des propos cohérents. Sébastien prit congé après des accolades sans fin. Le consul de Russie lui saisit les bras et s'écria :

— Quel grand jour pour nous, général !

Même des officiers russes vinrent l'étreindre. Il n'avait retenu des bribes de conversations que le constat du consul d'Angleterre :

— Je crois que c'en est maintenant fait de la domination turque en Méditerranée.

Peut-être l'heure sonnait-elle enfin pour la Grèce.

*

Trois semaines plus tard, dans la paix de son manoir de Höchst, il reprit la rédaction de *La Très Sainte Trinosophie*, à la disparition du mur d'argent :

> *À sa place, un lac de feu se présenta à ma vue. Le soufre et le bitume roulaient leurs flots enflammés. Je frémis. Une voix tonnante m'ordonna de franchir les flammes. J'obéis, et elles semblèrent avoir perdu leur force. Longtemps je progressai dans cet incendie. Parvenu à un espace circulaire, je contemplai le spectacle grandiose que m'offrait la grâce du ciel.*
>
> *Quarante colonnes de feu ornaient la salle dans laquelle je me retrouvais. Sur une face, elles brûlaient d'un feu ardent et blanc et sur l'autre, dans l'ombre, d'un feu sombre. Au centre de ce lieu se dressait un autel en forme de serpent. Ses écailles diaprées luisaient d'un or aux reflets verts, reflétant les flammes environnantes. Ses yeux semblaient être des rubis. Une banderole inscrite de lettres d'argent était posée près de lui et une somptueuse épée était fichée dans le sol, près du serpent, sur la tête duquel reposait une coupe.*

Le chœur des esprits célestes retentit et une voix me déclara : « La fin de tes épreuves est proche. Prends l'épée et frappe le serpent. »

Je tirai l'épée de son fourreau et, m'approchant de l'autel, je saisis la coupe d'une main, tandis que de l'autre j'administrai un coup terrible au cou du reptile. L'épée rebondit et l'écho du choc fut pareil à celui de l'airain. Mais je n'avais pas plus tôt obéi à la voix que l'autel disparut et que les colonnes s'évanouirent dans l'immensité. L'écho du choc se multiplia cependant, comme si mille coups étaient assénés en même temps. Une main me saisit par les cheveux et me tira vers la voûte, qui s'entrouvrit pour me laisser passer. Des ombres fantomatiques m'apparurent, hydres, lamies, serpents, et m'entourèrent. La vue de l'épée que je tenais en main dispersa cette mêlée immonde, comme les premiers rayons du jour dissipent les songes frêles, enfants de la nuit. Après l'ascension qui me porta vers le haut, à travers les enveloppes du globe, je revis la lumière du jour.

C'était irréel, mais véridique. C'était ainsi qu'au fond de lui-même il avait vécu sa vie. Que sait-on de sa vie ? Elle est un rêve qui vous rêve. Les misérables soucis et passions de la conscience rendent aveugle et sourd au monde véritable, celui où gîtent les vraies puissances, celles de l'invisible.

Le monde où demeurait maintenant la baronne Westerhof.

Des larmes lui vinrent. Pourquoi ? Sans doute à cause de l'exil dont il avait auparavant eu conscience chez les disciples de Djelal el-Dine el-Roumi.

L'on est vécu et l'on croit vivre.

Il éprouva le désir de danser avec eux dans les étoiles. Mais il trempa sa plume dans l'encre.

À peine avais-je atteint la surface de la terre que mon guide invisible m'entraîna plus rapidement encore. La vitesse avec laquelle nous foncions dans l'espace ne peut être comparée qu'à elle-même. Je m'aperçus avec étonnement que j'étais sorti des entrailles de la terre bien loin de la campagne de Naples. Un désert et quelques masses triangulaires étaient les seuls objets que je distinguai. Bientôt, malgré les épreuves que j'avais surmontées, une terreur nouvelle s'empara de moi. La terre ne m'apparaissait plus que comme un lointain nuage. J'avais été porté à des hauteurs terrifiantes. Mon guide invisible m'ayant abandonné, je redescendis. Pendant un temps indéfini je roulai dans l'espace et déjà la terre se déployait à mes regards troublés. Je pouvais calculer combien de minutes s'écouleraient avant que je ne m'écrase sur des rochers. Mais aussi rapide que la pensée, mon guide se précipita après moi, me reprit, me porta de nouveau, et de nouveau me laissa tomber. À la fin, il m'éleva avec lui à une distance incommensurable. Je vis des globes tourner autour de moi et des terres graviter à mes pieds. Soudain le génie qui me portait toucha mes yeux et je perdis connaissance.

Je ne sais combien de temps je demeurai dans cet état. Quand je me réveillai, j'étais étendu sur un coussin somptueux. L'air que je respirais était chargé du parfum de fleurs. Une robe bleue étoilée d'or avait remplacé ma tunique de lin. Un autel jaune se dressait en face de moi. Une flamme pure en montait, sans autre aliment que l'autel même...

Il s'arrêta, épuisé.

Il n'était plus rattaché à la vie que par la conscience d'Alexandre, puis celle de Pierre.

L'ascèse n'était pas un exercice innocent. Elle avait consumé en lui les fibres animales. Il s'était sacrifié sur son propre autel, à la fois prêtre, feu sacré et victime sacrificielle.

Il avait mal lu les livres, il avait pris les descriptions au sens littéral alors qu'elles n'étaient que symboles.

Il s'était changé lui-même en or, il était désormais inaltérable.

40

« Il existe un moment où un homme cesse d'être lui-même »

Comme il s'y attendait depuis l'avertissement du prince Wilhelm de Hesse-Cassel, le margrave de Brandebourg-Anspach l'invita à séjourner à son château de Triesdorf. Sébastien s'attendit au pire : soupers de six heures, chasses féroces, bals costumés et grotesques, théâtre et beuveries de soudards. Mais il ne pouvait esquiver l'invitation : il y allait de sa réputation.

Il signa la réponse « comte Tzarogy ». En dépit de ses recherches, il n'avait pu s'assurer formellement qu'il n'existait pas quelque part en Europe un descendant des Rakoczy. Des deux fils de François-Léopold, l'aîné, Joseph, était bien mort oublié en Turquie, cela était certain. L'autre, Georges, s'il était vivant, devait être d'âge canonique. Là d'ailleurs, le bât blessait : s'il avait été, lui Sébastien, l'enfant d'un précédent mariage de François-Léopold, il eût été leur aîné et il aurait dû être sénile, sinon au tombeau.

Il pourrait toujours prétendre qu'il avait mis la main sur l'élixir de jeunesse. Cela pourrait passer. Mais là surgissait un autre écueil : les fils de François-Léopold avaient-ils eu des enfants ? Mystère. Quant à leur sœur, Élisabeth, il n'en avait pas retrouvé trace dans l'Archivarius, et même si elle avait dû renoncer par mariage au nom de Rakoczy, il risquait de susciter la colère d'un fils ou d'une fille agacés qu'un inconnu revendiquât un patronyme aussi illustre et sur lequel ils détenaient des droits.

Certes, il se présentait comme le fils d'une Tékély et non d'une Hesse-Wahnfried, mais enfin ces gens conservaient des papiers d'église et des lettres qui pourraient mettre à mal sa prétendue généalogie. Mieux valait procéder prudemment et le nom inventé de Tzarogy lui éviterait un affrontement brutal.

Néanmoins, ce ne fut pas sans appréhension qu'il se rendit chez le margrave. Il emporta ses atours les plus élégants et ses bijoux les plus tapageurs. Il n'aurait pas fait mieux pour son retour à Versailles.

Il fut reçu avec courtoisie et flatterie. Comme escompté, les feux des diamants aveuglèrent ceux de la malveillance et la curiosité inspira l'aménité. À sa surprise, il trouva parmi les invités une Française de quelque renom, la Clairon, qui occupait les appartements du rez-de-chaussée. Claire Josèphe Léris, de son vrai nom[1], avait été l'interprète favorite de Voltaire à Paris, mais à près de cinquante ans, Mlle Clairon s'était quelque peu retirée de la scène parisienne, préférant les appointements réguliers du margrave, qui se montaient à huit mille florins par an, somme

1. La présence de la Clairon à Triesdorf lors de la visite de Saint-Germain est signalée par les *Curiositäten der Literarisch Vor- und Mittwelt*, *op. cit.*

considérable, pour interpréter telle ou telle pièce de son répertoire. Pour le même prix, elle jouissait de surcroît du gîte et du couvert, ainsi que d'une domestique.

Le premier soir, Sébastien fut présenté à la ronde comme le comte de Saint-Germain, mais le deuxième, la margravine l'entreprit avec une désinvolture dont elle avait dû calculer chaque nuance sur le nom de Tzarogy, dont il avait signé sa réponse.

— Margravine, répondit-il d'un ton qu'il voulait grave, les noms des familles évoquent parfois des souffrances que l'on tente d'atténuer. Tzarogy est le plus proche du véritable.

— Il ressemble étrangement à Rakoczy, observa-t-elle.

— Ce n'est pas un hasard. Celui que vous venez de citer est banni, et comme tel il est pénible. Mais comment l'oublier ? Un royaume perdu, des parents héroïques, des humiliations... Le souvenir exige du courage.

Deux ou trois convives écoutèrent ces propos avec émotion.

— Vous étiez cependant bien reçu à Vienne ? observa l'un d'eux.

— Tant que je celais mon nom véritable, monsieur, ceux qui étaient au fait de mon ascendance m'en savaient gré.

— Portez-vous du ressentiment aux Habsbourg ?

— Je ne saurais faire subir aux enfants le poids des fautes de leurs pères. Sans clémence, la vie en société serait insupportable.

Il se donnait ainsi les gants de la magnanimité. Les silences s'étirèrent, meublés de propos feutrés, de considérations morales et de propos de compassion. Par les portes ouvertes sur un autre salon, Sébastien regardait un clavecin depuis un moment.

— Est-il accordé ? demanda-t-il pour faire diversion.

— Il l'a été le mois dernier, répondit la margravine. Mais avec l'humidité, peut-être ne l'est-il plus. J'ai appris que vous êtes musicien. Voulez-vous l'essayer ?

— Volontiers.

Il se leva, la compagnie suivit et s'installa au salon de musique. Sébastien tâta la sonorité, frappa des touches, hocha la tête et s'assit devant l'instrument. Puis il attaqua un morceau favori de lui, *Les Barricades mystérieuses,* de François Couperin. Quand il eut fini, les applaudissements éclatèrent. Quel talent ! Mais quel art le comte ne maîtrisait-il pas ? Et ainsi de suite. Il enchaîna sur *Les Tic-Toc Chocs,* et remporta un autre succès. On le pria encore et il joua *Les Précieux ridicules.* Le choix des morceaux, dont il annonçait chaque fois le titre, n'était pas improvisé, mais personne ne sembla s'en aviser. Il acheva sur un morceau de sa composition et n'en cita le titre qu'à la fin : *L'Épreuve de cour.* Deux ou trois sourires, dont celui de la Clairon, l'avisèrent que cette fois les amateurs de musique se doutaient d'une intention ironique.

Le lendemain, il débattait en lui-même du temps qu'il lui faudrait rester à Triesdorf pour rétablir sa réputation quand la malle-poste apporta une lettre pour lui, au nom du général Saltikoff. Le jardinier de Höchst, qui faisait office d'intendant de la propriété, avait pris l'initiative de la lui faire suivre chez le margrave par la même malle-poste. La lettre était à l'évidence envoyée par Alexeï Orloff. Annonçant qu'il serait bientôt de passage à Nuremberg, à son retour d'Italie, celui-ci priait Sébastien de lui rendre visite pour lui remettre son diplôme de général.

Le suscription du pli intrigua évidemment le château et, pour achever de confondre les esprits, Sébastien donna le message à lire au margrave. Cela fait, le margrave stupéfait leva les yeux sur lui.

— Vous êtes au service de l'impératrice de Russie ?

— C'est une faveur qu'elle me consent, monseigneur, et non un titre de guerre.

Le margrave parut dérouté par un honneur aussi insigne.

— Je dois moi-même aller à Nuremberg dans trois jours, dit-il. Si vous le voulez, je vous y conduirai.

— Je vous en remercie.

Le brave homme voulait évidemment vérifier par lui-même toute cette histoire, et Sébastien en rit quand il se retrouva seul. Nul doute que l'affaire serait dûment rapportée, voire enjolivée, à Frédéric II.

Ce ne fut donc pas sans quelque malice que Sébastien emporta cette fois l'uniforme de général envoyé par l'amiral.

*

— Mon ami ! Mon très cher grand ami ! s'écria Alexeï Orloff en recevant Sébastien, dûment costumé.

Il ouvrit les bras et les accolades de Livourne reprirent, assorties de ces baisers russes sur la bouche, dont Sébastien n'était pas particulièrement friand. Outre le margrave, ébaubi, trois autres officiers de marine, dont Fédor Orloff, assistaient aux retrouvailles, dans la grande salle de la maison sur la Pegnitz où ils séjournaient tous, dans la vieille ville.

Le margrave de Brandebourg écarquillait les yeux. À l'évidence, il ne comprenait rien et, à la vérité, pour toute l'assurance radieuse qu'il affectait, Sébastien n'en comprenait pas beaucoup plus ; il attendait de se retrouver seul avec Orloff pour se faire expliquer sa prodigieuse faveur.

Orloff s'adressa ensuite au margrave, qu'il remercia chaleureusement de la protection et de l'intérêt qu'il témoignait à son excellent ami le comte Saltikoff.

Toujours ce nom ! Le margrave battit des cils, proprement ahuri.

Mais personne ne pouvait poser de questions, sous peine d'offenser l'amiral. Le margrave répondit en se déclarant fier d'avoir rencontré le glorieux vainqueur de la bataille de l'Archipel, car c'était ainsi qu'on appelait les îles grecques où les Russes avaient envoyé la flotte turque par le fond.

À la mi-journée, Orloff fit servir un repas de volaille en ragoût, de pâtés et de saucisses aux choux. On leva souvent les verres, mais miséricordieusement, Alexeï se montra tempérant. Le café bu, Sébastien n'y tint plus et demanda à s'entretenir en privé avec lui. À trois heures de l'après-midi, les deux hommes décidèrent de s'enfermer dans la pièce voisine.

— Alexeï, de grâce, expliquez-moi tout cela, déclara-t-il, ce grade et ce nom.

Orloff s'assit et sourit.

— Mon cher ami, l'impératrice n'oublie pas ce qu'elle vous doit. Si vous n'aviez été, sous votre incroyable déguisement, la sermonner à Peterhof, et surtout si vous n'aviez réussi ce tour diabolique d'être à la fois présent au souper du palais de Tauride et à Peterhof, enfin, si vous ne nous aviez prévenu que l'Allemand se retirait à Oranienbaum, peut-être la manœuvre n'aurait-elle jamais réussi. L'impératrice assure que vous avez le don d'ubiquité et elle croit fermement, contre toutes les explications raisonnables, que vous êtes un magicien.

Sébastien hocha la tête.

— Pour elle, vous êtes un stratège et c'est la raison de votre nomination au rang de général. Cela justifie officiellement la solde qui vous est accordée sur le budget de l'armée : dix mille florins.

La somme était considérable, même pour un général russe.

— J'écrirai à Sa Majesté pour la remercier humblement, répondit Sébastien. Mais expliquez-moi maintenant ce nom de Saltikoff.

Alexeï Orloff sourit et se caressa le menton.

— Mon bon ami, vous savez que l'armée est tout entière acquise à la cause russe. Un général russe qui se serait appelé Saint-Germain n'aurait pas été unanimement apprécié. Il fallait donc un nom russe et l'impératrice elle-même a choisi celui-ci.

— Mais il existe un Saltikoff, vous le savez bien.

— En effet, il a été promu au rang de précepteur des grands-ducs. Mais il a été informé qu'il a un cousin du même nom, répondit Orloff, souriant toujours.

— Et c'est moi ?

— C'est vous, en effet. Cela vous contrarie-t-il d'être le cousin du précepteur impérial ?

— Non, c'est un honneur, répondit Sébastien, abasourdi. Cela signifie-t-il que je vais devoir prendre part à vos guerres ?

— Si vous voulez nous faire bénéficier de vos conseils, cela sera conforme à votre titre. Mais vous ne serez pas accusé de désertion si vous n'êtes pas présent sur le prochain champ de bataille.

Sur quoi Alexeï se leva, alla à la porte et appela Fédor, puis le pria d'aller chercher un certain sac rouge sous le siège du cocher de sa calèche[1]. Quelques minutes plus tard, Fédor revint avec ce sac, le remit à son frère et sortit. Alexeï l'ouvrit, en tira un étui armorié et, de celui-ci, un rouleau de parchemin qu'il tendit à Sébastien.

> *Nous, Catherine II, impératrice de toutes les Russies…*

Un léger vertige s'empara de Sébastien. Le comte Saltikoff était nommé auprès de l'état-major avec le titre de général et conseiller de Sa Majesté impériale. Le sceau impérial attestait de l'authenticité du document.

— Mais je ne suis pas Saltikoff, s'écria-t-il.

— Lisez ceci, répliqua Orloff, en lui tendant un autre document.

1. Ces détails sont tirés des *Curiositäten der Literarisch Vor- und Mittwelt*, dont l'auteur assure avoir été personnellement témoin à Nuremberg.

Celui-ci couvrait deux pages : en remerciements des services rendus au trône, Sa Majesté attribuait au comte de Saint-Germain le domaine de Novoïe-Dievi, deux cents hectares ainsi que le manoir et les deux fermes, près de Staritsa, et l'élevait au titre de comte.

— Êtes-vous satisfait, maintenant ? demanda Orloff.

— Comment ne le serais-je pas ?

— Grigori a tout prévu.

Sébastien demeura songeur. Son destin était plus étroitement lié à celui du trône impérial russe qu'il l'aurait jamais prévu.

— Dites-moi, reprit Alexeï, comment se porte l'enfant que vous avez eu de la baronne Westerhof ?

— Hélas, il ne se porte plus. Il n'a pas survécu au croup. Toute ma science s'est révélée impuissante à l'en sauver.

— J'en suis navré. Comme vous le savez probablement, il était le cousin naturel du tsarévitch Paul.

Sébastien se rappela alors qu'il était censé être allé chercher l'enfant à Saint-Pétersbourg et que la princesse d'Anhalt-Zerbst lui avait avoué la vérité : la baronne était la demi-sœur de l'impératrice. Orloff le dévisagea longuement, l'œil scrutateur :

— Est-ce vous ou votre fils qui êtes venu chercher cet enfant ?

— C'était moi. Pourquoi ?

— Grigori vous a trouvé l'air étrangement absent.

— Qui ne l'aurait eu ! répondit Sébastien.

— Je regrette que cet enfant soit mort, reprit Orloff. Vous auriez peut-être été le père du prochain tsar.

— Que dites-vous ?

— Ce que vous avez entendu. Paul, qui a maintenant seize ans, a révélé son vrai caractère. Il déteste sa mère et c'est le portrait craché de son père. Ce qui a démenti toutes les rumeurs sur la paternité de Serge Saltikoff.

Orloff alluma un cigare avec un tison pris au bout des pincettes de la cheminée.

— Il est aussi furieusement germanophile que son père et déteste la Russie, reprit-il.

— Vous n'allez tout de même pas éliminer un jeune homme de seize ans ? observa Sébastien.

— Pas moi, sans doute, répondit Orloff en haussant les épaules. Il se fera éliminer par d'autres. Il existe un moment où un être humain investi d'un certain pouvoir cesse d'être lui-même pour devenir un otage. Mais cela n'est pas immédiat. Catherine a encore de nombreuses années de règne devant elle.

— Que lui reproche-t-il ?

— Sa vie. Et la mort de son père.

Sébastien se rappela le récit de Barberet et le meurtre du tsar par Alexeï.

— Comment est-il mort ?

— Je suppose que votre ami Barberet vous l'a rapporté.

— Pourquoi disiez-vous que j'aurais pu être le père du prochain tsar ?

— Parce que, dans la situation actuelle, il aurait été possible que l'impératrice désigne votre fils comme héritier du trône.

— Et Paul aurait été exilé comme Ivan VI ?

— Pourquoi pas ? De toute façon, la disparition de Pierre et d'Ivan VI n'a été une perte pour personne.

À cette froideur, Sébastien frémit. Il se félicita d'avoir sorti son petit-fils de ce théâtre de sang et de violences. Une fois de plus, il éprouva un dégoût pour le pouvoir.

Ils ressortirent et affrontèrent les regards interrogateurs du margrave et des autres. Ils répondirent par des sourires rayonnants.

De retour à Triesdorf, Sébastien montra son diplôme de général au margrave, qui en fut encore plus ébahi.

41

Un souvenir presque perdu

L'automne 1770 touchait à sa fin quand une lettre d'Alexandre annonça à son père que Danaé, princesse Polybolos, était décédée. Elle n'avait plus quitté son lit depuis des semaines, souffrant de vertiges dès l'instant où elle se mettait debout. Elle était morte dans son sommeil, quelque deux semaines auparavant.

Elle non plus n'avait pas vu la Grèce libérée.

Sébastien emmena Franz et partit immédiatement pour Londres. Il y trouva Alexandre tantôt abattu et tantôt égaré. Le fils pleura longuement sur l'épaule de son père et s'écria :

— Doit-on vivre avec des fantômes ? D'abord celui de Solomon et maintenant celui de ma mère !

— C'est le lot de la mémoire. Ne la laissez pas vous détourner de votre fils, ni le désoler.

Le jeune Pierre, maintenant Peter, les regardait, comme perdu lui aussi. Il avait maintenant sept ans. Sébastien l'appela et le prit dans ses bras. C'était une étrange réunion que celle de trois générations de solitaires. L'intuition immédiate de Sébastien fut qu'une présence féminine manquait cruellement à Blue Hedge Hall, et en tout cas au monde de cet enfant. Une autre fut que le pire destin pour celui-ci serait d'entrer dans le monde de l'aristocratie, qu'elle fût anglaise, allemande ou française. Il ne l'avait pas arraché aux querelles dynastiques russes pour le jeter dans les frivolités arrogantes des soirées de châteaux, parties de chasse, *Wirtschäften*, pantomimes, ripailles et beuveries. Pierre ne serait ni l'otage de luttes politiques, ni une canaille enrubannée.

Sébastien se rendit au cimetière de Highgate déposer des fleurs sur la tombe fraîche et emmena d'autorité Alexandre et Pierre à Höchst. Ce serait là qu'ils passeraient l'hiver et ce moment redoutable qu'est Noël, où le besoin d'affection des vieux et des jeunes devient le plus lancinant, au seuil d'un an neuf.

Un singulier dévouement, et peut-être une émanation de cette paternité qui sommeille en tout être conscient, se manifesta chez Franz. Le géant prussien se transforma en une sorte de nourrice sèche du jeune Pierre. Dès les premières neiges, il emmena le garçon faire du patinage et des parties de traîneau et il prit l'audace de l'engager dans des batailles de boules de neige. On entendait leurs rires du manoir.

— Mais comment avez-vous donc entraîné ce domestique ? s'étonna Alexandre. On croirait qu'il est de la famille.

— Il est de la famille, répondit Sébastien.

*

À son retour à Höchst, Sébastien avait trouvé un message d'Aymon de Belle-Isle :

Mon cher ami,

Je veux espérer que ces lignes vous trouveront en aussi prospère santé que la dernière fois que nous nous sommes vus. Il ne sera pas dit que les astres soient indifférents au destin des grands esprits. Ils ont, en effet, accablé votre ennemi le duc de Choiseul de la disgrâce royale. Je suis assuré que les frontières de la France vous sont désormais ouvertes et me réjouirai de lire un billet m'annonçant votre prochaine visite à Paris. Votre fidèle

Aymon de Belle-Isle.

Qu'est-ce qui avait causé la chute de Choiseul ? Un échange épistolaire en apprit à Sébastien les deux grandes causes : l'hostilité du ministre aux jésuites et les frais d'armement inconsidérés dans lesquels il avait engagé le royaume. L'hostilité furieuse du ministre à la nouvelle favorite du roi, Mme du Barry, n'avait pas allégé ses torts.

La réflexion instruisit Sébastien : faute de caractère, Louis XV était un petit roi. Il ne voulait rien changer au monde de sa jeunesse. Les jésuites représentaient la sécurité de la religion tutélaire et les frais d'armement, l'engagement du royaume dans une politique de conquêtes pour lesquelles il n'avait pas l'appétit. Telle était la raison pour laquelle il avait dépêché Sébastien à La Haye, dans cette louable entreprise de paix avec l'Angleterre. Car même les bonnes résolutions peuvent avoir de mauvais motifs.

Mais à vouloir conserver le passé à tout prix, on ne réussit qu'à compromettre le présent.

Les décisions louables de ce roi, comme l'abolition de la vénalité des charges de magistrats, pesaient d'un poids trop faible dans la balance sur laquelle les vivants, devançant le Créateur, pesaient les bienfaits et les tares de son règne.

La disgrâce de Choiseul ne pouvait plus servir les intérêts de personne. Les jésuites, puisqu'il y tenait tant, avaient quand même été chassés, et les dépenses d'armement, notamment de constructions navales, avaient été faites. Louis XV pleurait, comme on dit en anglais, sur le lait versé.

Cela étant, qu'irait-il faire à Paris ? Il l'ignorait lui-même. Depuis la mort de Mme de Pompadour, Paris lui apparaissait comme désert. Exagération funeste, à coup sûr. Il n'avait pas compté parmi les amis de la défunte favorite et n'aurait même pu jurer des sentiments qu'elle lui portait. Toutefois, et malgré l'hostilité de son frère, le marquis de Marigny, elle avait été la bienveillante égérie de son initiation à la politique dix ans auparavant, et sa disparition, chaque fois qu'il y pensait, lui faisait mesurer le temps qui passait.

Mais enfin, il prit sur lui-même et décida d'y emmener également Alexandre et le jeune Pierre, dès que les frimas auraient cessé et avant la fonte des neiges, c'est-à-dire à la fin mars 1771. L'occasion serait bonne pour Pierre de se familiariser avec le français et de découvrir le grand monde.

*

Afin de n'être pas embringué d'office dans des histoires de cour et de politique, ce qui adviendrait sans tarder s'il prenait ses quartiers chez Belle-Isle, Sébastien s'installa dans l'auberge où il était jadis descendu avec Solomon, celle-là même où ils avaient été attaqués en pleine nuit par des brigands ; c'était l'auberge du Cygne, près du Pont-au-Change. De là, il pourrait se mettre en quête d'un hôtel à louer.

Elle existait toujours. Sans être luxueuse, elle s'était améliorée et paraissait raisonnablement propre. La malle-poste de Calais étant arrivée après le midi, les trois hommes et le jeune garçon mouraient de faim. L'aubergiste proposa donc de leur servir un repas dans la salle du bas : une soupe, une fricassée de poulet et une salade de pommes de terre.

Pierre se jeta sur la soupe avec avidité. Las ! Elle était trop chaude et il cria de douleur. Sébastien et Alexandre s'alarmèrent. La serveuse accourut ; elle se pencha vers Pierre, lui posa la main sur l'épaule :

— Mâchez vite un morceau de pain, jeune monsieur, et gardez-le longuement en bouche. Ça calme.

Pierre suivit le conseil et, en effet, la brûlure ne fut bientôt plus qu'un souvenir. Il se tourna vers la serveuse pour la remercier. Sébastien et Alexandre en firent de même. Ce fut la première fois qu'ils prêtaient quelque attention à cette fille. Ses manières étaient du peuple, mais son visage était fin.

À la fin du repas, elle apporta d'elle-même au garçon un biscuit au chocolat. Geste aussi inattendu que gracieux. Mais elle semblait considérer Pierre avec une affection particulière. De nouveau, Sébastien la remercia et lui demanda son nom.

— Je m'appelle Séverine, monsieur.

Le nom laissa Sébastien songeur.

— De quelle région venez-vous ?

— Du Poitou, monsieur.

— Quel métier exerçait votre mère ?

L'expression de Séverine changea quelque peu et se nuança de méfiance.

— Elle était serveuse dans cette auberge.

Alexandre et Pierre observaient Sébastien, s'étonnant de son expression soudain tendue et de l'intérêt qu'il portait à une serveuse somme toute aimable, mais sans plus.

— Et vous avez donc trente-deux ans ?

Ce fut au tour de la serveuse de paraître étonnée. Elle se mit à rire :

— Vous voyez bien juste, monsieur.

— Qu'est devenue votre mère ?

Le visage de la serveuse se ferma.

— Elle est morte, monsieur. Dans ce Poitou où elle s'était retirée.

Sébastien hocha la tête. Pierre s'émerveilla que son grand-père pût deviner exactement l'âge d'une personne rien qu'à la regarder. Alexandre subodora un mystère.

Quand ils se retirèrent dans leurs quartiers, Sébastien le prit à part :

— Alexandre, cette serveuse est votre demi-sœur.

L'autre éclata de rire.

— Vous vous moquez, père ?

— Non. Écoutez-moi.

Sébastien lui raconta l'affaire de l'attaque nocturne, de la servante qui avait tenté de l'empoisonner et de ce qui s'en était suivi[1].

— Mais que voulez-vous en faire ?

— Cette serveuse est ma fille. Je ne peux la laisser dans son état.

— Père, il vaut infiniment mieux la tenir dans l'ignorance…

— Non. Écoutez-moi. Pierre ne peut grandir sans une présence féminine auprès de lui. Cela n'équilibre pas le caractère. Il est à l'âge où l'on acquiert le sens du monde et des personnes. Il ne voit que des hommes. Séverine me paraît être sa tutrice désignée. Vous avez vu l'attention qu'elle lui a spontanément portée.

— Vous voudriez que je confie Pierre à la fille d'une empoisonneuse ?

— Sa mère était sotte et contrainte par des brigands. Ne faites pas peser sur les enfants le poids des fautes de leurs pères ni de leurs mères. Je vous demande à vous aussi, dans le fond de votre cœur, de l'indulgence.

Alexandre s'assit et soupira. Il finit par demander :

— Mais que comptez-vous faire ?

— Je vais m'entretenir avec elle. Je vous demande d'être présent.

— Vous allez adopter une fille de trente-deux ans ?

Puis il s'avisa de l'incongruité de la question : il avait lui-même été adopté quand il en avait quatorze. Le sourire de son père le confondit.

1. *V. tome I*, Archipoche n° 54.

— Alexandre, elle possède des qualités que nous ne trouverons pas aisément dans le monde brillant où nous évoluons. Elle ne se prend pas pour une princesse, elle sera de ce fait bien moins vaniteuse et ne croira pas que les avantages dont elle jouit sont dus à sa naissance. Je la juge capable d'affection. Pour le reste, nous verrons.

— Vous prenez un risque, père.

— J'en prendrais un plus grand si je laissais une fille de mon sang abandonnée à la médiocrité de son sort. De plus, je le fais pour Pierre.

Alexandre hocha la tête.

— Vous êtes un homme singulier, père. Vous n'êtes pas de ce temps.

— Personne de lucide n'est jamais de son temps, Alexandre.

*

Ils se levèrent tous tôt et descendirent à la salle, avec Franz. Séverine essuyait les tables avec un torchon. Ils commandèrent du café. Breuvage élégant, malgré sa popularité.

— Nous n'en servons pas ici, messieurs. Mais je peux aller en acheter chez l'épicier et lui demander de le moudre, si vous voulez. Cependant je ne sais pas non plus confectionner cette potion, avoua-t-elle avec un petit rire.

— Je vous l'enseignerai, dit Sébastien.

Il lui donna une pièce et elle revint une bonne demi-heure plus tard avec un sac de papier contenant une livre moulue de la graine étrange qu'on faisait venir Dieu savait d'où, des colonies peuplées de sauvages de la même couleur, et que buvaient les gens de qualité.

— Veuillez faire bouillir de l'eau et m'amener un pot et un chiffon raisonnablement propres, dit-il. Apportez-moi l'eau encore frémissante.

Elle alla exécuter les ordres de ces clients décidément hors du commun. Quand l'eau fut bouillie, elle revint avec la casserole, un pot et un linge qui semblait, en effet, propre. Elle observa comment Sébastien procédait : il fit couler de la poudre de café dans le linge et versa dessus, au jugé et lentement, cinq parties d'eau bouillante. Au bout de quelques minutes, le pot fut plein de la boisson aromatique.

— C'est tout noir ! s'écria-t-elle.

Alexandre se mit à rire.

— Si vous voulez bien nous apporter cinq bols, et du sucre ou du miel, dit Sébastien.

— Mais vous n'êtes que quatre ?

— Je souhaite vous faire goûter cette potion, Séverine.

Il lui tendit le chiffon contenant le café passé.

— Qu'est-ce que j'en fais ?

— Vous le jetez.

— Au prix qu'il a coûté ? s'écria-t-elle, scandalisée.

Alexandre éclata de rire et elle s'en alla donc jeter cette mouture qui ne servait qu'une fois. Quand elle revint, elle s'assit près de Pierre, lui caressa la tête et les dévisagea.

À l'évidence, Alexandre s'inquiétait de la présence de Franz à cette réunion décisive. Sébastien s'en avisa et demanda au Prussien d'emmener Pierre découvrir le voisinage pendant une demi-heure. Franz se leva donc et emmena le garçon.

— Je vois bien que vous voulez me dire quelque chose, monsieur, dit Séverine à Sébastien. Allez-y donc.

— Que vous a confié votre mère sur votre naissance, Séverine ?

Un air de défi apparut dans l'expression de celle-ci.

— Pourquoi voulez-vous le savoir ?

— Vous le comprendrez assez vite et ce ne sera pas à votre désavantage.

Elle réfléchit.

— Que j'étais un souvenir.

— Vous a-t-elle dit de qui ou de quoi ?

— Êtes-vous de la police ? demanda-t-elle, sur le qui-vive.

— Non. Elle a dû vous dire que je lui avais conseillé de fuir.

— Vous ?

Elle tendit le cou pour dévisager Sébastien.

— Moi. C'est moi qui lui ai laissé ce souvenir en lui recommandant d'appeler l'enfant Séverine si c'était une fille et Ismaël si c'était un garçon.

Elle se dressa et le considéra d'un air sombre.

— C'est vrai. Mais si vous êtes mon père, pourquoi, vous, avez-vous fui ?

— Je n'ai pas fui. Vous connaissez sans doute l'histoire. C'est moi qui ai permis à votre mère de fuir et lui ai évité la potence.

Elle parut confondue.

— Vous êtes vraiment mon père ?

— Oui. Vous êtes la fille d'une tentative de meurtre manquée.

Savait-elle tout ? Sa mère le lui avait-elle révélé ? Peut-être. De pareils secrets pèsent le plus souvent trop lourd pour qu'on ne finisse par s'en soulager quand approche le terme de l'existence.

— Peu avant de mourir, dit Séverine d'une voix basse, presque rauque, elle m'a avoué qu'elle vous avait follement aimé. Que vous étiez beau comme un ange. Qu'elle avait été punie par le ciel de vous avoir perdu et récompensée par vous de ma naissance.

Les larmes coulèrent sur son visage.

— Pourquoi êtes-vous revenu me tourmenter ? gémit-elle.

— Je ne suis pas revenu pour cela, Séverine. C'est le hasard qui nous réunit. Il ne peut plus nous séparer. Êtes-vous mariée ?

— Mon époux est mort à la guerre.

— Avez-vous des enfants ?

— J'ai eu un garçon. Il est mort aussi.

— J'en suis navré. Êtes-vous liée ?

Elle leva sur lui un regard soudain offensé et moqueur :

— Dans une auberge, les clients sont de passage. Je ne cours pas le ruisseau, si c'est cela que vous voulez dire. Qui êtes-vous ? demanda-t-elle à Alexandre.

— Votre demi-frère, Séverine.

Cette dernière révélation sembla l'égarer encore plus.

— Comment vous appelez-vous ?

— Alexandre.

— Et le garçon ?

— Pierre est mon fils. Votre neveu.

— Que voulez-vous de moi ? demanda-t-elle à Sébastien sur un ton presque sauvage, après l'assaut de ces révélations successives.

— Vous emmener avec nous.

— Où ?

— Chez nous. Nous avons plusieurs maisons.

Elle réfléchit longtemps.

— Je ne vous connais pas… Je ne… Je n'ai pas vos manières…

— Cela s'apprend, Séverine, dit Alexandre.

Elle hésita. La proposition représentait une rupture trop brutale.

— Vous êtes sûr de ce que vous dites ? demanda-t-elle à Sébastien.

— Connaissez-vous quelqu'un d'autre qui saurait ce qui s'est passé cette nuit-là ? Et quel serait mon intérêt ?

Elle vacilla. Ce fut alors que Franz revint avec Pierre pour voir si l'entretien avait pris fin. Le garçon s'élança vers son père. À sa vue, Séverine ne put retenir un sourire.

— Où est sa mère ?

— Elle est morte.

Pierre tourna vers elle un visage soudain grave. Elle retint un sanglot. Elle secoua la tête, le visage congestionné par l'émotion qu'elle retenait et se leva pour disparaître dans la cuisine. Des clients arrivèrent. Franz observait ses maîtres à distance, perplexe, devinant une situation extraordinaire. Les clients appelèrent. L'aubergiste apparut, regarda Sébastien, Alexandre, Pierre et Franz, intrigué, puis alla s'entretenir avec les arrivants. De longues minutes s'écoulèrent. Sébastien se leva et alla à la cuisine. Elle et lui se firent face sous des jambons, des bouquets d'oignons et d'aulx pendus au plafond.

— Venez, Séverine, dit-il avec douceur.

Elle courut dans ses bras et laissa libre cours à ses larmes. L'aubergiste revint sur ces entrefaites et observa la scène, éberlué.

— Séverine, dit-il enfin, ces messieurs dans la salle voudraient de la bière et un en-cas.

— Ce sera le dernier qu'elle servira, lui annonça Sébastien.

— Et pourquoi, je vous prie ?

— Parce que c'est ma fille.

Peut-être les légendes de gens statufiés ont-elles un brin de vérité. En tout cas, l'aubergiste perdit le mouvement pendant un long moment.

Sébastien, pour sa part, s'interrogea sur l'humeur de ce destin, qui leur enlevait une femme aimée et leur en offrait une autre à aimer.

42

Le mercure rouge

Huit jours plus tard, par le truchement d'Aymon de Belle-Isle, à qui il avait enfin annoncé sa présence à Paris, Sébastien trouva à acheter un logement, rue Neuve-Saint-Honoré ; c'était un bâtiment de l'hôtel de Noailles, comportant neuf pièces et leurs dépendances sur deux étages, avec des combles. Le lieu n'était pas trop défraîchi, et n'exigeait que des travaux de nettoyeurs et de tapissiers pour retrouver son lustre. Sébastien s'y installa promptement avec Alexandre, Séverine et Pierre. Franz, promu majordome et connaissant les habitudes de son maître, veillait à ce que le train général fût établi à l'agrément de tous.

La nouveauté de cette vie et la coquetterie furent le sauf-conduit qui permit à Séverine de quitter une vie pour une autre sans trop souffrir du changement abrupt. Il lui fallait une garde-robe. Comme elle ne possédait quasiment rien, ce fut aisé. De nature modeste, elle préféra les robes à l'anglaise, qui allaient à la vie courante, car sans baleines ni paniers, et ce fut sur l'insistance de Sébastien qu'elle se résolut à ajouter à l'indienne des brocarts et de la soie pour une robe à la française, que la princesse Polybolos – ce serait son nom – porterait dans le monde. Les soins des modistes déclenchèrent en elle des crises de fou rire et elle fut confondue par le collier de perles et de diamants que Sébastien lui offrit pour les mêmes occasions. Car si elle avait accepté la réalité de ses liens de famille, elle se trouvait dépaysée par le faste. Ce dont son père se félicitait secrètement.

Néanmoins, elle avait changé de charme. Sans rien perdre de son naturel, son maintien se para désormais d'une réserve souriante et sans hauteur. Elle devenait une dame, ayant compris qu'elle flattait ainsi ses nouveaux protecteurs et justifiait son titre. Chaussée de satin et portant des diamants aux doigts, ses manières de fille de cuisine auraient passé pour de la comédie.

Cette métamorphose devait certes une grande part à la raison. Mais c'était spontanément que Séverine avait assumé le rôle espéré par Sébastien et Alexandre : celui d'une mère de substitution pour Pierre. La solitude dont l'enfant avait souffert après la mort de Danaé avait pris fin ; il avait d'instinct répondu à l'affection que lui témoignait cette femme brusquement entrée dans son cercle, et seule l'incertitude de sa parenté avec elle parfois lui prêtait des regards interrogateurs.

Ne sachant combien de temps il séjournerait à Paris, Alexandre avait engagé pour son fils un précepteur de français ; il constata avec un demi-sourire ému que celui-ci enseignait en réalité à deux élèves, Séverine et Pierre : car elle assistait fidèlement aux leçons sans mot dire, sous prétexte de les surveiller. Mais une quinzaine de jours plus tard, par accident, Sébastien la surprit s'essayant à l'écriture. Or, elle n'avait jamais tenu une plume de sa vie.

Elle fut aussi décontenancée d'être servie à table par un valet et compensait ce luxe, pour elle extravagant, en tenant l'œil sur les cuisines, selon les instructions de Sébastien ; elle avait compris que dans sa nouvelle famille, on n'était pas amateur de gras, mais de saveurs fines, et que si l'on appréciait un ou deux verres de vin, on se levait de table l'esprit clair. De fait, même son teint s'en éclaircit quand elle eut renoncé aux mangeailles et aux vins de labeur qui avaient composé son ordinaire.

— Je crois, dit un jour Sébastien à son fils, que Londres ne fera pas grande différence pour Séverine.

— Mais quel sera le pays de Pierre ? demanda Alexandre.

— Vous le déciderez. Mais je doute qu'un homme libre puisse avoir un seul pays.

— Combien de temps dois-je séjourner à Paris ?

— Le temps que vous appreniez à être le comte de Saint-Germain.

La réponse sidéra Alexandre.

— Je ne suis pas éternel, dit Sébastien. Mais vous me concéderez une part d'une autre vie, du moins si vous le voulez bien.

Ni l'un ni l'autre n'avaient souvenir de s'être regardés si longtemps sans rien dire.

Ils n'en dirent pas davantage après qu'Alexandre eut baissé les yeux.

*

Sébastien considéra le tirage de la gravure qui le représentait. L'air pensif, amène, incertain aussi.

Il retrouvait dans ce visage pensif une certaine expression de sa mère. Jadis.

M. Vuillaume, le portraitiste mandé par la marquise d'Urfé, attendait un commentaire comme un père à la porte de la chambre à coucher, s'efforçant de ne pas mettre les pieds dans les brocs d'eau chaude, attend que la sage-femme annonce si c'est une fille ou un garçon que son épouse vient de mettre au monde.

— C'est admirable, dit enfin Sébastien en reposant le tirage sur la table de son cabinet de travail. J'ai l'impression d'une image figée par le gel dans un miroir. Trois points de suspension.

— Comment ? demanda M. Vuillaume, intrigué.

— Trois points de suspension, disais-je. Le sentiment d'une phrase inachevée, comme l'est toute vie jusqu'à son terme.

M. Vuillaume était frotté de gens d'esprit ; il se mit à rire.

— Le compliment est rare, comte.

— Votre talent l'est aussi. Il obéit à cette grande loi de l'art. On ne sait jamais ce qu'on voit. Un instant le regard du modèle est ici, le suivant il est ailleurs. L'expression a changé en un battement de cœur. On croyait saisir untel et l'on n'a capté qu'un moment de sa vie. On a donc fait le portrait de tel autre. Et l'artiste lui-même a entre-temps changé d'humeur, lui aussi. C'est comme une partie de chasse à cheval. On bouge et l'on essaie de viser une cible mouvante. Voyez-vous, M. Vuillaume, je me suis parfois dit, quand je faisais des portraits, car vous savez sans doute que je m'y suis essayé, que le seul moyen d'en réussir un est d'en tracer dix, vingt ou cent à la suite.

M. Vuillaume n'était pas accoutumé à de telles considérations de la part de ses clients, dont la vanité se suffisait de ce qu'on eût immortalisé et raisonnablement flatté leurs traits. Il se déclara comblé par l'accueil qu'un personnage aussi étonnant que le comte de Saint-Germain avait fait à son œuvre.

— Voudriez-vous m'en faire cinq tirages, je vous prie ?

M. Vuillaume promit de les apporter dans peu de jours et prit congé.

Sébastien rédigea un billet pour remercier la marquise d'Urfé de ses soins et en reçut un en retour, le priant à dîner dans trois jours. Cela le rendit songeur. Une idée venait de germer dans sa tête. Il attendrait le retour d'Alexandre pour la réaliser.

Depuis l'installation à l'hôtel de Noailles, au printemps dernier, Alexandre était retourné quatre fois à Londres, et deux fois, dont la dernière, il avait emmené avec lui Séverine et Pierre. Il avait promis de les ramener aujourd'hui ou le lendemain.

*

Sébastien était à Paris depuis près d'un an, au vu et au su de tous. Nul policier n'était venu le prier de déguerpir. L'interdit de retour sous peine d'être jeté en prison les fers aux pieds était levé, la disgrâce de Choiseul était donc consommée et ses successeurs, le triumvirat d'Aiguillon,

Maupeou et Terray, avaient d'autres soucis, notamment les révoltes des Parlements de province, que de poursuivre ses vindictes. Une nouvelle favorite, qu'on disait fort belle, Mme du Barry, avait succédé à la Pompadour et l'on assurait que « le parc aux cerfs » n'était plus en faveur. Aussi plusieurs chocs et chagrins avaient-ils affecté le roi Louis : le dauphin, la dauphine, puis la reine étaient morts et sa fille Louise avait pris le voile.

— Tout a changé, avait rapporté la marquise d'Urfé, qui se rendait bien compte de la réalité en dépit d'une tête au vent. L'on ne s'amuse plus guère comme avant.

Il n'avait pas été invité à la cour une seule fois et dans le fond n'en était pas marri. Il y serait retourné sous l'ombre d'un échec et n'avait plus cure de purifier des pierres précieuses. Une grande partie de ses loisirs était consacrée à des entretiens avec des frères de l'une ou l'autre des loges de France. Tous étaient inquiets d'une agitation qui allait croissant depuis le premier conflit entre le roi et le Parlement de Rennes, plusieurs années plus tôt.

— Il est bien qu'on ait la liberté de critiquer, lui confia un proche du grand maître, le duc de Montmorency-Luxembourg. Il ne l'est pas qu'on décrive la royauté comme un despotisme aveugle. Le roi est plus libéral que bien des petits seigneurs de province.

Force fut pour Sébastien d'en convenir, fût-ce pardevers lui-même : en se propageant de façon incontrôlée, l'idéal ancien de la Société des Amis était devenu désuet. L'appartenance à la Maçonnerie n'était plus un gage de sérénité, de hauteur de vue et de règlement des querelles dans un esprit de conciliation. Avec cinq cents loges en

France et, disait-on, cinquante mille adhérents, la Maçonnerie était entrée dans le siècle ; le secret était comparable à un verre de vin versé dans la mer.

Les travers que Sébastien avait tenté de corriger à Heidelberg éclataient en France : les loges se considéraient le plus souvent comme des coteries, voire des corporations officieuses de gens appartenant aux mêmes milieux et partageant les mêmes ambitions, mais où la philosophie tenait peu de place ; la preuve en était que certains maçons se déclaraient ennemis des encyclopédistes ! On ne comptait plus les prêtres maçons et seuls les évêques répugnaient, et encore, à suivre leur exemple, par peur des foudres de Benoît XIV. Or ils répandaient dans leurs loges des idées qui s'éloignaient souvent des principes qui avaient emporté l'adhésion de Sébastien.

Sébastien fut troublé. Il continuait de tenir la Maçonnerie pour un art étroitement apparenté à l'alchimie : celui qui devait mener à la sublimation de l'être.

Il relut les dernières pages de la *Trinosophie* qu'il avait écrites :

> *Un autel jaune se dressait en face de moi. Une flamme pure en montait, sans autre aliment que l'autel même. Des caractères étaient gravés en noir au pied de l'autel. Une torche allumée était dressée là, brillant comme le soleil ; un oiseau planait au-dessus, avec des pattes noires, un corps argenté, un col doré, une tête rouge et des ailes noires. Il était en mouvement constant, sans jamais battre des ailes. Il ne pouvait voler que s'il se trouvait au milieu des flammes. Il tenait dans*

son bec un rameau vert. L'autel, la torche et l'oiseau sont le symbole de toutes choses. Rien ne peut être accompli sans eux. Ils sont tout ce qu'il y a de bon et de grand.

Me tournant, j'aperçus un immense palais dont la base reposait dans les nuages. Il était construit en marbre et sa forme était triangulaire. Un globe doré couronnait l'édifice. Quatre colonnades se superposaient dans celui-ci. La première était blanche, la seconde noire, la troisième verte et la dernière d'un rouge éclatant. Je me proposais, après avoir admiré cette œuvre d'artistes immortels, de revenir à l'autel, à la torche et à l'oiseau, que je voulais étudier plus longuement. Mais ils avaient disparu et alors que je les cherchais du regard, les portes du palais s'ouvrirent. Un vénérable vieillard s'avança, vêtu d'une robe pareille à la mienne, à cela près qu'un soleil d'or brillait sur sa poitrine. Sa main droite tenait un rameau vert et la gauche un encensoir. Une chaîne de bois pendait à son cou et une tiare pointue, pareille à celle de Zoroastre, couronnait sa tête chenue. Il vint vers moi, avec un sourire bienveillant sur les lèvres. « Adore Dieu, me dit-il en persan. Il est celui qui t'a soutenu dans tes épreuves. Son esprit t'accompagnait. Mon fils, tu as laissé passer ta chance. Tu aurais pu saisir sur-le-champ l'oiseau, la torche et l'autel. Tu serais devenu tous les trois ensemble. Maintenant, pour parvenir au lieu le plus secret du Palais des sciences sublimes, il te sera nécessaire d'emprunter tous les détours. Viens. Il faut d'abord que je te présente à mes frères. » Il me prit la main et m'amena dans une vaste salle.

Les yeux du vulgaire ne peuvent concevoir les formes et la splendeur des ornements qui s'y trouvaient. Trois cent soixante colonnes l'encerclaient. Une croix rouge, blanche, bleue et noire était suspendue à un anneau dans la voûte...

Ses tribulations représentaient pour lui tout autre chose que ce que sont les épreuves dans la vie des gens ordinaires : un parcours initiatique. Le génie sévère qui l'avait guidé l'avait aguerri en le privant des conforts naturels que sont des parents chéris, la chaleur des femmes et d'un foyer. Les tribulations physiques de sa jeunesse l'avaient fortifié contre les ivresses du corps et l'inquiétude sexuelle, qui absorbe l'énergie des humains à tous les âges. Quand il était arrivé en Europe, encore fragile, un seul homme l'avait soutenu en reportant sur lui l'affection frustrée d'un père : c'était Solomon Bridgeman. Depuis, ceux qui lui avaient offert leur amitié étaient surtout des clients fascinés par ses dons et son énigme.

Ses chances, il les avait dues à sa promptitude d'esprit et ses erreurs, à son emportement, sa vanité et, pour tout dire, sa vulgarité.

Maintenant il savait ; il était maçon au-dessus de la Maçonnerie. Il s'était sublimé. Il comprit ce qu'était le mercure rouge : l'essentiel.

Le secret était sans nom. Comme lui-même.

43

L'étrange confrère de l'Espérance, Giuseppe Balsamo

— Je ne peux dire que ce soit une idée inattendue, père, car j'ai le sentiment que vous m'y préparez depuis nos premières conversations. Mais convenez qu'elle est audacieuse.

Sur quoi Alexandre se mit à rire.

— Toute personne qui ne se conforme pas aux idées ordinaires est considérée comme audacieuse, observa Sébastien. Personne ne vous demandera de parler russe à Paris. Ne forcez pas votre talent et tout ira sans encombre. Rappelez-vous que la marquise d'Urfé a un grain.

— Qui mettrons-nous dans la confidence ?

— Pourquoi y mettre quiconque ? Qu'y gagneraient-ils ? Et qu'y gagnerions-nous ? Je ne suis pas partisan, vous le savez, de cette habitude de répandre tout ce qu'on sait et de divulguer tout ce qu'on fait, comme les portières en ont coutume.

Alexandre hocha la tête.

Sébastien attendit son retour. Le faux comte de Saint-Germain paraissait amusé et médusé. Il prit un siège devant son père, en robe de chambre dans une bergère à oreillettes. Il alluma un cigare :

— Cela est vertigineux, dit-il en tirant sa première bouffée. La marquise et deux ou trois personnes que vous devez connaître ont seulement relevé que j'avais bonne mine. Comme au fameux souper de Pierre III, personne n'a rien soupçonné. Comme je suis familier de vos propos, j'ai proféré deux ou trois paradoxes sur la servitude des gens à l'égard de l'idée de bonheur, sur l'inconfort de nos modes vestimentaires et le fait que les fables ont plus de pouvoir que la science sur l'esprit des gens. On m'a écouté comme si j'étais un grand prêtre de je ne sais quelle religion et doté de science infuse.

Il éclata de rire.

— J'ai eu le sentiment que je n'existais pas plus que vous.

— Vous êtes perspicace. En effet, je n'existe pas.

— Comment dois-je l'entendre ? demanda Alexandre en déposant sur la table les deux plus grosses bagues, un diamant prodigieux et un saphir étoilé, que son père lui avait prêtées.

— Je suis une collection d'images et de légendes. Il n'y a pas plus de comte de Saint-Germain en société que dans la réalité. Personne ne se soucie de savoir ce que je mange, quelles femmes j'ai aimées et s'il m'arrive de souffrir d'insomnie ou de rhumatismes.

Sébastien soupira et sourit à la fois.

— Vous le saurez bien un jour si ce n'est déjà fait, c'est à peine si deux êtres vivant ensemble perçoivent une fraction l'un de l'autre. Songez alors à ce qu'il en est de gens qui vous voient une ou deux fois l'an, paré de vos plus beaux atours et d'un discours gracieux !

Vous êtes pour eux à peine plus qu'une image dotée de mouvement.

— Seriez-vous amer ?

— Certes non, j'ai atteint dans ma vie deux buts que m'envieraient bien des gens : j'ai réussi à protéger mon secret et à m'assurer une fortune suffisante pour n'avoir pas à fuir les créanciers, ni à quémander des faveurs auprès des puissants. Je dis ce que je constate. C'est qu'on n'existe vraiment que pour soi. Il a ainsi suffi de dire que votre fils Piotr était mort pour qu'il n'existe plus dans l'esprit de ceux qui s'intéressaient à son existence. Convenez que c'est prodigieux.

— J'en conviens, en effet. Mais, à propos de secret, puisque nous sommes l'un l'autre, me refuserez-vous longtemps de le partager avec vous ? Il est quand même le mien aussi, puisque je suis votre fils. Il est aussi celui de Pierre, sinon de Séverine.

— Vous le saurez, soyez-en assuré, mais alors vous regretterez votre impatience ancienne de le connaître.

Alexandre considéra son père :

— Si je suis votre raisonnement, Séverine ne nous connaît pas non plus, l'un ni l'autre. Comment vous en accommodez-vous ?

— Je ne vous ai pas parlé de la loi universelle de sympathie. Son instrument est l'intuition. Même sans nous connaître, Séverine a pu deviner et puis mesurer l'affection que nous lui portons. C'est d'ailleurs celle qu'elle a témoignée d'emblée à Pierre. Vous avez raison, Séverine ne peut que nous deviner. Aussi ne faut-il pas la troubler, pour ne pas brusquer son intuition.

Alexandre adressa à son père un regard malin.

— Nous ne sommes en tout cas pas les seuls dont elle ait eu l'intuition.

— Que voulez-vous dire ?

— N'avez-vous rien remarqué ? Elle témoigne à Franz une amitié particulière.

Sébastien sourit.

— Si, je l'ai remarqué. Je n'en suis pas étonné. Franz la rassure. Ils sont tous deux d'origine modeste. Il lui sert de repère dans un monde qui leur paraît sans doute étrange et même effrayant. Et ils sont également unis par l'affection qu'ils portent à Pierre. Je pense que c'est un couple virtuel harmonieux.

— Vous admettriez donc Franz comme gendre ?

— Il est déjà de la famille. Vous ont-ils chargé de me prévenir ?

— Non, répondit Alexandre en riant. Mais cela ne saurait tarder, à mon avis.

Les chandelles commençaient à grésiller. Alexandre embrassa son père, lui souhaita bonne nuit. Tous deux allèrent se coucher.

*

L'expérience ayant été concluante, le stratagème fut utilisé de plus en plus souvent. Chaque fois qu'Alexandre était à Paris, il empruntait le personnage de son propre père. L'exercice le divertissait autant qu'il l'instruisait.

Ni Séverine, ni Franz, ni Pierre évidemment, n'en étaient informés. Alexandre se retirait dans sa chambre avant de sortir et s'habillait tout seul, puis sortait à la dérobée et revenait le plus souvent quand tout le monde, sauf Sébastien, était couché.

— Au respect qu'on vous porte, observa-t-il un soir, je mesure que, sous son apparente frivolité, cette société est en proie à un désarroi que je ne parviens pas à définir. On vous écoute par mon truchement plus attentivement qu'on écoute les abbés et les hommes de religion. Eux-mêmes, d'ailleurs, semblent prêter à mes propos une attention singulière. Quand je parle de justice, selon les idées que vous m'avez enseignées, un silence général se fait.

— Ceux que vous fréquentez par mon truchement, répondit Sébastien, appartiennent à la noblesse. Et comme les autres, voyez-vous, ces gens comprennent par l'intuition plus de choses qu'ils ne croient en saisir par leur intelligence. Cette société s'alarme de l'affaiblissement du pouvoir royal, qui est la poutre maîtresse de leurs existences.

— Il me semble pourtant que le roi serait devenu presque vertueux ?...

— L'affaiblissement de son pouvoir ne tient pas à ses maîtresses passées, mais au fait qu'il a hérité de sa charge et ne l'a pas conquise. Il est déchiré entre l'illusion qu'il règne par droit divin et la conscience que ses erreurs ont révélé sa faillibilité aux yeux de tous. De surcroît, il manque d'autorité. Il prétend changer le régime, mais il s'efforce de le maintenir tel qu'il a été depuis son aïeul Louis XIV. C'est la recette de l'échec. Il n'est au fait de rien. Il n'a pas plus lu *Le Contrat social* de Jean-Jacques

Rousseau, par exemple, que le *Dictionnaire philosophique.* Les gens vous écoutent parce que vous ou celui que vous représentez n'est pas lié par les privilèges qui sont les leurs. Ils attendent une lumière de l'extérieur.

Or ces réincarnations, pour ainsi nommer ces simulations, s'effectuaient non seulement à Paris, aux réunions de la loge des Templiers, mais encore à celles des loges de plusieurs villes allemandes, entre lesquelles Sébastien s'efforçait d'établir des contacts afin qu'elles ne tombassent pas au rang de corporations locales ; il voulait qu'elles fussent informées les unes des problèmes qui se posaient aux autres. Mais ces voyages incessants commençaient de le fatiguer, et il s'estimait heureux qu'Alexandre pût le remplacer efficacement.

Une tempête se préparait dans le monde, il le sentait dans ses fibres, mais il ne pouvait dire quelle forme elle prendrait, ni quand elle éclaterait. Des loges de Paris, de Dijon et de Strasbourg à celles de Hambourg, de Nuremberg, de Leipzig, de Münster et d'autres, il entendait de plus en plus souvent des questionnements sur la légitimité du pouvoir et de la justice, sur les fondements véritables de la religion, et enfin sur les formes idéales que devrait prendre la société.

Plusieurs fois, Alexandre revint des sessions maçonniques dans un désarroi qui surprit Sébastien :

— Nos frères de Strasbourg ont parlé avec passion de l'ouvrage d'un Anglais du siècle dernier, nommé Hobbes, *Léviathan.* Je les ai écoutés avec inquiétude, car j'en ignorais l'existence et je craignais de vous desservir par mon ignorance. J'ai recouru à des ruses de rhétorique pour dire enfin quelque chose qui semblât sensé. De quoi traite donc ce Hobbes ?

— La thèse du *Léviathan* est que le seul moyen de garantir la paix entre les hommes serait de les tenir dans un état de terreur et de sujétion tel qu'ils ne contesteraient pas les injustices éventuelles.

— Mais c'est inique !

— Ce l'est, en effet. Hobbes est un descendant spirituel de Machiavel. Mais il n'est plus respecté que par les partisans de la tyrannie. John Locke et Jean-Jacques Rousseau ont fait observer que les hommes ne peuvent se résoudre en silence à l'injustice, encore moins de la part de ceux qu'ils ont choisis. Qu'avez-vous dit ?

— Je me suis souvenu de votre aventure russe. J'ai observé que, puisque le pouvoir peut être défait par les hommes, comme ce fut justement le cas en Russie, il est assujetti à la volonté des hommes. La conclusion est donc qu'il en découle.

— Vous avez bien répondu, dit Sébastien en souriant. Je ne l'aurais pas dit autrement et vous n'avez pas démérité. La tyrannie ne peut durer plus d'un temps. Je ne suis pas éloigné de penser que les hommes sont pareils aux gaz, dont notre ami Lord Cavendish a démontré qu'ils ne sont pas indéfiniment compressibles.

Alexandre hocha la tête.

— Père, dites-moi ce que je dois lire, au moins.

Sébastien promit de le faire.

*

L'on arriva ainsi à l'année 1777.

Louis XV était mort depuis trois ans, emporté par la petite vérole. Son petit-fils de vingt ans, Louis XVI, avait scellé l'union de Versailles et de Vienne par son mariage avec la fille de l'impératrice Marie-Thérèse. Mais l'atmosphère était de plus en plus trouble. La « guerre des farines », causée en 1775 par deux années de mauvaises récoltes, mécontentait le peuple d'une part, et l'abolition de nombreux privilèges et notamment de la vénalité des charges de magistrats, mécontentait les classes aisées d'autre part.

Sébastien évitait d'utiliser le nom de Saint-Germain quand il se rendait à Paris, par crainte d'être identifié au ministre du même nom, et recourait à celui de Welldone. Le vrai Saint-Germain, quant à lui, venait d'être démis.

Depuis quelque temps, les rapports de police de diverses villes européennes et les récits de voyageurs communiqués par des frères de Londres et de La Haye signalaient un personnage singulier, qui se faisait appeler tantôt le marquis Pellegrini et tantôt le comte Joseph Cagliostro, fils du dernier roi de Trébizonde, parfois colonel Cagliostro, du troisième régiment du Brandebourg. Il voyageait avec une jeune femme blonde, fort belle, qui elle s'appelait soit Lorenza soit Serafina et qui, disait-on, servait parfois à piéger des soupirants fortunés. Son vrai nom semblait être plutôt Giuseppe Balsamo et il était précédé d'une réputation sulfureuse ; se donnant comme alchimiste et magicien, Balsamo semblait en réalité vivre d'expédients.

L'année précédente, à Londres, installé à Whitcomb Street, il avait pris comme interprète un ancien jésuite,

Vitellini, lequel était convaincu que son employeur avait trouvé la pierre philosophale et le secret de la transmutation. Ce Balsamo ou Cagliostro prétendait ainsi avoir produit de l'or dans un fourneau de son invention. Vitellini avait rompu le secret qu'il avait juré d'observer et répandu dans tout Londres que son maître transmutait du plomb en or. Bientôt, l'on se pressa à la porte de cet alchimiste.

De surcroît, l'individu se vantait d'être voyant, de prévoir les numéros gagnants aux tables de jeu et à la loterie française, qu'on vendait aussi dans la capitale anglaise, et de désigner les chevaux gagnants aux courses. Parmi ceux qui achetaient ses conseils figuraient deux autres imposteurs, Lord et Lady Scott, avec lesquels ses relations avaient tourné à l'aigre. Profitant de sa méconnaissance de l'anglais, ils lui avaient intenté un procès et Balsamo ou Cagliostro avait passé près de deux mois dans les prisons anglaises. À peine sorti, il venait d'arriver sur le continent.

Or, on ne savait quels frères des Templiers de la Stricte Observance s'en étaient laissé conter par ce personnage et l'avaient admis dans leur loge, à Strasbourg.

Il aurait dit : « Ce qu'a fait Saint-Germain, je peux le faire encore mieux. »

Était-ce un défi ? Sébastien s'en montra préoccupé et Alexandre en fut soucieux : un duel avec un ambitieux visiblement sans scrupule n'était dans les intérêts ni de Saint-Germain ni de la Maçonnerie. Sébastien consulta les registres de l'ordre : Cagliostro avait été admis dans la loge de la Bienfaisance, à Strasbourg. Mais aussi les gens de Strasbourg étaient souvent exaltés, et ils avaient dû se laisser duper par cet aventurier, à l'évidence un charlatan :

toute personne qui prétendait réussir la transmutation ne pouvait être qu'un souffleur.

Sur le conseil d'Alexandre, et pour freiner les entreprises de Cagliostro, Sébastien écrivit à l'une des nouvelles loges françaises dont il faisait partie, celle de Saint-Lazare[1], pour la mettre en garde contre lui. L'alerte sonna un matin à La Haye, où Sébastien était de passage : le comte Cagliostro requérait par messager l'honneur d'être reçu par le comte de Saint-Germain.

Alexandre était à Londres, retenu par des affaires importantes. Sébastien ne pouvait, selon la règle, refuser d'écouter un frère Templier ; il résolut donc de recevoir Cagliostro, mais en public. Il fit organiser un convent qui se tiendrait trois jours plus tard, au siège de l'ordre, chez le sieur Hardenbroeck, dans la salle dite Retraite des âmes errantes. Il ne prévint aucun frère de ses réserves, attendant de voir Cagliostro de ses yeux.

Corpulent. De taille moyenne. Trente-quatre ou trente-cinq ans. Visage large, cou épais, mâchoire forte, regard audacieux, front large, bouche de jouisseur. Donc un personnage doté d'une forte vitalité et d'intelligence, toutes deux au service d'un fort appétit de jouissance et d'une volonté effrénée de pouvoir. Pas trace de spiritualité. Un

1. Cette loge, constituée en 1775, changea deux fois de nom par la suite, devenant loge de l'Équité, puis du contrat social de saint Jean d'Écosse le 19 janvier 1789 (catalogue des ouvrages imprimés et manuscrits de la bibliothèque maçonnique du Grand Orient de France, établi en 1882). On y trouve des manuscrits de Saint-Germain, Rousseau, Grimaldi de Monaco et même de Georges de Saint-Georges, père du célèbre musicien guadeloupéen, le chevalier de Saint-Georges.

fauve qui ferait des victimes jusqu'au coup fatal, qui suivrait sans nul doute une imprudence excessive ou le conflit avec des ennemis sous-estimés. Les attaches grossières trahissaient l'origine plébéienne : un homme de basse extraction, décidé à s'arroger les privilèges de l'aristocratie.

Les frères l'interrogèrent sur sa réputation et sa science ; il répondit qu'il avait été instruit par des prêtres de Basse-Égypte et qu'il avait appris aux pyramides des secrets sur l'univers, la matière et la nature humaine. De la sorte, affirmait-il, il était à la fois alchimiste et guérisseur.

En quelle langue les prêtres de Basse-Égypte lui avaient-ils enseigné leurs secrets ? se demanda Sébastien. Il connaissait cette jactance : il l'avait lui-même jadis pratiquée. Il s'était depuis lors amendé. Pour s'entretenir avec ce frère peu commun, Sébastien le plaça à sa droite lors du banquet suivant le convent.

— Je guéris la vieillesse, affirma Cagliostro, car ce n'est qu'un mal de l'âme.

Les éternels discours sur l'élixir de jouvence. Un frère parut intéressé par le propos et lui demanda des détails.

— Il faut commencer par un jeûne de quarante jours en mai, pendant lequel l'impétrant n'absorbe que de l'eau de pluie et des herbes purifiantes. Le dix-septième jour, il doit se soumettre à une saignée et avaler six gouttes d'une liqueur blanche...

— Laquelle ?

— C'est une potion dont je détiens le secret. Trois jours plus tard, une nouvelle saignée, avant le lever du soleil et deux gouttes de la liqueur. Le traitement est rude.

— Pourquoi, qu'en résulte-t-il ?

— Une personne bien constituée se trouve privée de parole et de raison pendant plusieurs jours, et elle est atteinte de convulsions. C'est ainsi qu'elle expulse d'elle tout ce qui restait de son être ancien.

Redoutable traitement qui pourrait aussi bien envoyer le médecin à la potence, songea Sébastien. Cependant, le discoureur n'arrêtait pas de bâfrer et il buvait d'abondance ; s'était-il lui-même soumis à son propre régime ?

— Le sujet tombe alors dans un profond sommeil, poursuivit Cagliostro, que l'assemblée écoutait avec une réserve croissante, surtout quand on considérait son appétit… Le trente-sixième jour le sujet ne prend qu'une seule goutte de ma liqueur. Il tombe dans un nouveau sommeil, pendant lequel il perd sa peau, ses cheveux et ses dents.

Les frères parurent saisis ; plusieurs roulèrent des yeux ronds.

— Mais, clama Cagliostro d'un ton solennel, quelques heures plus tard, sa peau, ses cheveux et ses dents repoussent comme de neuf.

Se rendait-il compte de l'effet que produisaient ces forfanteries délirantes ?

— Le quarantième jour, le rite est terminé. C'est un homme nouveau qui est né. Il peut espérer vivre jusqu'à sa cinq mille cinq cent cinquante-huitième année.

Il goba un dessert au chocolat. Sébastien le laissa pérorer : c'était le meilleur moyen de le mener à la noyade.

— Va pour sa longévité, demanda un frère, mais comment saura-t-on que l'âme de l'impétrant est régénérée ?

— Parce que, à ce moment-là, elle sera en communication directe avec les sept purs esprits qui entourent le trône du Très-Haut : Anaël, Michaël, Raphaël, Gabriel, Uriel, Zobriachal et Anachiel.

Les assistants échangèrent des regards entendus.

— La Maçonnerie, mes frères, déclara Cagliostro, est destinée à assurer le triomphe des âmes d'élite, pour le bien de l'humanité entière.

— Avez-vous suivi vous-même votre rite ? demanda Sébastien, après un coup d'œil au front de Cagliostro, qui tendait assez nettement à se dégarnir.

— Oui, cela n'est-il pas évident ? répondit l'autre avec un sourire suffisant.

La cause était entendue. Sébastien demanda à Cagliostro s'il connaissait sa date de naissance.

— 10 avril 1743, répondit l'autre, comme s'il annonçait un chiffre mirifique.

— Je me permettrai de dresser votre horoscope, lui dit Sébastien.

L'autre le considéra d'un œil ironique autant que bovin.

Et quand la séance fut levée et que le frère de la Bienfaisance fut reparti, les membres de l'assemblée échangèrent quelques sourires amusés.

— Mais qui donc a eu l'idée d'admettre cet énergumène dans notre ordre ? demanda un frère.

— Quelques personnes qu'il aura éblouies, répondit Sébastien. Mais il risque de nous mettre en mauvaise posture.

Il en écrivit à Alexandre :

Ce Balsamo dit Cagliostro est un mauvais sujet qui a eu jusqu'ici de la chance. Mais son assurance présomptueuse le voue à une perte prochaine. Tenez-vous à distance.

44

Les mystérieuses mômeries de M. Franz Mesmer

Les noces de Séverine Polybolos et de Franz Brückner furent célébrées en mai 1778 à Francfort, en présence du prince Karl de Hesse-Cassel. Franz avait trente-huit ans et Séverine quarante et un.

Alexandre dota généreusement les époux et Sébastien leur offrit la jouissance de la propriété de Huberg en attendant qu'ils en héritassent et nomma le marié intendant de ses trois domaines de Höchst, de Huberg et de l'hôtel de la Herrengasse, à Vienne.

Le plus remarqué de la noce fut cependant le jeune Pierre, qui était ému comme s'il voyait sa mère se remarier et qui, au déjeuner dans une auberge de campagne qui suivit la cérémonie, allait de l'un à l'autre des convives pour s'assurer qu'il était toujours aimé comme auparavant.

— J'ai l'impression, comte, que c'est votre famille au sein de laquelle je me trouve, lui confia en aparté le prince Karl. Pardonnez-moi si je suis indiscret, mais le prince Alexandre Polybolos vous ressemble étrangement.

Sébastien se contenta de sourire pour toute réponse.

— Vous connaissez les affinités électives, prince, déclara-t-il au bout d'un moment. En tout cas, il est mon héritier.

Le prince hocha la tête.

*

D'autres nouvelles arrivèrent sur Cagliostro alors que Sébastien séjournait à Leipzig : ce Sicilien, car à la fin il ressortait que c'était un natif de Palerme, avait fondé à La Haye une loge égyptienne qui devait dominer les autres, assurait-il, car elle appliquerait toutes les disciplines connues des initiés pour la régénération de l'âme et du corps. Vaste ambition.

Comme si ce n'était assez de la rivalité entre les loges anglaises et les loges écossaises[1], voilà que ce trublion venait, créer un troisième type de loges ! En tout cas, il s'excluait donc de ce fait de la loge de la Bienfaisance. Et quelles étaient ces disciplines ? Sur ce point, les rapports étaient incertains. Certains frères croyaient reconnaître les méthodes d'un certain Gassner, un pasteur allemand illuminé, qui soumettait ses disciples à un régime de famine, de drogues et d'exorcismes, à peu près celui qu'avait exposé Cagliostro à La Haye, exorcismes exceptés, et des

---

1. Les loges anglaises, dites progressistes, et en fait protestantes et hanovriennes, prônaient la tolérance, la diversité philosophique et religieuse, alors que les loges écossaises se basaient sur le rite ancien mettant l'accent sur la réflexion religieuse et philosophique et la fidélité au catholicisme.

cures de magnétisme animal, telles que les appliquait un certain Mesmer.

Mesmer ? Le magnétisme animal ? Ce ne pouvait être que le même jeune homme qui avait jadis rendu une visite tardive à Sébastien à Vienne, et lui avait tenu des discours sur les vertus thérapeutiques de ce magnétisme.

Sébastien voyait s'effriter peu à peu l'esprit souverain qu'il avait réussi à insuffler dans les loges. Il s'inquiéta. Il apprit que, chassé de Vienne pour charlatanerie, comme prévu, Mesmer officiait à Paris ; il s'y rendit, suivi d'un nouveau valet recruté à Leipzig, Ulrich, Franz n'étant évidemment plus disponible. Une fois sur place, il demanda à la marquise d'Urfé si elle savait où M. Mesmer faisait montre de ses talents. Elle répondit :

— Mais chez moi. Faites-moi l'honneur d'accepter mon hospitalité. Il vient justement ce soir après souper.

*

Une vingtaine de personnes étaient rassemblées dans le salon de la marquise d'Urfé, plusieurs d'entre elles s'étant fait inviter pour voir le personnage dont parlait tout Paris. Sébastien apprit de la maîtresse de céans qu'il y avait là une jeune femme qui se plaignait de douleurs insupportables et un homme affligé d'insomnies tenaces, tous deux espérant bénéficier de la cure miraculeuse du Viennois. Les laquais annoncèrent M. Mesmer. Sébastien vit apparaître son visiteur nocturne de jadis, vêtu de la plus étrange manière : il portait une longue robe de soie brodée de signes cabalistiques et un bonnet pointu : un mage chaldéen.

Son œil de belette repéra immédiatement Sébastien pour se fixer sur lui. Sur un signe de la tête de ce dernier, Mesmer avança :

— Comte, c'est bien vous ? Je garde le souvenir de notre première entrevue et de votre accueil. Je suis heureux de vous revoir et de vous donner enfin un aperçu des vertus du magnétisme animal.

Sébastien hocha la tête. Un laquais vint demander à Mesmer ce qu'il souhaitait boire.

— Rien, répondit ce dernier, j'ai apporté ma boisson avec moi. Et il tira de sous sa robe une gourde en cristal qui contenait un liquide incolore et, apparemment, fort pur. De l'eau ? Ou de l'eau-de-vie ? Mais le teint pâle du personnage n'inclinait pas à penser qu'il fût porté sur la boisson.

Après divers échanges de civilités, on en vint au fait. Mesmer s'approcha de la malade. La jeune femme, installée sur une chaise longue, lui tendit une main dolente.

— De quoi souffrez-vous, madame ?

— Des douleurs… Là, répondit-elle, indiquant une région vague, allant de l'estomac au bas-ventre.

— Sont-elles constantes ?

— Non, elles vont et viennent, au gré de je ne sais quoi. Je souffre surtout le soir…

— Souffrez-vous en ce moment ?

— Cela commence, oui…

— Bien, dit Mesmer.

Et se tournant vers la marquise d'Urfé :

— Peut-on faire venir un baquet d'eau tiède ?

La marquise, préparée à toutes les excentricités pourvu qu'elles fussent divertissantes, acquiesça, et quelques minutes plus tard, à la surprise générale, un laquais apporta l'objet demandé.

— Posez-le par terre, je vous prie, devant cette dame, dit Mesmer.

C'était la malade. Le mage sortit d'une poche de sa robe un gros morceau de métal, un aimant, et le jeta dans le baquet, puis agita l'eau avec une baguette.

— Madame, je vais vous demander de bien vouloir vous déchausser et d'enlever vos bas, afin que vous puissiez tremper vos pieds dans cette eau aimantée. Elle vous disposera à mes soins.

La dame fit mine de se récrier, mais Mesmer lui répliqua que c'était indispensable à la cohésion de son traitement. Elle s'exécuta donc, s'assit et trempa les pieds dans le baquet. Tout le monde suivit ces préparatifs d'un œil de pie. Mesmer s'assit sur une chaise devant sa patiente et tira de sa poche une chaîne au bout de laquelle pendait une grosse escarboucle[1].

— Afin que le magnétisme se répartisse également entre le bas et le haut de votre corps, je vais vous demander de bien vouloir concentrer votre regard sur cette escarboucle, dont la puissance aimantée est incomparable.

La pierre se balançait doucement au bout de la chaîne. La patiente la regardait comme l'oiseau, dit-on, regarde le serpent s'apprêtant à fondre sur lui.

1. C'est le nom du grenat à l'époque. L'escarboucle était censée posséder des propriétés magiques.

— Voilà, dit Mesmer, d'une voix douce, le magnétisme parcourt maintenant votre corps. Sentez-vous sa douce chaleur qui se répand à travers vos entrailles ?

La dame hocha à peine la tête.

— Vous allez dans quelques instants en éprouver les effets. C'est une force bienfaisante qui équilibre les humeurs et répare les désordres qui causent vos douleurs…

Dans le silence quasi religieux qui régnait, Sébastien nota le ton monocorde et apaisant de Mesmer, qui aurait à la longue induit au sommeil.

— Sentez-vous maintenant cette harmonie qui règne en vous ? Vous vous détendez, vos douleurs se dissipent. Bientôt, vous les aurez oubliées, elles auront disparu sans même vous laisser de souvenir… Gardez votre regard sur l'escarboucle, elle maintient l'équilibre en vous…

Il en alla ainsi pendant une petite heure. Les assistants, sous l'effet de la monotonie des monitions du mage, menaçaient de sombrer dans la torpeur. Le regard de la jeune femme était devenu étrangement fixe. Elle semblait ne rien voir d'autre que l'escarboucle.

— Voilà, dites-nous maintenant comment vous vous sentez ?

— Bien… Je me sens tout à fait bien, répondit-elle, et un sourire charmant éclaira enfin son expression.

Mesmer hocha la tête. Une rumeur monta de l'assistance, soudain réveillée. La marquise d'Urfé était sans voix. Le mage promena sur les témoins un regard satisfait et pria la patiente de remettre ses bas et ses chaussures, ce qu'elle fit avec un entrain fort différent de son attitude précédente.

On passa à l'autre malade.

Bain de pieds, escarboucle, discours monocorde, assortis de mouvements giratoires de la baguette. Le plus extraordinaire fut qu'avant la fin du traitement, l'insomniaque obstiné s'endormit dans son fauteuil. On l'entendit ronfler.

Il ne s'éveilla même pas au brouhaha de commentaires qui monta, et où les mots « prodiges », « science secrète », « puissance du fluide animal » et autres abondaient. Il était près de onze heures de la soirée. Sébastien jugea qu'il n'en apprendrait pas davantage des mômeries de Mesmer. Il prit congé de la marquise après l'avoir remerciée.

Quel secret avait donc découvert Mesmer ? se demanda-t-il alors qu'Ulrich refermait derrière lui la porte de l'hôtel de Noailles. Car il y en avait un. Ce fieffé simulateur avait bien découvert quelque chose dont Cagliostro se servait. Il obtiendrait à coup sûr des résultats qui renforceraient son succès.

Sébastien se coucha donc d'humeur soucieuse.

Mais juste au moment de s'endormir, il se dit que les mouvements de l'escarboucle recelaient sans doute le secret de l'affaire.

Oui, ils suspendaient l'attention, puis le fonctionnement du cerveau.

Il se promit de l'expérimenter.

45

Une vipère et la Maison-Dieu

Le lendemain, Sébastien se rendit à l'auberge du Louis d'Or, rue des Boucheries, où se trouvait la loge de la Bienfaisance, anciennement Saint-Thomas. Le convent mensuel ordinaire devait s'y tenir dès trois heures de l'après-midi, mais Sébastien arriva vers deux heures, dans l'espoir d'y rencontrer le grand maître, Louis de Saint-Martin, qui arrivait le plus souvent en avance pour organiser la salle.

Cagliostro lui apparaissait comme un personnage dangereux parce qu'il traînait la Maçonnerie dans le domaine des charlatans de foire. La mise en garde adressée à la loge Saint-Lazare ne suffirait pas à endiguer ses menées : il fallait également prévenir toutes les autres, dont celle-ci.

Il s'était attablé depuis un moment quand il vit arriver un Templier ami avec lequel il était en confiance, Bourrée de Corberon. Ministre de France à Saint-Pétersbourg depuis trois ans, celui-ci venait fréquemment à Paris et remettait souvent à Sébastien un cadeau de l'un ou l'autre des frères Orloff ou du prince Bariatinsky.

— Mon cher ami, j'avais le pressentiment que je vous trouverais ici, lui dit le diplomate en l'apercevant. Je finirai par croire à la communication des esprits, ajouta-t-il plaisamment en s'installant en face de Sébastien.

Corberon était un sceptique. Le monde l'amusait, car il avait le regard d'un satiriste. Il semblait ouvert à toutes les idées et n'adhérait à aucune.

— Comment va la Russie ? demanda Sébastien.

— Elle se languit de vous et chacun me demande si je sais quand vous y retournerez. Votre faveur à la cour en rend plus d'un jaloux.

Sébastien soupçonnait que le ministre était informé de l'affaire du coup d'État nocturne ; il se garda de commentaires.

— Le comte Iélaguine, reprit Corberon, qui était comme vous le savez le maître de la Maçonnerie russe, se dit impatient d'écouter vos enseignements sur nos frères européens.

— Je m'étonne que le Saint-Synode ne l'ait pas encore fait assassiner, dit Sébastien. Dites-moi, j'apprends que les loges suédoises viennent d'entrer à Saint-Pétersbourg ?

— Oui, et cela donne de la substance à votre prudence. Nos amis suédois sont remarquablement bien organisés et la maçonnerie russe est en train de devenir une véritable société secrète sous leur influence, ce qui inquiète l'impératrice. Cela l'inquiète d'autant plus que le nouveau grand maître, le prince Koulakine, est un ami du grand-duc Paul, lequel est l'ennemi juré de sa mère.

— Donc elle voit les maçons d'un mauvais œil.

— Euphémisme. Elle les tient pour les soldats d'une armée de l'ombre sous les ordres d'un prince étranger, Karl de Sudermanie, le propre frère du roi de Suède.

— Et les Prussiens ?

— Eux aussi sont entrés en lice, ce qui doit follement amuser votre ami Frédéric.

— Comte, ce roi n'est pas de mes amis, repartit Sébastien. Ses seuls amis sont ses chiens.

— À part cela, poursuivit Corberon, Catherine s'est imposée à tous les hommes qui l'entourent, et même à ceux qui sont loin d'elle, à l'exception de son fils. Mais son enthousiasme d'hier pour les idées françaises a beaucoup décru…

Sur ces entrefaites Saint-Martin arriva et, voyant les deux frères ensemble, il vint les saluer.

— Maître, dit Sébastien, je voudrais vous exposer un souci qui nous concerne tous.

Saint-Martin ôta son chapeau et s'assit.

— Eh bien ! voilà, j'apprends que Cagliostro s'apprête à fonder un rite de Maçonnerie qu'il appelle égyptien. Je ne sais ce que cela désigne, mais je me demande si cette invention est compatible avec notre loge.

— J'en suis informé, répondit Saint-Martin. Vous avez raison, cela ne l'est pas. Il est admis qu'on puisse appartenir à plusieurs loges de même obédience, mais pas qu'on fonde un rite nouveau si l'on est adhérent d'un autre. Pour votre information, Cagliostro se présente comme grand maître de ce rite tout frais et se fait appeler « le Grand Copte ». Il veut en outre imposer sa femme ou sa compagne, je ne sais, comme maîtresse du rite sous le nom de reine de Saba…

Corberon éclata de rire et Saint-Martin sourit.

— … et quand il admet de nouveaux adeptes, il prétend les recevoir au nom d'Hélios, de Méné et de Tétragrammaton. Ces extravagances nous discréditeraient, reprit-il. Si Cagliostro se représentait ici, il ne sera pas admis.

— Parlez-moi de cet homme, demanda Corberon.

— Notre frère Saint-Germain le connaît mieux que moi, dit Saint-Martin. Il l'a rencontré à La Haye.

Sébastien traça d'abord le portrait physique de Cagliostro.

— Il tient des discours suspects. Il prétend ainsi transmuter le plomb en or, ce qui est une supercherie. Il s'attribue des pouvoirs surnaturels, comme celui de communiquer à volonté avec les esprits des morts. Son enseignement m'apparaît comme incohérent. Il prétend également régénérer le corps et l'esprit par une cure mystérieuse consistant en jeûne, saignées, absorption de drogues inconnues, qui me paraît plus apte à mener son homme au tombeau qu'à lui permettre de vivre 5 558 ans…

— Peste ! s'écria Corberon. Rien de moins ! Votre homme est un truand. Maître, je propose que vous l'excluiez de nos rangs.

— J'y songe, dit Saint-Martin.

Sur quoi les autres frères commencèrent d'arriver. Saint-Martin se leva pour les accueillir et alla diriger les préparations de la salle.

*

Sébastien repartit pour Höchst. Le voyage le fatigua plus que de coutume et il garda le lit la journée suivant son arrivée, pour réparer ses forces. Il avait alors soixante-huit ans et sentait bien que celles-ci déclinaient. C'était surtout le cœur qui défaillait. Il s'administra quelques gouttes d'une décoction de belladone, un remède auquel il recourait de plus en plus souvent.

Un mois plus tard, il reçut une lettre de Saint-Martin, l'informant que Cagliostro avait été exclu de la loge de la Bienfaisance, par une lettre expédiée à son nom à la loge de Nuremberg, où il savait que le Sicilien séjournait avec sa compagne. Mais ce personnage, ajoutait-il, avait reçu dans cette ville le plus détestable accueil et il en était parti épouvanté, sous les menaces. Aux dernières nouvelles, il était arrivé à Berlin.

L'automne 1778 touchait à sa fin et Alexandre demanda par lettre si son père ne voudrait pas venir passer la fin de l'année à Blue Hedge Hall, qui était pourvu de plus de confort que le manoir de Höchst et où il serait, bien sûr, entouré de Séverine, de Pierre et de Franz.

C'était une épreuve que Sébastien eût jadis envisagée sans souci. Mais là, il dut solliciter toute sa résolution pour accepter ce voyage. Il savait qu'il n'en ferait plus beaucoup de pareils. Il répondit enfin à Alexandre qu'il se réjouissait de retrouver les siens à Londres vers la mi-décembre.

Quelques jours avant le départ, la malle-poste apporta un colis venant de Berlin, à l'attention du comte de Saint-Germain. C'était une boîte de bois ordinaire, ficelée au carré. De Berlin ? Il n'y connaissait à vrai dire que Frédéric II et doutait que le roi lui eût adressé un présent. Il fit déposer le colis par terre et le considéra un long moment.

Ulrich et le jardinier étaient intrigués par sa lenteur à ouvrir cette boîte. Sébastien ajouta à leur perplexité en demandant qu'elle fût portée dehors. Il attacha alors un couteau aiguisé au bout d'une perche de cinq pieds et entreprit de couper à distance la ficelle qui tenait la boîte close. Cela fait, il souleva de loin le couvercle.

Ulrich poussa un cri.

Une vipère bondit hors de sa prison et s'élança dans la neige. Quelques instants plus tard, elle avait disparu dans les fourrés proches.

Sébastien émit un petit rire. Il s'approcha alors de la boîte et en examina l'intérieur. Un billet s'y trouvait. Sébastien le prit et le déplia :

À vipère de langue, vipère de chair.

Pas de signature, sinon un signe cabalistique.

Sébastien hocha la tête. Les positions étaient claires.

Il monta rédiger un billet à l'adresse de Bourrée de Corberon, le priant de bien vouloir faire parvenir au sieur Cagliostro le dessin qu'il joignait : c'était une copie de la seizième image des tarots, la Maison-Dieu, annonciatrice de catastrophes. Il y avait simplement ajouté une date : 1789.

Il avait établi l'horoscope de Giuseppe Balsamo d'après les données que celui-ci lui avait communiquées à La Haye : Mars, dans le ciel du Sicilien, y entrait cette année-là en conflit violent avec Saturne.

Cet exercice le laissa cependant songeur : comme il ignorait sa date de naissance, il ne pourrait jamais établir son horoscope.

*

Sébastien accepta de boire un verre de punch au rhum. Séverine et Franz se levèrent pour déposer en même temps un baiser sur ses joues. Alexandre lui baisa une main et Pierre l'autre. La plénitude faisait rayonner les visages. Les yeux de Sébastien s'embuèrent.

Il offrit à chacun une pierre qu'il avait tirée du coffre installé secrètement à Blue Hedge Hall : une émeraude à Alexandre, un rubis à Séverine, un saphir à Franz et un diamant à Pierre.

Le lendemain, il prit Alexandre à part :

— Je ne me présenterai plus aux réunions des frères, et je vous demande de m'y remplacer chaque fois que cela vous sera possible. Je me fais vieux et ces efforts sont plus que je ne puis supporter…

— Père !

— Non ! C'est le sort commun et la mort ne m'effraie pas. Je ne pense pas revenir à Londres. Vous voudrez donc bien appeler votre avoué, que je vous transfère mes parts dans notre affaire, dans la teinturerie de Tournai ainsi que dans la fabrique de rouissage de Venise. Que je n'oublie pas mon entreprise d'armement. Nous nous retrouverons à Amsterdam pour mes parts dans la branche de cette ville.

Alexandre paraissait consterné.

— Mais père, je vous trouve une mine rayonnante et il est bien trop tôt…

— Ces choses eussent dû être déjà faites. Vous avez trois âmes à charge : je vous demande de continuer à faire ce que vous avez fait. Veillez à la prospérité de Franz : il pourvoira ainsi à celle de Séverine.

Il s'interrompit un instant, se demandant s'il léguerait également à son fils les diverses réserves de la terre de Joachimsthal entreposées dans divers endroits d'Europe. Mais cela ne saurait se faire sans qu'il instruisît Alexandre des propriétés de ce minerai et de ses hypothèses à son sujet. Il avait reçu tardivement une lettre de Müller, l'homme qui était venu un soir à Vienne pour lui présenter sa femme atteinte d'un cancer. Le cancer, disait Müller, avait été vaincu au bout d'un an, mais le sein atteint avait été réduit à l'état de moignon, comme calciné.

> *C'est un remède terrible que le vôtre, et je vous avoue que notre foi en vous a plus d'une fois vacillé. Mais vous avez sauvé une vie dans l'esprit de la vraie charité, et nous pouvons tous deux prendre le ciel à témoin de notre reconnaissance.*

La lettre avait laissé Sébastien songeur. Il avait donc sauvé une autre vie, et s'il existait une arithmétique céleste, sa dette de jadis était donc éteinte.

Les effets de son remède réveillèrent sa perplexité à l'égard de ce minéral. Quitterait-il cette terre sans avoir su ce qu'était la terre de Joachimsthal ? Il reporta donc ce dernier legs à plus tard.

— Je ne suis pas le maître de la Maçonnerie, reprit-il, mais je crains des défaillances quand je disparaîtrai. Le problème que vous affronterez est simple. Nos frères se croient obligés de prendre soit le parti du mysticisme soit celui de la raison et cela crée des conflits inutiles. La raison n'est pas l'ennemie du mysticisme, ni l'inverse. Il existe des choses que notre raison ne peut expliquer et que l'orgueil nous pousse donc à rejeter comme fausses et illusoires. Mais souvent, nous croyons aussi déceler des phénomènes surnaturels qui ne sont que naturels. Alexandre, entendez-moi bien : la foi et la raison doivent aller de pair.

Alexandre hocha la tête.

— Je commençais à le comprendre, dit-il avec un sourire.

— Un dernier mot. Des nuages s'amoncellent sur le trône de France. C'est un pays que j'ai tenté de servir, mais ses rois sont faibles. Un désastre se rapproche. Quand vous me remplacerez et que la fatalité vous paraîtra imminente, prévenez-en ceux qui sont le plus proches du roi et de la reine. La fuite est leur seul recours, à la condition qu'elle ne se fasse pas par Varennes. M'entendez-vous ?

— Pourquoi Varennes ?

— Parce que de très anciennes prédictions indiquent que ce lieu est néfaste pour le couple royal. Les événements sont inéluctables, mais le sang ne doit pas entacher le destin de ce pays.

Mais s'il se rappelait chacun de ces mots, Alexandre n'en percevait le sens qu'imparfaitement.

46

« La clé, c'est de chercher la clé »

La mort est pareille à une maîtresse capricieuse : elle vient souvent à l'improviste, d'autres fois elle se fait attendre.

Le soupirant présomptueux se voit infliger des années d'anxiété pendant que la belle s'apprête, et l'autre, qu'on dit aimé des dieux, l'étreint soudain en pleine jeunesse, ou bien dans son sommeil.

Sébastien l'espéra certains soirs, mais elle était occupée ailleurs. La solitude de Höchst finit par lui peser : il avait besoin de compagnie et de conversation. Il profita donc d'une visite du prince Karl de Hesse-Cassel au début de l'été 1779 pour lui laisser entendre qu'il souhaiterait séjourner parfois au château d'Eckernförde, dans le Schleswig. Le prince sauta sur l'occasion d'accueillir un hôte aussi exceptionnel et Sébastien s'installa dans un appartement qui lui était réservé, avec une vue sur la baie de Kiel, dont les eaux grises l'enchantèrent : ce paysage lui semblait ouvrir sur l'infini.

Si les familiers ordinaires étaient souvent des fonctionnaires, craignant d'ouvrir la bouche par peur de proférer des banalités ou de révéler leur peu de culture, des visiteurs plus distingués relevaient souvent la compagnie. Outre l'épouse du prince, qui était réfléchie, cultivée et ne prenait la parole qu'à bon escient, l'un de ces derniers fut le duc Ferdinand de Brunswick, qui était instruit des mêmes sujets que le prince et Sébastien. Les conversations se prolongèrent quelquefois tard dans la nuit.

En dépit de l'apparente diversité des sujets, l'objet en restait au fond inchangé. C'était celui que Sébastien avait résumé pour le bénéfice d'Alexandre : l'accès à la connaissance se fait-il par l'intuition et le mysticisme, ou bien par la raison ? L'on parlait alors beaucoup d'un étrange aubergiste de Leipzig, Johann Georg Schrepfer, qui invoquait des esprits singuliers dans un grenier désaffecté. La singularité de ces esprits tenait à leur nature inhumaine : des goules, des lémures, des sylphes. Le duc Ferdinand avait assisté à l'une de ces invocations et se déclarait troublé ; il demanda son avis à Sébastien.

— Je suis surpris par la facilité de l'accès de ce Schrepfer à l'autre monde, répondit ce dernier. Ou bien l'homme est un simulateur ou bien il perdra la raison.

À quelque temps de là, un incident violent agita Leipzig : Cagliostro était allé voir Schrepfer pour l'enrôler dans son rite égyptien et lui avait déclaré que s'il ne rejoignait pas son rite tout de suite, la main de Dieu s'abattrait sur lui avant un mois. Schrepfer avait refusé l'injonction ; un mois plus tard on le trouva mort. Cagliostro avait tiré profit de la réalisation de ses menaces pour fonder incontinent une loge égyptienne à Leipzig.

— Voilà qui est bien étrange, observa le prince Karl. C'est votre prophétie qui semble s'être avérée. Qu'en pensez-vous ?

— Je serais plutôt tenté d'évoquer le dicton latin, monseigneur : *Id fecit cui prodest*, le coupable est celui qui tire profit du méfait. Je voudrais être certain que Schrepfer n'a pas été assassiné.

— Vous croyez Cagliostro capable de meurtre ? s'écria le duc Ferdinand.

Sébastien raconta le cadeau que lui avait envoyé le Sicilien. Ses deux auditeurs poussèrent des cris scandalisés.

— Je vois ceci, reprit Sébastien : s'il était entré dans le rite de Cagliostro, Schrepfer lui aurait apporté une grande popularité. Et si la menace de mort était avérée, elle lui en rapportait aussi.

— Vous ne croyez donc pas aux puissances surnaturelles ?

— Si, messeigneurs, mais je crois également qu'il est des mortels qui s'en servent pour asseoir leur propre pouvoir. Or cela est contraire à l'ordre naturel, car nous sommes, nous, les sujets et non les maîtres de ces puissances.

— Comment proposez-vous de distinguer entre les vraies manifestations surnaturelles et les charlataneries ?

— Par la raison et la science. Il faut d'abord établir scrupuleusement que les phénomènes extraordinaires ne sont pas dus à la prestidigitation ou à des ruses. Dans ce cas, la raison s'incline devant ce qu'elle ne peut expliquer.

À sa visite suivante à Eckernförde, le prince Karl accueillit Sébastien en lui tendant *La Gazette de Leipzig* : une fouille du grenier où Schrepfer organisait ses séances de spiritisme avait révélé une astucieuse machinerie de lanternes magiques et de ficelles grâce à laquelle le défunt aubergiste truquait des apparitions. Les bruits effrayants étaient produits par des grincements de poulies, des crécelles et frottements de papier de verre sur du verre. Sébastien éclata de rire.

— Mais un courrier de Moscou m'apprend des nouvelles beaucoup moins favorables, déclara le prince. Ce chenapan de Cagliostro est allé à Saint-Pétersbourg et il a été reçu par Catherine. Or, il a fait sur elle la plus effroyable impression. Elle a déclaré qu'elle retrouvait en lui la folie des francs-maçons et que s'il ne tenait qu'à elle, elle le ferait enfermer.

— C'est bien ce que je craignais, dit Sébastien : elle l'identifie donc aux maçons ?

— Et non seulement aux maçons, mais encore aux philosophes, qu'elle appelle « la peste française ». Elle va répétant que les lumières de Paris sont des feux follets de la sédition et qu'ils répandent le désordre.

Sébastien soupira.

*

Les visites d'Alexandre, de Séverine, de Franz et de Pierre à Höchst étaient à peu près régulières : ils venaient deux semaines au printemps, trois en été, deux en automne et deux autres en fin d'année. Une cinquième personne se joignit à eux à partir de 1778, Danaé Delphine Antigone Brückner, la fille de Franz et de Séverine, et probablement la dernière enfant de celle-ci.

Sébastien observait souvent Alexandre à la dérobée. Était-ce par hérédité ou mimétisme ? Proche de la cinquantaine, ce fils lui donnait l'impression de s'être dédoublé et comme Sébastien lui avait remis la plus grande partie de sa garde-robe, l'illusion s'étendait aux autres. Pierre, qui allait sur ses seize ans, s'en amusait sans fin, mais Séverine et Franz en étaient parfois troublés.

— Il me donne l'impression d'avoir deux pères, confessa Séverine à Sébastien. Il a même votre voix.

— Ce n'est pas le destin de tous les fils de compléter celui de leurs pères, mais quand cela advient, cela permet au père d'affronter sa fin d'un cœur léger.

À l'automne de 1781, Sébastien décida de léguer à son fils la terre de Joachimsthal.

— Je ne sais qu'en penser jusqu'à ce jour, lui déclara-t-il. Je m'en servais pour donner de l'éclat à mes couleurs, d'abord en peinture, puis en teinturerie, mais c'est un remède terrible. Il brûle les tissus sains comme ceux qui sont atteints des pires maladies. J'ai pensé autrefois que c'étaient des miettes de soleil tombées sur la terre, mais je m'avise que c'était plus une image poétique qu'une définition de science. La plupart des substances chimiques s'altèrent avec le temps, mais les propriétés de cette terre sont demeurées égales, sinon plus fortes que lorsque je l'ai achetée. Vous ne ferez pas, je présume, profession de médecin, mais quand vous en aurez l'occasion, faites-la connaître à ceux qui pratiquent l'art de guérir selon les règles de la faculté ; ils seront plus à même que vous d'en faire bon usage. Il me semble que c'est le bien le plus précieux qu'un homme puisse léguer à son fils et pourtant, ajouta-t-il avec un petit sourire, sa valeur est dérisoire.

Alexandre hocha la tête. Sébastien lui indiqua les cachettes où se trouvaient les dépôts de cette terre et ajouta :

— Ne la sortez jamais des coffres doublés de plomb où je l'ai placée, ne la manipulez jamais à mains nues, ne vous exposez pas à ses vapeurs.

— Vous n'avez aucune hypothèse à son sujet ?

— Non, je pense seulement que c'est la substance la plus active de la terre. Ce n'est qu'un minerai brut que nous avons dans ces coffres. Je tremble à l'idée de la substance purifiée qu'on en extrairait.

*

Une bise glacée tourmentait les arbres autour de la baie de Kiel, ce 25 février 1784. Vers deux heures de l'après-midi, elle se matérialisa sous forme de neige et s'adoucit. Une quinte de toux secoua Sébastien, assis devant un grand feu et emmitouflé dans des fourrures. Le prince tourna vers lui un regard inquiet.

— Peut-être serait-il conseillé, comte, de reprendre un peu de votre potion à base de faux ellébore ?

— J'en ai épuisé mes réserves ici. Il faudrait aller en chercher à Höchst, mais je crains que le temps qu'Ulrich y aille et revienne, le destin aura pris sa décision en ce qui me touche. De cette fluxion et de moi, l'un de nous deux aura alors triomphé.

Et, voyant le visage inquiet du prince :

— Je suis contrarié d'ajouter à vos soucis.

— Mon cher ami, je ne suis que trop heureux de vous être de quelque utilité, si du moins c'est le cas.

Le duc Ferdinand de Brunswick entra dans la pièce en soufflant comme un dragon :

— Il fait un froid à geler un canard en plein vol ! Je suis allé voir les chevaux et j'ai recommandé de fermer les vasistas des écuries et d'y faire porter un poêle. Comment va le comte ? demanda-t-il en se dirigeant vers Sébastien.

— Il cuve sa fluxion, répondit Sébastien.

— Un vin chaud et bien épicé me semble de circonstance.

— Je vous en laisserai le privilège, répondit Sébastien en souriant.

Le prince Karl et le duc Ferdinand résolurent de faire honneur à ce remède, qu'ils commandèrent au domestique. Vu l'état des routes, le manoir était sans gazettes depuis près de dix jours, mais les esprits étaient encore marqués par le rapport d'un frère revenu en novembre, sur l'état de la Maçonnerie dans la nouvelle république américaine. Celle-ci était traversée par autant de courants qu'en Europe.

— Cela prouve que notre idéal est vivace, observa Sébastien.

— Mais il semble que nos frères américains aient plusieurs idéaux ? objecta le duc Ferdinand.

— Cela est normal, répondit Sébastien. Il n'existe pas de clé universelle. La véritable clé, c'est de chercher la clé.

La réflexion laissa ses interlocuteurs pensifs. Ils ignoraient que ce serait la dernière qu'ils entendraient de la bouche de Saint-Germain. En début de soirée, la fièvre le contraignit de garder le lit et il n'absorba comme repas qu'un bouillon de poulet.

Le lendemain, fort affaibli et respirant avec difficulté, il eut de la peine à terminer un autre bol de ce bouillon. La princesse fit mander le pasteur pour dire des prières. Sébastien pria le prince d'annoncer sa mort au prince Alexandre Polybolos à Londres et lui donna l'adresse de celui-ci.

Quand, avant de se coucher, le prince et le duc vinrent lui rendre une dernière visite, Sébastien semblait inconscient. Un livre avait glissé sur la courtepointe du lit ; ils avisèrent la dernière lecture du mourant : *La Sanctissime Trinosophie*, dont un petit nombre d'exemplaires avait été imprimés à Amsterdam quelques années auparavant. Un signet avait été glissé à une page, vers la fin :

> *Je traversai la place et montai sur une estrade de marbre devant moi. Je m'aperçus avec surprise que j'étais revenu dans la salle des Trônes, la première où je m'étais trouvé quand j'avais pénétré le palais de la sagesse. L'autel triangulaire était toujours au centre, mais l'oiseau, l'autel et la torche ne faisaient plus qu'un. Un soleil d'or brillait près d'eux. L'épée que j'avais apportée de la salle du Feu était posée sur le coussin de l'un des trônes. Je la saisis et frappai le soleil, qui tomba en poussière. Je tendis la main et chacune des molécules qui l'avaient composé brillaient comme le soleil que j'avais brisé. À cet instant une voix forte et mélodieuse annonça : « Le travail est parfait ! » En*

l'entendant, les enfants de lumière se hâtèrent de me rejoindre, les portes de l'immortalité s'ouvrirent devant moi et le nuage qui aveuglait les mortels se dissipa. Je VIS, *et les esprits qui président aux éléments surent que j'étais leur maître.*

FINIS

Le comte emporta ce livre qu'il connaissait, pour conserver la relique de la dernière page que son ami aurait sans doute lue de sa vie prodigieuse.

Le 27 février 1784, à onze heures du matin, le valet Ulrich en larmes vint annoncer au prince Karl que le comte de Saint-Germain avait cessé de vivre.

47

L'homme qui ne pouvait pas mourir

Un problème apparut quand il fallut organiser les funérailles : le comte de Saint-Germain n'appartenait pas à la paroisse d'Eckernförde et le pasteur répugnait à inhumer quelqu'un dont il ignorait la religion dans un cimetière réservé à ses ouailles.

— C'est un chrétien, affirma le prince Karl de Hesse-Cassel.

— En avez-vous la preuve, monseigneur ? demanda le pasteur d'un ton pointu.

— Que voulez-vous dire ?

— J'apprends par les gens qui ont lavé son corps qu'il était circoncis.

Le prince en resta interdit. C'était bien le dernier détail au monde auquel il aurait pensé.

— Il tenait en tout cas des propos chrétiens, bougonna-t-il. Veuillez cependant faire inscrire le décès du comte dans vos registres.

Mais le pasteur n'en démordit pas. Le prince Karl décida alors de faire transporter le corps dans le cercueil à Friederiksberg, à quelques lieues de là ; il avait là-bas assez d'autorité pour y obtenir l'inhumation sans discussions, le vicaire étant de ses obligés. Le froid, toujours assez rigoureux, autorisait largement pareil retard. Le duc Ferdinand de Brunswick se joignit à lui dans le funèbre voyage d'une calèche escortant un corbillard, au travers d'un paysage blanc et noir. Ils avaient évidemment emmené avec eux Ulrich, dernier domestique de Saint-Germain.

Le prince rédigea le billet que Sébastien lui avait demandé d'adresser au prince Alexandre Polybolos et le confia au navire de courrier en partance pour l'Angleterre. L'inhumation eut lieu à Friederiksberg devant les trois témoins. Puis le prince et le duc Ferdinand débattirent de la façon dont ils devraient informer les loges et rentrèrent à Eckernförde.

Ils firent l'inventaire des possessions que le comte de Saint-Germain laissait derrière lui, car séjournant souvent à Eckernförde depuis plusieurs années, il avait apporté des vêtements, des livres, des bijoux et une grosse somme.

Qui en étaient donc les héritiers ?

*

Douze jours plus tard, le duc Ferdinand était reparti pour son château quand deux événements survinrent, l'un ordinaire et l'autre extraordinaire.

L'ordinaire fut que le pasteur succomba à une fluxion. Ce n'était pas un mauvais homme, mais il tenait à ses principes et le prince Karl fut certain que son successeur serait plus malléable.

L'extraordinaire fut annoncé le même jour peu avant midi par les cris désordonnés des domestiques au rez-de-chaussée. La femme de chambre de la princesse courait dans le long couloir du premier étage en criant :

— Un fantôme ! Un fantôme ! Par Jésus notre sauveur !

Le prince Karl, de sa bibliothèque, entendit ce vacarme ; il descendit pour s'enquérir de son objet. Il vit un homme à contre-jour devant la porte grande ouverte du vestibule d'entrée. Il s'arrêta, saisi, sur l'avant-dernière marche de l'escalier.

— Le prince Karl de Hesse-Cassel, si je ne me trompe ? demanda l'apparition.

Non seulement la même silhouette, le même visage, les mêmes vêtements, les mêmes diamants, mais encore la même voix. Le même ton amène, mais ferme. Et cette apparition semblait le connaître !

— C'est moi, répondit le prince, clignant des yeux et se demandant si les spectres se manifestaient en plein jour.

Les domestiques apeurés observaient la scène à distance. Le prince descendit la dernière marche et s'avança prudemment vers le fantôme.

— Je suis le prince Alexandre Polybolos. J'ai reçu votre triste faire-part et je suis accouru.

La princesse, alarmée par le hourvari, était descendue à son tour. À mi-chemin de l'escalier, elle poussa un cri. Le prince se retourna et l'informa :

— C'est un ami cher du comte, n'ayez crainte, mon amie.

— Ce ne peut être. Vous parlez à un revenant.

— Je ne suis pas un revenant, madame, dit Alexandre. Pas encore, du moins. Si j'abuse de votre hospitalité, faites-le-moi savoir, mais dites-moi avant que je m'en aille où est enterré le comte de Saint-Germain, que j'aille prier sur sa tombe.

Un silence tomba. La princesse et les domestiques semblaient frappés de paralysie. Ils auraient plus facilement cru à la visite d'un spectre qu'à cette ressemblance incroyable. Mais le fait était qu'un spectre ne va pas prier sur la tombe d'un ami défunt. Cet homme était réel. Il paraissait plus jeune que Saint-Germain, en meilleure santé aussi.

Le prince, lui, se rappela le garçon présent au mariage de Séverine, à Leipzig. Mais sa ressemblance avec Saint-Germain était alors moins forte, et surtout moins cultivée. Il sourit de sa propre bévue.

— Pardonnez mon étonnement, monsieur, dit-il enfin. Votre ressemblance avec notre défunt ami est presque surnaturelle. Donnez-vous la peine d'entrer.

Il fit signe aux domestiques d'aider le visiteur à enlever sa cape et son chapeau, puis il invita Alexandre à passer dans un salon attenant et lui demanda ce qu'il souhaiterait boire pour se remettre des fatigues du voyage. La princesse avait rejoint son époux et comme lui, pendant ces civilités, elle ne cessait de dévisager le visiteur à la froide lumière d'un jour de mars dans le Nord.

Alexandre lui rendit son regard.

— Je vous prie d'excuser ma surprise, dit-elle en s'asseyant. Mais vous devez être coutumier de telles réactions de la part de ceux qui connaissaient le comte ?

— En effet, madame, dit-il en buvant le café qui venait de lui être servi par un valet médusé. Je suis son fils.

— À vous considérer, dit le prince, j'ai l'impression que notre ami est toujours parmi nous. Vous êtes donc son héritier.

— Les transmissions de biens ont été effectuées il y a plusieurs mois.

— Il en a cependant laissé ici quelques-uns.

— L'héritage dont je me soucie à présent est celui de son œuvre et de son influence.

— Il faudrait, pour l'assumer, connaître le détail de son action.

— Je le connais, monseigneur. Et je vous connais aussi.

Le prince parut surpris.

— Nous nous sommes vus à des convents à Leipzig, à Iéna, à Stuttgart et dans d'autres lieux.

Cette fois, le prince parut confondu.

— C'était vous ?

— Comme il supportait moins aisément qu'autrefois les fatigues des voyages, mon père me déléguait souvent ses charges. Vous ne m'avez pas dit où il est enterré.

— À Friederiksberg. Pour le moment.

— Pour le moment ?

— Une question de... formalités, répondit le prince, quelque peu gêné.

Il jeta un coup d'œil à son épouse, qui comprit qu'elle devrait s'éclipser. Avant de prendre congé, elle assura cependant Alexandre que, s'il acceptait de séjourner au château, il y serait le bienvenu. Alexandre acquiesça. Elle annonça qu'elle ferait porter ses bagages dans les appartements occupés par le feu comte et elle quitta la pièce.

— Quelles formalités ? demanda Alexandre, reprenant la conversation.

Le prince se leva et alla à la fenêtre.

— Il semblerait que votre père ait été juif.

Alexandre demeura silencieux quelques instants.

— Les personnes chargées de sa toilette mortuaire ont relevé un détail caractéristique, poursuivit le prince. Le saviez-vous ?

— Non.

Son père avait préservé son secret jusqu'à la fin, en dépit de ses promesses anciennes de le révéler. Quelles souffrances avait-il donc voulu cacher ?

— Le pasteur en a été informé et a donc refusé de le laisser inhumer dans un cimetière chrétien. Mais ce pasteur vient de mourir et je pense que son successeur, dès qu'il aura pris son poste, donnera enfin l'autorisation.

Le prince se rassit et considéra longuement son hôte.

— Votre père avait donc, si je puis dire, préparé sa survie. C'était un homme remarquable. Il ne voulait pas mourir. Sa volonté s'accomplit donc, d'une certaine façon. J'en suis heureux. Cet homme ne pouvait pas mourir.

Alexandre hocha la tête. Une fierté mélancolique l'envahit. Son long apprentissage avait abouti : il était son père.

— Mais pour que l'accomplissement de cette volonté soit parfait, conclut le comte, il me semble nécessaire de garder le secret.

— C'est l'évidence.

— Vous et moi, ainsi que mon épouse bien entendu, en serons les seuls dépositaires. Avant que le conseil des échevins décide de mettre sous scellés les biens dont il disposait ici, je vais vous les remettre. Vous prendrez ceux qui vous paraissent les plus précieux. Laissez le reste pour la vraisemblance. Maintenant, je vais commander une petite collation. Nous avons du travail.

Le prince agita une sonnette et son majordome apparut.

Le regard d'Alexandre s'évada vers la fenêtre, puis vers la mer. Un pâle soleil lui prêtait des reflets d'argent sous un ciel de nacre.

Il se dit que, là-bas, son père observait peut-être cette scène en souriant.

Épilogue

Les journées du 18 au 21 juin 1789

Les nouvelles qu'Alexandre recueillait depuis plusieurs jours dans les loges étaient déjà alarmantes ; celles de la journée ne laissaient plus de doute : un soulèvement général de la nation était imminent. On évoquait librement dans les loges le renversement de la monarchie. Les termes employés pour parler du roi, de la reine et de la cour revêtaient des nuances de mépris insultantes.

Soudain, il se rappela l'injonction de son père : « Quand vous me remplacerez et que la fatalité vous paraîtra imminente, prévenez-en ceux qui sont le plus proches du roi et de la reine. »

Qui donc prévenir ? Absorbé comme il l'était par son travail dans les loges, il frayait de moins en moins dans les salons. Il songea à la comtesse d'Adhémar, femme de chambre de la reine, qui avait porté une grande admiration à son père et ne se doutait pas qu'il était mort. Était-ce elle qu'il convenait de prévenir ? Après tout, elle avait directement audience auprès de la reine. Chaque heure comptait, et même chaque minute.

Mais justement, l'heure ne s'y prêtait pas : huit heures moins le quart du soir. On ne se présentait pas ainsi chez une dame, surtout une dame de la cour. Qu'à cela ne tînt. Alexandre sauta dans sa calèche et donna l'adresse de la comtesse.

Il fut reçu par un valet, fort surpris et qui le pria d'attendre. Vint ensuite la gouvernante de la comtesse, Mlle Rostande, qui parut également étonnée d'une visite aussi tardive. Mais enfin, il fut reçu.

— Le comte de Saint-Germain ! s'écria-t-elle. L'homme des miracles !

— Lui-même, répondit Alexandre avec un léger sourire. Madame, je crains de ne pas vous apporter de bonnes nouvelles.

Elle l'interrogea du regard.

— Un vaste mouvement se répand dans Paris et la nation tout entière. Il est hostile à la noblesse, aux magistrats, au clergé, à la cour et surtout au roi et à la reine.

— Que dites-vous ? Avez-vous rêvé ?

— Non pas. Je vous rapporte ce que je sais. Le roi n'a pas de temps à perdre.

— Mais que voulez-vous qu'il fasse ?

— Qu'il fuie, pendant qu'il en est temps.

— Fuir ? Vous devez demander audience au comte de Maurepas. Il a l'oreille du roi, il le préviendra…

— Non, madame, pas lui. Il ne peut rien d'autre qu'accélérer le désastre.

— Vous en avez assez dit pour vous faire enfermer à la Bastille pour le restant de vos jours.

— Je ne parle qu'à ceux auxquels je fais confiance. Prévenez la reine. Dites-lui que c'est moi qui vous ai alertée. Parlez-lui des services que j'ai rendus à ce pays et des missions dont m'avait chargé le feu roi Louis XV dans diverses cours d'Europe. Si Sa Majesté veut m'écouter, je lui révélerai ce que je sais et elle décidera alors de l'utilité de me présenter au roi. Mais je pose à cela une condition absolue : que ce soit hors de la présence de M. de Maurepas.

La comtesse réfléchit un moment.

— Songez à ce que je vous dis. Ne parlez de moi ni de ma visite à personne. Retrouvons-nous demain à l'église des Jacobins, rue Saint-Honoré. J'attendrai votre réponse à onze heures précises.

— Je préfère que ce soit dans ma propre maison.

— Volontiers. Alors à demain, madame.

*

Paris était dans un état de grande agitation : le Tiers État s'était enfermé au Jeu de paume et l'on ne savait ce qu'il en sortirait, sinon que ce serait menaçant pour la suite des événements. Néanmoins, Alexandre fut ponctuel.

— Venez, lui dit la comtesse, nous allons à Versailles.

Quand ils furent arrivés, il l'informa qu'il l'attendrait dans la calèche. Une petite heure passa avant qu'elle revînt.

— La reine, annonça-t-elle, consent à vous voir demain, dans mes appartements et à la condition que je sois présente.

Elle le dévisagea d'un air curieux :

— Est-ce vous qui adressez à la reine des lettres mystérieuses ?

— Non, répondit-il intrigué.

— Elle reçoit des lettres de conseil anonymes. Je me demandais si ce ne serait pas vous qui les lui adressiez.

— Une telle idée ne me viendrait pas.

Quand ils arrivèrent à Paris, la rue retentissait de la nouvelle : le Tiers État avait décidé qu'il ne sortirait pas du Jeu de paume avant d'avoir donné une constitution au royaume. Pourquoi, n'en avait-il déjà pas une ?

La comtesse commença à partager l'inquiétude de son visiteur.

*

Un page de la reine vint demander à la comtesse d'Adhémar le livre qu'elle avait promis à Sa Majesté. C'était apparemment le signal convenu. La comtesse se leva, suivie d'Alexandre, et se dirigea vers les appartements de la reine. Ils y entrèrent par les cabinets, où Mme de Misery, première femme de chambre, les conduisit dans une autre chambre.

— Monsieur le comte, dit Marie-Antoinette, je crois que Versailles est un lieu qui vous est familier.

— J'ai eu, madame, l'honneur d'y être convié par le feu roi, qui daignait m'écouter avec bonté. Il s'est à plusieurs occasions servi de mes faibles moyens et je ne crois pas qu'il ait regretté de m'avoir accordé sa confiance.

— Vous avez souhaité que Mme d'Adhémar vous conduise à moi. J'ai une grande affection pour elle et je ne doute pas que ce que vous avez à me dire mérite d'être entendu.

— La reine, dans sa sagesse, déclara Alexandre, pèsera ce que je vais lui révéler. La monarchie est en grand danger. Le Tiers État se dispose à la renverser et à changer les lois. Celles qui existent ne pourront contenir la violence qui menace. Le clergé et la noblesse tomberont.

— Il ne restera donc plus que le trône ! coupa la reine avec impatience.

— Non, madame, car il ne sera plus défendu. L'armée n'obéira plus à ses chefs. Je conjure Votre Majesté et le roi de quitter Versailles et Paris. Le sceptre du Tiers État sera la hache du bourreau.

— Monsieur ! s'écria la comtesse d'Adhémar. Vous rendez-vous compte de ce que vous dites et devant qui vous le dites ?

— Vraiment, voilà des choses que mes oreilles ne sont pas accoutumées à entendre, dit la reine, contrariée. Je vous avoue, monsieur, que vos propos m'étonnent de plus en plus. Et vous voulez parler au roi ?

— Oui, madame.

— Et sans la présence de M. de Maurepas ?

— Oui, madame.

Elle haussa les sourcils, imperceptiblement ironique :

— Où êtes-vous né, monsieur ?

— À Jérusalem.

— Quand était-ce ?

— Que madame me pardonne, mais je souffre d'une faiblesse commune à beaucoup de gens. Je ne dis point mon âge, car cela porte malchance.

— En ce qui me concerne, l'almanach royal ne me laisse guère d'illusions sur moi-même. Au revoir, monsieur, le bon plaisir du roi vous sera communiqué.

C'était le congé. Alexandre s'inclina et sortit, suivi de la comtesse d'Adhémar.

En arrivant à Paris, Alexandre soupira.

— Je prends ici congé de vous, madame.

— Pourquoi ? Ne viendrez-vous pas souper ce soir ?

— Je le regrette. Mais à juger par notre entretien avec la reine, elle n'a pas entendu ce dont je l'ai prévenue. Quand elle l'aura rapporté au roi, il le répétera à Maurepas et une lettre de cachet m'enverra à la Bastille.

— Quelle importance pour vous ? Vous sortiriez par un trou de serrure !

— Il en est certains qui sont trop étroits. Adieu, madame.

— Mais si le roi vous convoquait ?

— Je reviendrais.

— Comment le sauriez-vous ?

— Je le saurai, ne vous en inquiétez pas.

— Et je serai compromise.

— Les événements ne vous laisseront pas le temps de l'être.

Il descendit de la calèche et lui tendit la main pour l'aider à descendre à son tour.

Un peu moins d'un mois plus tard, le peuple prenait la Bastille.

Et deux ans plus tard presque exactement, le roi et la reine étaient arrêtés à Varennes.

1789 était décidément une année vengeresse : avant de quitter Paris, Alexandre apprit que Cagliostro avait été arrêté par l'Inquisition et jeté dans un cachot du donjon de San Leo. Il se souvint aussi de la prédiction du comte de Saint-Germain sur l'année de la chute du Sicilien.

Postface

SAINT-GERMAIN, UNE ÉNIGME FABRIQUÉE DE TOUTES PIÈCES

Derrière le masque : un aventurier, un financier, un agent secret et le découvreur du radium

Le comte de Saint-Germain qui fait l'objet de ces pages est une énigme exceptionnelle à deux égards : en elle-même et par sa destinée.

Plusieurs ouvrages depuis plus de deux siècles et d'innombrables articles, dont quelques-uns estimables, ont tenté de décrire un personnage dont on ne connaissait que les aspects les plus superficiels, les plus « amusants » pour user d'un terme courant ; je les ai consultés mais m'en suis peu servi. En effet, visant à percer cette énigme, ils me semblaient au contraire l'avoir épaissie.

Ce paradoxe s'explique sans peine : les faits rapportés défient le bon sens et la psychologie et, mis bout à bout, ils produisent un objet historique incongru, comparable à ces squelettes préhistoriques du Muséum, dont on finit par se demander comment vivaient leurs propriétaires. On trouve là un effet connu de la discipline d'objectivité : incomparable quand elle dispose d'éléments suffisants, elle fabrique souvent des chimères quand elle en manque. C'est ainsi que, bien des siècles et des livres plus tard, historiens et public se demandent à l'envi qui étaient Alexandre le Grand ou Gengis Khan, par exemple. Telle est la raison pour laquelle ces personnages suscitent une bonne douzaine d'études ou de légendes par siècle.

Il en va de même pour le « comte de Saint-Germain » : nous n'avons de lui qu'une caricature grotesque, dénuée d'affectivité, de travers, d'ambitions, d'échecs. On croirait à la fin affronter un de ces héros de mangas, qui occupent difficilement leurs deux dimensions.

Les partisans mystifiés de Saint-Germain, toujours nombreux à notre époque, en font un surhomme doué de pouvoirs surnaturels, détenteur de secrets suprêmes, comme l'élixir d'éternité, immortel et asexué, bref, un succédané infantile de Jésus.

Bien plus nombreux, les détracteurs, eux, le représentent comme une canaille chanceuse, alchimiste de bazar, mythomane, imposteur, charlatan, exploiteur de la crédulité du temps – le passé, pour les esprits simples, est toujours peuplé d'imbéciles et de héros suprêmes, le sait-on assez ! – et sans plus de crédibilité les uns que les autres.

Les exigences élémentaires de la biographie restent dans les deux cas sans réponse. Né selon le consensus vers 1710, mort en tout cas en 1784, Saint-Germain vécut quelque soixante-dix ans ; il rencontra bien du monde ;

n'eut-il jamais de passion? de commerce sexuel? de déceptions?

Aucun des historiens qui lui ont consacré quelque attention ne semble s'être demandé comment un personnage qu'ils représentent comme aussi creux et ridicule a pu se voir confier par Louis XV une mission politique de première importance, ni comment Alexis Orloff, favori de Catherine II de Russie et l'un de ceux qui la portèrent au pouvoir, l'a accueilli avec enthousiasme comme « comte Saltikoff » et lui a jeté sur les épaules le manteau de général de l'armée russe avec patente signée de l'impératrice. Ou comment il acquit l'amitié du maréchal de Belle-Isle, l'un des hommes de guerre les plus brillants du XVIIIe siècle, et celle du prince Ferdinand von Lobkowitz, autre homme de guerre éminent et Premier ministre de l'impératrice Marie-Thérèse d'Autriche, ni comment il eut la faveur de rencontrer Frédéric II de Prusse. Bien des aventuriers souhaiteraient avoir pareille fortune.

Ou bien il faudrait croire que les monarques de l'époque étaient des jobards. Pourtant, Cagliostro, à qui Saint-Germain est souvent comparé et qui le rencontra, fut démasqué et finit sa vie en prison. Nombre d'autres aventuriers et imposteurs ne furent pas plus heureux, tel Théodore de Neuhoff, roi de Corse pendant près d'un an, qui prit la fuite et mourut à Londres dans la misère.

Les historiens, unanimes, rejettent Saint-Germain aux cloaques de la petite histoire. Pour eux, cet homme aurait amusé quelques monarques européens par des mensonges relatifs à la transmutation du plomb en or et la recette d'un élixir de jeunesse éternelle.

Telle est la raison pour laquelle j'ai tenté d'y remédier par le roman historique ; c'est la forme qui permet de combler les vides et de satisfaire à l'exigence principale de la biographie : la cohérence psychologique. Car, contrairement à un préjugé chagrin, cette forme de reconstitution en dit souvent plus et mieux que le bâti analytique de faits établis.

Non qu'il dispense de l'honnêteté ; j'espère en avoir témoigné dans ces pages. Car je me suis aussi appuyé sur les faits et documents historiques.

Je crois utile d'en exposer ici certains aspects, que je n'ai pu détailler dans le roman, parce qu'ils ressortissent à la recherche. Ils permettront de juger dans quelle mesure l'invention romanesque se fonde sur des faits acquis, probables ou certains. Ils témoigneront également des labeurs de l'audacieux qui s'applique à démythifier des impostures.

Un homme qui brouille obstinément ses traces

L'énigme Saint-Germain est singulière en elle-même parce qu'aucun personnage historique n'a pris autant de soin que lui à brouiller ses traces et à emprunter, avec une impudence souvent inouïe, des identités fictives : on lui en connaît au moins dix-neuf :

Marquis de Monferrat, comte de Bellamare, comte Aymar ou d'Aymar (à Venise), chevalier Schoening (à Pise), chevalier Weldon ou Welldone (à Milan et Leipzig), comte Saltikoff (à Gênes et Leghorn), Comte Tzarogy (à Schwalbach et Triesdorf), prince ou comte Rakoczy (à Nuremberg et à Dresde), prince d'Es (en Hollande), M. de Zurmont (à Bruxelles), comte Hompesch, de l'ordre des Chevaliers de Malte, comte Saltikoff (en Russie, mais selon la guise d'Alexis Orloff, l'un des favoris de Catherine II), comte de Gabalais, comte de Saint-Germain et Welldona à Londres et Paris, enfin, le titre fallacieux qui, sous une forme abrégée, lui collera à la peau. Paradoxe piquant, c'est le plus impudent de tous car il existait alors un glorieux représentant du nom, Claude Louis, général (1707-1778), maréchal de France qui fut nommé ministre de la Guerre par Louis XVI en 1776.

On verra plus loin le sens de ces déguisements inlassables.

Mais les identités fictives de Saint-Germain ne sont pas toujours aussi fantaisistes qu'il y paraîtrait, comme en témoigne l'épisode suivant : à une date située entre le printemps 1774 et l'hiver 1776, rapporte un chroniqueur allemand[1], le margrave de Brandebourg-Anspach, curieux de faire la connaissance de Saint-Germain, qui demeurait alors à Schwalbach, l'invita à séjourner chez lui, au château de Triesdorf. Saint-Germain, qui se parait alors du titre de comte Tzarogy, accepta, à la condition qu'on le laissât organiser son temps comme il l'entendait. Il montra un jour au margrave une lettre du comte Alexis Orloff, de passage à Nuremberg au retour d'un voyage en Italie, l'invitant à lui rendre visite.

---

1. Chroniques collectées par C. A. Vulpius sous le titre *Curiositäten der psychich-literarisch-artistich Vor-und Mittwelt*, Weimar, 1818.

Alexis Orloff, il faut le préciser, était l'un des quatre frères de ce nom qui jouèrent un rôle décisif dans la révolution russe de 1762, un autre étant Grigory, l'amant de l'impératrice. Ce fut Alexis qui mena le tsar Pierre III au château de Ropsha et, au cours d'un dîner, y organisa son assassinat pour préparer l'accession au trône de Catherine II.

Le margrave accompagna alors Saint-Germain à Nuremberg, qui n'était qu'à brève distance de Triesdorf. Quand les deux hommes parvinrent en ville, Saint-Germain s'absenta un moment et reparut en uniforme de général russe pour sa rencontre avec Orloff. À sa vue, celui-ci lui ouvrit les bras, lui donna l'accolade et l'appela *Caro padre* et *Caro amico*. Le Russe remercia le margrave de l'hospitalité qu'il accordait à son cher ami puis, après le déjeuner, il emmena Saint-Germain dans une pièce attenante, où les deux hommes demeurèrent seuls pendant un temps considérable. À son retour à Triesdorf, Saint-Germain montra au margrave son diplôme de général russe, orné du sceau impérial.

L'uniforme n'avait donc pas été un travestissement et l'attitude d'Alexis Orloff démontre que Saint-Germain était bien autorisé à le porter. Si l'homme était à bien des égards un imposteur, ce n'était pas une tête brûlée et ses impostures servaient un but précis : dissimuler sa véritable identité sociale en plus de l'autre.

Incidemment, c'est l'épisode Orloff de Nuremberg, profondément révélateur, qui fonde l'un des thèmes principaux de cet ouvrage.

En dépit de ce qu'on appellerait de nos jours un culot monstre, passible du duel ou de la paire de claques, le personnage récolte des attentions royales et princières. La plus étrange étant celle que lui a témoignée Louis XV.

Mais, à ce jour, personne n'a percé le secret des origines de Saint-Germain.

Une énigme enflée par les faussaires

L'énigme Saint-Germain est également singulière par sa destinée qui, au cours du temps, la transformera en mythe : de son vivant déjà, Saint-Germain suscitait des rumeurs annonciatrices des excès des tabloïds du XXIe siècle. Voltaire lui-même, entre autres, s'y livre dans sa correspondance. Les témoignages apparemment dignes de foi y contribuent à profusion.

Pour les gens sans méfiance et les profanes du moins.

Après sa disparition – car ses fidèles ne veulent pas croire à sa mort –, ces « témoignages » s'enflent et se fortifient. Dès la fin du XVIIIe siècle, Mme de Genlis, familière de la cour à Versailles, dénonce dans ses *Mémoires* des fabrications relatives à Saint-Germain, tels les *Mémoires* d'un baron de Gleihau. Grand cas est ainsi fait par les biographes de deux témoignages : dans ses *Mémoires*, le baron de Gleichen[1], ambassadeur du Danemark à Paris, assure que le musicien Rameau, cousin d'un ambassadeur alors en poste à Venise, aurait connu Saint-Germain dans cette ville en 1710, alors que ce dernier avait cinquante ans ; et dans ses *Souvenirs sur Marie-Antoinette*,

1. L'ouvrage de Gleichen parut en allemand, à Leipzig, en 1847 sous le titre *Denkwürdigkeiten des Barons von Gleichen*, et fut publié en français en 1868 avec une notice de Paul Grimblot, chez L. Téchener Fils, à Paris.

Archiduchesse d'Autriche, Reine de France, et sur la Cour de Versailles, la comtesse d'Adhémar assure avoir vu Saint-Germain au même âge en 1789, c'est-à-dire soixante-dix-neuf ans plus tard, et avoir reçu plusieurs visites de lui en 1820. Il aurait donc eu alors quelque cent dix ans.

C'est elle qui rapporte une conversation qu'elle eut avec Saint-Germain en 1789, au cours de laquelle il lui avait prédit que la reine Marie-Antoinette était vouée « à la mort ». Et elle ajoute :

> *Cette fois, je ne pus retenir un cri, je me soulevai sur mon siège...*

Comment mettre en doute la parole de mémorialistes aussi distingués ?

Une coïncidence un peu trop heureuse et des souvenirs falsifiés

Troublante affaire. Cependant, quand on y regarde de près, on s'avise qu'elle ressemble, au moins partiellement, à un montage inspiré par le désir de briller par des souvenirs extraordinaires ou piquants. Le ouï-dire que rapporte le baron de Gleichen sur la présence de Saint-Germain à Venise ne prouve d'aucune manière que ce soit qu'il s'agisse de notre héros ; les comtes de Saint-Germain étaient une grande et illustre famille et il est fort possible que l'un de ses membres se soit, à la cinquantaine, trouvé dans la Sérénissime à la date indiquée.

Les *Souvenirs* de la comtesse d'Adhémar, qui sont les plus fréquemment et longuement cités par les « sangermanistes », posent un problème bien différent.

Et là se présente la question des sources.

Ce sont pour la plus grande partie des mémoires. Mais cette définition, on le sait, n'est pas une garantie de véracité, ni même d'authenticité. Que de mémorialistes contemporains – et non des moins illustres – ont « interprété » des faits de façon partisane, pour accommoder leurs préférences et leurs aversions, et se sont fait moucher par des témoins au moins aussi dignes de foi !

Parmi les témoignages de l'époque, force est ainsi de se référer aux *Mémoires* de Nicole du Hausset, de son nom de naissance Nicole Collesson, femme de chambre de Mme de Pompadour. Leur histoire est mouvementée. Après la mort de la marquise, Sénac de Meilhan, l'un des médecins de Louis XV, aurait trouvé le marquis de Marigny, frère de Mme de Pompadour, s'apprêtant à les jeter au feu. Bienheureuse coïncidence ! Ce n'est pas tous les jours qu'on arrive à point nommé pour sauver un manuscrit du feu. Car Sénac de Meilhan aurait persuadé le marquis de lui remettre le manuscrit, qui était donc celui des *Mémoires.* Par la suite, ce médecin aurait vendu ces derniers à un Écossais émigré, Quintin Crawfurd, qui les fit publier en 1806 (il en existe une autre édition, datée de 1826).

Mais une analyse de ces mémoires donne à penser que Sénac de Meilhan les aurait copieusement enjolivés, y ajoutant quelques anecdotes juteuses. Autant dire qu'ils incitent à une grande réserve, même si certaines sont authentiques.

Un fabricant de mémoires posthumes et des dates douteuses

Le même problème se pose de nouveau avec les *Souvenirs* de la comtesse d'Adhémar.

Le titre même de l'auteur laisse perplexe. Une famille d'Adhémar, originaire du Languedoc, a bien existé ; elle s'était illustrée sous les croisades mais son titre comtal, celui dont elle usait dans le monde, était celui de Grignan. Les lettrés le reconnaissent d'emblée : Françoise Marguerite, la fille de Mme de Sévigné, avait épousé François d'Adhémar, comte de Grignan. Mais la lignée des Adhémar s'était éteinte en 1714 avec François de Grignan, dernier descendant mâle des Adhémar, et les deux filles qu'il avait eues avec Françoise Marguerite, petites-filles donc de l'illustre épistolière, étaient mortes au couvent avant la Révolution.

Cependant, il y eut bien une comtesse d'Adhémar à la cour de Louis XVI, celle à laquelle on attribue communément le fameux témoignage et qui serait morte en 1822. Et ici se pose un problème nobiliaire, que je dois à mon confrère Ghislain de Diesbach d'avoir pu élucider.

À supposer qu'elle ait vécu jusqu'à quatre-vingts ans, âge avancé pour l'époque, cette comtesse-là d'Adhémar serait née vers 1740. À cette époque, il n'y avait plus d'Adhémar tenant du titre de Grignan.

Il existait cependant deux autres branches, également originaires du Languedoc, mais elles se distinguaient par les titres qu'elles portaient plus couramment : Adhémar de Panat et Adhémar de Lantagnac. L'auteur des *Souvenirs* aurait pu appartenir à cette dernière, qui reçut en 1767 les honneurs de la cour, preuve irréfragable de son authenticité. Cela confirmerait les dires selon lesquels la « comtesse d'Adhémar » aurait été une intime de Marie-Antoinette. Toutefois, dans ce cas, et surtout à l'époque, on se serait attendu à ce qu'elle usât de son titre, comtesse de Lantagnac, au lieu de son nom de famille.

Je ne pense pas apprendre grand-chose à quiconque en rappelant que lorsque, sous l'Ancien Régime, un titre nobiliaire était concédé à une famille, il s'attachait aux terres accordées pour la circonstance et pas au nom de famille, sauf si celle-ci possédait déjà des terres de ce nom. Ainsi, César du Canbout, par exemple, était marquis de Coislin et non marquis du Canbout. La seule étrangeté du titre de Mme d'Adhémar inciterait donc à s'interroger sur la véritable identité de cette mémorialiste.

Las ! à la même époque, un aventurier, émule de Saint-Germain, s'introduit à la cour de Louis XVI sous le titre, inexistant on l'a vu, de « comte d'Adhémar » ! Il est vite démasqué, sans doute à l'instigation des Adhémar de Lantagnac, et expulsé dans l'opprobre.

À la précédente incertitude s'ajoute un autre doute : l'auteur des *Souvenirs* est-elle une comtesse de Lantagnac qui ne connaîtrait pas les usages, ce qui est bien improbable quand on est une familière de la reine, ou bien est-elle l'épouse de l'imposteur, le faux comte d'Adhémar ?

Soupçon incident : la ressemblance bizarre entre ce nom d'Adhémar et l'un des pseudonymes de Saint-Germain : comte d'Aymar. Dernier coup, celui-là fatal pour l'authenticité des *Souvenirs* : l'ouvrage est préfacé par le baron de Lamothe-Langon. Or, celui-ci est un faussaire, débusqué de longue date, et que l'historien Alain Decaux qualifie de « plus prodigieux fabricant de faux mémoires du siècle dernier ». Le véritable auteur des *Souvenirs* de l'imaginaire « comtesse d'Adhémar », c'est lui.

Paradoxe savoureux : le prétendu charlatan Saint-Germain inspirait aussi des faussaires.

« Jésus-Christ ? Le meilleur homme du monde ! »

On s'étonnera peut-être de l'acharnement que j'ai consacré à établir l'authenticité de ces *Souvenirs* ; la raison en est que les passages cités le plus communément par les partisans de la nature surnaturelle de Saint-Germain comptent aussi parmi les plus extraordinaires. C'est ainsi que la sangermaniste fervente Isabel Cooper-Oakley cite un passage dans lequel Saint-Germain serait entré dans un salon où se trouvait la « comtesse d'Adhémar » et serait soudain devenu invisible. Ou bien cette dame avait perdu la raison ou bien, ce qui est plus vraisemblable, Lamothe-Langon cultivait déjà le goût du fantastique dans un certain public. Mais au début du siècle dernier, quand Cooper-Oakley[1] rédigeait son livre, non sans mérites, Lamothe-Langon n'avait pas encore été démasqué.

Ce serait là, en tout cas, l'une des « preuves » les plus décisives que la longévité extraordinaire de Saint-Germain est une faribole. Le point illustre un stratagème

---

1. Isabel Cooper-Oakley, *The Comte de Saint-Germain. The Secret of Kings.* Publié en 1912 à Milan, en anglais, l'ouvrage a été réédité en 1999 par The Book Tree, Escondido, Californie.

familier des mythomanes : on prend un fait avéré, en l'occurrence le propos de Gleichen, et on lui greffe une fable insensée. On obtient ainsi l'équivalent de ces momies de sirènes que les faussaires du XIXe siècle s'ingéniaient à fabriquer avec des éléments de poisson et un fœtus, pour les amateurs de curiosités jobards. Et il y en a : le positivisme scientifique n'empêcha pas l'éminent mathématicien Chasles d'acheter à un authentique faussaire la tiare du « roi Saïtapharnès » et des lettres de Marie Madeleine à Jésus-Christ en vieux français…

J'ajoute qu'aux provocations imprudentes de Saint-Germain lui-même, il faut ajouter les énormités que débitait un personnage facétieux du temps, qui se nommait Gauve et se faisait appeler « Mylord Gauwer » (ou l'inverse), se déguisait en Saint-Germain et courait les salons parisiens en racontant des balivernes folles, selon lesquelles il avait connu Jésus, « le meilleur homme du monde », bien que « romanesque et inconsidéré », qu'il avait assisté aux Noces de Cana, chassé avec Charlemagne et bien connu Anne, la grand-mère de Jésus, qu'il avait, grâce à sa présence au concile de Nicée et à son influence, réussi à faire canoniser !

Autre incongruité monumentale, l'histoire de la gouvernante retombée en enfance après avoir bu l'élixir de jeunesse éternelle de Saint-Germain, qui est citée dans le roman que voilà, est tirée d'une galéjade de ce mylord.

Or les Parisiens gobaient ces folies avec délices et les répétaient.

L'ennui est qu'elles sont passées dans les témoignages du temps, puis dans des ouvrages plus sérieux.

Saint-Germain s'est ainsi retrouvé dans le rang de ces faussaires et farceurs qui parsèment les siècles.

Une crédulité entretenue par le goût des sciences

Saint-Germain est en partie responsable de ce destin : comme tant de personnages du siècle des Lumières et même d'avant et d'après, de l'empereur Rodolphe II à Newton en passant par Helvétius, il s'intéresse à l'alchimie, par exemple. Il en parle d'abondance, car il est disert autant que cultivé. Des personnes d'autorité prêtent foi à ses propos effarants : il posséderait le pouvoir de transmuter les métaux en or, ce qui explique évidemment l'aisance exceptionnelle dont il jouit, et de « purifier » les diamants de leurs défauts – ce qui est un point plus sérieux, comme on le verra – et il connaîtrait le secret de l'élixir de la jeunesse éternelle, ce qui explique évidemment son immortalité.

Mais l'homme fait ensuite figure d'« initié », au sens diffus sinon confus prêté à ce terme depuis près d'un siècle. Il aurait fait partie de l'ordre de chevalerie des Templiers, il aurait été franc-maçon, fondateur de l'ordre de la Très Sainte Trinosophie, et la célèbre Helena Blavatsky, fondatrice de la Société de théosophie, prend ardemment sa défense dans le numéro de mars 1881 de sa revue *The Theosophist*, qualifiant « le grand homme » d'« élève des hiérophantes indiens et égyptiens, versé dans la sagesse secrète de l'Orient »…

En 1990 paraissait à New Brunswick, dans le New Jersey, États-Unis, un ouvrage époustouflant, *Count*

Saint Germain, The New Age Prophet Who Lives Forever, comportant un *« channeling »*, c'est-à-dire une communication spirite avec le « comte », par l'entremise du « maître métaphysicien » William Alexander Oribello, qui assure avoir rencontré le comte sous les aspects d'un jeune garçon qui vivait à Philadelphie. Sans doute avant qu'il se soit retiré dans un monastère secret sous les montagnes du Tibet, où il poursuit depuis des siècles ses « rituels alchimiques », comme l'assure dans le même opuscule l'« artiste psychique » Carol Ann Rodriguez…

En 1846 ou 1847, rapporte Alain Decaux[1], un Anglais nommé Vandam assura avoir rencontré Saint-Germain à la cour de Louis-Philippe sous le nom de major Frazer. Un écrivain italien du nom d'Enrico Contardi-Rhodio raconta qu'il avait reçu en 1934 une visite de Saint-Germain. En 1945, le journaliste Roger Lannes, qui n'était pourtant pas tombé de la lune, fut certain de l'avoir reconnu dans le Midi. Un journal parisien reprit la nouvelle. Une lectrice écrivit à Decaux pour lui expliquer que le journaliste s'était mépris et que l'homme en question était son propre mari.

On revit aussi à Paris, dans les années 1980, un « comte de Saint-Germain » dans le cercle de la chanteuse Dalida…

Depuis trois siècles, le mythe de Saint-Germain se perpétue avec plus ou moins de ferveur.

Ces bizarreries sont sociologiquement révélatrices. Les gens sous l'Ancien Régime n'étaient guère plus sots que sous la Révolution ou qu'à notre époque. Paradoxalement,

1. « L'immortel comte de Saint-Germain », *Historia*, septembre 1961.

le goût des sciences répandu par les encyclopédistes dans les milieux instruits attisa un sens du merveilleux. La chimie, la physique, la botanique, la paléontologie réservaient tellement de surprises que bien des gens, et non des moins éclairés, croyaient « raisonnablement » que des prodiges pouvaient jaillir des cornues et des alambics, que l'étude des plantes et des mystères de la nature pouvait aboutir à la découverte d'un élixir de jeunesse éternelle.

À notre époque, la physique, l'énergie nucléaire, puis la génétique, entre autres disciplines, nous ont réservé tant de surprises qu'elles ont flatté et excité le goût du merveilleux. La richesse de la science-fiction en témoigne : à cet égard, nous ne sommes guère différents des gens du XVIIIe siècle.

Saint-Germain, champion du roi de France

Quelque pittoresque qu'ait été son personnage public et naïfs ses goûts pour l'occultisme, Saint-Germain eut cependant une activité politique intense.

En témoignent les documents le concernant conservés aux Archives du ministère des Affaires étrangères de France, aux Archives royales des Pays-Bas (fonds Bentinck van Rhoon) et dans le fonds Mitchell du British Museum, à Londres, ainsi que divers autres mémoires qui semblent peu sujets à caution.

Les échanges de lettres de février 1760 à janvier 1761 entre le duc de Choiseul, ministre de Louis XV, et le comte d'Affry, ambassadeur de France aux Pays-Bas, alors Provinces-Unies, témoignent sans ambiguïté que Saint-Germain fut chargé par Louis XV et le ministre de la Guerre, le maréchal de Belle-Isle, d'ouvrir des négociations secrètes avec l'Angleterre. Cette mission, en contradiction formelle avec les activités de Choiseul, se heurta à l'opposition de son mandant, d'Affry. Bien que Saint-Germain fût porteur d'un ordre de mission du roi et de lettres explicites du maréchal de Belle-Isle, d'Affry refusa d'accréditer Saint-Germain, ce qui eût gravement compromis sa propre mission et son prestige d'ambassadeur ; il mena une violente campagne contre Saint-Germain, le traitant même de « vagabond », et demanda son arrestation par la République. Le « comte » ne dut son salut qu'à la fuite. En effet, le roi n'osa pas aller au secours de son émissaire, ce qui aurait créé une crise grave entre lui et Choiseul, et Belle-Isle, ministre de Choiseul, ne put en faire davantage.

L'attitude d'Affry est moins discutable que sa férocité à l'égard de Saint-Germain : l'ouverture de négociations de paix avec l'Angleterre aurait déclenché une crise majeure en Europe ; elle constituait, entre autres, une rupture brutale avec l'Autriche, qui considérait l'Angleterre comme ennemie, puisque alliée à son ennemie principale, la Prusse. Or, Choiseul avait bâti sa réputation sur le traité d'alliance avec l'Autriche. De plus, ce ministre était décidé à poursuivre la guerre contre l'Angleterre pour le maintien des colonies françaises d'Amérique et des comptoirs des Indes. Discuter de la paix avec l'Angleterre aurait été un camouflet retentissant pour le ministre.

On peut se demander pourquoi Louis XV prit donc l'initiative de confier une telle mission à Saint-Germain. Mais c'était dans son caractère, secret, méfiant et trop faible pour s'opposer ouvertement à ses propres ministres. Quelques années plus tôt, en 1755, il avait déjà confié une mission secrète en Russie à l'un des personnages les plus extravagants parmi les extravagants, le chevalier d'Éon, Charles Geneviève (!) de son prénom, un homme travesti en femme, qui parvint sous ce déguisement à être « la lectrice » de l'impératrice Élisabeth ! Saint-Germain perd beaucoup de son relief en comparaison.

La paix avec l'Angleterre n'était cependant pas un mauvais choix. Le traité d'alliance avec l'Autriche coûtait fort cher à la France : douze millions de florins de « garantie », plus l'entretien de quelque trente-cinq mille soldats, sans bénéfices réels pour la France. Et la guerre contre l'Angleterre, déjà première puissance maritime mondiale, allait coûter encore plus cher ; Choiseul avait, en effet, mis en chantier la construction d'une flotte destinée à damer le pion aux Anglais. Or, Louis XV savait qu'au Canada et aux Indes la partie serait difficile, sinon perdue. La suite de l'histoire démontre qu'il vit juste, d'ailleurs.

Mais le roi était prisonnier de Choiseul, de la cour et des cabales. Saint-Germain fut donc son champion à La Haye. S'il avait réussi, il aurait affranchi Louis XV et peut-être changé le cours de l'Histoire.

Saint-Germain en était-il conscient ? Dans une lettre à l'ambassadeur de Russie à Londres, le prince Galitzine, le comte Kauderbach, ministre de Saxe à La Haye, déclare :

« Il parle de sauver la France par d'autres moyens que ceux de la Pucelle d'Orléans[1]. »

L'oreille des Anglais, la sujétion aux Russes

La correspondance entre Yorke, l'ambassadeur d'Angleterre à La Haye, et son ministre des Affaires étrangères, Lord Holdernesse, témoigne qu'ils prirent Saint-Germain beaucoup plus au sérieux que d'Affry. Le roi George III et ses ministres avaient compris le dessein de Louis XV. Ils ne pouvaient cependant pas ouvrir formellement les négociations sans un engagement officiel de Louis XV ; leur nouvelle alliée, la Prusse, se serait vivement alarmée d'un pacte franco-anglais, qui aurait dégagé le potentiel militaire français du conflit avec les Anglais ; les armées françaises auraient désormais pu se retourner contre elle pour défendre la Russie et l'Autriche, auxquelles Frédéric II avait arraché des territoires et en voulait davantage. Pour les raisons qu'on a vues plus haut, l'engagement ne put être fourni et Saint-Germain se retrouva expulsé de La Haye… avec, paradoxalement, un passeport anglais !

La Russie fut aussi dépitée de l'échec de Saint-Germain : l'impératrice Élisabeth et son grand chancelier, Bestouchev-Ryoumine, œuvraient secrètement à la conclusion d'une paix franco-anglaise : pour la raison exposée plus haut, c'est-à-dire libérer le potentiel militaire français et le retourner contre Frédéric II.

---

1. 14 mars 1760. Cité par I. Cooper-Oakley, *op. cit.*

Mon hypothèse est que Saint-Germain s'engagea d'autant plus volontiers dans la mission de La Haye qu'elle correspondait exactement aux intentions de l'impératrice de Russie. Saint-Germain a été soupçonné de longue date d'être un agent politique mais les avis divergent sur le pays pour lequel il travaillait.

Or, les faits indiquent la Russie. L'honneur inouï qui lui est fait par Catherine II en est l'indice le plus probant. Aussi excentrique fût-elle à certains égards, l'impératrice n'était pas folle : pas plus hier qu'aujourd'hui on ne délivre un diplôme de général au premier venu. Saint-Germain a dû rendre des services exceptionnels à Catherine II. Mais lesquels ?

C'est l'objet de ce second tome.

Deux points sont certains : Saint-Germain fut un familier de la mère de Catherine II, la princesse d'Anhalt-Zerbst, qui habitait Paris. Et c'est à partir de la fin du règne de l'impératrice Élisabeth que commence la carrière politique de Saint-Germain.

Il y a là plus que des coïncidences.

Une jeunesse tourmentée, une origine modeste

Quelle est la personne derrière le personnage ?

Trois de ses traits me paraissent éclaircir les ténèbres dont Saint-Germain s'entoura.

Le premier est celui de ses pseudonymes. Rois, princes et personnages éminents recouraient souvent à de faux noms lorsqu'ils se déplaçaient et souhaitaient l'anonymat. Mais le reste du temps, ils se montraient sous leur véritable identité. Tel n'est pas le cas de notre homme : à ce jour, personne ne sait rien de lui. Ni sa date ni son lieu de naissance.

La seule indication qu'on possède sur sa date de naissance est fournie par le *Weekly Journal or British Gazetteer* de Read, à Londres, en date du 17 mai 1760 :

> *L'auteur de la* Gazette de Bruxelles *nous apprend que la personne qui se présente comme le comte de Saint-Germain, et qui vient d'arriver ici* [à Londres] *en provenance de Hollande était née en Italie en 1712.*

On ignore d'où le chroniqueur de Bruxelles tenait cette information. La source la plus probable en serait Saint-Germain lui-même. Mais comme on connaît l'homme, on est en droit de supposer qu'il a donné une date erronée, à un ou deux ans près.

Conclusion immédiate : il n'est pas celui qu'un parent de Rameau aurait vu à Venise en 1710, âgé d'une cinquantaine d'années.

Ce Fregoli surgi de nulle part choisit toujours des noms à consonance aristocratique, tous titrés : prince, comte ou chevalier. C'est le propre des mythomanes ordinaires, généralement de petite naissance, en tout cas sans fierté du sang. On reconnaît là le besoin de compensation et, sans spéculer excessivement, je pense qu'on peut y déceler l'indice d'une humiliation cuisante endurée dans la jeunesse ou l'enfance.

Dans la plus insistante de ses prétentions, avancée à la fin de sa vie, en 1777, comme « la vraie vérité », il se présentait comme le premier des trois fils de François II

Rakoczy, prince de Transylvanie, et d'une demoiselle Tékély. Or, François II Rakoczy, meneur de la conspiration hongroise contre l'empire d'Autriche, n'épousa pas de demoiselle Tékély, mais Charlotte Amélie de Hesse-Wahnfried, dont il eut deux et non trois garçons, Joseph, né en 1695 et George, en 1697 et une fille, Charlotte, née en 1698. Les deux garçons furent faits prisonniers par les Autrichiens. Joseph s'enfuit de Vienne en 1734 et alla en Turquie où il mourut, et George demeura en bons termes avec les Autrichiens.

Le prince Karl de Hesse-Cassel parla bien dans une lettre d'un troisième garçon, qui fut confié à la tutelle de Gaston de Médicis, et cela donna sans doute à Saint-Germain l'idée de cette origine. Hélas, on sait que ce dernier rejeton mourut à quatre ans.

L'appartenance à la famille Rakoczy est donc une fabrication. Si Saint-Germain eut une enfance malheureuse, ce fut pour d'autres raisons. Et s'il avait réellement eu une ascendance aristocratique, l'orgueil de race le lui aurait fait avouer à un moment ou l'autre. Et cela, même s'il était bâtard, car ceux-ci étaient également reconnus, dans les cours royales pour commencer.

D'où l'hypothèse, communément acceptée par les historiens – comme l'indique, entre autres, l'*Encyclopaedia Britannica* –, selon laquelle il serait un Juif portugais ou alsacien. Je penche pour l'hypothèse portugaise, vu l'observation d'un contemporain[1], qui nota qu'il parlait français

---

1. Carl von Weber, *Aus vier Jahrhunderten. Mittheilungen aus dem Hauptstaats Archiv, Zu Dresden*, Tauchnitz éd., Leipzig, 1857.

« avec un accent piémontais », ce qui n'est certes pas le cas des Alsaciens mais qui évoque indéniablement une origine latine. Un contemporain hollandais le décrit en 1760 comme ayant « l'air d'un Espagnol de haute naissance[1] ».

Voilà donc un garçon qui aura subi de plein fouet l'antisémitisme catholique, particulièrement virulent dans les sphères d'influence espagnole et portugaise au XVIIIe siècle, sous le fouet de la Sainte Inquisition.

Le soupçon est renforcé par le début d'un texte attribué à Saint-Germain, *La Sanctissime Trinosophie* :

> *C'est dans l'antre des criminels, dans les donjons de l'Inquisition, que votre ami écrit ces lignes destinées à votre instruction...*

Une copie manuscrite de ce texte déconcertant, bourré de citations de l'hébreu et d'illustrations et signes cabalistiques – au sens original de ce terme –, se trouve à la bibliothèque municipale de Troyes. Elle n'est pas de la main de Saint-Germain[2], dont on possède plusieurs lettres.

Quand on l'interrogeait sur ses origines, Saint-Germain se faisait volontiers larmoyant, comme en témoignent deux contemporains : C. A. Vulpius[3] et Mme de Genlis[4]. Cette dernière rapporte les propos du personnage :

---

1. *Mémoires de Hardenbrock*, Historisch Genootshap, Utrecht, vol. I, cité en traduction du hollandais par I. Cooper-Oakley, *op. cit.*
2. Une édition photostatique médiocre, assortie d'une introduction et de commentaires de Manly P. Hall, a été publiée en 1983 par la Philosophical Research Society, Inc., de Los Angeles, Californie.
3. *Curiositäten der physisch-literarish-artistisch Welt, op. cit.*
4. *Mémoires*, Paris, 1825, rééd. Mercure de France, « Le Temps retrouvé », 2004.

Tout ce que je puis vous dire sur ma naissance, c'est qu'à sept ans j'errais au fond des forêts avec mon gouverneur… et que ma tête était mise à prix !

Les forêts de quel pays ? Pourquoi ? Quand ? Et pourquoi refuse-t-il de s'expliquer ? Autant de preuves d'une affabulation au travers de laquelle filtre une part de vérité, comme on le verra plus loin.

Une fortune illicite

Le deuxième trait qui peut éclairer la personnalité de Saint-Germain est sa fortune.

Tous les témoignages contemporains indiquent, en effet, que Saint-Germain jouissait d'une aisance exceptionnelle, sans éclipse. Chevaux, pierres précieuses, vêtements, domestiques, le personnage mène grand train sans aucun souci. Le cas est rare dans l'aristocratie du temps : les princes semblent affligés d'une pénurie constante et tirent autant qu'ils peuvent les cordons des banquiers et usuriers. Pour tenir leur rang, ils gagent leurs terres et leurs maisons. Mais sauf des terres et un manoir en Allemagne et aux Pays-Bas, qui ne semblent lui avoir servi que de refuge et dont l'acquisition est bien postérieure à son apparition sur le théâtre international, on ne connaît aucune propriété à Saint-Germain. Or, aucun banquier n'aurait prêté un liard à un homme sans feu ni lieu et dont il ne connaissait même pas le nom.

Bénéficiait-il, en qualité d'agent, des subsides d'une puissance étrangère ? C'est possible mais il est fort improbable qu'une telle puissance aurait assuré à ses agents les sommes qui permettaient à Saint-Germain de briller comme il le fit : selon un témoignage qui semble objectif, celui de Cornelius Ascanius van Sypesteyn. « Il vécut à Vienne sur le train d'un prince[1]. »

Ce qui est certain est qu'en dépit des manières d'aristocrate dilettante qu'il affecte, Saint-Germain témoigne d'un véritable sens commercial. Cela est confirmé d'abord par les deux manufactures de teinturerie qu'il fonda, la première au château de Chambord, la seconde en Allemagne, et ensuite par le fait qu'une lettre manuscrite de lui, datée de mai 1760 et adressée à Mme de Pompadour, révèle une activité totalement méconnue du personnage : celle d'armateur.

Dans cette lettre, en effet, Saint-Germain prie la favorite du roi de bien vouloir intervenir dans l'affaire d'un navire hollandais, l'*Ackermann*, arraisonné par les Français en mer du Nord, et dans lequel il a investi « cinquante mille couronnes », somme considérable. Il précise qu'une firme anglaise, MM. Emery and Co., de Dunkerque, a demandé la restitution du navire par voie de justice.

Saint-Germain peut bien raconter des fables sur la pierre philosophale, il traite dans le monde des affaires.

De plus, sa fortune présente tous les traits d'une longévité exceptionnelle pour l'époque : elle semble avoir duré de sa première apparition sur la scène internationale, en 1735, jusqu'à sa mort, en 1784 : un demi-siècle.

---

1. Cornelius Ascanius van Sypestein, *Historische Erinnerungen*, 's Graavenhage, 1869.

Or le mystère de cette fortune est lié à celui de sa naissance : il ne peut en révéler l'origine car elle est illicite, sinon criminelle. S'il se présentait comme le fils d'un obscur Juif portugais, on l'interrogerait à coup sûr, non seulement sur l'argent, mais encore sur la quantité prodigieuse de pierres précieuses qu'il possède. Il serait menacé des galères ou du gibet, en tout cas condamné à l'opprobre. Il est donc contraint de revendiquer une imaginaire naissance aristocratique pour la justifier.

Une vie amoureuse bridée par le secret

Le troisième trait mystérieux de Saint-Germain est sa sexualité ou plutôt sa non-sexualité. L'homme a intrigué ses partisans autant que ses ennemis et les milieux avec lesquels il avait choisi de frayer étaient notoirement enclins à l'indiscrétion. Ils n'ont pu manquer de guetter ses aventures. Mais là-dessus, pas une anecdote, pas un indice. Il avait, assure Mme de Genlis, « des mœurs très pures ».

De taille et de corpulence moyennes, de visage agréable, selon le portrait commandé par la marquise d'Urfé, avec « des dents impeccables », note un contemporain, il n'a pourtant pas l'apparence d'un chapon. Serait-il homosexuel ? À la moindre imprudence, les insinuations n'eussent pas fait défaut. Il n'en existe aucune sur ce point. Il ne s'est jamais marié non plus. Entretenait-il une maîtresse secrète ? Elle n'aurait sans doute pas résisté au désir de se faire valoir et aurait été jalouse d'une vie brillante qu'elle ne partageait pas. De surcroît, les domestiques de Saint-Germain se seraient chargés de renseigner ses ennemis. La vie privée ne valait pas cher au XVIIIe siècle.

Il faut donc en déduire que Saint-Germain n'a pas eu de liaisons suivies. Sans doute ses nombreux voyages ne lui en laissaient-ils pas le loisir, et l'on peut supposer qu'il se contentait d'amours de passage, soigneusement drapées dans la clandestinité et probablement plus rares qu'on le croirait ; l'homme, en effet, est visiblement soucieux de sa santé et il ne l'aurait pas compromise en s'exposant au mal de Naples avec des femmes légères, comme on l'appelait.

Voilà qui satisferait la raison. N'empêche, un malaise demeure, car il semble que là aussi Saint-Germain cache quelque chose. Ce déni de toute affectivité, hormis celle qu'il proclame pour sa mère – jamais son père n'est mentionné –, et sa totale abstention de toute sexualité, dans une époque où l'on était volontiers libertin, évoquent une castration mentale, voire un dégoût. Quelle en serait l'origine ? L'hypothèse qui vient à l'esprit est celle d'une expérience précoce, assez forte ou assez prolongée, qui lui aurait laissé un souvenir détestable des jeux amoureux.

Elle concorde avec l'hypothèse d'une enfance et d'une jeunesse malheureuses, évoquée plus haut.

Ce déni d'une part essentielle de sa nature apparaît comme le résultat d'une découverte de la sexualité dans laquelle il aurait tenu le rôle traumatisant d'un objet soumis à la contrainte.

Or ce déni semble, lui aussi, étroitement lié à sa fortune. Non seulement Saint-Germain ne pouvait pas révéler sa véritable identité, mais encore il ne pouvait pas déclarer la véritable origine de sa fortune ; pourquoi, sinon parce que les deux étaient liées ? Telle est très probablement la raison pour laquelle il ne s'est pas marié, alors que les partis n'ont certes pas manqué. Il aurait, là aussi, dû jeter le masque et avouer que sa fortune était illicite.

Le « casse du siècle »

L'aspect le plus frappant de la fortune de Saint-Germain, selon les témoignages de ses contemporains, est qu'elle consiste en une quantité prodigieuse de pierres précieuses : diamants, rubis, saphirs, perles, opales ; il semble avoir traversé l'Europe comme une devanture de joaillier. Il portait des diamants à tous les doigts et, un soir, il se serait présenté à Versailles portant aux chaussures des boucles que le joaillier du roi, Gontaut, aurait estimées à 200 000 livres[1]. Exagération d'après-souper, peut-être, mais les boucles devaient quand même être remarquables.

Incidemment, pareil étalage trahit un aspect m'as-tu-vu du personnage, typique de ceux qui aspirent à une revanche.

Reste l'origine de ces pierres. On a l'impression que Saint-Germain aurait réussi, pour user de termes contemporains, « le casse du siècle ».

---

1. Selon Touchard-Lafosse, *Chroniques de l'œil-de-bœuf des petits appartements de la cour et des salons de Paris sous Louis XIV, la Régence, Louis XV et Louis XVI*, Paris, 1864. La rigueur historique de ces chroniques est sujette à caution, mais le témoignage vaut la peine d'être rapporté.

Horace Walpole, mémorialiste du temps, et plusieurs auteurs mentionnent, parmi les sources possibles de cette richesse, le fait que Saint-Germain aurait épousé un riche parti à Mexico et pris la fuite à Constantinople[1]. Il est permis de s'interroger sur le magot qu'un tel parti aurait détenu ; c'est celui d'un vice-roi d'Espagne ; il a permis à Saint-Germain de vivre sur un pied royal pendant un demi-siècle.

L'affaire serait digne d'Alexandre Dumas. Cependant, à supposer que telle fut la vérité, il faut rappeler que le Mexique était alors une colonie espagnole et qu'il y existait une police. Le signalement d'un adulte de quelque trente-cinq ans, âge approximatif auquel Saint-Germain apparaît en 1745 sur la scène européenne, aurait été donné dans les ports européens que ralliaient les navires espagnols. Par ailleurs, les liens entre la France et l'Espagne étaient alors développés – l'infant d'Espagne n'étant autre que le gendre de Louis XV – et si les polices n'y avaient évidemment pas atteint le degré de coopération moderne, un personnage aussi voyant que Saint-Germain et d'identité inconnue aurait été rapidement signalé. L'époux indélicat aurait été appréhendé et remis à la justice espagnole.

De plus, pour se rendre à Constantinople, il fallait d'abord traverser l'Europe, soit par l'Espagne, possibilité douteuse, soit par la France. Or, des passeports étaient le plus souvent requis des adultes débarquant dans les ports atlantiques ; ils ne l'étaient cependant pas des jeunes gens.

---

1. *Letters to Sir Horace Mann*, Londres, 1833.

Il semble donc raisonnable de postuler que Saint-Germain arriva en Europe assez jeune, quinze ou seize ans, pour échapper à l'attention des polices portuaires européennes et éviter les fouilles des douanes.

L'origine du magot ? Sa jeunesse et, plus tard, son inhibition à l'égard de la sexualité me semblent l'indiquer avec force. Ce n'est donc pas une épouse que Saint-Germain a dépouillée mais une femme qui se servait de lui comme objet sexuel. Une femme si riche qu'elle ne peut être que l'épouse d'un haut fonctionnaire colonial espagnol, tel qu'un gouverneur.

Et seul un forfait a pu lui assurer l'immunité pendant sa fuite, du Mexique à l'Europe.

Une activité de financier

Là se pose une autre question. Quand il se signale en 1745 à l'attention de ses contemporains, Saint-Germain est déjà un homme fait ; il sait se tenir dans le monde, il est cultivé, possède des connaissances de chimie appréciables, parle déjà plusieurs langues, sait composer et jouer de la musique, témoigne d'un talent de peintre qui n'est peut-être pas génial, mais que Mme de Genlis, par exemple, trouve agréable. Frotté de grand monde, il est à l'aise avec les rois et les princes. Où aura-t-il donc appris tout cela ? Il faut bien qu'il ait été formé par quelqu'un d'expérience.

Problème pratique : il ne peut évidemment pas payer ses frais courants avec des pierres précieuses. D'une part, la vue de son trésor l'exposerait aux malandrins, de l'autre, il n'est quasiment pas de magot qui n'aurait fondu au cours d'un demi-siècle d'existence somptueuse – de surcroît, il semble généreux et donne des pierres comme d'autres des bonbons.

Mais Saint-Germain semble à l'aise dans toutes les villes du monde et y mène partout grand train, ce qui n'est possible que grâce aux billets à ordre, courants depuis le XVIe siècle. Il exerce aussi des activités commerciales importantes, telles que celle d'armateur, que révèle sa lettre du 11 mai 1760 à Mme de Pompadour[1] déjà citée. En bref, il a des revenus assurés, notamment dans les affaires.

Quand il se rend à La Haye en 1760, il envisage de fonder une compagnie pour financer un prêt des banquiers des Provinces-Unies à la France, comme le confirment les lettres de l'ambassadeur d'Affry à Choiseul, notamment celle du 5 avril 1760, où il annonce qu'il mettra les principaux banquiers d'Amsterdam en garde contre les propositions de Saint-Germain[2] ; or, une entreprise d'une telle ampleur ne peut être envisagée que par quelqu'un possédant une connaissance du terrain et des relations dans le milieu.

L'hostilité déclarée de Saint-Germain à l'égard des plus grands financiers de France, les frères Pâris de Montmartel et Pâris-Duverney, confirmée par plusieurs témoins, dont d'Affry[3], sont un signe soit de jalousie, soit d'une

---

1. Archives du ministère des Affaires étrangères, f° 215.
2. *Id.*, f° 304, n° 576.
3. *Id.*, f° 212-214, n° 263.

réelle indignation inspirée par le pouvoir excessif de ces capitalistes avant la lettre.

S'il se donne des airs d'alchimiste et de dilettante fortuné, Saint-Germain est autant un homme d'affaires qu'un agent secret. D'où mon hypothèse selon laquelle il a été recueilli dans sa jeunesse et formé par quelqu'un d'expérience, qui l'a aidé à fonder une banque. C'est le personnage que je désigne sous le nom de Solomon Bridgeman.

Saint-Germain, découvreur du radium

Il est indéniable que Saint-Germain s'est intéressé à l'occultisme et, en particulier, à l'alchimie, dont le grand objet était la recherche de la pierre philosophale, rêve naïf des gens qui découvraient les éléments de la chimie et qu'entretenaient quelques vrais escrocs. Toujours à court de fonds, bien des monarques y crurent, tels Rodolphe II, Léopold II d'Autriche et Auguste le Fort de Saxe. Ils étaient encouragés dans cette folie par un tour de chimie alors mystérieux : ces escrocs présentaient au monarque un objet de bronze, de fer ou de plomb, puis le trempaient dans un bain d'acide nitrique, qui attaquait la surface du métal et lui prêtait pendant quelque temps un aspect étincelant, évoquant l'or ou l'argent. Ou bien encore ils versaient dans du plomb en fusion des cristaux de nitrate inorganique de cuivre. La réaction qui s'ensuivait était spectaculaire : le plomb se mettait à bouillonner et dégageait une luminosité iridescente ; quand le plomb refroidissait, il était couvert d'une surface ressemblant à s'y méprendre à de l'or : mais c'était du cuivre. On peut « admirer » au musée de la Porcelaine, à Dresde, des lingots ainsi produits en 1713 par le célèbre escroc Johann Böttger pour le compte d'Auguste de Saxe. D'autres faussaires enduisaient secrètement le creuset de véritable poudre d'or qui recouvrait le métal en fusion et celui-ci, une fois refroidi, semblait entièrement en or...

Il ne restait plus qu'à exploiter assez longtemps la crédulité des princes.

Il est certain que l'or alchimique ne fut pas à l'origine de la fortune de Saint-Germain. Et tout aussi certain que ses discours verbeux ne servaient qu'à laisser croire à l'origine alchimique de son opulence.

Mais, comme beaucoup de gens du temps, Saint-Germain était aussi amateur de curiosités naturelles, minéraux, coquillages, squelettes, etc. Il tomba ainsi sur le minerai de radium ou pechblende, plus exactement, à l'époque, « terre de Joachimsthal », du nom d'une ville de Bohême, aujourd'hui Jachymov. C'est de ce minerai que Becquerel et les Curie ont, les premiers, extrait du radium. Mais la pechblende contient également de l'uranium et c'est le minerai le plus radioactif connu. À l'époque, il était utilisé dans des onguents et des enveloppements censés traiter la phtisie.

Saint-Germain ne put manquer de remarquer que, dans l'obscurité, la pechblende est luminescente. Il s'en servit dans ses peintures et dans ses étranges entreprises de teinture de tissus.

La notion peut surprendre. L'indication nous est pourtant fournie par Mme de Genlis dans ses *Mémoires* :

Il peignait à l'huile [...], *il avait trouvé un secret de couleurs véritablement merveilleux, ce qui rendait ses tableaux très extraordinaires* [...], *il ne manquait jamais d'orner ses figures de femmes d'ajustements de pierreries ; alors il se servait de ses couleurs pour faire ces ornements et les émeraudes, les saphirs, les rubis, etc., avaient réellement l'éclat, les reflets et les brillants des pierres qu'ils imitaient. La Tour, Van Loo et d'autres peintres ont été voir ces tableaux, et admiraient extrêmement l'artifice surprenant de ces couleurs éblouissantes, qui avaient l'inconvénient d'éteindre les figures, dont elles détruisaient, d'ailleurs, la vérité par leur étonnante illusion.* [...] *M. de Saint-Germain n'a jamais voulu donner le secret* [de ces singulières couleurs].

Une seule substance inorganique est susceptible de l'éclat que décrit Mme de Genlis : c'est le radium. Mélangé à n'importe quelle couleur, il lui prête cet éclat pour lequel Mme de Genlis ne trouve pas assez de qualificatifs.

Il se trouve donc que Saint-Germain a été le précurseur de la peinture au radium avec laquelle on imprimait les chiffres sur les cadrans de montres jusqu'au milieu du XXe siècle, pour permettre de lire l'heure la nuit, avant qu'on s'avisât des périls de la radioactivité, même faible.

Pareillement, les teintures que proposa Saint-Germain au marquis de Marigny, maître de la Maison du roi, et qui furent le motif de son établissement à Chambord, se distinguaient par leur éclat remarquable, « sans indigo ni cochenille », précise en 1763 le comte Karl Cobenzl au prince

Kaunitz-Rietburg, Premier ministre d'Autriche (et dont Cobenzl escompte des millions de bénéfices[1]). Nul doute qu'elles fussent, elles aussi, à base de terre de Joachimsthal. Leur singularité explique celle de l'activité la plus inattendue de Saint-Germain : celle de teinturier. S'il ne fut pas l'inventeur du coton mercerisé, Saint-Germain fut néanmoins l'un des premiers à l'exploiter commercialement.

Une anecdote relatée par Mme du Hausset[2] donne à penser que Saint-Germain exploita empiriquement les propriétés de la pechblende dans un autre domaine : celui de la joaillerie ; c'est celle qui est rapportée dans ces pages, où Louis XV soumit à Saint-Germain un diamant dont un défaut réduisait la valeur de moitié environ et lui demanda s'il était possible de le purifier. Saint-Germain, raconte la mémorialiste, rendit le diamant sans un défaut. L'aurait-il remplacé par un morceau de verre ? Non, puisque le roi envoya la pierre au joaillier Gontaut, qui lui en proposa 9 600 livres. L'aurait-il remplacé par un diamant plus pur et de même taille ? C'est possible.

Mais il faut également considérer l'effet d'une forte radioactivité sur le diamant, qui a défrayé la chronique du XXe siècle. La radioactivité peut colorer artificiellement des pierres ; c'est une façon de produire des diamants jonquille, très prisés ; elle peut aussi détruire des « crapauds », résidus de carbone à l'intérieur du cristal. On ne

---

1. A. Ritter von Arneth, *Graf Philip Cobenzl und seine Memoiren*, Vienne, 1885.

2. *Mémoires sur Louis XV et Madame de Pompadour*, Paris, 1824 ; rééd. Mercure de France, « Le Temps retrouvé », 1988.

peut affirmer que notre chimiste amateur ait recouru à ce subterfuge mais on ne peut pas l'exclure absolument. Un point du récit de Mme du Hausset retient l'attention : c'est que Saint-Germain rapporta la pierre dans un tissu d'amiante, dont on savait déjà qu'il était isolant. Les diamants traités par radioactivité deviennent eux-mêmes radioactifs et cet alchimiste avait dû s'en aviser.

La découverte fortuite de la radioactivité de la pechblende ne fait certes pas de Saint-Germain un précurseur des physiciens modernes. Mais, conjuguée avec ses autres activités véritables, elle change profondément le portrait d'un personnage qu'on réduisit trop souvent au rang de bateleur dupé par lui-même.

La Très Sainte Trinosophie

J'ai tenu à reproduire dans ces pages le seul texte littéraire (très peu) connu de Saint-Germain, où son quasi-délire onirique présage déjà des visions romantiques d'un Novalis, d'un Blake ou d'un Coleridge, et surtout parce qu'il offre un aperçu unique du monde intérieur de Saint-Germain. En dépit de ses naïvetés et de recours fréquents au procédé, il reflète une exaltation mystique et un système d'interprétation du monde remarquablement fixe : les épreuves de l'existence doivent être considérées comme des seuils initiatiques qu'il faut franchir les uns après les autres, et la poursuite du but suprême, l'accès au « palais des sciences sublimes », exige un constant maintien de la foi et de la vigilance. C'est une idée familière aux disciples (et aux spécialistes) des sectes.

Curieusement, j'y ai retrouvé les prémices des méthodes d'endurcissement pratiquées dans les commandos de forces spéciales…

Le texte est illustré de vignettes symboliques, démontrant incidemment que l'auteur ne fut pas un génie de l'art pictural et que le terme d'« agréable » que leur consent Mme de Genlis est largement suffisant. Ce texte abonde aussi en caractères hébreux et arabes ; les premiers sont authentiques, les seconds indéchiffrables et, probablement recopiés maladroitement, démontrent sans recours que Saint-Germain ne connaissait pas l'arabe, contrairement à la légende. À mon sens, ils constituent de la poudre aux yeux. L'auteur voulait épater par ses connaissances et instiller le mystère dans son récit initiatique.

Quelques faux mystères, dont la parfaite abstinence de Saint-Germain

L'un des aspects du personnage de Saint-Germain qui intrigua le plus ses contemporains fut qu'on ne le voyait guère se nourrir ni boire dans le monde. Il s'en targue même, selon le témoignage de Franz Gräffer[1]. Quand le baron Linden, à Vienne, lui rend visite et lui apporte deux bouteilles de tokay, Saint-Germain répond : « Est-il quelqu'un sur cette terre qui m'ait vu manger ou boire ? » (Mais il faut préciser que le ton emphatique et théâtral de ce récit le rend sujet à caution.)

1. *Kleine Wiener Memoiren,* Vienne, 1846.

Saint-Germain se nourrissait et buvait comme tout le monde et les raisons de son abstinence, qui a inspiré tant de folies, sont beaucoup plus pratiques.

La première est l'effroyable intempérance des milieux aristocratiques du temps. Les témoignages concordent : il semble que plus ils aient été titrés et plus les convives bâfraient et buvaient. Les voyageurs français, en particulier – car en ce domaine, la France a inventé les manières de table et ce qu'on peut littéralement appeler le bon goût –, s'en plaignent : on mange dans toute l'Europe des quantités effroyables de plats effroyablement épicés ; venaison, gibier de plume, viande de boucherie, charcuterie, tout est fourré de muscade, de girofle, de cumin, de safran et de poivre.

La comtesse Palatine, duchesse d'Orléans, s'en plaint inversement. Elle n'a pu se faire à la cuisine française :

> *J'ai tellement affriolé ma gueule allemande à des plats allemands que je ne puis souffrir ni manger un seul ragoût français.* [...] *Un fort plat de choucroute et des saucissons fumés font, selon moi, un régal digne d'un roi et auquel rien n'est préférable.*

Les manières de table sont à l'avenant : les sauces dégoulinent sur les jabots, les habits, et bien sûr les nappes. De surcroît, l'on boit, l'on boit à faire peur : on trouve dans les musées allemands des verres de l'époque ; ils mesurent chacun près d'un demi-litre et, la base en étant arrondie, on ne peut les reposer qu'après les avoir vidés. Le duc de Gramont rapporte que le repas que lui offrit, à lui et aux électeurs de Mayence et de Cologne, le comte Egon von Fürstenberg,

> *dura depuis midi jusqu'à neuf heures du soir, au bruit des trompettes et des timbales qu'on eut toujours dans les oreilles ; on y but bien deux ou trois mille santés ; la table fut étayée ; tous les électeurs dansèrent dessus ; le maréchal de la cour, qui était boiteux, y menait le branle ; tous les convives s'enivrèrent.*

Lord Chesterfield assiste également à des dîners dans les cours de Mayence et de Trèves et note qu'« on croirait être à la cour d'un roi Vandale ». Il est quasiment normal qu'après le « souper » les domestiques viennent tirer les convives ivres et souillés de sous la table et les traînent cuver leur vin dans une autre pièce. Les agapes du clergé ne sont pas plus recommandables.

Car il est notoire qu'au XVIIIe siècle on ne boit jamais d'eau dans la noblesse, pas plus que dans les hôtelleries et les auberges. Elle est le plus souvent croupie ou souillée de terre, et elle a mauvais goût.

Saint-Germain n'a pu manquer de relever les ravages de ce mode de vie sur la santé, de haut en bas du tube digestif, des caries et des haleines fétides aux hémorroïdes et fistules anales qui semblaient affliger la noblesse européenne. Les caricatures d'un Hogarth sur les aristocrates anglais, obèses, hydropiques, variqueux, hépatiques et goutteux en disent plus long que ses admirateurs le conçoivent sur les variétés d'intempérance des gens qui avaient les moyens de grandes tables.

Le personnage semble avoir conservé une apparence fort saine jusque tard dans sa vie, et chacun louait ses dents « parfaites », ce qui n'était pas courant à l'époque et qui semblerait révéler une bonne hygiène alimentaire autant que dentaire.

Un mystique kabbaliste et un metteur en scène de soi-même

Je veux espérer avoir restitué dans ces pages la complexité particulière du personnage que fut Saint-Germain. Tout être humain comporte plusieurs facettes ; les siennes furent exceptionnellement contradictoires. Se fier à l'image projetée reviendrait à tenter de reconstituer une statue d'après son ombre.

Ceux des historiens qui se sont intéressés à lui l'ont fait sans intérêt véritable : pour eux, il n'était qu'un spécimen de plus parmi ces aventuriers aux limites extrêmes de la filouterie qui pullulèrent tout au long du XVIIIe siècle, Théodore de Neuhoff, Jean-Jacques Casanova, Robert von Pöllnitz, Giuseppe Balsamo, dit Cagliostro, l'on en passe.

Ils semblent avoir cependant négligé un point pourtant remarquable : tous ces gens finirent assez mal : Neuhoff ruiné et affamé en sortant à Londres de la prison pour dettes, Casanova ruiné et abandonné par presque tous ses amis, Pöllnitz ruiné et couvert de dettes, Cagliostro dans une cellule du château de San Leo. Et tous discrédités. Car même dans un monde en délire, comme l'était l'Europe du XVIIIe siècle, la justice immanente finissait par triompher.

Saint-Germain, lui, ne passa qu'une nuit en prison, à Londres, et pour des raisons strictement politiques, il ne connut pas de revers de fortune, ne fut pas discrédité et mourut respecté dans les bras du prince de Hesse-Cassel et du duc de Brunswick. Pourtant, il ne manquait pas d'ennemis. Un sort aussi privilégié invitait à l'examen.

Entre ses critiques et ses hagiographes, on n'aurait donc de Saint-Germain que deux caricatures antagonistes, aussi peu convaincantes l'une que l'autre.

Un dernier mot pour livrer mes impressions personnelles : en effet, un romancier, surtout romancier d'histoire, vit avec ses personnages. Saint-Germain tel que je l'ai reconstitué m'a parfois exaspéré, souvent impressionné par son cran, et à la fin ému. Il m'est apparu comme un faiseur jusqu'à l'entreprise manquée de La Haye, celle des pourparlers avec les Anglais. La confiance de Louis XV, même imprudente, lui conféra un sens de ses responsabilités et une conscience du destin des peuples. L'hostilité de Choiseul lui apprit que le pouvoir de ses talents et ses grands airs avait ses limites.

Il comprit sans doute qu'il avait été maladroit avec l'ambassadeur d'Affry : son assurance arrogante et ses discours fulminants contre les frères Pâris n'étaient pas de mise. Il avait alors quarante ans. Il se ravisa : s'il avait poursuivi ses rodomontades, il ne serait jamais entré dans la confiance des conspirateurs de Saint-Pétersbourg, c'est-à-dire les frères Orloff et surtout Catherine II.

Il eut certainement conscience de l'importance du coup d'État de Saint-Pétersbourg, car le renversement de Pierre III réduisait à néant la dangereuse alliance prusso-russe et sauvait l'Europe d'un conflit dévastateur. Ce fut, je crois, à ce moment-là qu'il comprit la philosophie véritable de la Maçonnerie et le but des divers courants ésotériques qui couraient en Europe : œuvrer pour un monde meilleur. Les guerres qui avaient déchiré l'Europe sans relâche avaient laissé des plaies et des cicatrices beaucoup plus profondes que les manuels d'histoire le donnent à penser. Les campagnes étaient dévastées, la jeunesse fauchée et les pouvoirs royaux de plus en plus contestés. Les principes du siècle des Lumières et de l'*Aufklärung* plongeaient leurs racines dans le mécontentement croissant des tiers états et des intellectuels, et l'on peut affirmer que, dès les premiers conflits avec les Parlements, et en dépit de l'apparente prospérité amenée par Choiseul et des réformes qui suivirent, Louis XV était un roi sans pouvoirs.

La réaction se fit d'abord sentir en France et bien qu'il fût mort cinq ans auparavant, Saint-Germain avait certainement pressenti le séisme de 1789. Ses contacts avec les loges maçonniques européennes, françaises incluses, le plaçaient aux avant-postes du renseignement, et après avoir considéré comme balivernes la visite posthume de « Saint-Germain » à Mme d'Adhémar, elle m'est apparue comme plausible dès lors qu'on admettait l'existence d'un successeur, en l'occurrence son propre fils, chargé de poursuivre son œuvre.

Détail frappant des mémoires de cet auteur : quand Saint-Germain lui rend une visite tardive, un soir, elle relève qu'il semble avoir rajeuni. Et elle mentionne les missions politiques de son visiteur, ensuite occultées par les historiens.

Dès lors, le retrait de Saint-Germain de la vie politique à partir de 1765 et son activité acharnée au service des loges paraissent beaucoup plus compréhensibles.

J'ai dit avoir souvent admiré ce personnage ; ce fut par exemple le cas lorsqu'il se retrouva avec le chambellan de la cour de Vienne, Lamberg, et qu'il alla accueillir à Livourne l'amiral comte Alexeï Orloff, qui venait d'envoyer la flotte russe par le fond, alors que l'Autriche avait justement conclu une alliance avec la Sublime Porte. Il y fallait un sacré cran.

Je l'ai aussi trouvé drôle lorsque, à Tournai, il a quasiment envoyé promener Casanova, qui se répandait sur lui en ragots de caniveau.

J'ajoute que personne n'a jamais connu de prénom à Saint-Germain. Celui de Sébastien est une création de ma part.

J'ai créé, pour les besoins de l'histoire, un certain nombre de personnages, tels que le comte Banati et Zasypkine ; ils ont certainement existé sous d'autres noms, car ce n'est pas par hasard que Saint-Germain s'est trouvé à Saint-Pétersbourg juste au moment du coup de Catherine II et de ses associés : il a été recruté. Peut-être les retrouvera-t-on un jour dans les archives russes.

Comme tous les romanciers d'histoire, j'ai procédé à la façon des restaurateurs, qui ne se contentent pas de combler les parties manquantes d'une fresque ou d'une statue, mais éliminent en outre les restaurations antérieures.

Table

PREMIÈRE PARTIE

LA BALANCE ET LE SCORPION

DEUXIÈME PARTIE

LE SAGITTAIRE ET LE CAPRICORNE

TROISIÈME PARTIE

LE VERSEAU ET LES POISSONS

CHEZ LE MÊME ÉDITEUR

Gerald Messadié

LA ROSE ET LE LYS

JEANNE DE L'ESTOILLE *

Jeanne n'aurait jamais dû s'attarder en forêt ce jour de mai 1450. Le temps de remplir son panier de cèpes et de girolles, la fortune lui a tourné le dos. À quelques lieues de là, dans la maison saccagée, père et mère gisent près de l'âtre. Assassinés. Et Denis, son petit frère, a disparu. Seul a survécu l'âne de la maisonnée.

Des brigands ? Plus sûrement des déserteurs anglais, assoiffés de vengeance, écumant la campagne normande comme loups en maraude. Ils ont pillé l'église de La Coudraye, profané le tabernacle, souillé l'autel. À défaut de curé, Jeanne dira les prières pour ses parents défunts.

Est-ce à Paris, ce ventre peuplé de mendiants et de malandrins, avec ses places festonnées de pendus et ses rues pavées de boue, que Jeanne trouvera la force d'oublier ? Elle n'a encore que quinze ans et, pour toute richesse, son baudet, un sac de méteil, du beurre, un peu de sel. Comment survivre parmi ce peuple de camelots et de détrousseurs, elle qui ne sait faire que des petits pains ?

Dans une France décimée par la peste et livrée aux aventuriers, nul ne donnerait cher du destin de Jeanne. Mais la rose est gracieuse, et le lys magnanime. Comment un roi, Charles VII, comment un poète, François Villon, ignoreraient-ils longtemps sa beauté ?

ISBN 978-2-84187-810-4 / H 50-4096-9 / 480 pages / 8,50 €

Gerald Messadié

LE JUGEMENT DES LOUPS

JEANNE DE L'ESTOILLE * *

Dix années ont passé depuis que Jeanne Parrish a fui sa Normandie natale, livrée aux pillards anglais. Elle qui n'était qu'une miséreuse lorsqu'elle posa son bagage sur le pavé parisien, un matin de l'an 1450, est devenue baronne de Beauvois. Et la cour continue de savourer les pâtisseries qui ont fait sa renommée.
Mais la roue tourne. Son mari est emporté par l'explosion d'une bombarde, sa protectrice Agnès Sorel terrassée par le poison, et le poète François Villon, père de son enfant, impliqué dans une affaire de meurtre... Autant d'amis que vent emporte...
Lorsque resurgit dans la vie de Jeanne le premier homme qu'elle eût aimé, qui peut dire si ce messager annonce un retour de fortune ? Car Isaac Stern est juif : si la rumeur le répétait, même la faveur royale ne pourrait empêcher le discrédit...
Mais Jeanne est femme de cœur autant que de tête. Pas question pour elle de sacrifier son amour à son honneur. Isaac lui a dit : « Tu est mon étoile. » Il est bien temps que cet astre brille. Dût-elle, pour forcer le destin, supporter l'accusation de sorcellerie, braver les docteurs en Sorbonne, ou soumettre son propre frère au jugement des loups...

ISBN 978-2-84187-811-2 / H 50-4097-7 / 480 pages / 8,50 €

Gerald Messadié

LA FLEUR D'AMÉRIQUE

JEANNE DE L'ESTOILLE * * *

Jeanne, la petite paysanne devenue pâtissière du roi, est désormais riche. Le fils que lui donna le poète François Villon règne avec elle sur un empire industriel et financier. Ateliers d'imprimerie, banques, draperies : quoi qu'il touche, le « clan de l'Estoille » s'illustre par son audace.

Dans le fief palatin de Gollheim, pourtant, Jeanne désespère du destin. Un seul homme occupe son esprit : Franz-Eckart. Ce garçon étrange n'a pas vingt ans, mais ses dons singuliers d'astrologue le distinguent entre tous. Tant de légendes courent sur son compte. On murmure même qu'il ne serait pas le petit-fils de Jeanne…

En cette fin de XVe siècle, bien des certitudes vacillent. Un jour, un navigateur génois nommé Colomb prétend ouvrir une voie occidentale vers les Indes… Le lendemain, un cartographe allemand prédit qu'il trouvera sur sa route une *terra incognita* infranchissable…

Ces querelles ennuient le roi de France. Jeanne et les siens, au contraire, entrevoient de nouvelles conquêtes, aux confins du monde connu. Une aventure périlleuse, dont seul un mage pourrait deviner l'issue…

ISBN 978-2-84187-812-0 / H 50-4098-5 / 480 pages / 8,50 €

Cet ouvrage a été composé
par Atlant'Communication
aux Sables-d'Olonne (Vendée)

Impression réalisée par
Liberduplex

pour le compte des Éditions Archipoche
en décembre 2007

Imprimé en Espagne
N° d'édition : 55
Dépôt légal : janvier 2008